U0109518

古典詩歌研究彙刊

第二八輯

龔鵬程 主編

第7冊

邵雍快樂詩學研究：
以《擊壤集》為探討對象

王 甄 勵 著

國家圖書館出版品預行編目資料

邵雍快樂詩學研究：以《擊壤集》為探討對象／王甄勵 著 --
初版 -- 新北市：花木蘭文化事業有限公司，2020〔民 109〕
目 6+286 面；17×24 公分
（古典詩歌研究彙刊 第二八輯；第 7 冊）
ISBN 978-986-518-204-5（精裝）
1.（宋）邵雍 2. 宋詩 3. 詩學 4. 詩評
820.91   109010845

ISBN-978-986-518-204-5

古典詩歌研究彙刊
第二八輯　第 七 冊　　　　　　　ISBN：978-986-518-204-5

邵雍快樂詩學研究：
以《擊壤集》為探討對象

作　　者　王甄勵
主　　編　龔鵬程
總 編 輯　杜潔祥
副總編輯　楊嘉樂
編　　輯　許郁翎、張雅淋　美術編輯　陳逸婷
出　　版　花木蘭文化事業有限公司
發 行 人　高小娟
聯絡地址　235 新北市中和區中安街七二號十三樓
　　　　　電話：02-2923-1455／傳真：02-2923-1452
網　　址　http://www.huamulan.tw 信箱 hml810518@gmail.com
印　　刷　普羅文化出版廣告事業
初　　版　2020 年 9 月
全書字數　192162 字
定　　價　第二八輯共 10 冊（精裝）新台幣 18,000 元　　版權所有 · 請勿翻印

邵雍快樂詩學研究：
以《擊壤集》為探討對象

王甄勵　著

作者簡介

王甄勵，於國中擔任國文老師，育有二子。

獨處時，喜好閱讀、畫畫、練瑜珈、探索心靈等活動，希望藉此獲得內心的平靜喜樂；陪兒子時，喜歡和他們一起去爬山、跑步、野餐等活動，喜歡全家一起玩樂，享受天倫之樂。

選擇研究邵雍快樂主題的詩歌，希望從中得到啟發，尋回內心本然的快樂與寧靜。

提　　要

前人研究邵雍多從哲理思想著手，但邵雍為少數理學家中，詩學理論與詩歌創作兼具者，本文從不同角度切入其詩學與詩歌，從太平盛世與理學興盛的時代背景，談至邵雍主要的安樂生活態度。在此引出「快樂」學理印證其詩歌內涵，採用西方快樂主義點出東方思想的相似論點，而理學家邵雍融合儒道釋三家的快樂思想本質，輔以宋初理學家探討「孔顏樂處」等哲理議題，將快樂哲學轉化為詩學與詩歌。邵雍用詩歌頌揚人生的快樂，其快樂思想具體實踐於《擊壤集》，詩集中記錄其定居洛陽的生活情形，自皇祐元年（1049），迄於熙寧十年（1077），即邵雍三十九歲到六十七歲間，這段時間為其身心最安頓和樂的時期，因此大量寫詩記錄其居家生活、遊歷觀物、交友酬唱和安閑無事的生活方式，達到「詩樂合一」的快樂人生境界。最後，分析邵雍詩歌的藝術特色，印證其自創的詩學理論：「不限聲律、不沿愛惡、不必固立、不希名譽」，處處可見「康節體」自在喜樂的獨特詩風。

目

次

第一章　緒　論

　　本文首章緒論主要敘述研究動機與目的，接著整理前人研究成果，並說明範圍及運用的研究方法，以期達到研究的目標。

第一節　研究動機與目的

　　每個時代均有屬於其獨特的社會風氣與文學風貌，宋代經濟和文化教育繁盛景況，直接、間接地促使文人多元發展，故廣義的宋學包括理學、宋詩和宋詞，其中理學為宋代思想代表，宋詞為宋代文學代表，繼承前朝發展而來的宋詩，則因唐詩演繹出文學史上輝煌燦爛的一頁，要再臻至登峰造極已屬不易，於是宋詩另闢蹊徑，改走向散文式的議論說理路線。南宋的嚴羽（約 1198～1241）在《滄浪詩話》列有七位詩家代表宋代的詩體：

> 東坡（蘇軾）體、山谷（黃庭堅）體、後山（陳師道）體、
> 王荊公（王安石）體、邵康節（邵雍）體、陳簡齋（陳與
> 義）體、楊誠齋（楊萬里）體。〔註 1〕

南宋詩論家嚴羽年代距北宋較近，可視為宋人詩學概念代表，在其選出的七人中，邵雍為其中一人，同時也是當中唯一的理學家詩人，嚴

〔註 1〕宋・嚴羽著，郭紹虞校釋，《滄浪詩話校釋》，（臺北：里仁書局，1987），
　　　　頁 59。括號內的人名為筆者所加。

羽應是受當代理學興盛的風氣影響，選出一位理學家之詩，詩歌質量均豐且有詩學理論的邵雍（1011～1077）便雀屏中選。不過到了清人全祖望（1705～1755）〈宋詩記事序〉：

> 宋詩之始也，楊（億）、劉（筠）諸公最著，所謂西崑體者也。……慶曆以後，歐（陽修）、蘇（舜欽）、梅（堯臣）、王（禹偁）數公出，而宋詩一變。坡公（蘇東坡）之雄放，荊公（王安石）之工練，並起有聲。而涪翁（黃庭堅）以崛奇之調，力追草堂（杜甫），所謂江西派者，和之最盛，而宋詩又一變。建炎以後，東夫（蕭德藻）之瘦硬，誠齋（楊萬里）之生澀，放翁（陸遊）之輕圓，石湖（范成大）之精緻，四壁俱開。乃永嘉徐（照、璣）趙（師秀）諸公，以清虛便利之調行之，見賞於水心，則四靈派也，而宋詩又一變。嘉定以降，江湖小集盛行，多四靈之徒也。及宋亡，而方（鳳）謝（翱）之徒，相率為急迫苦之音，而宋詩又一變。〔註2〕

全祖望這段敘述道出宋詩四次的演變，其中理學家邵雍未被列入，可見在清人眼中，邵雍的詩歌不被列入「詩人之詩」的行列。

其實北宋文壇多元發展，造就不少文學奇才，如周敦頤（1017～1073 年）提倡理學，同時也會寫詩文，蘇軾（1036～1101）堪稱宋朝文人代表，不論詩、詞、文、書、畫皆為箇中好手，在文藝上有非凡的成就。而邵雍同樣沾染全才氣息，具有理學家、易學家和詩人的多重身份，其思想甚為複雜，因自小接觸儒家文化，將仁義思想深植心中，爾後學習先天象數之學和道家思想，融合儒道甚至融入佛家思想精髓，被視為理學代表人物之一〔註3〕。理學融合道佛兩家思想

〔註2〕 清·全祖望，《鮚埼亭集·外編》（臺北市：華世，1977），卷26，頁1018。括號內的人名為筆者所加。

〔註3〕 邵雍為北宋五子（邵雍、周敦頤、程顥、程頤、張載）之一，但因其精通易學，被列入象數學派，又因道家、道教形象鮮明，不被視為正統儒者，所以在北宋五子中，歷來最不受重視，甚至宋代理學四派（濂學：周敦頤；洛學：程顥和程頤；關學：張載；閩學：朱熹）亦不包含邵雍，可見其複雜的思想與形象。

來復興儒家道統文化，所以又稱道學或新儒學；因探討宇宙論、道德論、認識論、心性論等哲學議題，也稱性理之學或義理之學，是中國較為完整的哲學體系。一般研究者多從哲學方面探討邵雍的理學和先天易學思想，其實除了哲學思想，邵雍尚留下不少詩歌值得探討。近代錢穆（1895～1990）編《理學六家詩鈔》一書時，收錄六位理學家的詩歌作品，邵雍正是六位之一，「理學家之詩」自宋代後受到彰顯。

　　因此，本論文主要研究邵雍詩歌，希望藉由對邵雍詩歌的探討，明瞭其詩歌的主題內容，和藝術表現手法，盼使其理學詩歌能與哲學思想同獲重視，突顯其在宋詩中的重要地位。由於邵雍將住所名為「安樂窩」，自號「安樂先生」，並創作不少「安樂」內涵的詩歌，其「安樂」的生活態度值得學習與提倡。由此本論文的研究，即根基於「安樂」的立場，引用東西方快樂思維，析出邵雍的快樂詩學，以提供邵雍安身立命的方法與態度。全文預設取得以下的研究成果：

　　一、邵雍快樂詩學的理論根基。

　　二、邵雍快樂詩歌的主題內容。

　　三、邵雍快樂詩歌的藝術技巧。

第二節　前人研究概況文獻回顧

　　研究邵雍者，多以哲學角度來探討其理學與易學思想，近來研究者逐漸將其研究範圍擴及於詩歌的分析，可見邵雍詩歌開始受到關注。搜尋國家圖書館的論文，發現十一本研究邵雍的碩博士論文中，只有一本專門研究邵雍詩，另有兩本則是兼論詩，其他除了《邵雍弟子考》〔註4〕外，均以研究思想為主。但是近幾年大陸地區有六本研究邵雍的論文，都不再只是著墨於哲理層次，詩歌也是討論的範疇。以下依

〔註4〕周君芸，《邵雍弟子考》（臺北：文化大學中國文學研究所碩士論文，2007）。大陸地區尚有一本非研究邵雍思想的論文：邵明華，《邵雍交遊研究——關於北宋士人交遊的個案研究》（山東：山東大學博士論文，2009）。

發表年份列表整理出研究邵雍詩歌的概況，分為兩部分來探討，一是
研究邵雍詩歌的論文與專書，二是研究邵雍詩歌的期刊。整理如下：

一、研究邵雍詩歌的論文與專書

以下將台灣和大陸地區研究邵雍詩歌的論文和專書列表整理，共
有 11 本，專書部分以框線標示出來。

編號	作者	論文與專書	出處	出版年
1	徐紀芳	《邵雍研究》	文化大學中國文學研究所博士論文	1993 年
2	許美敬	《邵雍詩研究》	台灣師範大學中國文學研究所碩士論文	1997 年
3	唐明邦	《邵雍評傳：附陳摶評傳》	南京大學出版社	1998 年
4	鄭定國	《邵雍及其詩學研究》	文史哲出版社	2000 年
5	唐江眉	《邵雍詩歌研究》	四川大學碩士論文	2003 年
6	施乃綺	《觀物與詩：邵雍觀物思想研究》	成功大學中國文學研究所碩士論文	2004 年
7	程剛	《詩學與理學：邵雍《擊壤集》研究》	安徽師範大學碩士論文	2007 年
8	魏崇周	《邵雍文學思想研究》	首都師範大學博士論文	2007 年
9	鄭友徵	《邵雍詩歌研究》	蘭州大學碩士論文	2007 年
10	屈傳華	《邵雍的理學思想與詩歌創作》	陝西師範大學碩士論文	2007 年
11	謝曼	《邵雍詩歌創作及其理學美學思想》	暨南大學碩士論文	2008 年

以上諸作的得失整理如下：

徐紀芳《邵雍研究》，這本博論從邵雍生平與思想、易學、理學
和詩學全面性地研究邵雍其人、思想乃至詩學，論述範圍相當廣泛且
探討地十分詳細。

許美敬《邵雍詩研究》，這本碩論單純研究其詩歌，論文架構包
含邵雍生平與思想、邵雍詩歌觀念、邵雍詩的內涵與形式、歸納其詩

歌風格、歷來對邵雍詩的種種評論，及後來在詩歌史上造成的影響。

　　唐明邦《邵雍評傳》，這本專書先概述邵雍生活時代、生平事跡，接著分述其政治思想、人生哲學、著作、先天易學、象數學、元會運世、皇帝王伯、後天易學、以物觀物的認識論、皇極經世的思維方法和邵雍在中國思想史上的地位與影響，此書主要探討邵雍的思想部分。

　　鄭定國《邵雍及其詩學研究》，此本專書分八章，包含邵雍背景、家世及年譜、詩的語言特徵、詩的意象、詩的境界等，除了家世年譜外，還附上當年大事及生活備考。全文針對邵雍詩歌的藝術技巧做了詳細且多樣的分析，所以其中某些篇章被收錄於其他期刊中，也啟發筆者探討邵雍詩歌藝術技巧。

　　唐江眉《邵雍詩歌研究》，此本大陸碩論分五章，包含邵雍生平、詩歌題材類型、詩歌理論、擊壤體詩的特色和邵雍詩歌存在的社會條件。

　　施乃綺《觀物與詩：邵雍觀物思想研究》，此本碩論以邵雍詩歌輔助，主要觀察其觀物思想，從觀者的條件、觀者與意概念的關係，到觀物的結果，析出邵雍詩歌中的聖人境界，其實是逍遙恆樂的境界，在其他期刊中有收錄其單章的研究成果。

　　程剛《詩學與理學：邵雍《擊壤集》研究》，此本大陸碩論以詩歌為基礎論述，分為五章，包含詩樂合一的文學本體論、以易釋史的詠史詩歷史哲學、觀之以理的落花意象生命美學、經世之世的教誨詩道德與政治哲學、觀物之樂的聖人境界。從文學立論寫至以詩印證理學思想，並以聖人境界作結，內容豐富又可單章觀之，故在其他期刊中有收錄其單章的研究作品。

　　魏崇周《邵雍文學思想研究》，此本大陸博論敘述邵雍文學思想，包含早期功致先王的文學思想、中期口代天言的文學思想、晚期真樂攻心的文學思想和時代對邵雍文學思想的回應，依時間歷程來分析其思想演變，對邵雍一生的文學思想尋出一個完整的脈絡。

　　鄭友徵《邵雍詩歌研究》，此本大陸碩論先研究邵雍生平，接著探討邵雍的詩歌主張、詩歌類型、詩歌的藝術特色，與在文學史的地位與影響。這本與台灣許美敬的《邵雍詩研究》大綱相仿，也是研究詩歌常見的模式，故筆者亦參考這樣的架構，進行邵雍詩歌的分析。

　　屈傳華《邵雍的理學思想與詩歌創作》，此本大陸碩論只有三章，包含北宋理學與邵雍的理學思想、理學思想影響邵雍的詩歌創作理論、理學思想對邵雍詩歌創作的影響。全文僅三四十頁，內容份量似稍嫌不足。

　　謝曼《邵雍詩歌創作及其理學美學思想》，此本大陸碩論只有四章，內容份量不多，主要大綱為哲理詩歌與真道為美、安樂情懷與高尚為美、平淡詩風與自然為美，這本碩論將詩歌與理學美學作結合，分析其透過理學審美觀影響詩歌創作，此研究少了理學說理的枯燥乏味，多了美學的詩意美感，比起來更富有生命情懷，與筆者研究的方向較為相似。

　　從專書來看，大陸唐明邦和台灣鄭定國研究邵雍的作品，距今均已超過十年。從論文來看，台灣地區只有三本與邵雍詩歌相關的論文，大陸地區則有五本與邵雍詩歌相關，和一本探討其文學思想的論文，這六本大陸地區的論文均是 2000 年以後的作品，相比之下，2000 年以後台灣地區只有一本與其詩歌相關，可見大陸地區在近十年來，研究邵雍詩歌的風氣比台灣來得興盛。若再從上述研究邵雍的論文來看，只有三本不偏重思想而單純研究詩歌，因此，筆者此論文主要擇一主題，從詩的角度研究其詩學理論、詩歌內容與特色，以突顯邵雍詩歌的價值。

二、關於邵雍詩歌的期刊

　　研究邵雍的期刊資料不多，而且和論文研究一樣，多是集中在思想方面。以下主要整理關於邵雍及其詩歌的研究資料，希望對邵雍詩歌的研究有基本的認知；此外，參考期刊主要以近十年的研究成果為

主，概分成五類。第一類是研究邵雍的生平與學說概況，列表如下：

編號	作者	篇名	期刊名	出版年
1	樸月	〈讀歷史看自己：樂天知命的邵雍〉	《小作家月刊》	2004 年
2	張弦生	〈北宋理學家邵雍及其著作〉	《河南圖書館學刊》	2006 年
3	商春芳趙振華	〈洛陽邵雍遺跡研究〉	《湖南科技學院學報》	2007 年
4	少木森	〈邵雍：一個冷眼觀物的人〉	《散文百家》	2008 年
5	林素芬	〈再論邵雍的師承及其相關問題〉	《漢學研究集刊》	2008 年
6	王誠	〈為邵雍正名：關於幾個邵雍生平與學術問題的澄清〉	《商丘師範學院學報》	2009 年
7	高安澤	〈邵雍師友及學說簡述〉	《中原文獻》	2009 年
8	郭鵬	〈邵雍遷洛之前求學與漫遊的再研究〉	《中國文化研究》	2009 年

第二類是研究邵雍文學的整體風格，包含詩歌理念、文學觀和理學詩等議題，列表如下：

編號	作者	篇名	期刊名	出版年
1	郭玉雯	〈邵雍的詩歌理念探析〉	《台大中文學報》	1991 年
2	郭鵬	〈關於邵雍文藝觀的幾個問題〉	《文學前沿》	2006 年
3	蒲宏凌	〈論邵雍的文學觀〉	《現代語文》	2007 年
4	孫慧玲	〈理學詩與理學詩派辨〉	《作家》	2008 年
5	魏崇周	〈20 世紀以來邵雍文學思想研究綜述〉	《河南教育學院學報》	2008 年
6	郭鵬	〈論「邵康節體」〉	《文化與詩學》	2011 年
7	孫慧玲	〈真情至樂而中和：邵雍詩歌三層次論〉	《文藝評論》	2011 年
8	付洪偉	〈論北宋理學家邵雍的詩學觀〉	《洛陽師範學院學報》	2012 年

第三類以《擊壤集》為討論範圍，並以此為研究的題目，包含探討命名由來和從詩集中分析出人生志趣等，列表如下：

編號	作者	篇名	期刊名	出版年
1	鄭定國	〈邵雍《擊壤集》命名之探討〉	《鵝湖月刊》	1999 年
2	祝尚書	〈論「擊壤派」〉	《文學遺產》	2001 年
3	王利民	〈《伊川擊壤集》與先天象數學〉	《周易研究》	2003 年
4	王利民 徐艷	〈從《伊川擊壤集》看邵雍的人生志趣〉	《南通師範學院學報》	2003 年
5	王利民	〈從《伊川擊壤集》看邵雍的風月情懷〉	《浙江大學學報》	2004 年
6	施乃綺	〈從《擊壤集》論邵雍觀物思想與「意」概念之關係〉	《古今藝文》	2004 年
7	張志勇	〈安時處順，知命樂道：讀《伊川擊壤集》有感〉	《河北大學成人教育學院學報》	2006 年
8	杜文曦 王利民	〈從《伊川擊壤集》看邵雍的歷史意識〉	《求索》	2011 年

第四類則將研究範圍縮小至某一主題，如隱逸詩、觀物詩或邵雍的快樂詩學等，列表如下：

編號	作者	篇名	期刊名	出版年
1	徐志嘯	〈從《次康節首尾吟韻》看宋子〉	《當代韓國》	1997 年
2	蕭志才	〈邵康節「天根月窟」詩釋秘〉	《中國氣功》	2000 年
3	宋邦珍	〈邵雍「以物觀物」詩學觀之析論〉	《人文及社會學科教學通訊》	2002 年
4	張海鷗	〈邵雍的快樂詩學〉	《中山大學學報》	2004 年
5	劉天利	〈論邵雍詩歌的「樂」主題〉	《中國韻文學刊》	2004 年
	王竟芬	〈逍遙安樂的宙美人生——略述邵雍儒道兼述的境界美學〉	《安徽師範大學學報》	2004 年
6	張志勇 張軼芳	〈談邵雍的隱逸詩的內容〉	《時代文學》	2008 年

7	林青蓓	〈邵雍觀物詩之樂趣〉	《國文天地》	2008 年
8	魏崇周	〈邵雍真樂的背景及定性〉	《河南教育學院學報》	2009 年
9	葉麗媛 徐瑩	〈邵雍詩歌中的酒文化〉	《當代小說》	2009 年
10	張志勇 曲曉明	〈談邵雍詩歌的道德追求〉	《河北旅遊職業學院學報》	2009 年
11	胡驕鍵	〈反觀之美：論邵雍「以物觀物」思想及其與詩歌創作的關聯〉	《重慶文理學院學報》	2010 年
12	陳忻	〈宋代理學家的小詩之樂〉	《西南大學學報》	2010 年
13	劉方	〈都市日常生活的詩化與宋代城市詩歌的轉型：邵雍城市詩歌書寫的文學史意義〉	《浙江社會科學》	2010 年
14	李文祥	〈中國古代養生詩詞《閒適吟》賞析〉	《資養通鑑》	2011 年
15	林素芬	〈從「觀物」到「安樂」：論邵雍生命哲學的實際開展〉	《師大學報》	2012 年
16	潘立勇、趙春艷	〈邵雍「樂」的三重境界〉	《美育學刊》	2012 年

第五類是邵雍與其他文人的比較，列表整理如下：

編號	作者	篇名	期刊名	出版年
1	施霞	〈從梅、蘇、黃、邵四家看宋詩平淡美〉	《成都電子機械高等專科學校學報》	2006 年
2	程美華	〈試析孫原湘與邵雍的淵源〉	《沈陽大學學報》	2009 年
3	楊會敏	〈朝鮮徐敬德的感懷詩及其他：兼與邵雍的詩歌比較〉	《洛陽理工學院學報》	2010 年
4	韓佩思	〈王國維「境界說」對邵雍「觀物說」的繼承與創新〉	《東方人文學誌》	2010 年

從上述整理表格來看，近十年來，台灣期刊發表關於邵雍其人其詩的研究，只有宋邦珍、林素芬、林青蓓、施乃綺、高安澤、樸月和

韓佩思，大陸地區研究邵雍的學者比台灣還多，可見大陸為目前研究邵雍的主力。因此本論文參考期刊的部分，多是依據大陸期刊，而論文題目亦是參考大陸學者張海鷗〈邵雍的快樂詩學〉而來，張氏研究邵雍的快樂詩學，對邵雍的哲學與詩學進行新的闡釋，主要分三點闡述，一是「邵雍的快樂哲學」，其快樂生活觀來自「以物觀物」的哲學思想，這是達成「快活」心境的基本思維方式。二是「邵雍的快樂詩學」，在《擊壤集・序》開篇提出「自樂」之旨，因「以物觀物」哲學，故能自由自在地藉詩抒情言志。三是「快樂詩學的詩意言說」，將快樂詩學具體化出「閑與樂」、「詩與樂」、「群聚宴飲與詩」，並提出四不原則：不限聲律、不沿愛惡、不立固必、不希名譽。最後，總結出由「自樂」而「樂天下」的宗旨。此文對本論文帶有啟發性的作用。

以研究內容來看，研究邵雍其人其詩的種類可謂相當多元，從邵雍生平、文學思想、與《擊壤集》相關的探討，還有不少單一主題的探討，如首尾吟、樂的主題、酒的文化、道德的追求、〈閑適吟〉賞析、城市詩歌書寫的文學史意義等，甚至還有與他人的比較。從這些期刊中，筆者析出「樂的主題」作為論文研究的方向。

第三節　研究範圍與方法

一、研究範圍

《宋史》卷四二七有傳。邵雍詩歌主要收錄於《擊壤集》，所以研究文本以此詩集為主，郭彧整理的《邵雍集》中提到：

> 邵雍《伊川擊壤集》，歷代刊本較多。先見於《正統道藏》太玄部，又見於《道藏輯要》星集，明代宗景泰八年，副都御史畢亨為《伊川擊壤集》作序，刊刻於憲宗成化十一年，民國初由張元濟收入《四部叢刊》初編集部。清乾隆年間修《四庫全書》，將《伊川擊壤集》收入集部，《四庫全書》與

《四部叢刊》影畢亨刊本均收有邵雍〈集外詩〉。今編《邵
雍集》中，《伊川擊壤集》以《正統道藏》本為底本，《四部
叢刊》本為主校本，並參考《四庫全書》本。〔註5〕

此本論文的研究範圍採用郭彧在中華書局編輯出版的《邵雍集》，該
書包含《觀物外篇》、《觀物內篇》、《伊川擊壤集》、〈洛陽懷古賦〉、〈戒
子孫〉、〈無名君傳〉、〈漁樵問對〉及相關附錄，資料整理得豐富又詳
實，是近兩年來整理邵雍資料最為完整的書籍，因此本論文研究邵雍
快樂詩學的詩歌，主要依郭彧這本《邵雍集》，並再參考景印文淵閣
出版的《四庫全書》。介紹邵雍生平事蹟和思想理論時，參考郭彧《邵
雍集·附錄》編入〈四庫全書總目擊壤集提要〉、〈伊川擊壤集後序〉、
〈宋史·邵雍〉、〈邵堯夫先生墓誌銘〉等文，再參酌《宋元學案》和
《河南邵氏聞見前錄》二書等。此外《擊壤集》編排大致依時間發展
先後而來，不論《四部叢刊》本、《四庫全書》本或郭彧編的版本，
內容排序差異性不大，因此本論文探討邵雍詩歌內容，主要依郭彧整
理的《擊壤集》排序，推測邵雍寫詩可能的時間點。

二、研究方法

（一）學理上的依據

上述提及邵雍詩歌「樂的主題」，與此相關期刊有：張海鷗〈邵
雍的快樂詩學〉、劉天利〈論邵雍詩歌的「樂」主題〉、林青蓓〈邵雍
觀物詩之樂趣〉、魏崇周〈邵雍真樂的背景及定性〉、陳忻〈宋代理學
家的小詩之樂〉、林素芬〈從「觀物」到「安樂」：論邵雍生命哲學的
實際開展〉等。從這些期刊可發現近年似乎有一種趨勢：從詩歌研究
邵雍的「樂」。

「樂」依「快樂」視之，「快樂」一詞參考張海鷗〈邵雍的快樂
詩學〉，同時有學理上的依據，回溯西方快樂主義，以提煉出東方的

〔註5〕宋·邵雍著，郭彧整理，《邵雍集·前言》（北京：中華書局，2010.6），
頁12。

快樂哲學。雖然東方沒有像西方有完整的哲學體系，但卻有結合儒道釋的理學思想，而邵雍為理學家代表者，藉此析出東方儒道釋三家內含的快樂思維，再導入邵雍的快樂詩學理論，從詩學印證其詩歌。

（二）資料上的擇取

筆者參考上述理論，篩選邵雍《擊壤集》中，含有快樂思想的詩歌，只要詩中含有儒道釋思想的快樂境界，及邵雍描述自己的生活快樂，即納入研究範圍。大體而言，詩中含有「閑」、「靜」、「樂」的字詞均會被輯入，共有 446 首（參見附錄二），如〈秋遊　其二〉：「先秋顥氣已潛生，洛邑方知節候平。庭院乍涼人共喜，園林經雨氣尤清。迴舟伊水風微溜，緩轡天津月正明。自有皋夔分聖念，好將詩酒樂升平。」（卷 2，頁 197）這首詩中有「喜」和「樂」的字眼，且全詩表達秋天涼爽的喜悅感受，並以詩酒同享太平樂事。這類直陳快樂情景的詩歌即被輯入主要的 446 首範圍內。

其次，本論文引用《擊壤集》中不含快樂思維的詩歌，主要是為了研究其生平與思想源淵而放入討論，如〈學佛吟〉：「飽食豐衣不易過，日長時間奈愁何。求名少日投宣聖。怕死年老親釋迦。妄欲斷緣緣愈重，徵求去病病還多。長江一片長如練，幸自無風又起波。」（卷 14，頁 407）以此看來邵雍也有接觸佛教，只是佛教思想融入道家思想，並以佛老視之，像這首詩歌可作為研究上的參考，但因詩中情感非屬快樂心情，故不列入 446 首中。

（三）方法上的採用

本論文主要探討邵雍的快樂詩學及其詩歌，採用幾種研究方式，分析如下：

1. 文獻分析法：在邵雍生平部分先採用文本研究，參考相關文獻，並針對其時代背景、生平事蹟和作者思想進行簡略說明，以傳記方式依序為作者的一生勾勒概括的輪廓，對作者有初步認識。

2. 境界哲學與功夫論：馮友蘭在《新原人》中提出新理學的人

生境界四層次〔註6〕，可知理學中有境界哲學理論，以快樂來看，快樂是種抽象的哲學涵意，但若將其提升至人的境界，境界變成是種存在的本體體驗，且必須靠具體實踐才能使存在成為意義，而具體實踐即是功夫論中的「修鍊」、「修養」、「修行」、「實踐」、「道德」、「人生哲學」等概念。因此本論文先找出理學中儒道釋三家的快樂境界，再從邵雍詩歌中，具體印證其修鍊快樂的實踐之道，使快樂境界變得具體而有意義。

3. 分析、歸納、比較等方法：針對邵雍快樂詩歌，進行內容與藝術特色的分析，包含分析歸納快樂詩歌的內容、體裁和用韻情形，再比較形式與語詞上的修辭技巧和語言特徵，以檢視理學家寫詩所獨具的藝術美感。

〔註6〕「馮友蘭提出人生境界的四層次，即：自然境界、功利境界、道德境界、天地境界。」引程剛，〈觀物之樂與天地境界：邵雍三「樂」與馮友蘭四「境界」之比較〉，《中國文化研究》（2008.2）：頁132。

第二章　邵雍平生概述

　　讀詩要先瞭解作者的心境，黃永武在《中國詩學·鑑賞篇》曾說：

> 要知人論世，要體察作者繁複的心境，又不外乎從歷史知識中去注意「時、地、人」三個要素。就時而言，考查作品的年代可以推測當時的時事；就地而言，考查作品的地點可以省察當地的情狀；就人而言，考查作者的性向可以窺見其風格與內心的志趣。考查作者的交遊可以印證其指稱及相互的影響。[註1]

這段話教我們從時、地、人三要素綜合考查作者一生的際遇，當我們對作者的背景資料有所認識，便能確切領悟其透過作品所傳達出的理念，因此解讀作品之前，必須先瞭解作者相關的時、地、人等訊息，以作為之後研究作品的重要基石。以下第一節「生存的時代背景」，先瞭解邵雍生存時代的整體大環境。第二節「家世背景與生平經歷」，其次探究邵雍的家學淵源、生長地域環境與交遊情形等事蹟。第三節「文學理念與作品」，最後深究其文學創作理念與代表著作。由外而內層層探索，愈加認識其人其作品乃至其思想。

第一節　生存的時代背景

　　北宋起自趙匡胤被「黃袍加身」擁戴為帝，史稱「陳橋兵變」，

[註1] 黃永武，《中國詩學·鑑賞篇》（臺北：巨流圖書公司，1977.4），頁239～240。

其建立以汴京（今河南開封市）為首都的「宋」朝，開啟北宋序幕，至徽、欽二宗被金人俘虜，史稱「靖康之難」，從宋太祖、太宗、真宗、仁宗、英宗、神宗、哲宗、徽宗和欽宗，歷任九位皇帝（960～1127）共 167 年的政期，是中國經濟與文化教育最繁盛的時代。邵雍（1011～1077）尤是生存於北宋最鼎盛的時期，以下概述北宋整體政壇與文壇的發展，以對邵雍生存時代有背景知識。

一、中央集權與文人政治下的內外危機

趙匡胤為避免出現唐代宦官專權、藩鎮割據的弊病，以「杯酒釋兵權」的方式，剝奪武將兵權，採用「重文輕武」政策，推行文官制度，派朝廷使臣取代節度使，並以「中央集權」方式，由皇帝直接掌控全國政治、軍事、財政大權，此做法雖然免除前朝的弊病，但卻造成軍事力量衰弱，所以一再屈服於遼、夏少數民族。宋真宗景德元年（1004 年），曾御駕親征而大挫遼國士氣，隔年訂下澶淵之盟，名義上宋與遼約為兄弟之國，宋稱兄、遼稱弟，但宋朝每年給遼國絹二十萬匹，銀十萬兩以維繫和平。此盟約維持長期和平的局勢，但卻是以輸送「歲幣」的辦法，求取遼國的退讓，足見宋朝戰鬥力孱弱。

澶淵之盟使宋朝與遼國得到近一百年的和平，恰是北宋最繁榮的時期，邵雍即生於此時。其一生中，只有新興的西夏入寇，不久即被范仲淹、韓琦等人有效地制止，但朝政仍是內外不安，從仁宗慶曆黨爭、英宗濮議至神宗變法，都是文人論政而導致無法抵禦強敵，甚至滋生呂惠卿、章惇、蔡京等小人。可見邵雍身處在表面平靜卻暗潮洶湧的政治時局，因而「邵雍提倡『治必通變』的政治主張，他認為社會在變化，政治原則亦當隨之變化，這是符合易學『唯變所適』的原則，不只治世之道，必通其變，尤其世道之變，更是反映在兩大方面，從人心而言，有重義與重利之別；從社會狀況來看，有治世與亂世之分」〔註 2〕。邵雍有詩〈三十年吟〉云：「比三十年前，今日為艱難。

〔註 2〕摘錄自唐明邦，《邵雍評傳》（南京：南京大學出版社，2006.1），頁66～67。

比三十年後，今日為安閑。治久人思亂，亂久人思安。安得千年鶴，乘去遊仙山。」〔註3〕在邵雍冷眼觀物下，看到表面平靜的政局裡，隱藏著變動的危機。

二、文人政治與學風興盛使文壇多元發展

宋太祖重視文治，因而大力提拔文人，使文人得到自由發展的空間，這些文人積極參與政治，言論多激切深刻，不過在熱切關心政事之餘，也積極投入創作，如此高度重視文化因而促成儒學復興。另外，宋代經濟繁榮和科學技術進步，建立在教育普及的基礎上，當時的教育制度，因為北宋普遍設立學校，再經由科舉考試，學校培育的人才得以選拔為候補官吏，只是當時知識分子大多有崇高的理想，與追求獨立思考的精神，於是產生書院這類自由講學的場所，由於在書院中可以全心投入學術，因而培育出不少傑出的學者，反而促使北宋文風大為昌盛，除了在思想上產生跨時代的「理學」思想，更有延續唐詩而開展出新風格的宋詩，甚至發展出代表宋朝的文學體裁——詞，足見當時文風多元發展的情形。

以宋詩而言，南宋嚴羽說宋代詩人是：「以文字為詩，以才學為詩，以議論為詩」〔註4〕。清吳喬（1961～1965）《圍爐詩話》說：「唐人以詩為詩，宋人以文為詩。唐詩主於達性情，故於三百篇近；宋詩主於議論，故於三百篇遠。」〔註5〕錢鍾書（1910～1998）在《談藝錄·詩分唐宋》：「唐詩多以豐神情韻擅長，宋詩多以筋骨思理見勝。」〔註6〕由此可知宋詩的風格異於唐詩，除了一般歌詠風花雪月的內容，另外開展出以「議論」和「說理」風格的詩作。其實宋詩形成自己的

〔註3〕宋·邵雍著，郭彧整理，《邵雍集·伊川擊壤集》（北京：中華書局，2010.6），卷16，頁440。本章引用邵雍詩歌，均採用此版本，以下僅於詩後標卷號與頁碼，不再贅述。

〔註4〕宋·嚴羽著，郭紹虞校釋，《滄浪詩話校釋》，（臺北：里仁書局，1987），頁26。

〔註5〕清·吳喬，《圍爐詩話》（臺北：廣文書局，1973），卷2，頁12。

〔註6〕錢鍾書，《談藝錄·詩分唐宋》（臺北：書林，1988），頁2。

風格有其時代背景，從北宋時期的慶曆新政到王安石變法，與伴隨而來的朋黨之爭，都是文人關心、探討的話題，於是自宋仁宗、神宗以後，開始以歐陽修為首，包含梅堯臣、尹洙、蘇舜欽、穆修、孫復、石介等人，推動反西崑模擬風格的詩文革新路線，遂形成「以文為詩」到「以議論為詩」的宋詩特色。宋犖（1634～1714）《漫堂說詩》把宋詩做了一些分類：

> 宋初，晏殊、錢惟演、楊億號「西崑體」。仁宗時，歐陽修、梅堯臣、蘇舜欽謂之「歐、梅」，亦稱「蘇、梅」，諸君多學杜、韓；王安石稍後，亦學杜、韓。神宗時，蘇軾、黃庭堅，謂之「蘇、黃」；又黃與晁補之、張耒、陳師道、秦觀、李廌稱「蘇門六君子」，庭堅別開「江西詩派」。〔註7〕

北宋初期詩風有晏殊、錢惟演、楊億形成西崑體外，其實尚有白體和晚唐體〔註8〕，接著北宋中期有歐陽修、梅堯臣、蘇舜欽等人，晚期則有王安石、蘇軾、黃庭堅、陳師道等人，黃庭堅與晁補之、張耒、陳師道、秦觀、李廌稱「蘇門六君子」，黃庭堅另開「江西詩派」，江西詩派則過度至南宋而影響南宋詩風。

　　由於文風昌盛且創作者眾，除了上述詩風產生的派別，也有創作不同詩文風格的流派，有「政治性質」的詩文，代表者有王安石、司馬光、富弼、韓琦等人；也有「道學理論」的詩文，以邵雍、周敦頤、二程和張載等為代表，其中邵雍的詩歌以說理為主，修辭為輔，極具

〔註7〕 清·宋犖撰；黃秀文，吳平主編，《宋氏全集·漫堂說詩》，（北京市：北京圖書館，2006），頁612。

〔註8〕 〈送羅壽可詩序〉：「詩有白體、崑體、晚唐體。白體如李文正、徐常侍昆仲、王元之、王漢謀；崑體則有楊、劉《西崑集》傳世，二宋、張乖崖、錢僖公、丁崖州皆是；晚唐體則九僧最逼真，寇萊公、魯三交、林和靖、魏仲先父子，潘逍遙、趙清獻之父。」參見元·方回，《桐江續集》（臺北：臺灣商務，1970），卷32，頁13。邵雍是受到白體影響的其中一人，「所謂『白體』是指唐代詩人白居易平易且富情味的詩風為正宗的宋初詩歌流派，又稱為『樂天體』或『香山體』。它盛行於宋初前四十年，即宋太祖、太宗二朝，至真宗朝時崑體詩崛起，白體方趨式微。」此段參見劉明宗，《宋初詩風體派發展之研究》（臺北：花木蘭文化，2010），頁29。

特色，所以其詩被稱為「康節體」。不過，宋代的代表文學是「詞」，蘇軾、歐陽修、王安石等人同時創作詞，尤以蘇軾在文學史上佔有極重要的地位，其詩、詞、賦、散文成就均高，又擅書法和繪畫，更別開新意，創造出「豪放派」詞風，「宋詞」成為宋代文學代表，使「宋詞」與「唐詩」並列為中國古典文學中的重要瑰寶。

　　因整體教育的提昇和重視，使得北宋文風昌盛，北宋文壇除了繼承前人的思想成果，更開展出新的體裁和作品，不論文學家或思想家，均具有博大的見識與胸襟。再以思想理論而言，鄭定國提到：

> 北宋在宋太祖、太宗、真宗年間的文學理論家，先有柳開、
> 王禹偁、僧智圓等倡議破除六朝唐末形式主義的文風，以
> 『文道合一』的理論，領導宋朝走向理學，理學，其實就
> 是新儒學。其特色是吸收佛道兩家的思想成分，去發揚儒
> 家的倫理學和政治哲學。〔註9〕

宋初即有柳開、王禹偁等人提倡「文道合一」理論，領導宋代思想走向理學，理學吸收佛道思想來更新儒家文化，發揚儒家思想，融合儒釋道三家思想，所以宋代理學即稱「新儒學」。理學從唐代，復興孔孟的儒學思想，一路延續下來，至宋儒講義理、性命之學，均遵循孔孟之道並推陳出新地開展而來，包含「胡瑗、孫復開其端，周敦頤以《太極圖說》建立系統，張載乙太虛之氣充實內容，二程講理氣，朱熹繼承二程的思想，集理學的大成，而邵雍則專講《易經》數理。」〔註10〕邵雍作《皇極經世》以「元會運世」推演宇宙觀，「皇帝王伯」舖陳歷史觀。在思想上，提出重要見解，為北宋思想開出另一系統。

　　整體而言，由於在位者的提倡，及整個社會的安定和經濟的繁榮，提供文人良好的創作環境，塑造多元的文化風氣，詩文承前代持續發展外，更有融合儒道釋三家思想產生宋明理學這樣跨時代的哲學體系。在這樣多元發展的氛圍下，理學家邵雍將理學思想，化入詩文作品，

〔註9〕鄭定國，《邵雍及其詩學研究》（臺北：文史哲出版社，2000），頁12。
〔註10〕羅光，《中國哲學思想史》（臺北：臺灣學生書局，1982～1984），頁8。

形成其特有的詩風，讀之令人玩味不已！以下概述邵雍的家世背景、生平事蹟、文學理念與著述。

第二節　家世背景與平生經歷

　　邵雍（1011～1077），字堯夫，初隱居蘇門百源之山，後人稱「百源先生」，後來遷居洛陽，將住所命名為安樂窩，自稱「安樂先生」，逝後於北宋哲宗元祐年間賜諡康節，所以後世稱「邵康節」。邵雍與周敦頤、程顥、程頤、張載合稱北宋五子，為北宋理學家的代表人物之一，也是著名的易學家和詩人。

　　邵雍生於北宋真宗大中祥符四年（1011）十二月二十五日，卒於北宋神宗熙寧十年（1077），享年六十七歲。共經歷四位皇帝，分別是真宗、仁宗、英宗和神宗，在北宋一百六十七年的政期中活了六十七年，正好是北宋最巔峰的時期，同時見證了北宋大半的歲月。由於邵雍的詩集主要以「編年」方式排列，依帝王的年號為其依據，因此以下用表格呈現邵雍生存期間內的帝王年表。

廟號	統治時間	年號
真宗	997～1022 年	大中祥符　1008～1016 年 天禧　1017～1021 年 乾興　1022 年
仁宗	1022～1063 年	天聖　1023～1032 年 明道　1032～1033 年 景祐　1034～1038 年 寶元　1038～1040 年 康定　1040～1041 年 慶曆　1041～1048 年 皇祐　1049～1054 年 至和　1054～1056 年 嘉祐　1056～1063 年
英宗	1063～1067 年	治平　1064～1067 年
神宗	1067～1085 年	熙寧　1068～1077 年

在邵雍詩集中提及大中祥符、慶曆、皇祐、治平和熙寧年號，以下即

透過史傳資料與相關詩作，進而瞭解邵雍的家世背景和平生事蹟，以勾勒出邵雍的人物形象。

一、家世背景

據〈宋史·道學傳·邵雍〉載：

> 邵雍字堯夫，其先范陽人。父古徙衡漳，又徙共城。雍年三十，游河南，葬其親伊水上，遂為河南人。〔註11〕

又《宋元學案·百源學案》載：

> 邵雍，字堯夫，其先范陽人，曾祖令進以軍職逮事太祖，始家衡漳。祖德新，父古，皆隱德不仕。先生幼從父遷共城，晚遷河南。〔註12〕

上述兩份資料，均談到邵雍的基本背景，而程顥寫〈邵堯夫先生墓誌銘〉同樣記錄其生平：

> 邵本姬姓，系出召公，故世為燕人。大王父令進以軍職，逮事藝祖，始家衡漳。祖德新、父古皆隱德不仕，母李氏，其繼楊氏。先生之幼，從父徙共城，晚遷河南，葬其親於伊川，遂為河南人。〔註13〕

綜合上述資料，邵雍的先人系出召公，故世為燕人，原為范陽人（河北涿州），曾祖父邵令進，以軍職事宋太祖，由於善於騎射，官軍校尉，改住在衡漳之地（河南林縣），後來邵雍隨父遷居至共城（河南輝縣）。邵雍祖父邵德新喜好讀書，為一名儒者，父親邵古，母親李氏、繼母楊氏。邵雍父親邵古知書達禮，為人篤實，據載：「其父伊川丈人，尤質宜，平生不妄笑語」〔註14〕，可知邵古平時不隨口說笑，

〔註11〕元·脫脫等同修，《宋史·道學傳·邵雍》（臺北：藝文印書館，1972），卷427、列傳186、道學1，頁5502。

〔註12〕清·黃宗羲；全祖望補修，《宋元學案·百源學案》（臺北：華世出版：文津總經銷，1987），卷9上，頁365。

〔註13〕宋·邵雍著，郭彧整理，《邵雍集·附錄·邵堯夫先生墓誌銘》（北京：中華書局，2010.6），頁579。

〔註14〕宋·邵伯溫，《河南邵氏聞見前錄》（北京：中華書局，1985），卷20，頁147。

個性質樸，喜好文字、音韻之學，崇尚隱逸之風，自號伊川丈人。邵古在聲韻學上有相當深的造詣，邵雍聲韻上的知識多得自家傳，而邵雍祖父和父親兩人皆隱德不仕，這也影響邵雍日後選擇隱居不仕的生活。可見邵雍出生地在河北范陽（河北涿州），後來遷移到衡漳之地（河南林縣康節村），又遷居至河南共城（河南輝縣），邵雍三十歲時四處遊歷，之後母親過世，邵雍將其葬在伊川，並仍住在共城此地，少年時期的邵雍多在共城度過。

二、平生事蹟

　　以下探討邵雍一生的經歷，分共城、河陽、洛陽三個地域來看，這三個地方的生活情形，恰巧可看出其早期、中期和晚期思想的轉變，尤以晚年處於洛陽，此時期的生活與思想為一生最關鍵、最成熟的階段，以下分析之：

（一）奠基的共城時期：勤奮向學的儒家本色

　　大中祥符四年（1011）出生的邵雍，作了一首關於自己生日的詩，題為〈生日吟　祥符辛亥年十二月二十五日〉：「辛亥年辛丑月，甲子日甲戌辰。日辰同甲，年月同辛，吾於此際，生而為人。」（卷18，頁476）此詩寫出其出生的月日時辰，十二月二十五日戌時邵雍出生，據上述文史資料的記載，青少年時期的邵雍已隨父親遷居於河南共城，共城時期的邵雍勤奮向學、刻苦自勵，並曾周遊四方，《宋史・道學傳・邵雍》：

> 始為學，即堅苦刻厲，寒不爐，暑不扇，夜不就席者數年。已而嘆曰：「昔人尚友於古，吾獨未及四方，於是踰河汾涉淮漢，周流齊魯宋鄭之墟，久之，幡然來歸，曰：『道在是矣。』」〔註15〕

《宋元學案・百源學案》同樣談到其早年的經歷：

〔註15〕元・脫脫等同修，《宋史・道學傳・邵雍》，卷427、列傳186、道學1，頁5502。

幼從父遷河南，即自雄其才，力慕高遠，謂先王之事必可致，
居蘇門山百源之上。布裘蔬食，躬爨養父之餘，刻苦自勵者
有年。已而嘆曰：「昔人尚友千古，吾獨未及四方。」於是
踰河汾，涉淮漢，周流齊、魯、宋、鄭之墟而始還。〔註16〕

共城西北境內有座蘇門山，遠近馳名，山下有個百泉湖（又名百源湖），
邵雍即居住在蘇門山百泉湖邊。邵雍家境貧苦，即使布衣粗食、生活
條件不佳，仍懷有大志，認為「先王之事必可致」，因而致力向學、
刻苦自勵，過著一面耕讀、一面侍奉父母的生活，也因其好學的態度，
遂飽覽經史百家著作，但他並不滿足於記問之學，尤重獨立思考，他
曾感嘆道：「昔人尚友千古，吾獨未及四方。」所以在累積了一定知
識後，踰越河汾、涉過淮漢，遊歷齊魯宋鄭等地方，藉此拓展眼界、
開闊胸襟，當其遊學回來後，忍不住讚嘆道：「道在是矣。」「這一段
十二至十九歲策勉自勵和遊學天下的經歷，並未深染道家思想，應該
還是儒家思想為本色」〔註17〕，此時由於邵雍受到儒家思想薰陶，所
以仍堅持修身、齊家、治國、平天下的理想抱負。

（二）轉型的河陽時期：從儒轉道的思想改變

邵雍思想轉變的關鍵，在於認識了李之才此人，根據不少資料記
錄，皆有相同的敘述。《宋史・道學傳・邵雍》談到：

北海李之才攝共城令，聞邵雍好學，嘗造其廬，謂曰：「子
亦聞物理性命之學乎？」雍對曰：「幸受教。」乃事之才，
受河圖、洛書、伏羲八卦、六十四卦圖像。之才之傳，遠
有端緒，而雍探賾索隱，妙悟神契，洞徹蘊奧，汪洋浩博，
多其所自得者。〔註18〕

《四庫全書總目・皇極經世書提要》也提及：

據晁說之所作李之才傳，邵子數學本於之才，之才本於穆

〔註16〕清・黃宗羲；全祖望補修，《宋元學案・百源學案》，頁365～366。
〔註17〕鄭定國，《邵雍及其詩學研究》，頁14。
〔註18〕元・脫脫等同修，《宋史・列傳・邵雍》，卷427、列傳186、道學1，
　　　頁5502。

修，修本於種放，放本陳摶。蓋其術本自道家而來。當之
才初見邵子於百泉，即授以義理、物理、性命之學。《皇極
經世》蓋即所謂物理之學也。〔註19〕

《宋元學案・百源學案》同樣談論此事：「時北海李之才攝共城令，
授以圖、書先天象數之學。先生探賾索隱，妙悟神契，多所自得。」
〔註20〕可知邵雍勤奮向學、聞名鄉裏，當時高人李之才（980～1045），
擔任共城縣令，耳聞邵雍好學，後來親眼見之，果真像發現一塊瑰寶，
於是就傳授邵雍先天象數之學，即《河圖》、《洛書》、《伏羲八卦》等
易學奧秘。邵雍學習的學問起於五代時期的道教祖師陳摶〔註21〕（872
～989）。陳摶將此學問公開傳授給種放（955～1015），種放傳給他的
弟子穆修（979～1032），穆修再傳給李之才，邵雍已是陳摶的四傳弟
子，其先天易學思想，就是陳摶、種放、穆放、李之才所傳授的一套
易學數術之書。邵雍這套學問為先天學，其中心思想來自一幅《先天
圖》，「所謂《先天圖》，是把《周易》六十四卦繪成方圖、圓圖和所
謂《伏羲八卦方位圖》以及配合一年二十四節氣的《卦氣圖》等等。
其淵源遠出於漢代用象數研究《易》學的焦贛、京房。」〔註22〕因此
「邵雍的《先天圖》，主要來自陳摶傳下來的《先天圖》，其次來自李
之才的卦變說，第三包含漢代易學家們的卦氣說，邵雍參考三方面的
易學思維模式，進行獨立思考，加以新的發展，進而創立一套系統的
先天象數學，影響後代。」〔註23〕

　　邵雍之前一直學習孔孟之道的儒家典籍，自接觸李之才的先天象

〔註19〕宋・邵雍著，郭彧整理，《邵雍集・附錄・四庫全書總目皇極經世書
　　　　提要》，頁567。
〔註20〕清・黃宗羲；全祖望補修，《宋元學案・百源學案》，頁366。
〔註21〕陳摶，字圖南，自號扶搖子，進士未考取，於是隱居武當山，喜好
　　　　易經，因特別嗜睡，人們便稱「睡仙」，後來隱居華山，賜號「希夷」
　　　　（「希」指視而不見，「夷」指聽而不聞）。
〔註22〕木鐸出版社編，《中國歷代哲學文選：宋元明編》（臺北：木鐸出版
　　　　社，1980），頁13。
〔註23〕唐明邦，《邵雍評傳》，頁36。

數之學後，才開始鑽研道家、易學思想，因傳承了陳摶、種放、穆放、李之才這一脈的思維，所以走向「道為主、儒為輔」的另條思維道路。以邵雍的聰穎才智，迅速地融會貫通、妙悟自得，形成一套完整獨特的學說理論。在《河南邵氏聞見前錄》有邵雍向李之才請教學問的情形：

> 時李成之子挺之，東方大儒也，權共城縣令，一見康節心相契，授以《大學》。康節益自克勵，三年不設榻，晝夜危坐以思。寫《周易》一部，貼屋壁間，日誦數十遍。聞汾外任先生者，有《易》學，又往質之。挺之去為河陽司戶曹，康節亦從之，寓州學，貧甚，以飲食之油貯燈讀書。〔註24〕

李之才擔任共城縣令時，先教邵雍《大學》，後來邵雍寫《周易》此書，並貼在屋內來背誦，甚至又另外向人請教易學，足見其用功程度。後來李之才離開共城，調任河陽戶曹，邵雍就跟隨老師去河陽，住在州學內，邵雍一樣維持刻苦學習、虛心請教的態度。李之才長期觀察，見邵雍對五經大旨已融會貫通，決定進一步傳授更深的學識，可惜在邵雍投師的第六年，李之才去世了，那時邵雍三十五歲，仍舊潛心學道，尚未結婚娶妻。

　　邵雍在老師去世後，繼續沿著他指引的學術路線前進，自此思想上產生了改變，從接受儒家的綱常名教，轉而接受道家和道教的易學傳統。邵雍同李之才相處時間不長，但因李之才而引起思想上的變化，邵雍於是加倍崇拜其祖師陳摶。陳摶傳《先天圖》，邵雍十分用心研究，並曾寫詩〈觀陳希夷先生真及墨跡〉道：

> 未見希夷真，未見希夷跡；只聞希夷名，希夷心未識。（其一）
>
> 及見希夷蹟，又見希夷真；始知今與古，天下長有人。（其二）
>
> 希夷真可觀，希夷墨可傳；希夷心一片，不可得而言。（其三）（卷12，頁374）

〔註24〕宋・邵伯溫，《河南邵氏聞見前錄》，卷18，頁129。

邵雍認為陳摶思想「不可得而言」，如此隱晦神祕的傳奇人物，更引起邵雍想再深入探究陳摶的「真跡」。由於陳摶思想不止來自《周易》，更有道佛之流，歸屬道家思想體系，所以邵雍對老莊思想也加以研究並有獨到的見解。

（三）成熟的洛陽時期：思想成熟的安樂生活

據《河南邵氏聞見前錄》：「慶曆間，邵雍過洛，館於水北湯氏，愛其山水風俗之美，始有卜築之意。」〔註25〕可知慶曆年間，李之才去世後，邵雍曾到洛陽居住，因為喜愛其山水風俗的美麗，於是萌生定居洛陽的念頭。在邵雍三十九歲，宋仁宗皇祐元年（1049年），包含父親、繼母和庶弟，全家從共城遷居洛陽，邵雍以教書為生，這裡成為他後半生生活的地方。於洛陽期間則有三次遷居記錄，說明如下：

1. 暫居洛陽的天宮寺

《宋史·道學傳·邵雍》談到其剛至洛陽的生活情形：「初至洛，蓬蓽環堵，不芘風雨，躬樵爨以事父母，雖平居屢空，而怡然有所甚樂，人莫能窺也。」〔註26〕而《河南邵氏聞見前錄》也記載，得到門生的幫助：「自衛州共城奉大父伊川丈人遷居焉。門生懷州武陟知縣侯紹曾，字孝傑，助其行。初寓天宮寺三學院。」〔註27〕從上述可知，邵雍從共城遷居洛陽，得到門生侯紹曾的幫助，先借住在天宮寺裡，一切重新開始，生活環境雖不利，卻也有顏回「在陋巷，人不堪其憂，回也不改其樂」〔註28〕的心境。不但怡然自得、自得其樂，甚至還在天宮寺設館教學，深受學生歡迎，一面講學，一面研究《易》理。

此外，天宮寺為佛教寺廟，邵雍於此開始涉獵佛學，受佛教思想感染。唐明邦說：「邵雍寫〈乾坤吟〉：『道不遠於人，乾坤只在身；

〔註25〕宋·邵伯溫，《河南邵氏聞見前錄》，卷18，頁129。
〔註26〕元·脫脫等同修，《宋史·道學傳·邵雍》，卷427、列傳186、道學1，頁5502。
〔註27〕宋·邵伯溫，《河南邵氏聞見前錄》，卷18，頁129。
〔註28〕謝冰瑩等編，《新譯四書讀本》（臺北：三民書局，2000.8），頁128。

誰能天地外，別去覓乾坤。』這同禪宗所說的：『菩提只向心覓，何勞向外求玄。聽說依此修行，西方只在眼前。』」〔註 29〕雖然邵雍未直言佛教的理論，但其部分思想與佛家思想可相通，可見邵雍對佛教思想不排斥，可能有受宋代儒釋道融合的風氣影響。

2. 遷住履道坊西、天慶觀東之地

《河南邵氏聞見前錄》接著記錄：「洛人為買宅於履道坊西、天慶觀東，趙諫議借田於汝州葉縣，後王不疑同鄉人，買田於河南延秋村。康節復還葉縣之田。」〔註 30〕邵雍在朋友和門生幫助下，替其在履道坊西、天慶觀東買了一處屋子，趙諫議官借汝州葉縣的田給邵雍耕種，邵雍過著耕讀、教書自給自足生活，生活環境逐漸改善，後來王不疑同鄉人在延秋村買田，邵雍才歸還葉縣的田地。邵雍作詩〈新居成呈劉君玉殿院〉：

> 履道坊南竹徑脩，綠楊陰裏水分流。
>
> 眾賢買得澄心景，獨我居為養志秋。
>
> 若比陳門誠已僭，敬陪顏巷亦堪憂。
>
> 無端風雨雖狂暴，不信能凌沈隱侯。（卷 1，頁 185）

履道坊南邊的竹林小徑脩長，綠色楊柳樹中有水分流，眾賢為其買得可以「澄心」的景致，獨邵雍認為居住在此以為「養志」時，此居若比陳仲子〔註 31〕已僭越，但若敬陪陋巷的顏回又令人堪憂，無端風雨雖然狂暴，不信能壓倒沈隱侯。沈隱侯為南朝的沈約（441～513）〔註 32〕，剛

〔註 29〕唐明邦，《邵雍評傳》，頁 42。

〔註 30〕宋・邵伯溫，《河南邵氏聞見前錄》，卷 18，頁 129。

〔註 31〕陳仲子為廉潔之士，《孟子・滕文公下》記載：「陳仲子豈不誠廉士哉？居於陵，三日不食，耳無聞，目無見也。井上有李，螬食實者過半矣，匍匐往，將食之，三咽，然後耳有聞、目有見。」見謝冰瑩等編，《新譯四書讀本》，頁 455。

〔註 32〕沈約，其父在皇族爭奪帝位中被殺，所以少年時期的沈約家境貧困，但他刻苦攻讀，博通古籍，在齊梁之際，為蕭衍擬定即位詔書，蕭衍建立梁朝為梁武帝，沈約先後任尚書僕射，封建昌縣侯等官。沈約政治地位很高，是當時公認的文壇領袖，為注重聲律的「永明體」

遷入新居的邵雍作此詩，於詩中提及沈約，沈約與邵雍同樣對聲韻有所研究，兩人有相似之處，邵雍可能有以此自勉的作用，意在「養志」的他，勉勵自己能有所作為，即使外在環境不利，但他相信自己同樣不會被壓倒。此詩約作於皇祐元年（1049）至嘉祐元年（1056）間，大約在三十九歲至四十六歲之間，猜測此時期的邵雍仍懷有理想抱負，所以詩中暗藏其志氣與志向。

　　不過沒多久邵雍即表明不願當官，只想過著閑雲野鶴的生活，〈寄謝三城太守韓子華舍人〉一詩可看出，詩云：「洛陽自為都，二千有餘年。舉步圖籍中，開目今古間。西北岌宮殿，東南傾山川。照人伊洛清，迎門嵩少寒。水竹最佳處，履道之南偏。……有客謂予曰，……功業貴及時，何不求美官。上食天子祿，下拯蒼生殘……。予敢對客曰，……數夕文酒會，有無涯之歡……」（卷1，頁186）此詩提及履道坊的住所為最佳處，卻有客勸其出來求美官以拯救天下蒼生，而邵雍回答目前生活過地無憂無慮，擁有無涯之歡，所以寫此詩表明自己只願過著躬耕、教書的簡單生活。此時有不少官吏主動與邵雍結識，如：「諫議劉元瑜（君玉）、呂獻可（靜居）、王益柔（勝之），少卿張師錫、吳執中、太丞張師雄，學士王起（仲儒）、侍講李育（仲象），郎中姚爽、劉龍圖之子秘監劉兒（伯壽）、修撰劉忱（明復）等」〔註33〕，這些早期結識的官吏朋友，又帶他們的弟子前來向邵雍請教，足見邵雍德性學識受人景仰，所謂「德不孤，必有鄰」，此時的邵雍應是意氣風發的吧！

　　在這段期間，有一位早期的學生，名叫姜愚，字子發，他與邵雍同歲，拜邵雍為師稱門生，那時，邵雍尚未結婚，姜愚與另一學生張穆之介紹同學王允修的妹妹給邵雍，婚禮費用全由姜愚負擔，於是邵

　　創始人之一，其把平上去入四聲用於詩的格律，還提出「八病說」，整理出較為完整的詩歌聲律論，但晚年和梁武帝有嫌隙，所以死後諡隱，後人遂稱他為「隱侯」。

〔註33〕唐明邦，《邵雍評傳》，頁40。

雍娶了王氏夫人，兩年後生下兒子名伯溫，並作詩〈生男吟 嘉祐二年〉：「我今行年四十五，生男方始為人父。鞠育教誨誠在我，壽夭賢愚系於汝。我若壽命七十歲，眼見吾兒二十五。我欲願汝成大賢，未知天意肯從否？」（卷 1，頁 188）《河南邵氏聞見前錄》也記錄邵雍結婚生子的事件，只是其年歲和上述有出入，內容如下：

> 太學博士姜愚字子發，京師人，長康節先公一歲，從康節學，稱門生。先公年四十五未娶。潞州張仲賓太博，字穆之，自未第亦從康節。子發與穆之二君同白康節曰：「不孝有三，無後為大。先生年逾四十不娶，親老無子，恐未足以為高。」康節曰：「貧不能娶，非為高也。」子發曰：「某同學生王允修，頗樂善，有妹甚賢，似足以當先生。」穆之曰：「先生欲婚，則某備聘，令子發與王允修言之。」康節遂娶先夫人。後二年，伯溫始生。故康節有詩雲：「我今行年四十七，生男方始為人父。鞠育教誨誠在我，壽夭賢愚繫於汝。我若壽命七十歲，眼見吾兒二十五。我欲願汝成大賢，未知天意肯從否？」〔註34〕

邵雍子邵伯溫（1057～1134），後來寫《河南邵氏聞見前錄》記下關於邵雍的生平事蹟，成為研究邵雍的重要參考資料之一，且有助瞭解北宋的歷史事件，可知邵雍遷居洛陽，待經濟各方面逐漸穩定下來後，才娶妻生子。此時期邵雍徜徉於自然美景，過著飲酒、讀書、作詩、遊歷的生活。

不過丞相富弼（1004～1082）曾相招出仕，嘉祐六年（1061）邵雍五十一歲時，作詩〈謝富丞相相招出仕〉二首以婉拒，第一首詩云：

> 相招多謝不相遺，將謂胸中有所施。

〔註34〕宋‧邵伯溫，《河南邵氏聞見前錄》，卷 18，頁 127～128。筆者採用郭彧整理，《邵雍集‧伊川擊壤集》版本，此詩集寫邵雍四十五歲生男，郭彧認為《河南邵氏聞見前錄》的記錄應是「五」誤寫成「七」，所以他認為是四十五歲生男。不過若由嘉祐二年寫〈生男吟〉來推年紀，邵雍卻是四十七歲生子，此地方的誤差，也有可能是實歲和虛歲的說法差異。

　　　　若進豈能禁吏責，既閑安用更名為。

　　　　願同巢許稱臣日，甘老唐虞比屋時。

　　　　滿眼清賢在朝列，病夫無以繫安危。（卷 2，頁 206）

第二首又說道：

　　　　欲遂終焉老閑計，未知天意果如何。

　　　　幾重軒冕酬身貴，得似雲山到眼多。

　　　　好景未嘗無興詠，壯心都已入消磨。

　　　　鵷鴻自有江湖樂，安用區區設網羅。（卷 2，頁 206）

邵雍作此兩首詩答謝富弼的薦舉，表明希望自己像巢父和許由隱逸不仕，因為若要當官，一來身體恐怕負荷不了，二來早無雄心壯志，三來不想受到束縛，只想悠閑地遨遊山林中，此組詩明確表達其既不仕也不奉閑官的心情。

　　上述看來，三十九歲遷入洛陽至五十一歲，十三年左右的時間，心志上已起了變化，從初至洛陽的遠大抱負早已轉為安恬閑適的心境，即便仍與官員來往，也消融了當初儒家經世濟民的念頭，所以此時面對富弼的招薦已無動於衷。

3. 晚年定居天宮寺西、天津橋南

　　《河南邵氏聞見前錄》又記錄邵雍至洛陽後，接下來的情形：

　　　　嘉祐七年，王宣徽尹洛，就天宮寺西，天津橋南，五代節
　　　　度使安審琦宅故基，以郭崇廢宅餘材，為屋三十間，請康
　　　　節遷居之。富韓公命其客孟約買對宅一園，皆有水竹花木
　　　　之勝。熙寧初，行買官田之法，天津之居亦官地。榜三月，
　　　　人不忍買。諸公曰：「使先生之宅，他人居之，吾輩蒙恥矣。」
　　　　司馬溫公而下，集錢買之，康節先生以詩謝王宣徽。〔註35〕

宋仁宗嘉祐七年（1062 年），邵雍五十二歲，由《河南邵氏聞見前錄》可知其在洛陽附近天津古橋的新居落成，此為邵雍居洛陽後第三次遷居，並於此度過晚年。當時的名流學士，如司馬光、富弼、呂公著等

〔註35〕宋・邵伯溫，《河南邵氏聞見前錄》，卷 18，頁 129～130。

人都很敬重他，曾集資為他買了一所園宅，洛陽地方長官王宣徽，他利用五代節度使安審珂故宅的地基，郭崇韜廢宅的餘材，蓋了三十間新房，命名為「安樂窩」，自號為「安樂先生」。安樂窩建成後，於此富弼也在安樂窩的對面買了一座花園，園中水竹搖曳，花草樹木環繞其中，環境相當清幽！至熙寧初，司馬光主導王宣徽、富弼等二十餘家出錢買券契，正式贈給邵雍，於是邵雍再次寫詩〈天津弊居蒙諸公共為成買詩以謝〉表達謝意，詩云：

> 重謝諸公為買園，洛陽城裏占林泉。
>
> 七千來步平流水，二十餘家爭出錢。
>
> 嘉祐卜居終是僦，熙寧受券遂能專。
>
> 鳳凰樓下新閑客，道德坊中舊散仙。
>
> 洛浦清風朝滿袖，嵩岑皓月夜盈軒。
>
> 接籬倒戴芰荷畔，談塵輕搖楊柳邊。
>
> 陌徹銅駝花爛熳，堤連金穀草芊綿。
>
> 青春未老尚可出，紅日已高猶自眠。
>
> 洞號長生宜有主，窩名安樂豈無權？
>
> 敢於世上明開眼，會向人間別看天。
>
> 盡送光陰歸酒盞，都移造化入詩篇。
>
> 也知此片好田地，消得堯夫筆似椽。（卷13，頁380）

此詩第一句「重謝諸公為買園」開門見山再度表示感謝，可知邵雍接受眾人的協助，在「安樂窩」中成為新閑客，沉醉於清風、皓月、芰荷、楊柳間，過著「紅日已高猶自眠」的隨性生活。邵雍在如此高雅之地，或飲酒或寫詩，將此情此景化入篇篇詩歌，其詩集《擊壤集》主要收錄晚年的作品。

　　不過，除了書寫怡情雅性的詩歌內涵外，在治平四年（1067）邵雍五十七歲時，其七十九歲的父親邵古去世，熙寧元年（1068）邵雍五十八歲時，與其感情深厚的同父異母弟弟——邵睦，又忽然因病死

亡，悲痛的邵雍遂作了好幾首詩：〈傷二舍弟無疾而化〉（卷6，頁258）、
〈聽杜鵑思亡弟〉（卷6，頁259）、〈書亡弟殯所〉（卷6，頁259）、〈南
園南晚步思亡弟〉（卷6，頁260）、〈自憫〉（卷6，頁260），以詩哀
悼亡弟，此時期接連發生的不幸，使邵雍在安樂窩不全然是快樂，也
有這類傷心難過的詩歌之作。

此外，《宋元學案・百源學案》中，也可幫助我們瞭解邵雍堅決
不受官的情形：

> 嘉祐中，詔舉遺逸，留守王拱辰薦之，授試將作監簿，先
> 生不赴。熙寧初，復求逸士，中丞呂誨等復薦之，補潁州
> 團練推官，皆三辭而後受命，終不之官。〔註36〕

當時的洛陽名士，希望邵雍出仕，嘉祐年間，王拱辰當官於洛陽時，
推薦邵雍作監簿，邵雍仍堅持不赴任官職。到了神宗年間呂晦等人推
薦邵雍任官，《邵氏聞見前錄》也有記錄此事：

> 熙寧二年，神宗初即位，詔天下舉遺逸。御史中丞呂誨、
> 三司副使吳充、龍圖閣學士祖無擇皆薦康節。時歐陽公作
> 參知政事，素重常秩，故潁川亦再以秩應詔。康節除祕書
> 省校書郎、潁州團練推官。辭，不許。既受命，即引疾不
> 起。〔註37〕

在神宗熙寧二年（1069），王安石變法的醞釀階段，神宗詔令地方官
舉薦隱逸之士，於是呂晦、吳充、祖無擇等人推薦邵雍，此時歐陽脩
任參知政事，遂再次任命常秩和邵雍兩人，任邵雍除秘書省校書郎，
補任潁川團練推官，不過其又再三推辭，這次朝廷不允許只好勉強應
命，但最後仍舊是稱病不赴官，於是寫了〈詔三下答鄉人不起之意〉
這首詩，表明他的心意。題目點出朝廷三次下詔書之事，而邵雍寫詩
回答鄉人不起任官之意，詩云：

> 平生不作皺眉事，天下應無切齒人。
>
> 斷送落花安用雨，裝添舊物豈須春？

〔註36〕清・黃宗羲；全祖望補修，《宋元學案・百源學案》，頁366。
〔註37〕宋・邵伯溫，《河南邵氏聞見前錄》，卷18，頁131～132。

　　幸逢堯舜為真主，且放巢由作外臣。

　　六十病夫宜撝分，監司何用苦開陳？（卷7，頁270）

接著又收錄另一首〈和王安之少卿韻〉，內容為：

　　卻恐鄉人未甚知，相知深後又何疑？

　　貧時與祿是可受，老後得官難更為。

　　自有林泉安素誌，況無才業動丹墀。

　　苟揚若守吾儒分，免被韓文議小疵。（卷7，頁270）

邵雍此兩首詩再次表明自己不願做令自己皺眉頭的事，病老的身軀若得到官位恐怕難有所作為，而且有幸生逢堯舜這般明主，所以只願像巢父、許由一樣，當個不問政事、徜徉林泉的世外高人，只希望如荀子、揚雄般嚴守儒家本份之事，不願日後有小過失遭人議論。從詩作可見邵雍一再辭官，決心隱居林泉的心志，正因如此，從熙寧元年（1068）神宗即位，王安石上書主張變法到邵雍去世，約有十年時間，這十年是北宋政治鬥爭最激烈的時期，但卻是邵雍詩歌作品產量最多，且聲望最高、心情最愉悅的時光，所以程頤說：「邵堯夫在急流中被渠安然取十年快樂。」〔註38〕。又根據《宋史・道學傳・邵雍》所載：

　　旦則焚香燕坐，晡時酌酒三四甌，微醺即止，常不及醉也，
　　與至輒哦詩自詠。春秋時出遊城中，風雨常不出，出則乘
　　小車，一人挽之，惟意所適。……好事者別作屋如雍所居，
　　以候其至，名曰「行窩」。〔註39〕

自從遷入安樂窩，邵雍生活更加安定，他在安樂窩中生活十六年，隱居順志、晨起焚香靜坐，傍晚小酌三四甌酒，微醺之餘則哦詩自詠，且春秋兩季乘小車出遊，由一人牽拉，惟適意而已！邵雍住在安樂窩中，時而飲酒、時而吟詩、時而出遊，只求順心愜意。也因其高尚的

〔註38〕宋・程顥、程頤，《二程集・河南程氏外書》（臺北：漢京文化事業有限公司，1983），卷11，頁413。

〔註39〕元・脫脫等同修，《宋史・道學傳・邵雍》，卷427、列傳186、道學1，頁5502～5503。

人格，有人仿照安樂窩修建住所，並命名為「行窩」，以隨時接待邵雍留宿。可見邵雍當年在民間有很高的威信，贏得各界人士的尊敬。

在此可窺見邵雍在安樂窩中以詩酒自娛、結交權貴，一面接待來從的弟子，一面從事著述，除了寫一些詠史詩、哲理詩和抒發生活雅致的詩歌，尚不斷探討宇宙、歷史的變化，學術思想日益發展，所以也著有學術作品。安樂窩逐漸成為當時洛陽高人雅士聚會、談論的處所。然而邵雍生活於此處，也有自己的堅持，其曾說：「會有四不赴，時有四不出。無貴亦無賤，無固亦無必。里閈閑過從，身安心自逸。如此三十年，幸逢太平日。」（〈四事吟〉，卷 13，頁 402）詩中所說的「四不赴」與「四不出」，在詩後附註：「公會、生會、廣會、醵會。大寒、大暑、大風、大雨。」公會指因公事而有聚會，醵會指大家湊錢飲酒而來的聚會，由此可知邵雍不赴某些特定集會，而且惡劣的天候也不會出門，因而其能在安樂窩中，沉靜地修養心性，遂能有良好的聲望，只是人終將一死，其於熙寧十年（1077）過世，年六十七歲，過世前，自號「詩狂」的邵雍，如〈生日吟〉般，也寫了一首〈病亟吟〉：「生於太平世，長於太平世。老於太平世，死於太平世。客問年幾何，六十有七歲。俯仰天地間，浩然無所愧。」（卷 19，頁 514）此詩寫出他生存於太平盛世，生活於此天地間，存有浩然正氣而無所愧疚。邵雍死後贈秘書省著作郎，宋哲宗元祐年間，諡號康節，因此又有「邵康節」之稱。

三、交遊情形概述

歷來編詩文集者，喜好將文人與朋友間相互酬唱之作，附列其中以供參考，在《四庫全書‧擊壤集》中，便有附加邵雍和司馬光、富弼等人的唱和詩歌，由此可略知邵雍交遊的情形，藉此有助瞭解其一生的際遇與心境。

（一）邵雍與官僚人士

邵雍雖然隱居洛陽，不問政事，卻以平民身份與達官顯貴時相往

來，其中有三位最顯赫的人物：司馬光、富弼、呂公著，他們都與邵雍結為知交，留下一段美談。

首先介紹司馬光（1019～1086）〔註40〕，因與王安石（1021～1086）新法意見不合，熙寧四年（1071）退居洛陽，任西京留守御史臺，自此不問政事，在尊賢坊賣田二十畝，建了一座大園林稱「獨樂」，於此致力撰寫《資治通鑑》。由於獨樂園與安樂窩相距不遠，兩人時常作詩往來，可見交情甚篤。

第二位為富弼（1004～1082）〔註41〕，富弼曾推薦邵雍任官，但邵雍堅不受官。後來富弼與王安石新政不合，於是稱疾回歸洛陽休養，記載曰：「康節先生與富韓公有舊，公自汝州得請，歸洛養疾。築大第與康節天津隱居相邇，公曰：『自此可時相招矣。』」〔註42〕其在洛陽修建一座離安樂窩不遠的府第，與邵雍時相往來，從兩人唱和詩作亦可看出彼此交情匪淺。

以邵雍、司馬光和富弼三人來看，司馬光與邵雍能同享山水之樂，富弼與邵雍多半以詩歌互相酬唱往來，且邵雍對待富弼的禮數較為周到，可能是富弼年紀大於邵雍，司馬光和富弼兩人都與邵雍相知相惜。不過「司馬光潛藏於洛陽，尚有雄心壯志，而富弼因疾病居洛陽，故其司馬光之詩多豪氣，富弼之詩多蕭散氣。而富弼曾薦舉邵雍出仕，此時邵雍已無心仕途，遊心於山林之中而拒絕出仕，富弼在年過七十後告老，而邵雍也真情告以『才能養不才』，這是反語，藉用莊子的心來自達己心。邵雍和莊子都是不甘於蟄伏，有康濟之心的奇才。世人不知，唯知己可對言，雍之心，從詩集觀察，

〔註40〕司馬光，字君實，號迂夫，晚號迂叟，世稱涑水先生，死後贈太師、溫國公，諡文正。北宋時英宗朝龍圖閣直學士，神宗時升翰林學士，權御史中丞。

〔註41〕富弼，字彥國，河南（今河南洛陽東）人，為官清廉。仁宗慶曆三年（1043）曾和范仲淹（989～1052）一起推行「慶曆新政」，卻被排擠而改任青州等地。英宗時，曾因疾解職而受封鄭國公。熙寧二年（1069）再入相，因與王安石新政不合，稱疾要求退官，於是退居洛陽。

〔註42〕宋・邵伯溫，《河南邵氏聞見前錄》，卷18，頁132。

恐怕只有富弼與司馬光得知。」〔註43〕

　　第三位為呂公著（1018～1089）〔註44〕，神宗熙寧元年（1068）知開封府，其在開封時多與邵雍同遊。後因反對青苗法罷官而退居洛陽，與邵雍和司馬光時相往來，程顥曾評價司馬光、呂公著和邵雍三人的個性說：「君實篤實，晦叔嚴謹，堯夫放曠。」〔註45〕以此可看出司馬光、呂公著和邵雍三人不同的性情。另外，呂公著有三個兒子，希哲、希積、希純，因父親的原因，均以邵雍為師，並與邵雍子邵伯溫頗有交情。

　　〈宋史・道學傳・邵雍〉：「富弼、司馬光、呂公著諸賢退居洛中，雅敬雍，恆相從遊，為市園宅。……熙寧行新法，吏牽迫不可為，或投劾去。雍門生故友居州縣者，皆貽書訪雍。」〔註46〕〈邵堯夫先生墓誌銘〉：「士人之道洛者，有不之公府，而必之先生之廬。」〔註47〕從記載中可知王安石變法下的舊黨反對人物，如司馬光、富弼、呂公著等，這些上層顯貴官僚紛紛退居洛陽，把洛陽當成避風港，可能因邵雍既儒既道、既隱非隱的德氣風範，所以眾人喜好造訪邵雍，包含富弼、司馬光、呂公著、王拱辰等上層官員，王尚恭、王慎言、王益柔、祖無擇、姚奭等中層官員，甚至還有不少士人或門生與其交遊，這些人與邵雍來往或談論熙寧變法，或分享生活樂趣，因而留下不少互相酬唱的詩歌，在宋詩中激盪出不凡的扉頁，於文壇上留下傳世的佳話。

（二）邵雍與其他理學家

　　理學家的邵雍自然與同是理學家來往，其中程氏父子三人與邵雍

〔註43〕鄭定國，《邵雍及其詩學研究》，頁48～49。

〔註44〕呂公著，字晦叔，曾任尚書省僕射，兼中書省侍郎，曾為帝師。

〔註45〕宋・程顥、程頤，《二程集・河南程氏遺書》，卷6，頁87。

〔註46〕元・脫脫等同修，《宋史・道學傳・邵雍》，卷427、列傳186、道學1，頁5502～5503。

〔註47〕宋・邵雍著，郭彧整理，《邵雍集・附錄・邵堯夫先生墓誌銘》，頁580。

相識甚久，二程子的父親程珦（1006～1090）〔註48〕，個性豁達開朗，活到八十多歲，邵雍以兄長看待之。程珦長子程顥（1032～1085）〔註49〕，其姿質聰穎、待人和氣、心胸寬大，可惜壽命不長，只活了五十四歲。程顥弟為程頤（1033～1107）〔註50〕，為人嚴毅、過於端莊，據說在邵雍快辭世時，伊川曾問：「『從此永訣，更有見告乎。』先生舉兩手示之，伊川曰：『何謂也？』曰：『面前路徑須令寬。路窄，則自無著身處，況能使人行也！』」〔註51〕邵雍死前以手勢勸程頤心胸要寬大，人生路徑才會走得寬廣，可看出程頤的個性確實較為嚴謹，後來程頤活至七十五歲。

　　程顥和程頤合稱二程子，二程兄弟是邵雍的晚輩，兩人與邵雍像師弟又像朋友，程顥尤其禮敬邵雍。熙寧年間秋天，邵雍曾與程氏父子在月下的山坡上閑步，邵雍談起他學問的出處，程顥認為邵雍為「振古之豪傑也，惜其無所用於世。……曰『內聖外王之道也』。」〔註52〕在邵雍死後請程顥寫墓誌銘，足見與其交情不同，然而「大程子遲遲無法下筆，某天在院中徘徊，忽然有想法，於是寫下『語成德者，昔難其居。若先生之道，就所至而論之，可謂安且成矣。』」〔註53〕〈宋史‧道學傳‧邵雍〉則說：「顥為銘墓，稱雍之道，純一不雜，就其所至，可謂安且成矣。」〔註54〕大程子認為邵雍之道，同其自號「安

〔註48〕程珦，字伯溫，洛陽人。
〔註49〕程顥，字伯淳，世稱明道先生。
〔註50〕程頤，字正叔，世稱伊川先生。
〔註51〕清‧黃宗羲；全祖望補修，《宋元學案‧百源學案》，頁366～367。
〔註52〕清‧黃宗羲；全祖望補修，《宋元學案‧百源學案》，頁464。
〔註53〕王壽南總編輯，中華文化復興運動推行委員會主編，《中國歷代思想家》（臺北：臺灣商務，1999），頁92。註：此版本「昔難其居」寫成「昔難其人」，但據郭彧在中華書局編的《邵雍集‧附錄‧邵堯夫先夫墓誌銘》中，一文寫「昔難其『居』」；九州出版社編《增廣校正梅花易數‧附錄‧邵堯夫先夫墓誌銘》一文也寫「昔難其『居』」，故採此說法。
〔註54〕元‧脫脫等同修，《宋史‧道學傳‧邵雍》，卷427、列傳186、道學1，頁5503。

樂先生」般，給人單純、安樂而有成之感，其為邵雍寫的墓誌銘最後提到：「嗚呼先生！志豪力雄。闊步長趨，凌高厲空。探幽索隱，曲暢旁通。在古或難，先生從容。有問有觀，以飫以豐。」〔註55〕可看出邵雍開闊、幽深、凌厲性格外，更有翩翩君子自在從容的形象，令人神往不已！

除了程顥屢屢讚嘆邵雍外，〈宋史・列傳・邵雍〉載：「河南程顥初侍其父識雍，論議終日，退而歎曰：『堯夫，內聖外王之學也。』……程頤嘗曰：『其心虛明，自能知之。』」〔註56〕也有如上述二程子對邵雍學識淵博，及洞燭機先能力的讚詞。朱熹也說：「程、邵之學固不同，然二程所以推尊康節者至矣。蓋以其通道不惑，不雜異端，班於溫公、橫渠之間。則亦未可以其道不同而遽貶之也。」〔註57〕二程子為因長期在洛陽講學，被稱為「洛學」，其鑽研《周易》、《中庸》、《大學》、《論語》、《孟子》等古籍，從儒家道統發展出「理學」思想，與邵雍的象數之學終究走向不同之路，然而兩人還是極度推尊邵雍，故朱熹亦推崇邵雍，認為其思想不雜異端，學養在司馬光與張載之間。

第三節　邵雍的文學理念與著述

本節概述邵雍的文學理念與作品，先初步瞭解邵雍的理學詩風，代表哲理，及因家傳與個人學養而有隱逸的文學觀，最後簡述主要著述，作為導論並銜接進入本論文的主要議題。

一、邵雍的文學理念

關於邵雍的理學詩風、代表性哲理，及其文學觀等理念，分成三點概述如下：

〔註55〕宋・邵雍著，郭彧整理，《邵雍集・附錄・邵堯夫先生墓誌銘》，頁580。

〔註56〕元・脫脫等同修，《宋史・道學傳・邵雍》，卷427、列傳186、道學1，頁5503。

〔註57〕清・黃宗羲；全祖望補修，《宋元學案・百源學案》，頁469。

（一）悟理樂道的理趣成詩

魏崇周在〈20 世紀以來邵雍文學思想綜述〉一文中，談到邵雍的詩歌主張，如下：「成復旺等學者認為邵雍的詩歌主張，可以概括為『寫性說』，劉天利認為理學詩派的文學創作主題是『闡發性理』和『抒寫閑適情趣』。呂肖煥認為理學家詩表現內容以『義理』為最重要，是理學詩派的最大特色。」〔註58〕邵雍藉詩來抒發性理和閑適情趣。一般而言，文人創作多以個人榮辱為題材，理學家則放大格局來看，如以邵雍〈心安吟〉：

　　心安身自安，身安室自寬。心與身俱安，何事能相干。

　　誰謂一身小，其安若泰山。誰謂一室小，寬如天地間。（卷
　　11，頁356）

心安則身安，身安則無入而不自得，「心安」是理學家重要的特質之一，即使身居陋室，也如同處於遼闊的天地間，因為心境是開闊的，所以能體會天地自然之理，並樂於追求「至樂」境界。

「就宋代理學家的小詩來看，作者固然也要表現『樂』的意趣，但其『樂』的內涵則表現為超越了個人的窮達悲喜，直指『仁』的內核。」〔註59〕所以邵雍創作詩，也有不少樂道且與人為善的思想，如〈為善吟〉：「人之為善事，善事義當為。金石猶能動，鬼神其可欺。事須安義命，言必道肝脾，莫問身之外，人知與不知。」（卷11，頁357）邵雍用平淡樸實的語言，真誠懇切的內容，表現內心欲人為善、當仁不讓的「仁義」思想，此詩也勸告人要操守正直，不欺暗室，不做欺瞞他人的事，如此自能安然順應萬物，使內心達到「至善至樂」的境界。

（二）不累於情的以物觀物

在《皇極經世書今說·觀物內篇》中，談到其思想：

〔註58〕魏崇周，〈20 世紀以來邵雍文學思想綜述〉，《河南教育學院學報》（2008.5）：頁56。

〔註59〕陳忻，〈宋代理學家的小詩之樂〉，《西南大學學報》（2010.11）：頁136。

> 夫所以謂之觀物者，非以目觀之也。非觀之以目而觀之以
> 心也，非觀之以心，而觀之以理也。……聖人之所以能一
> 萬物之情者，謂其聖人之能反觀也。所以謂之反觀者，不
> 以我觀物也。不以我觀物者，以物觀物之謂也。既能以物
> 觀物，又安有我於其間哉？〔註60〕

「以物觀物」如同「反觀」，類似投射的方式，以同樣的方法再反射
回去，而在《觀物外篇》又提到：「以物觀物，性也；以我觀物，情
也。性公而明，情偏而暗。」〔註61〕「以我觀物」受限於情感，情感
容易受外在影響而有偏頗灰暗，所以「以物觀物」是比較公正而明白
的，即不以我的想法來看待萬物之理，如此則能跳脫人世間的情感枷
鎖，以超然的態度看待世間萬物變化。此法符合理學家冷靜思考模式，
內心閒適無欲，與萬物自然冥合，以達到和諧的境界，所以邵雍的觀
物思想，不是只關注外物的淺層變化、因物喜悲的情感抒發，而是透
過觀天地萬物之理，由此體會天地萬物一體之仁。在《觀物內篇》還
提到：

> 然則人亦物也，聖亦人也。有一物之物，有十物之物，有百
> 物之物，有千物之物，有萬物之物，有億物之物，有兆物之
> 物。生一物之物，當兆物之物者，豈非人乎？有一人之人，
> 有十人之人，有百人之人，有萬人之人，有億人之人，有兆
> 人之人。生一人之人，當兆人之人者，豈非聖人乎？是知人
> 也者，物之至者也；聖也者，人之至者也。〔註62〕

然而邵雍特別強調要觀物，這是「根據他那無窮的宇宙論，把所有的
人都看作了物，……把聖人和人都放在物的行列中，這並不是把人拉
下來和物同流，而是擴大了人的範圍，使人可以下通於物，而上達於
聖人」〔註63〕，把人當作萬物，自然就能以物觀物，而不累於情了。

〔註60〕 閆修篆輯說，《皇極經世書今說·觀物內篇》（臺北：老古，2008.12），
　　　　頁 399～405。
〔註61〕 閆修篆輯說，《皇極經世書今說·觀物外篇·下卷》，頁 772。
〔註62〕 閆修篆輯說，《皇極經世書今說·觀物內篇》，頁 125。
〔註63〕 吳怡，《中國哲學發展史》（臺北：三民書局，1984.6），頁 430。

總體來說，「邵雍的思想，為儒家的思想，他的人生哲學，重誠重道，順理順性。他的形上學，太極、陰陽來自易經，性和心源自孟子。天人合一的思想，則出於中庸。……邵雍講以物觀物，講心法，既採有莊子的思想，又採有佛教的思想。」〔註64〕邵雍融合儒道兩家思想，有儒家的重仁道、義理思想，也有受莊子影響而來的觀物思想，及無我之境的理趣思想，同時又兼採佛教思想，並將其貫通在易經哲理中，符合宋代新儒學的融合特色。因為吸收多元文化思想，所以能客觀地「以物觀物」，達到「不以物喜、不以己悲」的境界，使詩的意境開闊，讀之更有豁然暢通之感。

（三）隱士風貌的隱逸詩風

邵雍祖父和父親皆終身不仕，邵雍可能有受家傳薰陶而選擇隱逸之途，即使屢屢被召出仕，卻總是一再推辭，這樣的形象與莊子和陶淵明有相通之處。莊子向來不屑為官，受到道家思想影響的邵雍，自然也受到道家代表人物莊子的感召，崇尚自然主義，並認為人與萬物平等，所以人應與萬世萬物和諧共處，「以物觀物」思想與莊子的「齊物論」想法有類似之處。

陶淵明辭去當了八十幾天的彭澤令，返鄉過著隱居自在的耕讀生活，並被奉為「隱逸詩人之祖」，邵雍同樣過著自給自足的耕讀生活。又據載「雍歲時耕稼，僅給衣食。名其居曰『安樂窩』，因自號安樂先生。旦則焚香燕坐，晡時酌酒三四甌，微醺即止，常不及醉也，興至輒哦詩自詠。」〔註65〕此生活情形正與陶淵明所寫的〈五柳先生傳〉：「造飲輒盡，期在必醉，既醉則退，曾不吝情去留」〔註66〕相仿，可見邵氏也有受到陶氏的影響。

〔註64〕羅光，《中國哲學思想史》（臺北新店：臺灣學生書局，1982～1984），頁288。

〔註65〕元·脫脫等同修，《宋史·列傳·邵雍》，卷427、列傳186、道學1，頁5502。

〔註66〕東晉·陶淵明；楊勇校箋，《陶淵明集校箋》（上海：上海古籍出版社，2007.7），頁287。

　　邢恕在〈擊壤集後序〉評邵雍詩時，談到：「余嘗讀阮籍、陶潛詩，愛其平易渾厚，氣全而致遠。二人之學固非先生比，然皆志趣高邈，不為時俗所汨沒，事物所侵亂。」〔註67〕邢恕將邵雍與阮、陶相提並論，並歌詠三人皆有不隨波逐流的高尚人品。在詩歌中亦可見邵雍隱逸高邈的思想，如〈川上懷舊　其三〉：「為今日之山，是昔日之原。為今日之原，是昔日之川。山川尚如此，人事宜信然。倖免紅塵中，隨風浪著鞭。」（卷3，頁215）由山川的變換而至人事的變換，都能免於在紅塵起伏，含有隱逸思想，感覺有點說理意味。由於邵雍的詩不假修飾，帶一點哲理或生活的經驗，讀來別具不同風味，所以邢恕評他的詩：「如璞玉、如良金，溫粹精明，而不見其廉隅鋒穎，如其為人。渾渾浩浩，簡易較直，薰蒸太和，不名一體。」〔註68〕這樣的說法很貼切地形容邵雍詩風。過著樸實簡單的生活，而蘊釀出溫和的人與詩歌風格。

二、邵雍的著述

　　〈宋史·邵雍傳〉：「所著書曰《皇極經世》、《觀物內外篇》、《漁樵問對》，詩曰《伊川擊壤集》。」〔註69〕可知這些為其代表作品，然其最重要的作品為《皇極經世》和《伊川擊壤集》，以下針對其著作略加陳述。

（一）《皇極經世》——哲學著作

　　「《皇極經世》是邵雍重要的哲學著作，曾經散失，經後人整理，共十萬字，分六十四卷，現在通行的是《四庫全書》子部數術類所收入版本。」〔註70〕

　　據邵伯溫解釋書名由來：「至大之謂皇，至中之謂極，至正之謂

〔註67〕宋·邵雍著，郭彧整理，《邵雍集·附錄·伊川擊壤集後序》，頁572。
〔註68〕宋·邵雍著，郭彧整理，《邵雍集·附錄·伊川擊壤集後序》，頁572。
〔註69〕元·脫脫等同修，《宋史·列傳·邵雍》，卷427、列傳186、道學1，頁5503。
〔註70〕唐明邦，《邵雍評傳》，頁92。

經，至變之謂世。大中至正，應變無方之道。」〔註71〕「皇極經世」，
即「大中至正」之意，也含有「道」的意思。由於版本不一，以下採
唐明邦的《四庫全書》版本說法，針對此書的內容，做個簡單的章節
陳述：「《皇極經世》按其實際內容而言，共分四大部分，依《四庫全
書》本14卷，對照原本《觀物篇》64卷，其各部分內容如下：

1. 四庫全書第1、2卷，即《觀物篇》第1至22卷，為「以元
   經會」；四庫本第三、四卷即《觀物篇》第23至24卷，為「以
   會經運」。以上4卷，乃邵雍按自己創立的元會運世的宇宙進
   化史觀所推算、編制的一份世界歷史年表。

2. 四庫本第5、6卷，即《觀物篇》第25至34卷，為「以運經
   世」。這兩卷是邵雍按元會運世的宇宙演化史結合其「皇帝王
   伯」的中國歷史觀，推算、編制的一部中國歷史年表。

3. 四庫本第7至10卷，即《觀物篇》第35至50卷，為「聲音
   唱和」，按古代聲律分平、上、去、入四聲，各為一卷。

4. 四庫本第11、12卷，即《觀物篇》第51至62卷，通常稱之
   為《觀物內篇》（共12篇），這是《皇極經世》最重要的部分。
   綜論《經世》的宇宙觀、自然觀、社會歷史觀，闡明其哲學
   思想。

5. 四庫本第13、14卷，即《觀物篇》第63、64卷，即通常所
   稱之《觀物外篇》（上、下兩卷），後人將其分為12篇。他的
   內容是對《觀物內篇》及元會運世、皇帝王伯、先天易學、
   後天易學的深入闡發。」〔註72〕

今以《四庫全書》為通行本，所以依此書來整理架構，從上述的
說明，可以得知《皇極經世》包含《觀物內篇》和《觀物外篇》。主
要為闡發宇宙觀、自然觀、社會歷史觀等哲理思想的作品，並對元會
運世有獨特的宇宙史觀，甚至還包括邵雍聲韻的理解，可說是一套具

〔註71〕節錄自唐明邦，《邵雍評傳》，頁93〜96。
〔註72〕節錄自唐明邦，《邵雍評傳》，頁99。

體而微的哲理思想集。

（二）《漁樵問對》──哲學對話錄

「《漁樵問對》是邵雍以問答方式寫成的哲學對話。此書《宋史‧藝文志》作《漁樵問答》，《中國叢書綜錄》題為《漁樵問對》。今仍依《宋史‧藝文志》。此書問對的內容，涉及自然、社會、人事諸方面，或由樵者主動提問，請漁者回答；或由漁者向樵者提問，然後自己作答。」〔註73〕「文中用對話的方式，談天地鬼神運命之理。道理都談得不深，所以後人並不重視它。」

（三）《伊川擊壤集》──詩歌總集

「《擊壤集》是邵雍畢生所作詩歌總集，《擊壤集》又題《伊川擊壤集》，《宋史‧藝文志》著錄為 20 卷，《邵子全書》本分為 6 卷，《道藏輯要》本選其重要者，合為一冊，不分卷。《四庫全書》著錄，仍為 20 卷，中州古籍出版《康節說易》本，準此。」〔註74〕今人研究邵雍詩，以 20 卷的版本為準。

邵雍將詩集題為《擊壤集》，如其自己所言：「吁！獨不念天下為善者少，而害善者多；造危者眾，而持危者寡。志士在畎畝，則以畎畝言，故其詩名之曰伊川擊壤集。」〔註75〕又名《伊川擊壤集》，因為伊川是流經洛陽的一條河，所以命名為此，寫詩正是志士在畎畝所言，其門生邢恕在〈伊川擊壤集後序〉也道：「不知帝力之何有於我，陶然有以自樂，而其極乃蘄於身堯舜之民，而寄意於唐虞之際。此先生所以自名其集曰擊壤也。」〔註76〕從邢恕的說法，可知其認為邵雍命名「擊壤」，乃是設想身為堯舜之民，寄意於唐虞太平之時，以樸實風貌寫出生命詩歌。

〔註73〕王壽南總編輯，中華文化復興運動推行委員會主編，《中國歷代思想家》（臺北：臺灣商務，1999），頁 95。
〔註74〕節錄自唐明邦，《邵雍評傳》，頁 102。
〔註75〕宋‧邵雍著，郭彧整理，《邵雍集‧伊川擊壤集序》，頁 180。
〔註76〕宋‧邵雍著，郭彧整理，《邵雍集‧附錄‧伊川擊壤集後序》，頁 572。

追溯有關「擊壤」的記錄，如《帝王世紀》記載：「天下太和，百姓無事，有八十老人，擊壤於道，觀者嘆曰：『大哉！帝之德也。』老人曰：『吾日出而作，日入而息，鑿井而飲，耕田而食，帝力何有於我哉！』」〔註77〕而「《昭明文選》記載張景陽七命詩：『玄齠巷歌，黃髮擊壤。』唐朝李善注：「論衡曰：堯時天下大和，百姓無事，有五十老人，擊壤於塗也。……《太平御覽》擊壤條：風土記曰：『擊壤者以木作，前廣後銳，長四寸三尺，其行如履，即童少以為戲也。時有八九十老人，擊壤而歌曰：日出而作，日入而息，鑿井而飲，耕田而食，帝力於我何有哉？』……《困學記聞》……古童兒所戲之器，非土壤也，從側一壤於地，遙於三四十步，以手中壤擊之，中者為上。」〔註78〕從上可知「擊壤」有堯時老人擊壤於地而歌，及兒童的玩具兩種說法。

邵雍將詩集定名為「擊壤」，也許隱含自己如同堯時老人，同樣生活於太平盛世的鄉野間，有如「擊壤而歌」地吟唱詩歌以抒發情意，如其詩〈擊壤吟〉：

> 擊壤三千首，行窩十二家。樂天為事業，養志是生涯。
>
> 出入將如意，過從用小車。人能知此樂，何必待紛華。（卷
> 17，頁461）

邵雍自陳吟詠多首詩歌，乘著小車出入於「行窩」中，以「樂天養志」為生活目標，所以《擊壤集》中看似平易近人的詩作，可能內含唐堯時期太平和樂的精神狀態，其中有著深層的快樂意涵與人生哲理，故邵雍在《擊壤集・序》提及：「擊壤集，伊川翁自樂之詩也，非唯自樂，又能樂時與萬物之自得也。」〔註79〕魏鶴山（1178～1237）也說：「邵子平生之書，其心術之精微在《皇極經世》；其宣寄情意在《擊壤集》。」〔註80〕此說辭相當精微，《擊壤集》可謂邵雍詩學之具體呈

〔註77〕西晉・皇甫謐，《帝王世紀》（北京，中華書局，1985），頁9。

〔註78〕鄭定國，〈邵雍《擊壤集》命名之探討〉，《鵝湖月刊》（1999.7）：頁31～32。

〔註79〕宋・邵雍著，郭彧整理，《邵雍集・伊川擊壤集序》，頁179。

〔註80〕清・黃宗羲；全祖望補修，《宋元學案・百源學案》，頁470。

現，本論文即以《擊壤集》為主，研究邵雍快樂詩學內涵及其詩歌。

本章小結

　　本章先從北宋的時代背景，觀察外在環境對邵雍思想的影響，由於社會呈現太平景象，促成經濟文化教育得以繁榮發展，並興起理學思想。邵雍是理學家代表之一，其思想複雜，從早期在共城受儒家教育；至中期於河陽學習先天象數易學，思想由儒轉道；到了晚期定居洛陽，這是相當重要的時期。生活轉趨穩定，自號安樂先生。邵雍受到祖父和父親隱逸之風的影響，堅持選擇隱逸不仕之路，卻在其住所「安樂窩」中，著述講學並與眾人來往，包含達官貴人、門生士徒，和同為理學家之流等，此時思想日益成熟。其著作除了哲理思想尚有詩集，哲理思想作品有：《皇極經世》和《漁樵問對》，詩集作品為：《擊壤集》等。本章由外而內概述邵雍生平與思想，隱約可見太平盛世及個人經歷促成其思想與文學觀。

第三章　快樂哲學與詩學：邵雍思想根基

　　邵雍在《伊川擊壤集序》提及：「擊壤集，伊川翁自樂之詩也，非唯自樂，又能樂時與萬物之自得也。」其自認為寫詩是自樂兼與萬物同樂。「樂」即是「快樂」，關於快樂的理論，在西方有快樂主義，東方雖未有明顯的學理，卻有儒道釋三家的快樂哲學蘊含其中。葛榮晉提出三家的快樂差異：「儒家認為快樂是一種『減擔哲學』。佛教認為快樂是一種『放下哲學』。道家認為快樂是一種『坐忘哲學』。」〔註1〕雖然三家的快樂思想有所差異，但快樂的本質卻是類似的，均追求心靈的昇華，使壓力減輕、放下或忘了，進而讓生命境界提升，達到與萬事萬物和諧相融的快樂境界。邵雍算是追求快樂的高手，其在詩歌中有歌詠安樂、閑適的內容，而思想複雜的他，顯然涉獵過儒道釋三家思想。因此在本章中，第一節探討「西方快樂主義簡說」，引出「快樂」的學理。第二節「東方快樂哲學綜論」，主要追溯儒道釋三家隱含的快樂思想，及具體影響邵雍的二位前朝文人。第三節「宋朝快樂哲學、理學詩派至邵雍詩學」，推展出當朝宋代「孔顏樂處」議

〔註1〕葛榮晉，〈中國古代的人生快樂哲學智慧及其當代啟迪〉，《理論學刊》
（2011.6）：頁69。

題，由哲學談至理學詩，再觸及邵雍的詩歌理論。透過一系列追本溯源的開展演繹，使邵雍的快樂思想架構有所憑據。

第一節　西方快樂主義簡說

快樂主義在西方哲學上早成為一門學派，因此本節先說明快樂一詞的意義，進而闡述快樂主義的起源、發展、學派和學說內容，使「快樂」作為研究方向，有學理上的依據。

一、快樂在哲學上的意義

時至今日，追求快樂成為一股風潮，賴聲川和丁乃竺翻譯馬修・李卡德（Matthieu Ricard, 1964～）《快樂學》，此書以心靈科學、利他藝術、有意義的哲學來看待「快樂」，引進現代西方人接觸藏傳佛教後，談及「快樂」的概念：

> 社會學家定義快樂是「一個人對自己目前整體生命品質的正面評價程度。換句話說，指一個人對自己生命喜愛的程度。」……哲學家羅伯・密斯哈黑（Robert Misrahi）：「快樂是對個人整體生存，或者對個人過去、現在及未來最燦爛輝煌的部分所散發的喜悅。」……對聖奧古斯汀而言，「快樂是對真理的喜悅」；對康得而言，「快樂必須是理性而且不能摻雜任何個人的痕跡。」……喬治・本納努斯所寫的「沒有任何東西可以改變它，就像在暴風雨下的廣大寧靜水庫」，這個狀態在梵文中稱為「真樂」。當我們從心盲及煩惱中解脫出來後，所展現的一種恆常幸福的狀態，就是「真樂」的境界。它是一種能如實看待世界的智慧，不再有矇蔽或扭曲，也是一種趨向內在解脫的喜悅，以及對他人所綻放的慈悲。〔註2〕

〔註2〕（法）馬修・李卡德（Matthieu Ricard）著，賴聲川、丁乃竺譯，《快樂學：修練幸福的二十四堂課》（臺北：天下雜誌，2007.7），頁19、20、29。

在教育部電子辭典查「快樂」詞義，解釋為「愉悅歡樂」，相似詞有「高興、康樂、安樂」〔註3〕之意，《學典》釋義為「歡喜、高興」〔註4〕，《辭源》釋義為「喜悅、高興」〔註5〕。除了基本認知上的意義，不同學者定義快樂有不同的說法，社會學家定義為「對自己生命喜愛的程度」，哲學家定義為個人對過去、現在和未來最燦爛的部分，或對真理的喜悅，或不能摻雜個人痕跡，或從煩惱中解脫出來，能恆常存在，無論外在狂風暴雨、風強雨驟，內心始終維持寧靜無波的「真樂」境界，或內在解脫的喜悅，及對他人綻放的慈悲等，都是快樂的哲學意涵。所以快樂不只是一種情緒、心情，或片刻愉悅的感覺，快樂應是內在長久存在的最佳寧靜狀態，而且是一種內心詮釋世界的態度，以正向思考看待世界，內心便能常獲滿足。

二、快樂主義的起源與發展

　　關於快樂，西方早在西元前五世紀，即有人首倡快樂，後來成為學派，「快樂主義由蘇格拉底（Socrates, B.C. 469～399）的弟子亞里士提卜斯（Aristippus, B.C. 435～350）首倡，他認為主觀的感覺就是主觀的快樂，而這便是人生價值的標準。接著，希臘哲學家伊比鳩魯（Epicurus, B.C. 341～279）成為快樂主義的代表人物。」〔註6〕之後近代英國哲學家邊沁（Bentham, 1748～1832）「創立了以最大多數人的最大幸福為功利原則的快樂主義理論。」〔註7〕，顯見西方的快樂

〔註3〕教育部國語推行委員會編輯，〈快樂〉，《教育部重編國語辭典修訂本》網站，http://dict.revised.moe.edu.tw/cgi-bin/newDict/dict.sh?cond=%A7%D6%BC%D6&pieceLen=50&fld=1&cat=&ukey=629162171&serial=3&recNo=0&op=f&imgFont=1（2012.7.16 上網）。

〔註4〕三民書局學典編纂委員會，《學典》（臺北市：三民書局，1991），頁430。

〔註5〕廣東、廣西、湖南、河南辭源修訂組商務印書館編輯部，《辭源》（臺北：遠流，1988.5），頁596～597。

〔註6〕陳福濱、葉海煙、鄭基良編，《現代生活哲學》（臺北：空大，1993），頁43。

〔註7〕麥耀勁，〈對快樂主義的認識：對伊比鳩魯和邊沁的快樂主義思想的審視〉，《湖北第二師範學院學報》（2008.9）：頁38。

主義早已成為一套具有系統的倫理學。

三、快樂主義的學派

　　關於快樂主義的派別，可分為三種：一、以快樂為善的快樂主義：亞里士提卜斯（Aristippus）和伊比鳩魯（Epicurus）為代表。二、最大效益為善的效益主義：邊沁（Bentham）和密爾（Mill, 1806～1873）為代表。三、以善意為最高善的義務論：康得（Kanu, 1724～1804）為代表。另有說法為：「快樂主義為一種倫理學說，主張以獲得快樂為行為的標準，凡能得到人生的快樂的行為，便是道德，否則為不道德，近代又分為個人快樂及社會快樂兩派。」〔註8〕所以快樂主義還可分成「利己」和「利人」的快樂主義（也稱功利主義、效益主義）兩派。

四、快樂學說內容

　　快樂主義代表者「伊比鳩魯認為，幸福生活的主要標準，首先表現在肉體和靈魂的快樂上，即他所說的『身體的健康和靈魂的平靜』……快樂是最高的和天生的善。」〔註9〕除了身體的健康，伊比鳩魯還提出「靈魂的平靜」，表現在現實生活中，包含降低欲望、知足常樂、與人為善等，此帶來的快樂比感官慾望更持久，因而快樂是善是價值，另一種效益主義是能讓人獲得最大效益，即是善是價值。此外，我們可藉由兩種方式可得到快樂、高興的感受，一是來自外在社會，二是來自個人內心。若是從外在社會環境得來，即屬「社會快樂」，可能是工作成就上、權利地位上、人際關係上得到滿足的快樂；若是來自個人內心的快樂，即為「個人快樂」，那是一種生命的信念，

〔註8〕〈教育部重編國語辭典修訂本〉，〈快樂主義〉，《教育部重編國語辭典修訂本》網站，http://dict.revised.moe.edu.tw/cgi-bin/newDict/dict.sh?cond=%A7%D6%BC%D6%A5D%B8q&pieceLen=50&fld=1&cat=&ukey=629162171&serial=1&recNo=1&op=&imgFont=1（2012.7.16 上網）
〔註9〕鄭傳，〈論伊比鳩魯的快樂主義倫理學〉，《淮北媒炭師範學院學報》（2005.6）：頁9。

一種精神的自由，著重在個人內心幸福感的追求，或道德至善境界的
追求，只要個人本身與整體生存間，處於一種和諧狀態即是快樂。

　　綜上所述，快樂是內心恆常正向的喜悅、安樂的心理狀態和感受，
而快樂主義則是自己身心靈達到至善圓滿的快樂，進而使他人也和諧快
樂的倫理學思想。最後引亞理斯多德（Aristotle, B.C. 384～322 年）的
話：「快樂就是生命的意義和目的，也是人類生存的總目標。」〔註10〕

第二節　東方快樂哲學綜論

　　「快樂」是種內心喜悅、安樂的感受，若從倫理學角度視之，「倫
理學上的自由的特徵在於，它標誌主動選擇。不是外界的環境、條件、
規範、要求，而是自己自覺自願的選擇了，決定了自己的行為。」〔註
11〕也就是說，快樂的生活態度是自己能夠決定的。周掌宇寫《快樂
學導論》提出「快樂主體性」的說法：

> 快樂主體性，它就必須是真正的人性，它要符合自由的精
> 神，也要符合自覺的精神。它把理性的精神擴大到對非理
> 性的接納。簡單的說，只要依你所認為的快樂行事，那是
> 就快樂主體性。〔註12〕

「快樂主體性」點出每個人都可以依照自己的精神意識，選擇想要
追尋的快樂，所以快樂是可以自己尋找來的。像邵雍被近代學者指
出其快樂思想，如：張海鷗認為「邵雍的詩學理念可以稱之為『快
樂詩學』。」〔註13〕王竟芬提出「邵雍把儒家的安樂境界與道家的逍
遙境界統一起來，追求一種逍遙安樂的審美人生。」〔註14〕顯然邵

〔註10〕夏雨人，《人生哲學》（臺北：三民書局，1986），頁116。
〔註11〕趙有聲、劉明華、張立偉，《生死・享樂・自由：道家和道教的關係
　　　　及人生理想》（臺北：雲龍出版社，1991），頁111。
〔註12〕周掌宇，《快樂學導論》（臺北：唐山出版社，2005.1），頁160。
〔註13〕張海鷗，〈邵雍的快樂詩學〉，《中山大學學報》（2004.1）：頁26。
〔註14〕王竟芬，〈逍遙安樂的審美人生——略論邵雍儒道兼綜的境界美學〉，
　　　　《安徽師範大學學報》（2004.11）：頁700。

雍決定了他自己的快樂思想，不過他的快樂思想，含括時代背景和
個人因素等原因構成。

　　邵雍處於北宋前期太平盛世的時代，國家一片安和樂利氛圍，經
濟、商業繁榮發達，自然有其快樂的外緣背景，加以邵雍以儒家思想
做基礎，再接觸易學、道家思想，之後定居洛陽，自稱「安樂先生」，
又將處所命名為「安樂窩」，並藉詩來歌詠「安樂閒適」的思想。他
的快樂思想屬於理學的層次，理學是融合儒釋道三家而來，因
此探討他的內緣背景，必須先瞭解這三家的快樂思想。顯然東
方的快樂哲學有儒道釋三家思想隱含其中，吳經熊著，朱秉義
譯《中國哲學之悅樂精神》一書提到這三家的悅樂精神：

　　中國哲學有三大主流，就是儒家、道家和釋家，而釋家尤以
　　禪宗為最重要。這三大主流，全都洋溢著悅樂的精神。雖然
　　其所樂各有不同，可是他們一貫的精神，卻不外「悅樂」兩
　　字。一般說來，儒家的悅樂源自於好學、行仁和人群的和諧；
　　道家的悅樂在於逍遙自在、無拘無礙、心靈與大自然的和諧，
　　乃至於由忘我而找到真我；禪宗的悅樂則寄託在明心見性，
　　求得本來面目而達到入世、出世的和諧。〔註15〕

儒家的快樂來自人群的和諧、德性的滿足，進而達到天人合一的境界，
道家的快樂來自精神上的逍遙自在、無拘無束，達到心靈與大自然全
體和諧的境界，佛教的快樂若以禪宗來看，禪宗比較接近道家思想，
其強調自身心性的開悟，佛性本有，煩惱本無，只要頓悟了心性本淨，
求得本來清淨的面目，即可在入世和出世間取得心性上的和諧。

　　換個方式說，「儒、道、釋三家都注重『樂』。如儒家的『發憤忘
食、樂以忘憂』、『知者樂水、仁者樂山』；道家的『天地有大美而不
言』，由『大美』而得大樂；釋家的人樂、天樂、禪樂、寂滅樂。雖
然諸家的教義不一，但在『樂』的根本要旨『和諧』裡，卻是可以找

〔註15〕吳經熊著；朱秉義譯，《中國哲學之悅樂精神》（臺北：華欣文化事
　　　業中心，1979），頁1。

到共同之處的。」〔註16〕影響中國哲學思想的三大主要派別，都在追求人生和諧，從中得到生活快樂的人生境界。總總外緣與內緣因素，造就邵雍的快樂意識，以下追溯邵雍快樂思想的源頭，並納入其受到前人影響的部分，以瞭解他吸取哪些精神養份來豐美自身生命。

一、儒家人間和諧之樂

邵雍在詩中多次提到儒家人物，如：「踐形有說常希孟，樂內無功可比回」〔註17〕、「孔子生知非假習，孟子先覺亦須脩」（卷4，頁236），詩中說到孔子、孟子的學習和顏回的快樂，證明其受儒家思想影響，最初接受儒家思想教育，所以儒家為其思想的源頭，引導其在人世間能和樂圓融地生存，進而追求內心道德向善，不過，在儒家「窮則獨善其身，達則兼善天下」思想引領下，使得早期考取功名不順的邵雍，轉而追求「獨善其身」的至善境界，因全心全意向善，感到精神上的充足，心靈上的滿足，喜悅之情油然而生。只是儒家如何在人世間達到至善的快樂境界，以作為邵雍思想底蘊的依歸？以下針對儒家的生命之樂，作出具體的闡述，進而論述儒家生命快樂的境界。

（一）儒家生命快樂的內涵

1. 樂學樂友、不求聞達

《論語》首篇首章即談到孔子（前551～前479）的快樂。子曰：「學而時習之，不亦說乎；有朋自遠方來，不亦樂乎；人不知而不慍，不亦君子乎？」〔註18〕「學而時習之」是指溫故知新、好學不倦的讀書態度，「說」通「悅」，即喜悅，當閱讀書籍使心靈充實，就會產生

〔註16〕李天道，〈論儒家人生美學之審美自由域〉《青海民族大學學報》
　　　（2010.1）：頁83、84。

〔註17〕宋·邵雍著，郭彧整理，《邵雍集·伊川擊壤集》（北京：中華書局，
　　　2010.6），卷4，頁226。本章引邵雍詩，皆採用此版本，底下再度出
　　　現，僅於詩後加註卷數和頁數，不再註腳說明。

〔註18〕謝冰瑩等編，《新譯四書讀本·論語·學而》（臺北：三民書局，2000），
　　　頁67。本章以下出自《四書》的原典，均參考此版本，故底下原典
　　　後直接括弧補充書篇名和頁碼，不再特別加註。

內在富足之感，自然能感受到喜悅的心情。另一種快樂是志同道合的朋友從遠方來探視，傳統五倫為「父子有親、君臣有義、夫婦有別、長幼有序、朋友有信」，因為朋友是古代五倫之一，向來也是為人所看重，所謂「在家靠父母，出外靠朋友」，甚至「知音難尋」更是千古不移的議題，因此難得有心靈相契、有志一同的朋友來訪，內心的喜樂自是不言而喻。最後孔子說「人不知而不慍」，「慍」指生氣憤怒，孔子認為別人不知我的真才實學，卻一點也不生氣，不正是德智兼修、謙謙君子的表現！孔子能潛心為學、修養人格，全因個人心志所趨，非為了聞達於世。

2. 安貧樂道、樂以忘憂

因為追求內在富足，所以不注重外在物質享受，如：孔子曾受困於陳、蔡之間〔註19〕，孔子卻仍舊弦歌鼓琴不停，足見孔子內心有強大的信念與信仰，才能處於窮困絕境依然樂以忘憂。因而據記載孔子曾說：「飯疏食，飲水，曲肱而枕之，樂亦在其中矣。不義而富且貴，於我如浮雲。」（《論語‧述而》，頁 142～143）孔子平時只吃粗食、喝白開水，把手臂彎曲當枕頭而臥，也能擁有快樂心境，可見孔子物質上貧瘠，內心卻懷抱喜樂，為何能如此？不是孔子嫌富愛貧、故作清高，也非不愛錢財，孔子只是認為透過非正義手段而得來的財富權貴，恐怕如天上浮雲般稍縱即逝。反過來說，若是以「仁義」這樣正當的方式，追求而來的錢財地位，便能心安理得地享用，所謂「君子愛財，取之有道」，因此孔子說：「富而可求也，雖執鞭之士，吾亦為之；如不可求，從吾所好。」（《論語‧述而》，頁 141）

對於同樣勤奮好學的顏回（前 521～前 481），孔子不吝惜給予讚美，曾說：「回也，其心三月不違仁，其餘，則日月至焉而已矣。」

〔註19〕孔子受困陳、蔡之際，是因吳國討伐陳國，楚國救陳國之際，楚昭王派人聘請孔子，孔子隨即出發，但陳、蔡大夫懼怕孔子為楚國所用，便將孔子困在陳、蔡間的野外，孔子一行人不得通行，遭斷絕糧食七日，許多弟子病倒不起，弟子多有抱怨，孔子卻仍弦歌鼓琴。

（《論語・雍也》，頁 126）眾多弟子中，獨有顏回能長久持有「仁」的德性，「仁」是儒家的核心思想，也是最高的道德標準，「仁德」、「仁義」等思想是孔子始終追求的道德範疇，顏回正是追求這種道德修養的內在境界，所以孔子稱讚顏回：「賢哉回也！一簞食，一瓢飲，在陋巷，人不堪其憂，回也不改其樂。賢哉回也！」（《論語・雍也》，頁 128）簞為盛飯的竹器，顏回吃一小筐飯，喝一小瓢水，居住在簡陋的房子中卻不改其樂。面對這種物質匱乏的生活，顏回甘之如飴，是以得到孔子的讚嘆，孔子多次讚美顏回的好學態度，在孔子眼中，顏回能看透物質枷鎖，追求內在豐美，在孔門四科十哲中，顏回列為「德行科」之首，是其中德行修養最好者，確實是位具有典範的儒者。

　　孔子讚美顏回能「不改其樂」，那他如何形容自己呢？「葉公問孔子於子路，子路不對。子曰：『女奚不曰，其為人也，發憤忘食，樂以忘憂，不知老之將至雲爾。』」（《論語・述而》，頁 144）孔子形容自己的為人是發憤讀書以至忘了吃飯，開心讀書以至忘了憂愁，不知不覺時間流逝，渾然不覺成了黃髮老人。孔子和顏回能達到渾然忘我的快樂境界，正是以追求「道」為樂，那是「安貧樂道」的表現。

3. 音樂之樂、讀詩之樂

　　倡導在人世間和諧的孔子，並非完全斷絕一切外物，不同於墨家的「非樂」思想，孔子注重禮樂制度，所以他也會欣賞音樂，孔子曾在齊國聽聞韶樂：「子在齊聞韶，三月不知肉味。曰：『不圖為樂之至於斯也。』」（《論語・述而》，頁 141）孔子聽到音樂的快感，用「三月不知肉味」形容，「三」為虛數，意指專心沉浸於感人音樂中，以致食之無味良久，沒想到音樂能感人至深！二千多年前的孔子，似乎已告訴人們，音樂能陶冶人心，並使人的心靈感到快樂，可見孔子主張以禮樂治國確實有其價值性。

　　除了聆聽音樂，尚能讀《詩篇》，子曰：「關雎，樂而不淫，哀而不傷。」（《論語・八佾》，頁 95）〈關雎〉為《詩經・國風・周南》

的首篇，孔子讚美〈關雎〉這篇詩，表現快樂卻不至於沉溺，雖然悲哀卻不至於傷情。從這則可知孔子欣賞詩中的快樂意境，快樂得恰到好處。孔子欣賞音樂和詩篇的快樂，與喜好讀書的快樂，可說是殊途同歸，雖然快樂的方式不同，但卻同樣沉醉其中，其快樂的本質是相同的。

4. 孟子三樂、理義之樂

除了上述孔子和顏回談過快樂的內涵，尚有繼承孔子思想的孟子（前372～～前289）。孟子直接點出君子有三件樂事：「君子有三樂，而王天下不與存焉。父母俱存，兄弟無故，一樂也；仰不愧於天，俯不作於人，二樂也；得天下之英才而教之，三樂也。君子有三樂，而王天下不與存焉。」（《孟子·盡心上》，頁611）「王」為「統治天下」，「王天下不與存」即「稱霸天下不在其中」，「作」為「慚愧」之義，「俯不作於人」即「對人沒有慚愧心情」。孟子點出的快樂未包含稱霸天下，他提出君子三樂為「父母兄弟和諧的天倫之樂」、「俯仰無愧的坦蕩之樂」、「教育人才的育才之樂」。對一個有德君子而言，能享受天倫之樂勝於稱王於天下；另一種坦蕩之樂是個人德性的發揚；最後一種育才之樂則是儒家社會責任的實踐。由內而外都盡心盡力且問心無愧，即是快樂的事。

孟子又說：「心之所同然者何也？謂理也，義也。聖人先得我心之所同然耳。理義之悅我心，猶芻豢之悅我口。」（《孟子·告子上》，頁565）「芻」為「吃草的牲口」，「豢」為「食穀的牲口」，「芻豢」指「牛、羊、犬、豬等」，孟子認為心同理、義，聖人先得到眾心同具的理、義，而「理義」思想能使內心喜悅，就像豬狗牛羊肉使人覺得口感美味一般，這是孟子從理義體會而得來的內心快樂。孟子還談到：「萬物皆備於我矣，反身而誠，樂莫大焉。強恕而行，求仁莫近焉。」（《孟子·盡心上》，頁603），一切從本心出發，反躬自問能誠實無欺，反身回歸內心真我探求而達到「誠」之境，以求得內在最大「快樂」；盡力依恕道行事，便能最接近仁德。「反身而誠，樂莫大焉」

如同「理義之悅我心」般，屬於「知誠」於內的快樂；「強恕而行，求仁莫近焉」則屬「踐恕」於外的快樂。可知孟子的理義思想，從「反身」、「強恕而行」求得「誠」與「仁」之境，具有儒家「反求諸己」，進而「推己及人」的仁義思維。孟子說過：「仁、義、禮、智非由外鑠我也，我固有之也。」（《孟子・告子上》，頁 562）孟子認為這些道德理念皆存在自身本心中，所以快樂亦「備於我」，可從個人內心探求並付諸實踐而來。

綜上述所言，孟子認為稱霸天下非快樂來源，但是又說：「為民上而不與民同樂者，亦非也。樂民之樂者，民亦樂其樂；憂民之憂者，民亦憂其憂。樂以天下，憂以天下，然而不王者，未之有也。」（《孟子・梁惠王下》，頁 342）若真的當上君王，應當「與民同樂」、「與民同憂」，站在群眾立場，替群眾著想，這樣才是好的治理方式，這是儒家「仁」思想在政治上的具體實現，以仁愛之心來實行仁政，從「親親、仁民、愛物」層層遞進，才能真正落實儒家「大同世界」的精神，達到群體和諧之樂。

（二）儒家生命快樂的境界

「主觀上的心境修養差別到什麼程度，所看到的一切東西都往上升，就達到什麼程度，這就是境界。」[註20] 所以「人生境界是肯定一個人可以慢慢往上提升」[註21]，雖然境界是一種抽象的意義，但心境修養能提升，內心便有一種無法言喻的喜樂感，人生自然能達到某種層次的境界。以下探討儒家快樂的境界。

1. 境界的提升與差異

子曰：「知之者不如好之者，好之者不如樂之者。」（《論語・雍也》，頁 132）「知」涵蓋層面非常廣，包含知識、技藝、德性、心性修養等，由知到好，由好到樂，其實是境界的提升，內心含有喜愛之

〔註20〕張尚仁，〈莊子哲學的快樂論〉，《江漢論壇》（2012.1）：頁 64。
〔註21〕傅佩榮，《我看哲學》（臺北：名田文化，2004），頁 10。

情並為之奮進，由於心性的超越，使生命境界隨之提升因而獲得快樂，此以「樂」為最高境界，孔子能達到「發憤忘食、樂以忘憂」的「樂在其中」境界，本身已做了最好的示範。

這樣境界的提升，也有不同性質的差別，孔子說：「知者樂水，仁者樂山。知者動，仁者靜。知者樂，仁者壽。」（《論語・雍也》，頁 133）有智慧的人喜好水，因為通達事理，性情如水，所以能常保和樂；有仁德的人喜好山，因為安於義理，性情如山，所以能獲得常壽。這是從接觸自然山水，體會出來的樂趣，山水美景會帶來精神上的啟發。不過孔子說：「益者三樂，損者三樂。樂節禮樂，樂道人之善，樂多賢友，益矣。樂驕樂，樂佚樂，樂宴樂，損矣。」（《論語・季氏》，頁 267）對人有益的喜好有三種，對人有害的喜好也有三種。愛好禮節、音樂等有良好節制、愛好稱讚別人益處、愛好結交益友，這些都是有益之事；但若喜歡驕傲縱樂的快樂、喜歡遊蕩玩樂的快樂、喜歡宴食荒淫的快樂，這些都是有害之事。由上可知，不同性格的人會轉換至不同的境界，因此個人修養尤為重要。

2. 群體和諧的快樂境界

在《論語・先進》曾記載，子路、曾皙、冉有、公西華侍坐在孔子旁，孔子要他們四人各自談自己的志向，此可看出個人修養。

子路率先搶著回答：「千乘之國，攝乎大國之間，加之以師旅，因之以饑饉，由也為之，比及三年，可使有勇，且知方也。」子路豪氣干雲地回答若大國有內憂外患，只要讓他治理三年，他可以使老百姓有勇氣，並懂得一些大道理。孔子聽完只是微笑。接著孔子詢問冉求，求答：「方六七十，如五六十，求也為也，比及三年，可使足民；如其禮樂，以俟君子。」冉求的回答較子路謙虛，他設定為治理小國，只要三年，可以使老百姓富足，至於禮樂只能讓更有才能的君子來實施。然後孔子詢問公西赤，赤云：「非曰能之，願學焉！宗廟之事，如會同，端章甫，願為小相焉。」公西赤更為謙虛地說他願意學習，諸如宗廟祭祀之事，諸侯相會見之事，並學習穿禮服、戴禮帽，公西

赤願意在那擔任小司儀。

　　最後孔子問了正在彈琴的曾點，曾點即刻停止彈琴，站起來回答：
「暮春者，春服既成；冠者五六人，童子六七人，浴乎沂，風乎舞雩，
詠而歸。」曾點的志向顯然和前三者大相逕庭，曾點說當暮春三月時，
他要穿著春服，邀成年人五六位，小孩六七位，一同到沂水邊玩水，
再到舞雩那兜風，唱著歌然後回家。孔子聽了曾點的回答，不禁讚嘆
說：「吾與點也。」〔註22〕

　　從這段記錄，可以知道前三位的回答，屬於為國為民服務的政治
理想範疇，曾點談的志向卻是眾人與自然和諧共處的快樂。前述孔子
從山川景色體會出「知者樂水，仁者樂山」，此時又感染曾點的快樂境
界，可見其對自然的體悟頗深，從曾點的志向中，感受到孔子在暮春
時節與人、天地自在相融的嚮往，這樣人群與自然融合之樂，是儒家
氣象的核心內涵，是儒家最高精神境界。儒家內在心靈的悅適來自人
世間，屬於入世的儒家思想。簡而言之，儒家的快樂境界是透過德性
圓滿，人群關係和諧，再與自然萬物融為一體，達到「天人合一」的
和諧悅樂境界。

〔註22〕子路、曾皙、冉有、公西華侍坐。子曰：「以吾一日長乎爾，毋吾以
　　　也。居則曰：『不吾知也！』如或知爾，則何以哉？」子路率爾而對
　　　曰：「千乘之國，攝乎大國之間，加之以師旅，因之以饑饉；由也為
　　　之，比及三年，可使有勇，且知方也。」夫子哂之。「求！爾何如？」
　　　對曰：「方六七十，如五六十，求也為之，比及三年，可使足民。如
　　　其禮樂，以俟君子。」「赤！爾何如？」對曰：「非曰能之，願學焉。
　　　宗廟之事，如會同，端章甫，願為小相焉。」「點！爾何如？」鼓瑟
　　　希，鏗爾，舍瑟而作。對曰：「異乎三子者之撰。」子曰：「何傷乎？
　　　亦各言其志也。」曰：「莫春者，春服既成。冠者五六人，童子六七
　　　人，浴乎沂，風乎舞雩，詠而歸。」夫子喟然歎曰：「吾與點也！」
　　　三子者出，曾皙後。曾皙曰：「夫三子者之言何如？」子曰：「亦各
　　　言其志也已矣。」曰：「夫子何哂由也？」曰：「為國以禮，其言不
　　　讓，是故哂之。」「唯求則非邦也與？」「安見方六七十如五六十而
　　　非邦也者？」「唯赤則非邦也與？」「宗廟會同，非諸侯而何？赤也
　　　為之小，孰能為之大？」見謝冰瑩等編，《新譯四書讀本・論語・先
　　　進》，頁197～198。

二、道家精神逍遙之樂

　　吳經熊著，朱秉義譯《中國哲學之悅樂精神》一書，將儒家和道家的快樂，做了一番說明：

> 道家的樂趣，就是超然、天馬行空的樂，如果說儒家的樂是充實之樂，那麼道家之樂便是空靈之樂。前者之樂，來自努力與行動；後者之樂，則來自無為與恬淡。前者屬於人群的，後者則屬於宇宙的。前者像冬天裡溫暖的陽光，後者則像炎夏裡涼爽的陣雨。〔註23〕

短短幾行字，將入世的儒家快樂和出世的道家快樂，做出貼切又適當的比較和譬喻。儒道兩家的快樂毫不衝突，可以相容並蓄，尤其活在宋代理學興盛的邵雍更是箇中翹楚，其曾說：「學不際天人，不可謂之學；學不至於樂，不可謂之樂。」〔註24〕此表明學習應從天道或天象與人事間的關係著手，且學習必須達到快樂的境界，才算是真正的學習，似可窺見其追求快樂的理學家思維。談到「天人之際」的「天道」，便直接會聯想到道家思想，以下即針對道家的精神快樂之法與境界，做出一些詮釋，以瞭解邵雍如何汲取道家逍遙的至樂精神，來作為自身快樂思想依據。

（一）道家精神快樂的內涵

1. 知足常樂

　　老子（生卒年不詳，春秋時代）說：「人法地，地法天，天法道，道法自然」〔註25〕，人生之道在「順應自然」，效法天地自然運行的道理，凡事莫強求，依循「自然無為」之道，以這樣的態度面對生活，才能達到「知足常樂」的心境。所以老子說：「禍莫大於不知足，咎

〔註23〕吳經熊著；朱秉義譯，《中國哲學之悅樂精神》，頁 21。

〔註24〕宋・邵雍著，郭彧整理，《邵雍集・觀物外篇下之中》（北京：中華書局，2010.6），頁 156。

〔註25〕魏・王弼等著，《老子四種・二十五章》（臺北：大安出版社，1999），頁 21。

莫大於欲得。故知足之足，常足矣。」〔註26〕面對任何事物都能懷抱「知足」想法，災禍、過錯自然能遠離，便能常久保有快樂心境。然而一旦面臨外在環境的誘惑，如何而能常保安樂的心情？莊子（約前369～前286）在〈至樂〉篇談到：

> 夫天下之所尊者，富貴壽善也；所樂者，身安厚味美服好
> 色音聲也；所下者，貧賤夭惡也；所苦者，身不得安逸，
> 口不得厚味，形不得美服，目不得好色，耳不得音聲。若
> 不得者，則大憂以懼。其為形也亦愚哉。〔註27〕

莊子談到一般人的通病，只在乎錢財富貴、壽命長短及感官享樂，若外在物質、感官無法得到滿足，就會憂懼恐慌，身心皆無法安頓，這樣的行為相當愚昧！是以莊子說：「知足者不以利自累也；審自得者失之而不懼；行修於內者無位而不怍。」（《莊子集釋·讓王》，頁1072）莊子認為若能知足，便不會因為外在利益而自我勞累，審視內心能自得其樂的人，即使失位也不會恐懼，因為著重於內心修養，就算沒有權位也不會感到慚愧。由此看來，能否感到快樂，跟外在物質、社會地位毫無關係，故莊子說：「古之得道者，窮亦樂，通亦樂，所樂非窮通也。道得於此，則窮通為寒暑風雨之序矣。」（《莊子集釋·讓王》，頁1077）古代得道的人，窮困或通達都快樂，因為道在其中。一旦真正擺脫各種慾念，外在環境便不會影響內心平靜，如此一來，才能「知足常樂」，獲得真正的快樂。

2. 知魚之樂

關於莊子和惠子（前380～前305）在濠梁上之爭，邵雍寫了一首詩〈川上觀魚〉：

> 天氣冷涵秋，川長魚正遊。雖知能避網，猶恐悞吞鈎。
> 已絕登門望，曾無點額憂。因思濠上樂，曠達是莊周。（卷
> 4，頁239）

〔註26〕魏·王弼等著，《老子四種·四十六章》，頁40。
〔註27〕清·郭慶藩編，王孝魚整理，《莊子集釋·至樂》（臺北：萬卷樓，2007.8），頁668。註：本章出自《莊子》的原典，均是參考此書，在原典後直接括弧補充篇名和頁碼，不再特別加註。

這首作品一開始談到其在川上看著魚兒游水，深怕魚兒會吞下鉤子，之後告訴自己不該有任何一點憂愁，因是想到莊子在濠梁上的知魚之樂及曠達胸懷。邵雍此首詩明顯受到莊子的影響，莊子為道家思想代表者，惠子為名家思想代表者，兩人在濠梁之上的對話，是典型的主觀與客觀的意見交流，原文如下：

> 莊子與惠子游於濠梁之上。莊子曰：「儵魚出遊從容，是魚之樂也。」惠子曰：「子非魚，安知魚之樂？」莊子曰：「子非我，安知我不知魚之樂？」惠子曰：「我非子，固不知子矣；子固非魚也，子之不知魚之樂，全矣！」莊子曰：「請循其本。子曰『汝安知魚樂』云者，既已知吾知之而問我。我知之濠上也。」（《莊子集釋・秋水》，頁665～666）

莊子個人主觀地認為魚在水中游水，相當從容自在、悠閒自樂，而惠施以客觀角度，認為人和魚非同類，即使同樣是人，也無法準確知道其他人的想法，所以人不知道魚的想法。最後，莊子完全跳脫出客觀的認知範疇，不局限於惠施認知上的問題，單純就自身經驗來反駁，以「我知之濠上也」回應惠施。

兩人這場爭辯沒有誰輸誰贏，只是採取的觀點不同，惠施的思考是認知、理性的層次，而莊子類似藝術欣賞的層次。莊子將主觀的逍遙感受投射至魚兒身上，所以莊子的「知魚之樂」，純粹進入一種美的欣賞，一種精神的喜樂，此時莊子的主體心靈與魚兒相通，所以能「知魚之樂」，達到「物我交融」的境界，人和萬物自然合而為一，因而人像魚一般自在悠遊，魚像人一般從容悠閒，充滿生命喜樂之感，人的精神融入萬物萬象中，達到「天地與我並生，而萬物與我為一」的「物我合一」心境。顯然這也是邵雍心嚮往之的境界，邵雍深深受到道家的影響，尤以莊子為甚，以下即探討莊子思想的內在逍遙境界，以窺探邵雍內在逍遙快樂的思想根基。

（二）道家精神快樂的境界

1. 人樂達天樂的逍遙

「莊子是從反對人為物役出發去追求逍遙遊，但他的逍遙遊不管

遊心也好，坐忘，心齋也好，與道為一也好，都是完全排除客觀外界，只限於主觀精神的逍遙。但人無論如何也擺脫不了客觀世界，莊子儘管忘這忘那，但他事實上還是處在社會之內。」〔註28〕儘管莊子的快樂是主觀精神上的快樂和愉悅，但他面對客觀世界，又如何淡然處之呢？從他悟出的「心齋」與「坐忘」可以看出端倪，「心齋就是內心的空靈明覺，不迷於物，不耿耿於懷，不被外物所左右，也不被積習所牽引，而坐忘則是忘名利，忘是非，忘聰明，忘形體，忘生死，也就是無己無功無名。」〔註29〕

　　對於快樂的境界，莊子將快樂分為「天樂」和「人樂」兩種，什麼是天樂？什麼是人樂呢？莊子談到：

> 夫明白天地之德者，此之謂大本大宗，與天和者。所以均
> 調天下，與人和者也。與人和者，謂之人樂；與天和者，
> 謂之天樂，……以虛靜推於天地，通於萬物，此之謂天樂。
> 天樂者，聖人之心，以畜天下也。（《莊子集釋·天道》，頁503
> ～508）

明白天地無德的人，能與大自然保持和諧，凡事順應「自然」的「天道」，不強求、不妄為，不怨天、不尤人，心安理得、無愧無咎、虛靜以待，這是大根本大宗源，聖人用此心含畜天下，以達到與自然萬物、天地和諧的「天樂」，再以平等態度對待普羅眾生，與眾生保持良善關係，就會得到人間和諧的「人樂」。

　　莊子提出兩種「快樂」的境界，以「人」的角度和以「天」的角度看待，面對人世間的種種問題與困境，若能客觀地處理好即是「人樂」，然而「天樂」是從「人間快樂」躍至「與天地同樂」的精神層級，顯然「天樂」的角度略勝一疇。

　　《莊子》一書首篇定名為〈逍遙遊〉，似早已開宗明義地宣示自

〔註28〕趙有聲、劉明華、張立偉，《生死·享樂·自由：道家和道教的關係及人生理想》（臺北：雲龍出版社，1991），頁105。

〔註29〕陳福濱、葉海煙、鄭基良編，《現代生活哲學》（臺北：空大，1993），頁289。

己「逍遙快樂」的內在精神，與「天樂」境界有相似之處。茲將〈逍遙游〉原文摘錄如下：

> 北冥有魚，其名為鯤。鯤之大，不知其幾千里也。化而為鳥，其名為鵬。鵬之背，不知其幾千里也；怒而飛，其翼若垂天之雲。是鳥也，海運則將徙於南冥。……鵬之徙於南冥也，水擊三千里，摶扶搖而上者九萬里，……蜩與學鳩笑之曰：「我決起而飛，槍榆枋而止，時則不至而控於地而已矣，奚以這九萬裏而南為？」適莽蒼者，三餐而反，腹猶果然。……斥鴳笑之曰：「彼且奚適也？我騰躍而上，不過數仞而下，翱翔蓬蒿之間，此亦飛之至也，而彼且奚適也？」此小大之辯也。……若夫乘天地之正，而御六氣之辯，以遊無窮者，彼且惡乎待哉！故曰：至人無己，神人無功，聖人無名。（《莊子集釋·逍遙遊》，頁 2～19）

一開始以無比的想像力，形容一隻叫鯤的大魚化身為大鵬鳥，大鵬鳥由北往南冥飛，激起的水花達三千里，拍翅乘風可直上九萬里的高空，其飛行的高度、遠度似乎沒有極限，蜩與學鳩對大鵬鳥的遠大飛行不以為然，而鴳這樣的小麻雀還譏笑大鵬鳥：「彼且奚適也？我騰躍而上，不過數仞而下，翱翔蓬蒿之間，此亦飛之至也，而彼且奚適也？」麻雀為凡間俗物，只求一餐之飽，翱翔於蓬蒿之間即可，而大鵬鳥為天界神物，可以自由幻化形貌，「乘天地之正，而御六氣之辯，以遊無窮」，乘著天地之間的正氣，駕馭六氣的變化，以遨遊無窮的境域，所以說：「至人無己，神人無功，聖人無名。」大鵬鳥不像蜩與學鳩只看到人間物質的層面，與之相較下，境界氣度皆廣大，其能跳脫世間俗相而自在變化遨遊，唯有看透人世間的外在相貌和枷鎖，追求與天地同德、萬物一體的內在本質，才能達到精神上的真正逍遙快樂。

2. 至樂無樂的無為

在《莊子》一書，有專門論「樂」的〈至樂〉篇，此篇在談什麼是人世間最大的快樂，及莊子面對妻子死亡還鼓盆而歌等生死問題。關於「至樂」：

果有樂無有哉？吾以無為誠樂矣，又俗之所大苦也。故曰：
『至樂無樂，至譽無譽』。天下是非果未可定也。雖然，無
為可以定是非。至樂活身，唯無為幾存。請嘗試言之：天
無為以之清，地無為以之寧。故兩無為相合，萬物皆化生。
（《莊子集釋・至樂》，頁 671～672）

莊子認為「至樂」即是「真樂」，真誠不變的快樂，這樣的快樂和世
間之樂不同，世間的快樂容易起心動念，可能因外在情況而有大喜大
悲的跌盪情緒，相較之下，「至樂」是內心本質的真樂境界，永遠處
於自心寂靜的狀態。因而莊子提出「無為誠樂」，意即不要有過多的
慾望，內心清靜無為才能真正獲得快樂，只是生活在紅塵俗世的芸芸
眾生，往往為了追求永無止境的慾望，勞心勞苦以至心力交瘁。其實
「至樂無樂，至譽無譽」才是最高境界，至精至誠的永恆真樂是內心
平靜，非俗世曇花一現的快樂；至高無上的真正榮譽是內心平和，非
世俗追求名譽的快樂。雖然天下是非結果難以確定，但清靜無為、不
生一念的狀態可以定是非，而至高無上的「至樂」能使自身存活，只
有清靜無為才能得到「至樂」。因而莊子嘗試說明這個問題：上天因
為「無為」而清澈虛明，大地因為「無為」而寧靜安詳，天和地這兩
種「無為」自然化合，使萬物欣欣向榮、生生不息。

　　由此看來，莊子的「至樂無樂」境界，即是「無為」概念，已經
達到順應自然、平靜無波的內在精神世界，所以不論外在客觀環境有
何變化，內心仍似一冽清澈湖水，忠實呈現內在本質面貌，並如實反
映客觀的外在環境，使內外皆能達到和諧的最高境界，而這樣的「至
樂無樂」才是最高的快樂境界。

三、佛教禪定涅槃之樂

　　邵雍為北宋五子之一，是宋代理學思想融合的先驅者，除了主要
的儒道思想外，尚接觸一些佛教思想，詩中談到：「睡餘無事訪僧家」
（卷 6，頁 261），閑來無事的邵雍也會親近僧侶，可見他不排斥佛教
思想。不過〈學佛吟〉一詩：「飽食豐衣不易過，日長時間奈愁何。

求名少日投宣聖。怕死年老親釋迦。妄欲斷緣緣愈重，徵求去病病還多。長江一片長如練，幸自無風又起波。」（卷 14，頁 407）這首詩看來，邵雍晚年才接觸佛學，學佛本為求心靜，但他想要斬斷緣份，偏偏是「剪不理，理還亂」；要藉此以遠離疾病，偏偏病痛還日益增多。可見此時學佛對邵雍而言，似乎未得心靜功效，但另一首作品〈還圓益上人詩卷〉：「心通佛性久無礙，口道儒言殊不陳」（卷 15，頁 422）由此首看來，即使鮮少說佛教義理，佛性似乎早已內化於心中，佛教中的禪宗又與道家思想多有相通，因此瞭解佛教的快樂內涵，亦可幫助我們理解邵雍的思想。

（一）佛教關於樂的論述

「佛教經典中對『樂』的論述很多，如有『三樂』：因修十善而生於天界所得享的『天樂』、因修禪入定而得的『禪樂』、達於清淨妙果的『涅槃樂』或『寂滅樂』等。」〔註30〕三樂中的一樂是「天樂」，但佛教的「天樂」與道家的「天樂」含義不同，前者是修了十善的人，於命終後生於天上，於那享受到的種種平靜喜悅之樂，類似西方極樂世界的天境之樂；後者是與自然萬物融為一體，進入精神逍遙境界的

〔註30〕王建光，《如是我樂：佛教幸福觀》（北京市：宗教文化，2006），頁 14。「從因果之法上說，樂是因造業而受，即樂是由一切善業而引生的果報，因此又被稱為『樂果』。從根本上說，最高之樂為涅槃寂靜的無上妙體，能離一切生滅之法，是為最上的幸福境界。除了三樂的說法，尚有四樂、五樂等多種分類。甚至還有十樂的說詞，在南傳佛教的《中尼迦耶》中，講述了佛陀的快樂觀，並將其分為十個等級。第一，感官快樂，眼耳鼻舌身五種感覺……；第二，第一禪快樂，擺脫欲樂，戒絕諸惡，處於寂靜，有思考分別；第三，第二種禪快樂，內心平靜，思想集中，無思無辯入於定中；第四，第三禪快樂，擺脫歡喜，神志清醒，一視同仁，無有分別；第五，第四禪快樂，擺脫過去的快樂和痛苦之分，無快樂痛苦；第六，空無邊處快樂，徹底消除物質感知，對外界不再感覺和反應；第七，識無邊處快樂，完全超越空無邊處，進入識無邊處；第八，無所有處快樂，超越問供無邊處，思惟無所有；第九，非想非非處快樂，完全超越無所有處，進入非想非非想處；第十，想受滅快樂，完全超越非想非非想處，達到寂滅一切想法和感受的境界。」同此註，頁 14～15、24。

天樂。二樂是「禪樂」，即是修行禪定的人在入定後，內心清靜無雜的禪定之樂。三樂是「涅槃樂」，為了斷眾多煩惱後，證得涅槃得來之樂，佛教經典《涅槃經》中說到如來四德者為「常樂我淨」：「『常』即是說如來法身永住，沒有遷化；『樂』意為如來法身永離一切苦；『我』意為如來法身自在無礙，永無『有我』，『無我』之妄執；『淨』即說如來法身無染清淨。」〔註31〕

　　佛教派別眾多，理論相對也多，關於「樂」的論述很多，除了上述「三樂」，尚有「五樂」的講法，五樂為：「出家樂、遠離樂、寂靜樂、菩提樂、涅槃樂」〔註32〕。從三樂和五樂來看，儘管快樂的形式不同，大約可以得知佛教的「樂」是不論出世出家或入世修行，可經由坐禪、念佛等修行方式，使內心寂靜喜悅，讓煩惱消失，或者不須特別修行，自然能回歸清淨本心，達到菩提、涅槃的境界。

　　前面已提過吳經熊舉出儒道釋三家悅樂精神的不同形式，其中佛教他舉禪宗為例，禪宗「不立文字，教外別傳」對佛教而言起了一大改變，因而禪宗的始祖六祖慧能（638～713）〔註33〕往南傳法，別立「南宗」一派，強調「頓悟」。姑且不論其派系的演變與流傳，單純來看，「禪宗的樂趣，在於自己開悟和覺悟他人。……莊子的逍遙遊也應能激起澈悟自性（亦即歸返本家）的渴望。這就是慧能所說的『自性能含萬法是大』。慧能並進一步說：『三世諸佛，十二部經，在人性中本自具有』。」〔註34〕因此，禪宗強調毋須外求即可自心頓悟，因為心性本淨，所以見性成佛，本心清淨便能回歸自性，如此回歸自性，與道家莊子追求內在精神逍遙有相似之處，都是從人的內在來探求，

〔註31〕王建光，《如是我樂：佛教幸福觀》，頁137。
〔註32〕陳福濱、葉海煙、鄭基良編，《現代生活哲學》，頁47。
〔註33〕惠能拜五祖弘忍學佛，弘忍命弟子作偈，欲傳衣缽，神秀呈偈：「身是菩提樹，心如明鏡臺。時時勤拂拭，勿使惹塵埃。」弘忍以為未見本性，未傳衣法。惠能聽後亦誦一偈，請人代勞題壁上：「菩提本無樹，明鏡亦非台，本來無一物，何處惹塵埃。」弘忍見後，招惠能登堂入室為其宣講《金剛經》，並傳衣缽，命其往南傳法。
〔註34〕吳經熊著；朱秉義譯，《中國哲學之悅樂精神》，頁35、37、39。

只是相較之下，禪宗仍會入世弘法，教人超越生命，讓真我自內心覺悟，以得到發自內心的真正喜樂。

（二）涅槃樂的最高境界

由上可知佛教關於快樂的解析十分詳盡，不過我們常聽到「離苦得樂」、「煩惱即菩提」這樣的說詞，可見佛教的快樂是相對於「苦」而來，佛教提出四聖諦〔註35〕，其中一諦為「苦諦」〔註36〕，關於「苦」有八苦之說：「生苦、老苦、病苦、死苦、愛別離苦、怨憎會苦、求不得苦、五陰熾盛苦〔註37〕」〔註38〕，苦的形式如同樂的形式般，也有眾多說詞，可見就佛教觀點，人生是苦海無涯，因此，如何離苦得樂呢？

「藏傳佛教抱著一種出世的態度，追求一種不受物質束縛的自由快樂的精神境界──涅槃。……其中最大的快樂是解脫生死入涅槃，它是究竟之大樂」〔註39〕，從上述的三樂或五樂來看，涅槃均為至高無上的清妙喜樂境界，它是一種超脫生死輪迴的精神究竟之樂，它可以透過修行而得，而且是比較接近出世的方式來修行，從修身到修心，以達到無慾無求、無喜無悲、無得無失之無煩惱的涅槃境界，然而它並不只是消極出世而已，亦有其入世助人的積極層面，主要是將自己修行得到的清淨智慧，教導給眾生以幫助眾生離苦得樂，達到幸福快樂的涅槃之境。

〔註35〕四聖諦為苦、集、滅、道四諦，集諦生苦諦，因而集諦為因，苦諦為果；滅苦集二諦滅諦，能到達滅諦為道諦，所以道諦是因，滅諦是果。

〔註36〕劉俊哲、周雲逸，〈幸福快樂人生的追求──藏傳佛教人生論〉，《西南民族大學學報》（2011.6）：頁 77。

〔註37〕五陰熾盛，即是色、受、想、行、識五陰煩惱之火，色、受、想、行、識，合稱五陰，又稱為五蘊。五陰熾盛即煩惱在心中焚燒，使人感到鬱塞、焦燥、苦悶等難以形容的痛苦。

〔註38〕陳福濱、葉海煙、鄭基良編，《現代生活哲學》，頁 47。

〔註39〕劉俊哲、周雲逸，〈幸福快樂人生的追求──藏傳佛教人生論〉，頁 79。

四、宋以前快樂詩學之代表人物

（一）東晉陶淵明田園隱逸之樂

邢恕在〈伊川擊壤集後序〉說：「余嘗讀阮籍、陶潛詩，愛其平易渾厚，氣全而致遠。二人之學固非先生比，然皆志趣高邈，不為時俗所汩沒，事物所侵亂。」〔註40〕阮籍（210～263）為竹林七賢之一，生處於亂世時期，在司馬氏父子底下做事，遭逢母喪還大啖酒肉，也曾以大醉六十日等不守禮法行徑避禍，阮籍將複雜、矛盾的心情寄託在詩中，其詩作〈詠懷詩〉八十二首以「晦澀難解」著稱。邢恕將阮籍和陶潛這兩人與邵雍相比，是因他覺得兩人的詩風皆「平易渾厚」，且「志趣高邈」，不會隨世俗起伏，有自己的定見，不過在邵雍詩中未提及阮籍，故以下只探究陶潛的快樂哲學。

1. 陶氏讀書隱逸之樂

劉大白：「陶潛是一個空前的特異的詩人……他是一個樂天委分的樂生主義者。……他雖然曠達，卻不是老莊一流，……他看破生死，而又不是浮屠一派。他底詩文裡面，也毫無老莊浮屠底意味；勉強比擬起來，頗有點跟孔門的顏回相像。」〔註41〕劉大白認為陶潛是樂生主義者，又與顏回相像，顏回身居陋巷卻好讀書而不改其樂，陶潛的確具有此特色，從其詩文中，可看出這樣的精神。如：〈飲酒　其十六〉：「少年罕人事，遊好在六經」〔註42〕；〈五柳先生傳〉：「好讀書，不求甚解，每有會意，便欣然忘食」（頁 287）；〈歸去來兮辭〉：「登東皋以舒嘯，臨清流而賦詩，聊乘化以歸盡，樂夫天命復奚疑」（頁267）。均可看出其喜好讀書的性格，且注重融會貫通，不求繁瑣的章句訓詁之意，不論讀六經或賦詩，均能樂在其中而欣然忘食，尤其十分喜好

〔註40〕宋・邵雍著，郭彧整理，《邵雍集・擊壤集後序》，頁 572。
〔註41〕劉大白，《中國文學史》（湖南：嶽麓書社出版，2011），頁 113～116。
〔註42〕晉・陶潛著；楊勇校箋，《陶淵明集校箋》（上海：上海古籍出版社，2007），頁 161。底下陶淵明的詩文均採此版，故只在作品後加頁碼，不再加註腳。

徜徉於大自然的山水田園中。又陶潛另一作品〈移居　其一〉，寫於
義熙七年（408）：

> 昔欲居南村，非為卜其宅。聞多素心人，樂與數晨夕。
>
> 懷此頗有年，今日從茲役。敝廬何必廣，取足蔽床席。
>
> 鄰曲時時來，抗言談在昔。奇文共欣賞，疑義相與析。（頁
> 86）

陶潛搬家的目的在於「多素心人」，意即鄰裏多是心地純樸的人，子
曰：「里仁為美。擇不處仁，焉得知？」論語裡早已記載孔子說，要
選擇具仁厚、善良風氣的社區居住，才稱得上有智慧。陶潛深知此道
理，於是打算移居至南村，此念頭已縈繞腦海多年，今日真的動身遷
居，而新居不用寬敞，能有遮風蔽雨，可容身的一床即可，重點是在
此地能與鄰居時相往來，一起談論過往，一起欣賞奇文、分析疑義，
可見其與鄰居素有交情，且彼此都是有學養、有仁德的讀書人，才能
一起欣賞並討論詩文，處於這樣風俗純厚的書香環境，內心自然是萬
分喜悅。

2. 陶氏飲酒之樂

邵雍喜好飲酒又樂在其中，其來有自，早在東晉時的陶潛就喜好
飲酒，甚至之前提到的阮籍也是嗜酒之徒，自古以來，嗜好飲酒的文
人不勝枚舉，諸如：竹林七賢中的阮籍、嵇康（224～263，一說223
～262）、劉伶（約221～300），乃至陶淵明（365～427）、李白（701
年～762）等都是沉醉其中，這類嗜酒文化究竟帶給文人什麼魅力，
使其競相沉浸在微醺或醺醺的酒中世界？

以陶淵明而言，其在詩文當中多次提及飲酒之樂，如自傳式的贊
文〈五柳先生傳〉寫到：「性嗜酒，家貧，親舊知其如此，或置酒而
招之。」（頁287）已暗指出生性喜愛喝酒，而且他的親朋好友們還
會情義相挺，準備酒來款待他。在其塑造理想世界的文章〈桃花源記〉，
當中記載漁夫接受源中人設酒款待：「便要還家，為設酒殺雞作食。」
（頁275）可知陶氏認為招待客人一定要有「酒」。連棄官返家之作

〈歸去來辭〉也說：「攜幼入室，有酒盈罇，引壺觴以自酌。」（頁267）回到家先牽孩子享受久違的天倫之樂，緊接著立刻拿起酒飲酌一番，可明顯看出酒是陶氏生活中不可或缺的必需品，也是招待賓客的好物。其他詩篇多處提及喝酒之事，如〈雜詩　其一〉：「人生無根蒂，飄如陌上塵……得歡當作樂，鬥酒聚比鄰……」（頁 199）可看出其開心與鄰居喝酒作樂的快樂情景，另一詩作〈移居　其二〉：

> 春秋多佳日，登高賦新詩。過門更招呼，有酒斟酌之。
>
> 農務各自歸，閑暇輒相思。相思則披衣，言笑無厭時。
>
> 此理將不勝，無為忽去茲。衣食當須紀，力耕不吾欺。（頁
> 87）

此為〈移居〉作品第二首，同樣能看出陶氏心中的快樂，在美好時節，能登高寫詩，且時與鄰居打招呼並一同飲酒，農忙時勤奮工作，閑暇時隨性來往、開心談笑毫無厭倦，偶爾與好鄰居一同品酒閑聊，的確相當輕鬆愜意，這是陶潛心中最簡單的快樂生活。不過得建立在「衣食無虞」上，才能追求另一層次的心靈快樂，他進而提出「衣食當須紀，力耕不吾欺」，提倡親自耕作。只是生活仍舊貧困，從〈乞食〉一詩可見：「……飢來驅我去，不知竟何之。行行至斯裏，叩門拙言辭。主人解余意，遺贈豈虛來。談諧終日夕，觴至輒傾杯。……」（頁70）肚子餓了而去乞食，卻又與主人聊天喝酒。對自然率真的陶淵明而言，快樂時要喝酒，不快樂時也要喝酒，這才是「安貧樂道」的真性情，因此濃濃酒味混於詩中。

當中最經典的〈飲酒　二十首〉，題目直接點出「飲酒」，且在詩前序文提到：「餘閒居寡歡，兼比夜已長，偶有名酒，無夕不飲。顧影獨盡，忽焉復醉。既醉之後，輒題數句自娛。紙墨遂多，辭無詮次。聊命故人書之，以為歡笑爾。」（頁 138）在其「閑居寡歡」、「顧影獨盡」時，偶有好酒，必當品酒，飲酒之餘，再寫幾首詩篇，抒發其心中種種思緒，以此自娛自樂。讀此系列作品似乎能聞到酒的氣味與率真的性格，如〈飲酒　其一〉：「忽與一樽酒，日夕歡相持」（頁139），

開宗明義寫出忽然得來一樽好酒，早晚歡喜地拿來飲酒，以下引出其中兩首，可看出兩種不同的喝酒境界，〈飲酒　其七〉：

秋菊有佳色，裛露掇其英。汎此忘憂物，遠我遺世情。

一觴雖獨進，杯盡壺自傾。日入群動息，歸鳥趨林鳴。

嘯傲東軒下，聊復得此生。（頁 148）

這首一開始寫到秋菊開得很美，撿起沾溼露水的菊花，觀賞這樣令我忘記煩憂的佳物，使我遠離世俗的心情更加遙遠，雖然獨自飲下一杯酒，不知不覺中也傾倒完整壺酒。此時太陽西落、萬象歇息，回歸樹林的鳥兒鳴叫著，我也在東窗下嘯傲高歌，也算得到此生的真意了。整首詩呈現人與萬物和諧共存的情境，雖然獨自飲酒，卻一點也不孤單，頗有道家順應自然的曠達心胸。而另一首〈飲酒　其十四〉，呈現出另一種喝酒的境界：

故人賞我趣，挈壺相與至。班荊坐松下，數斟已復醉。

父老雜亂言，觴酌失行次，不覺知有我，安知物為貴。

悠悠迷所留，酒中有深味。（頁 159）

一開始即說出老朋友欣賞我的志趣，所以提了一壺酒找我一起享用，舖荊棘雜草坐松下，酒過幾巡後已經又有了醉意，鄉野父老醉到交雜亂言，大家敬酒也亂了次序，醉到茫茫然不覺有我的存在，哪裡還有身外之物懂得珍惜呢？留下悠然飄忽迷濛之感，這才體會到酒中有真興味。從一開始與故人飲酒的人間和諧之樂，轉到酒醉後精神飄飄然的「物我兩忘」境界，酒中的深味耐人尋味。

　　對陶淵明而言，酒有怡情養性又具療傷止痛的功效，以至忘卻現實苦悶，甚至成為文學創作的題材與靈感來源，所以「酒」才會大量出現在陶氏的詩文作品中，酒與陶淵明已自然融為一體，若少了酒，一切便淡然無味。吳可道曾說：「陶公喝酒的境界是高遠的，喝酒的情調是優美的。可是仍脫離不了『竹林七賢』的酒德（喝酒心態）。而這一類型酒德的成分，我們可以揣摩其比例為『四分曠達』、『三分

痛苦』、『兩分懶散』外加『一分渾沌』。」〔註43〕酒對陶淵明而言，意義重大，也許有道家、魏晉玄學曠達的精神，有躲避亂世的痛苦心情，有摒棄儒家禮法的故意懶散，加上喝酒本身帶來的渾沌感，當中的含義應當十分複雜。不過陶淵明在其田園隱逸生活中，自然融合酒與創作，表現出平淡中的真味，使其作品的意境自然昇華為一種人格美，一種自然真誠的快樂生活典範，使得後人景仰陶氏詩如其人、文如其人的完美結合，於是對後代諸多嗜酒的文人而言，「酒」具備了相當重要的精神意義。

3. 陶淵明於邵雍之影響

　　鐘嶸（468～518）《詩品》稱陶淵明為「古今隱逸詩人之宗」，陶淵明棄官歸隱田園，行前寫了一篇〈歸去來兮辭〉表露自己的心情：「歸去來兮，田園將蕪胡不歸？既自以心為形役，奚惆悵而獨悲？悟已往之不諫，知來者之可追。實迷途其未遠，覺今是而昨非。」（頁267）陶淵明表明以往任官，使他感到心被囚禁，而今亡羊補牢、歸隱田園猶未晚，只是內心有種「今是昨非」的感慨。陶淵明早期任官仍懷有儒家積極治世的念頭，希望能實現心中經世濟民的理想，但由於魏晉時局腐敗，多數士人為了避禍，興起談論《老子》、《莊子》、《易經》等清談風氣，造成魏晉玄學大為興盛。在這樣的大環境下，陶淵明日益發覺官場文化與其「任真」性格不符，於是辭彭澤令後，寫下〈歸去來兮辭〉一文，正式宣告隱居田園，此時轉為道家老莊的「清淨無為」、「隨順自然」消極思想，但儒家「安貧樂道」理念又根植心中。陶淵明思想有其轉折處，與邵雍本質上有相似之處，邵雍早期也曾參與科舉考試，之後接觸先天易學，思想由儒轉道，晚年更穿著道服，且堅持不出仕，兩人早期都是懷抱儒家入世的理想，後期才以隱逸生活為樂，顯然陶淵明「安貧樂道」思想與邵雍有多處不謀而合，所以在詩歌創作中，不止一次提到陶淵明，如：嘉祐七年（1062）寫

〔註43〕吳可道，《空靈的腳步》（新竹市：楓城出版社，1982），頁142。

的〈天津新居成謝府尹王君貺尚書〉寫到：「靖節與何窮」（卷4，頁
226），嘉祐八年（1063）寫〈後園即事 其三〉：

> 年來得疾號詩狂，每度詩狂必命觴。
>
> 樂道襟懷忘檢束，任真言語省思量。
>
> 賓朋欲密過從久，雲水優閑興味長。
>
> 始信淵明深意在，此窗當日比義皇。（卷5，頁240）

這首寫到其近幾年來喜愛寫詩到自稱為「詩狂」，每次寫詩必定伴隨
著酒，樂於追求道，胸懷放達而忘了有所拘檢束縛，因而放任純真言
語，不要有過多無謂的思量，此時欣賞山中雲水悠閑流過，使人感到
興味深長，這才相信陶淵明心中所含藏的深意，此情此景真可與當日
的義皇上人相比。陶潛在〈與子儼等疏〉一文說：「少學琴書，偶愛
閒靜，開卷有得，便欣然忘食。見樹木交蔭，時鳥變聲，亦復歡然有
喜。常言：五六月中，北窗下臥，遇涼風暫至，自謂是義皇上人。」
（頁301）陶淵明自稱義皇上人，義皇為伏羲氏，義皇上人指伏羲氏
以前的人，即上古時代過著悠閑生活的人，邵雍一句「此窗當日比義
皇」，表明其仰慕陶淵明這類清閑自在的生活模式，暗指出自己可與
陶氏相比。邵雍又寫了〈讀陶淵明歸去來〉一詩：

> 歸去來兮任我真，事雖成往意能新。
>
> 何嘗不遇如斯世，其那難逢似此人。
>
> 近暮特嗟時翳翳，向榮還喜木欣欣。
>
> 可憐六百餘年外，復有閑人繼後塵。（卷7，頁286）

邵雍讀了陶氏這篇作品後，一開始即引「歸去來兮」談到其「任真」
性格，接著說「其那難逢似此人」，表明自己與陶淵明是同類人，並
改寫陶詩「景翳翳以將入」和「木欣欣以向榮」寫景為「近暮特嗟時
翳翳，向榮還喜木欣欣」，接著「可憐六百餘年外，復有閑人繼後塵」，
直言六百多年後，又有一位繼承陶淵明理念的閑人，那人就是邵雍自
己，直接點出自己就是陶淵明的繼承人。

不過陶淵明雖然歸隱田園，但他不是真正的隱居深山，不與人來

往的隱士，所以劉大白才會說：「他雖然曠達，卻不是老莊一流」。其〈飲酒　其五〉：「結廬在人境，而無車馬喧。問君何能爾？心遠地自偏。」（頁144）從這首詩可以知道陶淵明住在有人煙的鄉野田園間，卻能有道家自然曠達的心境，此與邵雍類似。邵雍堅持不出仕，卻能在安樂窩中怡然自得，並與達官貴人時相來往，一同讀書、寫詩文，互相唱和，既有儒家入世修養，又能有道家出世精神，難怪稱自己是繼陶潛之後的另一位閑人。此外，從邵雍詩集《擊壤集》中，明顯看出其多次提到飲酒之樂，如〈安樂窩中酒一罇〉：「安樂窩中酒一罇，非唯養氣又順真。頻頻到口微成醉，拍拍滿懷都是春。……」（卷9，319）〈善飲酒吟〉一詩寫到：「人不善飲酒，唯喜飲之多。人或善飲酒，唯喜飲之和。飲多成酩酊，酩酊身遂痾。飲和成醺酣，醺酣顏遂酡。」（卷11，頁344）〈喜飲吟〉：「堯夫善飲酒，飲酒喜全真。……」（卷18，頁492）上述例子看來，邵雍認為善於飲酒的人，不是喝到醉茫茫，而是喝到微醺即可，這樣既能養氣又能順真性情，可以看出邵雍對於喝酒懷有高度讚賞，他與陶淵明同樣看重此事，兩人在思想上、行為上不啻十分相似。「兩人身世皆農儒兼作的情況，且力耕且勵學，致使兩人的社會環境俱不利施展抱負；而最神似的地方是兩人都好酒、樂道、又作詩。」〔註44〕足見陶淵明的率真自在生活哲學，對邵雍思想、言行產生巨大的影響。

（二）唐代白居易閒適酬唱之樂

1. 儒道折衷的中隱之樂

相較於陶淵明堅持「安貧樂道」志節，白居易（772～846）選擇另一種生活態度。以作於大元三年（829）的〈中隱〉一詩說明之，詩云：

> 大隱住朝市，小隱入丘樊。丘樊太冷落，朝市太囂喧。
>
> 不如作中隱，隱在留司官。似出復似處，非忙亦非閑。

〔註44〕鄭定國，《邵雍及其詩學研究》（臺北：文史哲出版社，2000），頁18。

不勞心與力，又免飢與寒。終歲無公事，隨月有俸錢。

君若好登臨，城南有秋山。君若愛遊蕩，城東有春園。

君若欲一醉，時出赴賓筵。洛中多君子，可以恣歡言。

君若欲高臥，但自深掩關。亦無車馬客，造次到門前。

人生處一世，其道難兩全。賤即苦凍餒，貴則多憂患。

唯此中隱士，致身吉且安。窮通與豐約，正在四者間。〔註45〕

同為隱逸生活，顯然白居易選擇了一種較為高明的生活方式，他提出了三種隱逸方式，一是大隱，隱居在官場朝廷中，由於朝廷過於喧囂吵雜甚至汙穢，所以能考驗志士文人的氣節，以顯出其高節不凡的定性和氣質，故為「大隱」。二是小隱，隱居在丘壑山林中，由於山林裡，人煙罕至，往往獨自一人修鍊心性，易顯得寂寥冷落，且不知能否禁得起世俗引誘，故為「小隱」。三是「中隱」，介在「大隱」和「小隱」之間，隱居在司官這類閑官中，似隱非隱，似忙非忙，不用過於勞心勞力，就能有官俸以免於挨餓，且隨時都能飲酒享樂，只有中隱的生活方式，才能避免飢餓又躲避禍患，其處於窮困和通達之間，所以使自身吉祥又安康。

這樣的人生哲學頗有「中庸之道」思維，既能享受人間俗樂又能免除朝廷紛爭，從其大批追隨唱和者，可知此生活模式相當切合中唐文人，甚至影響至宋初文壇，原因在於這樣的理念能在儒家積極入世與道家消極出世的矛盾間，取得巧妙又適中的平衡，在大隱與小隱、囂喧與冷落、忙與閑、貴與賤、憂患與凍餒、仕與不仕間，得到一種恰到好處、自得其樂的「中隱」模式，提供文人另一種安身立命之道。

2. 白體閑適酬唱之樂

白居易〔註46〕，其作品平易近人，有「老嫗能解」的說詞，在元

〔註45〕清・清聖祖御製，《全唐詩》（臺北市：平平出版社，1974），卷445，頁4991。

〔註46〕白居易，字樂天，晚號香山居士、醉吟先生，為中唐代表性詩人。關白居易名字的趣聞「白樂天初舉，以歌詩謁顧況。況謔之曰：『長安百

和十年寫給元稹的信中，將自己的詩歌分為四類：諷諭、閑適、感傷和雜詩。白居易早期懷有儒家經世濟民的理想，曾主張「文章合為時而著，歌詩合為事而作」，意即文章、詩歌要能補察時政、洩導民情，所以作品內容多為表現諷諭意義的「諷諭詩」題材。但白居易日後仕宦之路不甚如意，可能因「諷諭詩」得罪當權者，於是被貶官，貶官之後的風格逐漸轉變，因閑官而成為閑人，清閑的生活使他致力於詩歌創作，我們探討其快樂生活的思想，則是從他晚年之後的清閑生活來析論。

從名字「居易」和「樂天」，似可窺出快樂思想，其晚年隱居洛陽，接觸佛教遂往來於香山寺，因號「香山居士」，另自號「醉吟先生」，顯然與酒有關，其與一群「同病相憐」的文人，一同追求飲酒享樂、吟唱詩歌，此時創作題材轉為歌詠恬淡生活的「閑適詩」，白居易在〈與元九書〉：「又或退公獨處，或移病閑居，知足飽和，吟玩情性者一百詩，謂之閑適詩。」〔註47〕可知其在獨處閑居時，創作吟詠情性的作品，此類因知足常樂而少了積極進度的霸氣，多了消極頹廢的閑散之氣的詩作，即為「閑適詩」。又其和朋友們時常唱和，所以唱和詩作大量產生，出現「酬唱」這類詩作，因「白居易在居洛陽的十七八年，與諸留守、分司、致仕官員及文人僧道過往唱和極為頻繁，實際上形成一個以老人和閑官為主體的閑適詩人群。」〔註48〕這群閑適生活詩人群體多有好佛親禪的傾向，藉著親近佛寺

物貴，居大不易！』及讀至賦得原上草送友人，詩曰：『野火燒不盡，春風吹又生。』況嘆之曰：『有句如此，居天下有甚難！老夫前言戲之耳。』」見五代・王定保，清・紀昀編，《景印文淵閣四庫全書・唐摭言・知己》（臺北市：臺灣商務，1986），子部341，卷7，頁1035～749。

〔註47〕唐・白居易著，朱金城箋校，《白居易集箋校》（上海市：上海古籍出版，新華發行，1988），頁2794。

〔註48〕韓大強，〈生活的留戀與心靈的放達——以白居易為中心的洛陽閑適詩人群〉，《中州學刊》（2008.9）：頁235。「白居易於文宗大和三年（829）到洛陽，至武宗會昌六年（846）病逝於洛陽，生命的最後的十七八年基本上是在洛陽度過的。居洛京期間，白居易與劉禹錫、裴度、李德裕、牛僧孺、令狐楚、李紳、姚合、舒元輿、李宗閔、

和僧道之徒來尋求精神解脫，並喜歡以唱和方式，表達文學思想，如白居易與元稹（779～831）之間互相唱和，被稱為「元白」，元稹並編輯白居易的作品，題名為《白氏長慶集》，白居易晚期亦與劉禹錫（772～842）來往唱和，被稱為「劉白」，這樣的影響力更從中晚唐漫延至宋初。

關於宋初詩壇的活動，元初學者方回（1227～1307）在《桐江續集》〈送羅壽可詩序〉談到：

> 宋劖五代舊習，詩有白體、崑體、晚唐體。白體如李文正、徐常侍昆仲、王元之、王漢謀；崑體則有楊、劉《西崑集》傳世，二宋、張乖崖、錢僖公、丁崖州皆是；晚唐體則九僧最逼真，寇萊公、魯三交、林和靖、魏仲先父子，潘逍遙、趙清獻之父，凡數十家，深涵茂育，氣勢極盛。〔註49〕

此將宋初詩壇分為白體、崑體和晚唐體三類。宋初白體代表有李昉（925～996）、徐鉉（916～992）、王禹偁（954～1001）等；崑體有楊億（974～1020）、劉筠（971～～1031）等人；晚唐體有寇準（961～1023）、林逋（967～1028）等人。可見宋初詩壇最早盛行的是白體詩。

宋初流行白居易晚期的詩風，其風格為平淡自然，不求宮律高，不務文字奇，形式上不過份講究，語言上也力求文字淺俗，不過於雕飾言詞，宋初仿白體者多依此原則創作，所以宋代詩歌以俗為雅，講求理趣的白話傾向顯然是受到白居易等人的影響。仿白體者其創作內容也有平易自然，樂天知命的閑適詩，這樣的風格雖然有消極、不進取之嫌，但實因時代背景與個人際遇而來，所謂「山不轉路轉，路不轉人轉」。宋初詩人承襲元稹、白居易、劉禹錫等人的唱和形式，大量創作酬唱詩，這樣具有互相取樂、彼此慰問並收自得其樂的功效。

皇甫曙、崔玄亮等唱和不斷，形成東都洛陽為基地，以致仕及分司官員為主體的專寫閑適生活的詩人群體。」同此註，頁235。

〔註49〕元‧方回，《桐江續集》（臺北：臺灣商務印書館，1970），卷32，頁13。

3. 白居易於邵雍之影響

〈四庫全書總目擊壤集提要〉：「邵子之書，其源亦出白居易，而晚年絕意世事，不復以文字為長，意所欲言，自抒胸臆，原脫然於詩法之外。……不苦吟以求工，亦非以工為厲禁。」〔註50〕這段話指出邵雍的書寫風格其實源於白居易，其晚年的作品，不再以文字的形式為特點，重點在表達內心之言，抒發胸中之氣，所以不會苦吟每個詩句以求工整，也不會嚴格要求外在的形式。邵雍這樣的特點與二百多年前的白居易相似，甚至連生活區域也有重疊之處，兩人早先為河南人，晚年皆隱居於洛陽〔註51〕，生長環境相仿，乃至受到「中隱」生活哲學影響，追求屬於他自己「不仕」卻有「中隱」意味的快樂生活之道。

除了上述提及仿白體的宋初詩人，其實邵雍也受到這種風氣的影響，同樣有白體的閑適和酬唱詩風，閑適詩和酬唱詩可以當成是詩歌創作的內容與形式，也可以當作是一種快樂生活的方式，以「樂天知命」的閑適態度與眾好友一同唱和，藉此分享彼此的心情與收穫，這樣的喜樂心情自是樂不可支，所以白居易的平易詩風與閑適、酬唱風格，確實影響了邵雍。

第三節　宋朝快樂哲學、理學詩派至邵雍詩學

宋代理學家廣泛地討論哲學議題：「孔顏樂處」，乃至宋朝理學詩派興起理學詩的獨特風格，都對邵雍的思想與創作有所啟迪，因而最

〔註50〕宋・邵雍著，郭彧整理，《邵雍集・四庫全書總目擊壤集提要》，頁570。

〔註51〕「洛陽是唐代都城長安的陪都，被稱為東都、神都，有著重要的地域優勢，在政治、經濟、文化、交通等方面僅次於長安。洛陽又是華夏文明重要的發祥地，夏、商、周、東漢、曹魏、西晉、北魏等朝代在這裡建都。這裡不僅長期保有神祕的文化原典，河圖洛書的政治理想使該地域成為政治文化聖地；而且也是一個名利淵藪的繁華之地。」見韓大強，〈生活的留戀與心靈的放達──以白居易為中心的洛陽閑適詩人群〉，《中州學刊》（2008.9）：頁234。

後提出《擊壤集‧序》的文學主張，表達本身對詩歌的主張與想法。
茲分析如下：

一、宋初理學家談孔顏樂處

在《論語》一書中，記載孔子和顏回兩人的事蹟，他們一生幾
乎過著窮困潦倒的生活，卻能時時保有快樂的心境，這樣的人生境
界一直為人欣賞。至宋明理學興起，產生以儒家思想為主，再引進
道家、佛教思想來更新儒學的復興運動，使儒學注入了新生命蛻變
成「新儒學」，即是宋明理學的思想成分。這群理學家們廣泛地討論
儒家思想的要義，其中「孔顏樂處」這樣的人生修養與境界一直為
人津津樂道，他們將「樂」與「道」結合在一起，賦予道德倫理的
意涵。陳東霞在〈「孔顏樂處」的內聖意境〉一文提到「孔顏樂處」
議題的源由：

> 孔顏樂處是宋明理學的一個重大議題，范沖淹首先在宋儒
> 中提出了孔顏樂處的問題，周敦頤讓其學生二程「尋孔顏
> 樂處」，對宋明理學產生了重大影響。自此以後，宋明理學
> 家都將「志伊尹之所志，學顏子之所學」作為其道德的追
> 求，並用推天道以明人事的思維模式，發展和深化了先秦
> 儒家的道德理性主義。〔註52〕

范仲淹是宋儒最早關注「孔顏樂處」問題者，范仲淹（989～1052），
具政治家、軍事事、文學家多重身分，在〈睢陽學舍書懷〉寫到：「瓢
思顏子心還樂，琴遇鍾君恨即銷。」〔註53〕算是最早關注「孔顏樂處」
這個議題，為北宋儒學復興開啟一個契機。接著周敦頤（1017～1073）
要二程「尋孔顏樂處」，在宋明理學中，針對這個重大議題引發廣泛
的討論，有志之士並以此為道德理想的追求目標。周敦頤在《通書‧

〔註52〕陳東霞，〈「孔顏樂處」的內聖意境〉，《信陽師範學院學報》（2009.7）：
　　　　頁39。
〔註53〕宋‧范沖淹著；李勇先、王蓉貴校點，《范沖淹全集》（成都：四川
　　　　大學出版社，2002.9），頁66。

志學》：「志伊尹之所志，學顏子之所學。」〔註54〕指示要學習伊尹（前1648～前 1549）輔佐商湯等五位君王的從政志向，並學習顏回的內在德性滿足之樂，才是符合儒家「內聖外王」的追求。顯見在宋明理學中，「樂作為一個重要範疇，是指天人合一、心理合一的本體體驗，它既是情感的，又是超越情感的。它和仁、誠一起，構成最高的精神境界。」〔註55〕所以接下來進一步談宋儒的「尋孔顏樂處」思想，並探究其對邵雍快樂哲學思想的影響。

（一）邵雍與孔顏樂處

與邵雍同時期的宋儒周敦頤開出「尋孔顏樂處」的理學命題，周敦頤的二位弟子程顥和程頤亦針對此命題有所闡發。同為北宋五子其中一員的邵雍，其「思想有兩個基本特點，第一，他的思想有一個象數派授受的來源，南宋時朱震說：『陳摶以先天圖受種放，放傳穆修，修傳李之才，之才傳邵雍。』這個系統特別重視『數』，故邵雍的學說人多稱之為『數學』。第二，他的思想的另一特色是，與周敦頤提倡的孔顏樂處相呼應，他提倡『安樂逍遙』的精神境界。」〔註56〕

從宋明理學中的「孔顏樂處」來看「樂」的本質，其與仁、誠相生相成，理學家追求符合仁、誠道德內容的成聖之道，因德性上的滿足，進而超越外在物質慾望，使自身融入整體宇宙中，達到「天人合一」的最高精神境界，由仁、誠的本性演繹至物我兩忘、萬物和諧的自在和樂境界。邵雍在艱困的環境中，仍然讀書養志，保持身心安泰，有仁者的風範，其生活方式以「樂」為主，飲酒作詩、縱情山林、驅車遨遊，並把住處命名為「安樂窩」，懂得吟風弄月的生活樂趣，在自然中追求「閑適」的趣味，此樂已超乎外在功利，著重於精神層次。

〔註54〕陳郁夫，《周敦頤・通書譯釋・志學第十》（臺北，東大圖書公司，1990），頁 125。

〔註55〕蒙培元，〈儒家論「樂」〉，《國際道家學術總會》網站，http://www.etaoist.org/taoist/index.php/2011-08-22-02-11-46/2012-09-14-10-52-05/1820-2012-07-20-02-26-11（2012.8.15 上網）。

〔註56〕陳來，《宋明理學》（臺北市：洪葉文化，1994），頁 98。

明代理學家人稱白沙先生的陳獻章（1428～1500）〈批答張廷實詩箋〉：
「只看程明道、邵康節詩，真天生溫厚和樂，一種好性情也。」〔註
57〕程顥和邵雍兩人同樣追求「鳶飛魚躍」的自在自適樂趣，從自然
中體會人生之樂，表現出和樂的生命態度。此用道家逍遙自適的精神
境界，來詮譯儒家「天人合一」境界，使儒道思想自然融合。

　　「不過，程頤及『理學』派的後人往往對邵雍有所批評，認為他
的安樂之境確實為常人所不及，但未免有玩物、玩世之意，『猶有意
也』，還沒有真正達到『自然』。」〔註58〕比起其他宋儒，象數易學派
的邵雍，可能因多了幾分道教飄逸之氣，與成仁成聖的程頤、朱熹此
純理學派，在「樂」的本質上是有差異的，因此才會有這類批評。以
下兼談宋初三位學者討論孔顏樂處的議題內涵。

（二）周敦頤談「孔顏樂處」

　　周敦頤（1017～1073），字茂叔，號濂溪，被後世推為理學之祖，
著有《太極圖說》和《通書》。周敦頤為正式探討「孔顏樂處」命題
的先驅，程顥曾回憶：「昔受學於周茂叔，每令尋顏子、仲尼樂處，
所樂何事。」〔註59〕二程昔日受學於周敦頤時，周敦頤屢屢要他們思
考孔子和顏回常懷快樂的心境，他們到底為了何事而快樂呢？孔子一
生顛沛流離，四處周遊列國，為了宣揚心中的理念，即使貧窮災難屢
屢相逼，卻總能樂觀面對，受困陳蔡之野、斷糧之際，尚能誦詩高歌，
便能看出其樂而忘憂的性格。顏回亦生活困苦，卻不影響內心平和喜
樂，孔子曾說：「賢哉回也！一簞食，一瓢飲，在陋巷，人不堪其憂，
回也不改其樂。賢哉回也。」對顏回身處貧窮又不改其樂發出讚嘆。
面對先秦兩位賢者留下的典範，宋明理學家們一再探究「孔顏樂處」

〔註57〕清·紀昀編，《景印文淵閣四庫全書·集部185·陳白沙集》（臺北市：
　　　　臺灣商務印書館，1986），卷4，頁1246～122。
〔註58〕陳來，《宋明理學》，頁109。
〔註59〕宋·程顥，程頤，《二程集·河南程氏遺書》（臺北市：漢京文化，
　　　　1983），卷2上，頁16。

的原因，周敦頤在《通書》中有一些探討，《通書・顏子》道：

> 顏子一簞食，一瓢飲，在陋巷，人不堪其憂，而不改其樂。
> 夫富貴，人所愛也，顏子不愛不求而樂乎貧者，獨何心哉？
> 天地間有至富至貴、可愛可求而異乎彼者，見其大而忘其
> 小焉爾。見其大則心泰，心泰則無不足，無不足則富貴貧
> 賤處之一也；處之一則能化而齊，故顏子亞聖。〔註60〕

一般人都是追求富貴，但顏回卻能居處陋巷而不改其樂，因有「至富
至貴、可愛可求」，使顏回「見其大而忘其小」，所以不論身處富貴或
貧賤，皆能內心安泰且樂天知足，達到快樂的境界，所以周敦頤稱顏
回為亞聖〔註61〕。

　　周敦頤上段未明確指出顏回所樂何事。但《通書・師友上》接著
說到：

> 天地間，至尊者道，至貴者德而已矣，至難得者人。人而
> 至難得者，道德有於身而已矣。〔註62〕

《通書・師友下》又說：

> 道義者，身有之，則貴且尊。人生而蒙，長無師友則愚。
> 是道義由師友有之，而得貴且尊，其義不亦重乎！其聚不
> 亦樂乎！〔註63〕

《通書・富貴》再談到：

> 君子以道充為貴，身安為富，故常泰無不足，而銖視軒冕、
> 塵視金玉，其重無加焉爾。〔註64〕

天地間至尊至貴者為「道」、「德」、和「道義」，人身難得在於人異於
禽獸，人可以結交「友直、友諒、友多聞」的益者三友，有良師益友
來充實學養免於「孤陋寡聞」，人可以修養自身的道德心志，使人格

〔註60〕陳郁夫，《周敦頤・通書譯釋・顏子第二十三》，頁135。
〔註61〕一般稱顏回為「復聖」，歷來君王多為顏回加封號，如：唐太宗尊之為
　　　　「先師」，唐高宗追封太子少保，唐玄宗尊之為「兗公」，宋真宗加封
　　　　為「兗國公」，元文宗又尊為「兗國復聖公」，明嘉靖九年改稱「復聖」。
〔註62〕陳郁夫，《周敦頤・通書譯釋・師友上第二十四》，頁136。
〔註63〕陳郁夫，《周敦頤・通書譯釋・師友下第二十五》，頁137。
〔註64〕陳郁夫，《周敦頤・通書譯釋・富貴第三十三》，頁144。

臻於完善，顏回正因達到這樣的精神境界而「不亦樂乎」。之後又說「道充為貴，身安為富」，其一再強調追求「道德」和「道義」才是可貴的。周敦頤在《通書‧道》曾說：「聖人之道，仁義中正而已矣。」〔註65〕聖人之道是「仁義中正」思想，孟子曾說過：「有天爵者，有人爵者。仁義忠信，樂善不倦，此天爵也。公卿大夫，此人爵也。」（《孟子‧告子上》，頁 575）在傳統儒家思想中，仁義中正、仁義忠信等都被看作是「天爵」，公卿大夫等官位被視為是「人爵」，一個道德充實的人，可稱得上是君子，也是天爵中的至尊者，這樣的人當然言行無憂，自然能「身安」，「身安為富」符合我們現在常聽到的「健康就是最大的財富」，身心常保安泰，便能「知足常樂」，真正達到「銖視軒冕、塵視金玉」的境界。

可知周敦頤認為顏回追求的不是「財富之樂」，而是「道德之樂」。孔子說：「仁者不憂。」顏回能不憂愁、不改其樂，全因所樂之事是在追求「仁」的道德境界。孔子曾明確說出仁的含義，在《論語‧顏淵》篇：「樊遲問仁，子曰：『愛人』。」（《論語‧顏淵》，頁210）仁代表修己愛人，由內而外以修養德性，是儒家聖人之道的核心思想，此正是「孔顏之樂」的真正原因。

（三）程顥談「孔顏樂處」

程顥（1032～1085），早年與胞弟程頤共師周敦頤，程顥為「大程子」，為人較活潑，兩兄弟並稱「二程」，因兩人長期在洛陽講學，故世稱二程學為「洛學」。針對「孔顏樂處」的議題，程顥回憶周敦頤要二程「尋孔顏樂處」，程顥說：「顏子在陋巷，『人不堪其憂，回也不改其樂』。簞、瓢、陋巷非可樂，蓋自有其樂耳。『其』字當玩味，自有深意。」〔註66〕其認為生活窮困並不是值得快樂的事，但顏回能自得其樂，其中的樂趣值得探討，此未明白指出顏回所樂何事。

〔註65〕陳郁夫，《周敦頤‧通書譯釋‧道第六》，頁 120。
〔註66〕宋‧程顥、程頤，《二程集‧河南程氏遺書》卷 12，頁 135。

後來程顥再度向周敦頤請教，曾說：「自再見周茂叔後，吟風弄月以歸，有『吾與點也』之意。」〔註67〕程顥再見到老師周敦頤，周敦頤帶給大程子「曾點氣象」〔註68〕的身教示範，曾點回答孔子人生志向問題，表現的境界已融入群象中，是個體身心和諧舒暢的快樂境界，加以他不是一人獨自欣賞景色，而是與眾人同享自然美景，於是形成人與社會、人與自然間的和諧狀態，達到「天人合一」境界之樂，與孔子談自己的志向一致，子曰：「老者安之，朋友信之，少者懷之。」〔註69〕孔子讚同曾點的，正是這種「大同世界」的境界。那是由主體本身擴展至與他人、社會、宇宙間，形成一種相對穩定關係的狀態，這是很高的精神境界，可知周敦頤追求的是儒家精神上與萬物相融、怡然自樂的境界。程顥感受到老師身上散發出來的和熙春風，頗能體會「孔顏樂處」示現的內在境界，而程顥自身也給學生「如沐春風」之感，從程顥〈秋日偶成　其二〉這首詩作可以看出端倪：

> 閒來無事不從容，睡覺東窗日已紅。
>
> 萬物靜觀皆自得，四時佳興與人同。
>
> 道通天地有形外，思入風雲變態中。
>
> 富貴不淫貧賤樂，男兒到此自豪雄。〔註70〕

一個恬淡、清閑、與世無爭的人，做任何事都是從容不迫的，此時，一覺睡醒，東窗上已是紅紅日頭，靜觀萬物而得來「萬物靜觀皆自得，四時佳興與人同」的感受，這裡是指靜靜地以直覺來觀看萬物，所以在一個心思澄淨的人看來，所有萬物都以其先天的本性出現，都是最自然、

〔註67〕宋・程顥、程頤，《二程集・河南程氏遺書》，卷3，頁59。

〔註68〕「道學家認為，人的精神世界雖是內心的事，但也必然表現於外，使接觸的人感覺到一種氣氛。這種氣氛，道學家稱之為『氣象』。」見馮友蘭，《中國哲學史新編》（北京市：人民出版社，2004），頁137。

〔註69〕「顏淵、季路侍。子曰：『盍各言爾志？』子路曰：『願車馬、衣輕裘，與朋友共。敝之而無憾。』顏淵曰：『願無伐善，無施勞。』子路曰：『願聞子之志。』子曰：『老者安之，朋友信之，少者懷之。』」見《論語・公冶長》，頁122。

〔註70〕宋・程顥，程頤，《二程集・河南程氏文集》，卷3，頁482。

最美的狀態，而人間的春夏秋冬四季，也各有巧妙，只要自然融入便能夠心領神會、怡然自得。而存在宇宙間的「道」，是超越天地有形之外，每個層次都一體貫穿，思道者必須在天地萬物風雲變化中，才能體悟出「道」的真義，此為道家思維，最後仍回歸儒家，引孔子「貧而樂道」與孟子「富貴不能淫」，合為「富貴不淫貧賤樂」，即便富貴不會被外界所迷惑，身處貧賤仍然樂天知命，自然能夠達到靜觀自得、無欲無求的平靜喜樂境界中，此時才是真正「英雄豪傑」的精神境界。

這首詩寫出程顥的想法，其內心平和澄澈而能包含一切，故能體會眾樂：因過悠閑生活，而有「清閑之樂」；能靜觀萬物，欣賞四時佳興，而得「景物之樂」；「四時佳興與人同」是與人同遊，故享「與人同樂」；「道通天地有形外」談的是有形之外的「道」，是以「體道而樂」；身處貧賤卻能快樂，是因體道而得來的「安貧樂道」。從上述眾樂看來，程顥的快樂來自個體本身與人間萬事萬物和諧之「道」的內心感受，足見程顥是「孔顏樂處」的實踐者。

若從理論來印證程顥內在的「孔顏樂處」思維，可以從《識仁篇》來看：

> 學者須先識仁。仁者渾然與物同體，義、禮、智、信皆仁也。識得此理，以誠敬存之而已，不須防檢，不須窮索。若心懈，則有防；心苟不懈，何防之有！理有未得，故須窮索；存久自明，安待窮索！……孟子言「萬物皆備於我」，須「反身而誠」，乃為大樂。若反身未誠，則猶是二物有對，以己合彼，終未有之，又安得樂！……。「必有事焉而勿正，心勿忘，勿助長」……。〔註71〕

程顥認為修養學識者必須先懂得「仁」，仁者與萬物為一體，義、禮、智、信皆屬於仁的範疇，識得此理後以「誠敬」功夫來存養「仁」，不必處處防檢、窮索，因為誠敬無所懈怠，何必防範檢點，存養久了自然體悟仁之理，何必窮究追索。一方面，孟子說一切都存在自身，

〔註71〕宋・程顥、程頤，《二程集・河南程氏遺書》，卷2上，頁16～17。

反過來看自身就是「誠」的行為，才能有大樂的境界。另一方面，主張用「敬」存養時，修養工夫上心要勿忘，勿助長，不用過於把持而耗費力氣，這便是存養的方法。所以程顥有說：「執事須是敬，又不可矜持太過。」〔註72〕大概就是這個意思。關於「敬」和「樂」的議題，其談到：

> 中心斯須不和不樂，則鄙詐之心入之矣。此與「敬以直內」同理。謂敬為和樂則不可，然敬須和樂，只是中心沒事也。〔註73〕

《易・坤・文言傳》上說：「敬以直內，義以方外。」〔註74〕敬以直內是以敬使內心正直，義以方外是以義使外物端方，這句話是《中庸》所謂的「合外內之道」。程顥常提到這個含義，並將理學的存養方法「敬以直內」和「樂」相聯結，理想境界是「敬樂合一」，藉由「敬」的方法，達到「樂」的平和安詳境界。因此，他不強調過份地「敬」，反而是要心中無事的和樂境界，兩者才能相輔相成。所以程顥說：

> 鳶飛戾天，魚躍於淵，言其上下察也。此一般子思吃緊為人處，與「心有事焉而勿正心」之意同，活潑潑地。會得時，活潑潑地。不會得時，只是弄精神。〔註75〕

《中庸》：「《詩》云：『鳶飛戾天，魚躍於淵。』言其上下察也。君子之道，造端乎夫婦，及其至也，察乎天地。」（《中庸》，頁34）「鳶飛魚躍」出自《中庸》引《詩經》的句子，其呈現的是萬物自然的天性，表現出自由活潑的意象，此說明上下分明的中道，是君子的道，其開始於夫妻間的常理，但最高境界的道卻明顯存於整個天地間。程顥引用《中庸》的文句，說出子思闡述道的真義，主要表達活潑自在的心境，才能達到平和安樂的境界，也才能真正體會《中庸》鳶飛魚躍所

〔註72〕宋・程顥、程頤，《二程集・河南程氏遺書》，卷3，頁61。
〔註73〕宋・程顥、程頤，《二程集・河南程氏遺書》，卷2上，頁31。
〔註74〕黃壽祺、張善文撰，《周易譯註》（臺北土城：頂淵文化事業有限公司，2000），頁34。
〔註75〕宋・程顥、程頤，《二程集・河南程氏遺書》，卷3，頁59。

表達出來的「萬物自適」境界。

（四）程頤談「孔顏樂處」

程頤（1033～1107），為人較嚴謹，其思想影響南宋朱熹（1130
～1200）〔註76〕，兩人的學問被合稱為「程朱理學」，又簡稱為「理
學」，一般認為其為理學創辦人。關於「孔顏樂處」議題，記載程頤
與門人談論此事：

> 鮮於侁問伊川曰：「顏子何以能不改其樂？」正叔曰：「顏
> 子所樂者何事？」侁對曰：「樂道而已。」伊川曰：「使顏
> 子而樂道，不為顏子矣。」〔註77〕

程頤的回答點出顏回所樂的不只是「道」本身，是一種比道更高一層
級的境界。關於這個理學命題，胡瑗也曾出題試驗，〈顏子所好何學
論〉題目下記載：「先生始冠，遊太學，胡安定以是試諸生，得此論，
大驚異之，即請相見，遂以先生為學職。」〔註78〕上述的先生是程頤，
胡安定指胡瑗（993～1059）〔註79〕，胡瑗為程頤的老師，胡瑗又因
范仲淹的推薦，得以白衣召對，授為祕書省校書郎，可見胡瑗與范仲
淹交情匪淺，因而受到范仲淹的啟發，胡瑗在主持太學時，提出「顏
子所好何學論」為題目試諸生，程頤絕佳的回答使他嶄露頭角，程頤
的〈顏子所好何學論〉，以下節錄部分文章：

> 顏子所獨好者，何學也？學以至聖人之道也。聖人可學而
> 至與？曰：然。學之道如何？曰：天地儲精，得五行之秀
> 者為人。其本也真而靜，其未發也五性具焉，曰仁義禮智
> 信。……學之道，正其心，養其性而已。中正而誠，則聖
> 矣。君子之學，必先明諸心，知所養，然後力行以求至，
> 所謂「自明而誠」也。故學必盡其心，盡其心則知其性。

〔註76〕朱熹，字元晦，一字仲晦，號晦庵、晦翁等，又稱紫陽先生。
〔註77〕宋·程顥、程頤，《二程集·河南程氏外書》，卷7，頁395。
〔註78〕宋·程顥、程頤，《二程集·河南程氏文集》，卷8，頁577。
〔註79〕胡瑗，字翼之，世居陝西安定堡，世稱「安定先生」，其與孫復（992
～1057）、石介（1005～1045）合稱「宋初三先生」，因他們在理學
思想上開風氣之先河。

　　　　知其性，反而誠之，聖人也……。〔註80〕

程頤先設問題一：顏回所獨好的是何學問呢？程頤認為顏回主要是學
達到「聖人之道」。問題二：聖人之道可以學且同樣達到那個境界嗎？
程頤認為可以學。最後問題三：其中的學習之道為何呢？以下即開始
闡述程頤自己的理論。

　　引用《禮記‧禮運》曰：「人者，其天地之德，陰陽之交，鬼神
之會，五行之秀氣也。……人者，天地之心也，五行之端也。」〔註
81〕和《易》曰：「精氣為物。」〔註82〕他認為人物皆稟氣以為形質而
生，是以人從天地間精純之氣而來，五行當中最優秀者才能成為人，
人的本體之心為「真而靜」，而五性為五德，即仁義禮智信，本性具
存，未曾消失，因此學習之道，只在「正心」、「養性」、「中正而誠」
才能成聖人，所以君子之學在「明誠」，即明心、知養，再力行以求
達到本性。

　　程頤再強調：「學必盡其心，盡其心則知其性」，此出自孟子：「盡
其心者，知其性也。」（《孟子‧盡心上》，頁601）又程頤說：「知其
性，反而誠之」，還是出自孟子：「反身而誠，樂莫大焉。」程頤這裡
引用孟子的話，強調學習必須盡心、知性、反身而誠，能達到此功夫
即是聖人的內在悅樂境界。周敦頤在《通書》也有類似的說詞：「誠
者，聖人之本。」〔註83〕又曰：「聖，誠而已矣。」〔註84〕綜上所述，
程頤認為顏回之道，即是成聖之道，方法為「自明而誠」，明白內在
本心再修養心性，即能覆返「誠」的境界，內心便能得到最大的精神
滿足之樂，此正是儒家追求的聖人之道。

　　程頤寫〈顏子所好何學論〉強調顏回所喜好的是內心追求成聖之
道，相較程顥而言，其修養學問的態度比較嚴謹，所以說：

〔註80〕宋‧程顥、程頤，《二程集‧河南程氏文集》，卷8，頁577。
〔註81〕姜義華注譯，《新譯禮記讀本》（臺北：三民書局，2007），頁346。
〔註82〕黃壽祺，張善文撰，《周易譯註》，頁535。
〔註83〕陳郁夫，《周敦頤‧通書譯釋‧誠上第一》，頁111。
〔註84〕陳郁夫，《周敦頤‧通書譯釋‧誠下第二》，頁115。

> 須知義理之悅我心，猶芻豢之悅我口。玩理以養心，如此。
> 蓋人有小稱意事，猶喜悅，有淪肌浹體，如春和意思，何
> 況義理。然窮理亦知用心緩急，但苦勞而不知悅處，豈能
> 養心！〔註85〕

引用孟子：「理義之悅我心，猶芻豢之悅我口。」強調「理義」使「內
心」喜悅，以理養心，而養心的終極目標則在常保「樂」的精神境界，
但若因窮理而感到苦勞，以致無法體會「樂」的境界，豈能「養心」！
程頤藉「窮盡義理」之道來「養心」以達「喜悅」境界。

二、宋代理學詩派源由與發展

從「孔顏樂處」開展而來的哲理思想議題，至理學家們創作獨具
當代特色的理學詩，藉詩言理的理學詩派興起，形成一股理學詩風潮，
茲探討如下：

（一）理學詩溯源與派別

「高彪《清誡》已以詩言理，此後有兩大宗，一則為晉宋之玄學。
二則為宋明之道學。以玄理入詩的玄言詩，『理過其詩，淡乎寡味』，
平典似道德論；以道學（理學）入詩，則『率是語錄講義之押韻者耳』。」
〔註86〕理學詩往回追溯可探至魏晉玄言詩，與宋明理學詩兩大宗，一
般認為藉詩來言理的理學詩較平淡無味，且多是直講義理、落入語障
的語錄，或是充滿道義理論的詩作，其實不然。

自宋代理學發展以來，產生的「理學詩派〔註87〕，又可稱道學
詩派、新儒學詩派、濂洛詩派等」〔註88〕，其中，濂洛詩派出自《濂

〔註85〕宋·程顥、程頤，《二程集·河南程氏遺書》，卷3，頁66。

〔註86〕孫慧玲、孫紅梅，〈理學詩研究發微〉，《渭南師範學院學報》（2009.11）：
頁36。

〔註87〕「理學詩派」名稱最初來自於梁昆先生的《宋詩派別論》，此後，多
家沿用，遂成通稱。但詩派中亦是風格不同，派中有派。有邵雍的
擊壤派，周程（顥）的瀨落派，程（頤）朱的敬畏派等。」見孫慧
玲，〈理學詩與理學詩派辨析〉，頁116。

〔註88〕孫慧玲，〈理學詩與理學詩派辨析〉，頁115。

洛風雅》,「《濂洛風雅》是宋元之際的理學家金履祥在晚年選錄《濂洛詩派圖》中 48 位道學人士的詩作進行編訂,……是中國文學史上第一部理學詩總集。從此,『道學之詩與詩人之詩千秋楚越矣』。」〔註89〕而濂洛一詞分別代表理學兩個派別,即周濂溪（敦頤）的濂學和二程（程顥、程頤）兄弟的洛學,此外,理學派別尚有張載的關學,及後來朱熹將洛學發揚光大而建立的閩學,後來成為正統之位的程朱理學,「濂、洛、關、閩」四派,人稱理學四派。「濂洛風雅」是指理學詩派的學者,採《詩經》六義:風雅頌（內容）、賦比興（作法）而來。《禮記·經解》說:「溫柔敦厚,詩教也。」可知其高舉《詩經》風雅的詩教,有不少追慕古樸的風雅之作,但因含有理學家「明理體道」的成分,所以同時具備教化人心、修養心性的功效,非「率是語錄講義之押韻者耳」。

（二）「主樂」邵雍與「主敬」朱熹比較

從開理學風氣的宋初三先生:胡瑗、孫復、石介,理學主要代表的北宋五子:周敦頤、邵雍、張載、程顥、程頤,到集理學大成的南宋朱熹,這些理學家作詩,形成一股理學特色鮮明的理學詩派,不過其風格不全然相同。在程剛〈文道合一與詩樂合一──朱熹與邵雍文學本體論之比較〉一文中,提出理學中「主樂」和「主敬」的兩種不同路向,程剛比較了邵雍「詩樂合一」的主體論與朱熹「文道合一」的文學本體論主張,「邵雍和朱熹分別代表理學中『和樂灑落』與『敬畏戒慎』的兩派」〔註90〕。不過理學的發展從程顥和程頤開始分歧,二程的門人說大程是「接人則渾是一團和氣」〔註91〕。而小程「直是謹嚴,坐間無問尊卑長幼,莫不肅然」〔註92〕,兩人個性不同,學養

〔註89〕高雲萍,〈濂洛風雅與理學詩觀〉,《江西社會科學》（2008.6）:頁 132。

〔註90〕程剛,〈文道合一與詩樂合一──朱熹與邵雍文學本體論之比較〉,《孔子研究》（2008.5）:頁 58。

〔註91〕宋·程顥、程頤,《二程集·河南程氏外書》,卷 12,頁 426。

〔註92〕宋·程顥、程頤,《二程集·河南程氏外書》,卷 12,頁 442。

自也有異，大程著重反身而誠、向內探索、發明本心，大程反求於心，開啟後世陸（象山）、王（陽明）心學思想，走向心靈自適的「主樂」一派；小程著重格物窮理、層層檢索、向外探求，小程求諸於外，開啟南宋朱熹「致知窮理」的理學，走向嚴謹敬畏的「主敬」一派。而邵雍寫：「天外更無樂，胸中別有春」（〈自貽吟〉，卷 19，頁 504），從外探求無從得樂，因胸中自有春天和氣之樂，顯然邵雍偏唯心主義思想，心靈的安適自在乃是向內探求而來，他的思想近於程顥「主樂」這一派。

關於「樂」的探討，在「理學家普遍建立本體論哲學，樂的境界便具有超越的性質。邵雍的『樂』與朱熹的『道』一樣具有形上與形下兩個層次，這兩個層次不即不離、體用不二。朱熹說文是從道中流出，邵雍說詩歌是樂的產物，形下的感性的樂是其直接原因，形上的本體的樂是其最終根源。」〔註93〕是以就邵雍而言，他的理學詩，有不少貼近生活、吟詠情性的作品，其將「詩」與「樂」的生命本質結合，讀來極富生活情調，表現出「詩樂合一」的快樂境界。

三、《擊壤集・序》探邵雍詩學

邵雍的詩與樂結合，表現出自在的生活情調，而詩作則集結成《擊壤集》，此為邵雍的代表詩集，在詩集前附有序文，闡述其創作的想法，此文是瞭解邵雍詩學理念的關鍵，關於邵雍的快樂思想，茲從文中分析如下：

（一）「自樂」到「樂時與萬物自得之樂」

邵雍在《伊川擊壤集序》一開始即說：

> 《擊壤集》，伊川翁自樂之詩也。非唯自樂，又能樂時與萬物之自得也。伊川翁曰：「子夏謂詩者，志之所之也，在心為志，發言為詩，情動於中而形於言，聲成其文而謂

〔註93〕程剛，〈文道合一與詩樂合一——朱熹與邵雍文學本體論之比較〉，《孔子研究》（2008.5）：頁 60。

之音。」是知懷其時，則謂之志，感其物，則謂之情，發
其志，則謂之言，揚其情，則謂之聲，言成章，則謂之詩，
聲成文，則謂之音，然後聞其詩，聽其音，則人之志情可
知之矣。〔註94〕

《擊壤集》是邵雍用來「自樂」，又能「樂時，與萬物之自得」的詩
集，接著引用子夏的話：「詩者，志之所之也，在心為志，發言為詩。
情動於中而形於言，聲成其文而謂之音。」詩是用來闡發個人志向的
媒介，內心有了志向而發言於外，從其詩作或是聽其所言，可以知道
其心志與情感。邵雍寫詩目的即在此，表達其「自樂」的心情，自樂
即自得其樂，是指從自身出發而感到快樂的心情，不論是天倫親情之
樂、朋友相聚之樂、飲酒賦詩之樂、徜徉山川之樂等，都是與自己身
心相關的快樂，但這樣的快樂有其局限，容易因外在事物改變，快樂
心情也跟著改變，所以還要進展至較高的境界：「樂時、與萬物之自
得」，即「與萬物同樂」，使自己的心與天地萬物相融，才不會因「一
身之休戚」、「一時之否泰」而改變，因此邵雍繼續說：

情有七，其要在二，二謂身也，時也，謂身則一身之休戚
也，謂時則一時之否泰也，一身之休戚，則不過貧富貴賤
而已；一時之否泰，則在夫興廢治亂者焉。……近世詩人，
窮感則職於怨憝；榮達則專於淫泆，休戚發於喜怒，身之
休戚，發於喜怒，時之否泰，出於愛惡，殊不以天下大義
而為言者，故其詩大率溺於情好也。噫！情之溺人也，甚
於水，古者謂水能載舟，亦能覆舟，是覆載在水也，不在
人也，載則為利，覆則為害，是利害在人也，不在水也，
不知覆載能使人有利害耶？利害能使水有覆載耶？二者之
間必有處焉，就如人能蹈水，非水能蹈人也，然而有稱善
蹈者，未始不為水之所害也，若外利而蹈水，則水之情亦
由人之情也，若內利而蹈水，則敗壞之患立至於前，又何
必分乎人焉水焉，其傷性害命一也〔註95〕

〔註94〕宋・邵雍著，郭彧整理，《邵雍集・伊川擊壤集序》，頁179。
〔註95〕宋・邵雍著，郭彧整理，《邵雍集・伊川擊壤集序》，頁179。

「情有七」一般認為七情是「喜、怒、哀、樂、愛、惡、欲」，可知人有諸多情感，而「其要在二，二謂身也，時也」，最重要的兩點為「身」與「時」，自身的歡樂與憂愁來自外在的貧富貴賤，一時的窮困或通達來自天下人事的興廢治亂，因此近代詩人創作多是從自身喜怒心情，或是一時的愛惡態度，少以「天下大義」發聲，詩作大多是耽溺於個人情感的喜好而來。「溺」字的意思多為負面，如：「淹沒、陷於危境中、沉迷無節制」等，因此若溺於個人情感容易「陷於危境中、沉迷無節制」，邵雍做了一個比喻：情感溺於人甚於水，水雖會覆舟，但其中利害只在於人，因為人的使用才會有載舟或覆舟這樣的利害關係，水使人浮或溺，全因人的情感而來。可知沉溺於情感是十分不好的事情。

這番理論正好與同時期的范仲淹同似，范仲淹在北宋慶曆六年（1046）寫下名聞千古的〈岳陽樓記〉，文中的論點正好與邵雍有不謀而合之處，范仲淹談到一般人的喜怒均受到外在環境影響，其提出兩種情形景色，一是憂景：「若夫霪雨霏霏、連月不開；……虎嘯猿啼；登斯樓也，則有去國懷鄉，憂讒畏譏，滿目蕭然，感極而悲者矣！」〔註96〕若在天候不佳時，登上岳陽樓，則容易受到久雨綿綿、連月不開的灰暗悽慘情景，再聽到如虎嘯猿啼般的狂風怒號，登上此樓，則有離開京城、懷念故鄉，擔憂被小人毀謗，觸目一片蕭條，有如孤臣孽子般的悲慘心情。二是喜景：「至若春和景明，波瀾不驚，上下天光，一碧萬頃。……而或長煙一空，皓月千里，浮光躍金，靜影沈璧，漁歌互答，此樂何極！登斯樓也，則有心曠神怡，寵辱偕忘、把酒臨風，其喜洋洋者矣！」〔註97〕若在春天天氣和煦時，登上嶽陽樓，看到遼闊無際的大水，一派日光照耀下來，上下連成一片壯闊景象，又或者夜遊嶽陽樓，看到皓月當空，印照在沉靜水面上如同璧玉，此時聽到漁歌傳唱，令人心曠神怡！所以不論白天或晚上，都能有好情好

〔註96〕宋・范沖淹著；李勇先、王蓉貴校點，《范沖淹全集》，頁194。
〔註97〕宋・范沖淹著；李勇先、王蓉貴校點，《范沖淹全集》，頁194〜195。

景而使人淡泊名利、忘懷得失，端杯好酒感受微風吹拂，真是喜樂無窮！上述兩種情形都是因外在而影響內心，但范仲淹接著說：

> 予嘗求古仁人之心，或異二者之為，何哉？不以物喜，不以己悲，居廟堂之高，則憂其民；處江湖之遠，則憂其君。是進亦憂，退亦憂；然則何時而樂耶？其必曰：「先天下之憂而憂，後天下之樂而樂矣！」〔註98〕

應做到「不以物喜，不以己悲」的態度，真正能牽動人心的是天下老百姓的喜憂，而非個人的榮辱，所以范仲淹說了這句千古名言：「先天下之憂而憂，後天下之樂而樂。」要以天下人的喜憂為優先。

　　邵雍認為一般人著眼於「身之休戚」、「時之否泰」，這樣的看法與范仲淹有些雷同，兩人均認為一般人歌詠出來的心情，多與個人造化有關，這樣的「自樂」仍是著眼個人喜好，應以「天下大義」和「百姓喜樂」為優先，這才能擺脫個人情感，進入儒家理想的快樂境界。兩位宋代學者，提出以天下為優先考量的觀點，符合儒家追求的「仁」德。

（二）以物觀物的反觀之樂

　　邵雍以理學家的態度創作詩，「以物觀物」的詩學創作，為邵雍的主要思想，《擊壤集・序》接著談到：

> 性者道之形體也，性傷則道亦從之矣。心者，性之郛廓也，心傷則性亦從之矣。身者，心之區宇也，身傷心亦從之矣。物者，身之舟車也，物傷則身亦從之矣。是知以道觀性，以性觀心，以心觀身，以身觀物，治則治矣，然猶未離乎，害者也，以道觀道，以性觀性，以心觀心，以身觀身，以物觀物，則雖欲相傷，其可得乎！若然則以家觀家，以國觀國，以天下觀天下，亦從而可知之矣。〔註99〕

此段是說物傷則身傷，身傷則心傷，心傷則性傷，性傷則道傷，由外而內層層遞進，但「以道觀性，以性觀心，以心觀身，以身觀物」仍會物我兩傷，最好是先忘我再以物觀物，即「以道觀道，以性觀性，

〔註98〕宋・范沖淹著；李勇先、王蓉貴校點，《范沖淹全集》，頁195。

〔註99〕宋・邵雍著，郭彧整理，《邵雍集・伊川擊壤集序》，頁179～180。

以心觀心，以身觀身，以物觀物」，甚至「以家觀家，以國觀國，以天下觀天下」。即是從本然觀本然，類似「將心比心」，客觀地看待萬事萬物，是以能達到「以物觀物，不累於情」的境界。而在〈觀物內篇〉也可印證此說法：

> 夫所以謂之觀物者，非以目觀之也。非觀之以目，而觀之以心也。非觀之以心，而觀之以理也。……夫鑑之所以能為明者，謂其能不隱萬物之形也；雖然鑑之能不隱萬物之形，未若水之能一萬物之形也；雖然水之能一萬物之形，又未若聖人之能一萬物情也。聖人之所以能一萬物之情者，謂其聖人能反觀也。所以謂之反觀者，不以我觀物也。不以我觀物者，以物觀物之謂也。既能以物觀物，又安有我於其間哉？〔註100〕

邵雍的觀物思想為「觀之以理」，以大公無私的「理」來觀看。若從鏡子和水做比喻，兩者都能不隱萬物之形，水相較於鏡子的單純反射，更能反映出萬物變化的形貌，但這兩者都只看到外在形貌，還是屬於「以我觀物」的層級。而聖人能「一萬物之情」，即是聖人能「反觀」，這才是最高的境界。所以《觀物外篇》：「任我則情，情則蔽，蔽則昏矣。因物則性，性則神，神則明矣。」〔註101〕「以物觀物」即「以理觀物」，不要放任本我主觀的情緒，因為情緒容易遮蔽本性，而產生昏暗，應當順萬物的性情，才能還原本性與本質，使內在本性如神靈清明，讓萬物呈現最真的本質。如此一來，又怎麼有我在其中呢？

　　邵雍以物觀物得來的「無我」情感境界，影響清代的王國維（1877～1927）。王國維認為：

> 有我之境，以我觀物，故物我皆著我之色彩。無我之境，以物觀物，故不知何者為我，何者為物？〔註102〕

〔註100〕宋・邵雍著，郭彧整理，《邵雍集・觀物內篇》，頁49。
〔註101〕宋・邵雍著，郭彧整理，《邵雍集・觀物外篇》，頁152。
〔註102〕清・王國維著，滕咸惠校注，《人間詞話新注》（山東：齊魯書社，1994），頁36。

其提出「有我之境」和「無我之境」的想法，此觀念再進一步解釋：
「無我之境，人惟於靜中得之。有我之境，於由動之靜時得之。故一
優美，一宏壯也。」〔註103〕王國維的有我之境，為「以我觀物」，從
動靜中觀之，有「宏壯」之象；無我之境，為「以物觀物」，只在靜
中得之，故得「優美」之象。王國維的有我之境和無我之境從動靜中
分別，這可用美學的欣賞範疇來看，兩人思想有所差別，王國維多了
「有我之境」的觀點，「有我之境」相較於「無我之境」而來，這是
一種境界美學，兩者不是完全泯除個人情感，而是在動靜之間，強調
人的情感與大自然間有無「優美」的關聯，有之則有「采菊東籬下，
悠然見南山」物我融合的無我之境；無之則有「淚眼問花花不語，亂
紅飛過秋千去」物著我色彩的有我之境。而邵雍的「以物觀物」是無
我的情感，忘情才能無累，邵雍曾說：「學不至於樂，不可以謂之學」，
此樂不是感官的快樂，而是由「不溺於情」所得來的一種「觀物」快
樂，「這種觀念反映在詩歌上，便主張『詩言志』、『樂而不淫』、『哀
而不傷』的合『理』之『情』，邵堯夫所主張的『以物觀物』就是主
張摒除個人情感欲望，從純粹的『理』的角度來看待事物的觀物說。」
〔註104〕所以邵雍具理學家的心性修養功夫，以修道為目的，因此他
認為「不溺於情好」的觀照方式，才能真正達到「以物觀物」的「反
觀」快樂境界。

（三）情累都忘的觀物之樂

《擊壤集》最後提出三個層次的快樂境界，即三樂說：「人世之
樂」、「名教之樂」和「觀物之樂」，如下：

> 予自壯歲，業於儒術，謂人士之樂，何嘗有萬之一二，而
> 謂名教之樂，固有萬萬焉，況觀物之樂，復有萬萬者焉。
> 雖死生榮辱，轉戰於前，曾未入於胸中，則何異四時風花

〔註103〕清・王國維著，滕咸惠校注，《人間詞話新注》，頁39。
〔註104〕韓佩思，〈王國維境界說對邵雍觀物說的繼承與創新〉，《東方人文
學誌》（2010.6）：頁171。

> 雪月一過乎眼也，誠為能以物觀物，而兩不傷者焉，蓋其
> 間情累都忘去爾，所未忘者獨有詩在焉，然而雖曰未忘，
> 其實亦若忘之矣。……如鑑之應形，如鐘之應聲。其或經
> 道之餘，因閑觀時，因靜照物，因時起志，因物寓言，因
> 志發詠，因言成詩，因詠成聲，因詩成音，是故哀而未嘗
> 傷，樂而未嘗淫，雖曰吟詠情性，曾何累於性情哉！〔註105〕

這裡提到三種快樂，一是物質滿足帶來人世之樂；二是德性滿足帶來
名教之樂；三是萬物和諧的觀物之樂。第三種快樂的境界最高，此樂
跳脫出「我」的執著，所以「死生榮辱」如同「風花雪月」般過眼即
逝，果真能以「物」的立場看待「物」，則兩者均不會受到傷害，因
已忘卻喜怒哀樂等七情六欲，不過邵雍強調忘卻情累，卻獨獨未嘗忘
記讀詩寫詩，但又說其實也忘了，此說法類似青原惟信禪師曾對門人
說：

> 老僧三十年前，未曾參禪時，見山是山，見水是水。及至
> 後來親見知識，有個入處，見山不是山，見水不是水。而
> 今得個休歇處，依然見山只是山，見水只是水。〔註106〕

修行到最後的境界達到「無我」，所以邵雍也有「見詩是詩，見詩不
是詩，依然見詩是詩」的無我境界。這樣的境界來自因閑靜而觀時照
物，因觀時照物而起志寓言，因起志寓言而發詠成詩，因發詠成詩而
成聲成音，所以寫詩是心性修養，因不累於情，才能「哀而未嘗傷，
樂而未嘗淫」。雖說是吟詠情性之作，也是出自人與萬物和諧觀照下
的寧靜感受，詩中呈現出萬物和諧的最高精神境界。

（四）不強設限的詩歌理論

　　邵雍在《擊壤集·序》，談到他的創作理念為：「不限聲律、不沿
愛惡、不必固立、不希名譽」〔註107〕。

〔註105〕宋·邵雍著，郭彧整理，《邵雍集·伊川擊壤集序》，頁180。
〔註106〕明·瞿汝稷；清·聶先編集，《指月錄》（臺北市：真善美，1968），
　　　　頁1878。
〔註107〕宋·邵雍著，郭彧整理，《邵雍集·伊川擊壤集序》，頁180。

　　第一、「不限聲律」：指不要嚴格限制詩歌的聲調格律。邵雍寫詩不是刻意寫詩，而是心中有意而隨口吟出，不重聲律形式，甚至採押韻的語錄也行，只要意思表達完整即可，隨性地創作主要「因閑觀時，因靜照物，因時起志，因物寓言，因志發詠，因言成詩，因詠成聲，因詩成音。」

　　第二、「不沿愛惡」：即不沿襲個人的喜好、厭惡之情，「指不受自己主觀情趣的影響，唯求客觀地言說」〔註108〕，如此才能「不溺於情好」，心平氣和地以物觀物。

　　第三、「不必固立」：「子絕四：毋意、毋必、毋固、毋我。」（《論語‧子罕》，頁 164）孔子自我要求，絕對避免的四件事為：毋意即不要妄加臆測，做過度聯想；毋必是不武斷必定要如此作為；毋固是不要固執己見；毋我是不為我自私。不必固立若從詩歌創作的內容來說，邵雍認為不要固執己見，不要固定如此作為，所以其創作內容有生活體驗、人生哲理、讀史心得、義理思想等多種題材，綜合來說，邵雍「超脫個體人生的固執和必須，通達隨意，無論詩人之情志，還是作詩之方法，都不可拘泥」〔註109〕

　　第四、「不希名譽」：即不希求名聲和外在榮譽，「主要是指超脫名譽之心，作詩只有快樂，只是怡悅情性，並不是為了知名或不朽。」〔註110〕儒家人文傳統思想的「三不朽」價值：立德、立功、立言，顯然不是邵雍創作的首要依循，寫詩不是為了樹立德性、功業或永垂不朽。

　　由此可知邵雍創作是不宥於固定形式，不累滯於個人喜好與外在名利，甚至不求名留青史，從內容上和形式上來看都是率性而為，只求以單純的心看待萬事萬物，所以能得「觀物之樂」。這位居處於安樂窩的「安樂先生」，以超然的反觀思維，貫串其理論與創作作品，

〔註108〕張海鷗，〈邵雍的快樂詩學〉，《中山大學學報》（2004.1）：頁 30。
〔註109〕張海鷗，〈邵雍的快樂詩學〉，頁 30。
〔註110〕張海鷗，〈邵雍的快樂詩學〉，頁 30。

既是詩歌創作理論，也能從藝術角度、生活態度來檢視之，形成一派
率真自然的「擊壤派」風格。

本章小結

　　邵雍自遷居洛陽後，自稱「安樂先生」，又將處所命名為「安樂
窩」，並藉詩歌詠自身安樂閒適的快樂，當中內含快樂哲學，「快樂」
引自西方快樂主義，其強調與人為善的利他快樂，與東方思想有相似
之處。東方思想主要來自儒道釋三家，邵雍受此三家影響，無形中成
為邵雍理學思想根基，包含儒家人群和諧的入世快樂，道家精神逍遙
的出世快樂，和佛家涅槃寂靜的出入世快樂，三家的快樂思維有其通
性。此外尚有前人陶淵明隱逸的儒道交雜，及白居易中隱的閑適酬唱
等具體形象，甚至與當代理學家提倡的「孔顏樂處」相互呼應，邵雍
「安樂逍遙」的境界，似也類似曾點的「舞雩之樂」，因超越外在物
質慾望，使自身融入整體宇宙中，達到物我兩忘、萬物和諧的和樂境
界。

　　從「孔顏樂處」至「理學詩派」，理學家邵雍將快樂的哲學體驗，
與具體的詩歌結合，吟詠出不少閑適生活、喜樂情性的理學詩歌，將
「詩」與「樂」的生命本質結合，表現出「詩樂合一」的快樂境界。
而在《擊壤集》前的序文，形成其詩學理論，寫詩「非唯自樂，又能
樂時與萬物之自得」，因不宥於固定形式，不滯於個人喜好與外在名
利，以單純的心看待萬事萬物，所以能「反觀」萬物，進而達到與萬
物和諧的「觀物之樂」境界。

第四章 邵雍快樂詩學實證：《擊壤集》主題內容分析

　　關於詩作的鑑賞，黃永武在《中國詩學・鑑賞篇》曾說：「作品和作者既有密切難分的關聯，所以將作品視為作者一生際遇及複雜心境的縮影，會使作品的意義更加豐富而有據。」〔註1〕黃氏談到詩的鑑賞以為將作品視為作者一生的際遇與複雜心情，所以除了作者的史傳資料，更應該深入探討其作品，以檢視作者的內在思想，使內外形象鮮活起來，所以本章節分析邵雍詩集《擊壤集》的內容，使作品隱含的意義更加豐富。

　　目前研究邵雍的詩，主要以《擊壤集》為主，《擊壤集》大體依寫作年代編排，起自皇祐元年（1049），迄於熙寧十年（1077），從三十九歲至六十七歲，寫〈病亟吟〉後過世，有些版本尚收錄一卷集外詩。明成化本《擊壤集》收邵雍詩共 1518 首，重出二首；清四庫本《擊壤集》收邵雍詩共 1515 首；郭彧編中華書局出版的《擊壤集》近一千五百首，整體而言版本出入不大。這些詩中符合快樂內涵的詩歌共有 446 首，在一千五百首詩的比例中約占 29.7%，直接陳述快樂意涵的詩歌比例近三分之一，具有不輕的份量。

〔註1〕黃永武，《中國詩學・鑑賞篇》（臺北：巨流圖書公司，1977.4），頁239。

　　這 446 首詩中，以神宗熙寧年間最多快樂思維的作品，全書從卷 6 至卷 20 全為神宗熙寧年間作品，共有 328 首，約占 73.5%；其次是仁宗嘉祐年間，共有 94 首，約占 21%；英宗只在位四年，所以治平年間只有 19 首作品，約占 4.2%；仁宗皇祐年間只選了一首，約 0.2%；集外詩為另外收錄的作品，選錄 4 首仁宗慶曆年間詩歌，約占 0.8%（參見附錄一）。

　　《擊壤集》寫作時間皆為遷居洛陽後近三十年的時間，早期的作品多已亡佚或自行刪去，只有集外詩收錄 11 首遷洛前的詩歌，尤以神宗熙寧年間（58 歲至 67 歲病逝），歷時十年的創作，占了《擊壤集》一半以上，可見邵雍大量保存晚年的作品，因此研究此詩集，有助於瞭解邵雍晚期的思想。本章第一節「快樂詩歌的主題分類」，將快樂思想的詩歌進行內容分類。第二節「自陳形象的年齡詩」，分析詩中依年齡記錄當時的生活與心情。

第一節　快樂詩歌的主題分類

　　王利民在〈從《伊川擊壤集》看邵雍的風月情懷〉一文說：「邵雍的風月情懷躍遷為一種歡樂的生命境界，表現了自足圓滿、從容快樂的道德美感和明瞭人生意義的自信。」〔註 2〕張海鷗在〈邵雍的快樂詩學〉一文提到：「邵雍的快樂詩學富於人文內涵，他以閑居、讀書、飲酒、作詩為快樂生存的四大雅好。」〔註 3〕

　　邵雍的自在愜意生活為人嚮往，其風月情懷是歡樂的生命境界，那是一種生命態度的選擇。張氏點出其選擇快樂生活的四大雅好，邵雍確實有不少雅致的生活方式，這樣的生活態度可從詩歌直接得到印證。如〈歡喜吟〉：「歡喜又歡喜，喜歡更喜歡。吉士為我友，好景為我觀。美酒為我飲，美食為我餐。此身生長老，盡在太平間。」（卷

〔註 2〕王利民，〈從《伊川擊壤集》看邵雍的風月情懷〉，《浙江大學學報》（2004.9）：頁 128。
〔註 3〕張海鷗，〈邵雍的快樂詩學〉，《中山大學學報》（2004.1）：頁 26。

10，頁 335）〈四喜〉：「一喜長年為壽域，二喜豐年為樂國，三喜清閑為福德，四喜安康為福力。」（卷 10，頁 331）〈喜樂吟〉：「生身有五樂，居洛有五喜。人多輕習常，殊不以為事。吾才無所長，吾識無所紀。其心之泰然，奈何能了此。」（卷 10，頁 335）五樂和五喜以小字補述其後：一樂生中國，二樂為男子，三樂為士人，四樂見太平，五樂聞道義。一喜多善人，二喜多好事，三喜多美物，四喜多佳景，五喜多大體。上述三首詩，光看題目立即傳達出喜悅感，從上歸納邵雍的喜樂來自善友、佳景、美酒、美食、長年、豐年、清閑、安康、生於中國、身為男子、樂為士人、樂見太平、樂聞道義等。

　　邵雍自三十九歲遷居洛陽後，生活逐漸安定下來，因而可以追求生活上、心靈上的快樂，其喜樂的內涵來自「萬物有情皆可狀」、「年來得疾號詩狂」，自號「詩狂」的他，以詩記錄生活點滴，形成邵氏風格的詩歌。關於邵雍詩歌內容，鄭友徵在《邵雍詩歌研究》的碩論中分成：「哲理、詠史、酬唱、林泉、安樂、」〔註4〕；唐明邦在《邵雍評傳》一書分成：「哲理、詠史、隱逸、林泉、酬唱」〔註5〕；筆者將其具有快樂意涵的詩歌內容加以分類，分成「居家生活樂」、「遊歷觀物樂」、「交友酬唱樂」、「安閑無事樂」（參見附錄二），尋出其修鍊人生快樂之鑰，分析如下：

一、居家生活樂

　　〈堯夫何所有〉：「堯夫何所有，一色得天和。夏住長生洞，冬住安樂窩。鶯花供放適，風月助吟哦。竊料人間樂，無如我最多。」〔註6〕邵雍在詩中自稱「堯夫」，其夏天住在長生洞，冬天住在安樂窩，有美景供其欣賞、吟哦，這樣人間的快樂，恐怕無人比得上。從詩中

〔註4〕鄭友徵，《邵雍詩歌研究》（甘肅：蘭州大學碩士論文，2007.5），頁17。

〔註5〕唐明邦，《邵雍評傳》（南京：南京大學出版社，2006），頁103～109。

〔註6〕宋·邵雍著，郭彧整理，《邵雍集·伊川擊壤集》（北京：中華書局，2010.6），卷13，頁398。本章引用邵雍詩歌，均採用此版本，以下僅於詩後標卷號與頁碼，不再贅述。

可知邵雍居住在安樂、閑適，有美景可恣意欣賞的地方，在號稱「長生洞」、「安樂窩」之地，可從事各式怡情養性、調節身心的休閑活動，以下分析之：

（一）飲酒樂

邵雍在詩歌中大量歌詠飲酒的快樂，詩集一開始「……罇中有酒時，且飲復且歌。」（〈閑吟　其一〉，卷1，頁188）、「……酒行勿相逼，徐得奉醼酣。」（〈閑吟　其三〉，卷1，頁189）在其五十二歲時，還寫到「多病筋骸五十二，新春猶得共銜盃。踐形有說常希孟，樂內無功可比回。……」（〈新春吟〉，卷4，頁226）新的一年來到，雖然是多病之身，仍舊享有飲酒之樂，這樣內在心性的快樂可比上顏回。此時邵雍已正式定居天津新窩，所以〈閑居述事　其一〉：

　　一點天真都不耗，千鍾人祿是難來。

　　太平自慶無他事，有酒時時三五盃。（卷4，頁237）

處於太平盛世的邵雍保有一貫天真，對「千鍾人祿」無動於心，隨性飲酒三五杯，與顏回有程度上的差異，恐怕是因為生活安定下來，所以能盡情享受生命，飲酒便是享受快樂的媒介之一。

邵氏飲酒之樂可能受到陶淵明的影響，詩歌中大量以酒取材，只是兩人飲酒的心境可能有所不同。陶淵明處在亂世中，生活環境常是困苦，性嗜酒的陶淵明無時無刻不飲酒，閑居寡歡時飲酒，招待朋友時飲酒，向人乞食時也與主人飲酒，因而沾有魏晉名士的大醉狂放習氣，甚至會有醉後飄飄然的「物我兩忘」境界。邵雍同陶淵明一般，都喜愛飲酒作詩，故在詩集中，大量書寫飲酒作詩的文句，如〈後園即事　其三　嘉祐八年〉：

　　年來得疾號詩狂，每度詩狂必命觴。

　　樂道襟懷忘檢束，任真言語省思量。

　　賓朋欲密過從久，雲水優閑興味長。

　　始信淵明深意在，此窗當日比羲皇。（卷5，頁240）

此詩作於嘉祐八年（1063），此時邵雍五十三歲，已正式定居洛陽天

宮寺西、天津橋南之宅一年左右。其在居家後園隨性觀賞，因嗜好作詩而自號「詩狂」，作詩必定飲酒，如此才有「任真言語」，又偶與賓友相聚，感受雲水優閑的興味，於此情此景中，才真的瞭解陶淵明的深意，因而同樣自比上古伏犧皇帝。邵雍和陶淵明一樣都嚮往伏犧簡單的生活方式，但相較之下邵雍飲酒的心情似比較平和快樂，且酒中多了哲學況味，如：「酒涵花影滿巵紅，瀉入天和胸臆中。最愛一般情味好，半醺時與太初同。」（〈寄亳州秦伯鎮兵部　其六〉，卷8，頁290）飲酒觀花影，飲後一股天和滋味流瀉至胸臆中，這樣半醺情境與太初相合。「太初」有「天地元氣之始」，「道家指天道、自然的本源」，或「上古時代」之意。酒飲半醺之時，像回到自然本源的上古時代，可見邵雍的飲酒含有道家思想，飲之能達到「兩儀未分」的原始狀態。

　　邵雍多次提到飲至「半醺」、「微醺」的狀態，如「……安樂窩深初起後，太和湯釅半醺時。……」（〈林下五吟　其一〉，卷8，頁300）、「有物輕醇號太和，半醺中最得春多。……」（〈林下五吟　其三〉，卷8，頁301）、「堯夫喜飲酒，飲酒喜全真。不喜成酩酊，只喜成微醺。微醺景何似，襟懷如初春。……」（〈喜飲吟〉，卷18，頁492）、「平生喜飲酒，飲酒喜輕醇。不喜大段醉，只便微帶醺。融怡如再少，和煦似初春。亦恐難名狀，兩儀仍未分。」（〈喜飲吟〉，卷19，頁498），詩中提及不喜大段醉，半醺最能得春意，此春意為天地初絪縕，陰陽兩儀仍未分之時，似回到天地原始狀態，因而稱此物為「太和」。太和意指「陰陽會合，沖和之氣」或「太平盛世」，更有以「太和」為名的詩歌，〈太和湯吟〉：

　　　二味相和就甕頭，一般收口效偏優。

　　　同斟秖卻因無事，獨酌何嘗為有愁。

　　　纏沃便從真宰辟，半醺仍約伏犧遊。

　　　人間盡愛醉時好，未到醉時誰肯休。（卷10，頁327~328）

此首七律寫邵雍於甕頭享有陰陽相和二味，一般認為其功效偏優，共

同斟酒只是因為閑來無事，一人獨酌不曾憂愁，只便順從真心，喝得半醺仍可約伏犧出遊，人間全愛醉時滋味，未到醉時誰肯罷休呢！「太和」一詞與道家思想有關，此處提到上古的帝王──伏犧，喝得半醺的邵雍，欲有心靈相通的好友相伴，伏犧為上古時代純樸的帝王，善畫八卦、造書契的伏犧與研究易經的邵雍有共同興趣，看來飲太和湯，能使精神上超越時空的限制，達到陰陽相和的太和境界，此為身道合一、內外交融的得道境界。另一首〈擊壤吟〉也說：

> 人言別有洞中仙，洞裡神仙恐妄傳。
>
> 若俟靈丹須九轉，必求朱頂更千年。
>
> 長年國裡花千樹，安樂窩中樂滿懸。
>
> 有樂有花仍有酒，欲疑身是洞中仙。（卷8，頁299）

詩中談到神仙、靈丹，此亦是道教思想內涵，處在有樂有花有酒的安樂窩中，心境上已似神仙，何須求靈丹和朱頂呢！此時似有道家「至樂無樂」的境界。

思想家邵雍一再藉詩歌寫出其在安樂窩飲酒的情形，如〈安樂窩中酒一罇〉：

> 安樂窩中酒一罇，非唯養氣又順真。
>
> 頻頻到口微成醉，拍拍滿懷都是春。
>
> 何異君臣初際會，又同大地乍絪縕。
>
> 醺酣情味難名狀，醞釀工夫莫指陳。
>
> 斟有淺深存變理，飲無多少寄經綸。
>
> 鳳凰樓下逍遙客，郊郾城中自在人。
>
> 高閣望時花似錦，小車行處草如茵。
>
> 卷舒萬世興亡手，出入千重雲水身。
>
> 雨後靜觀山意思，風前閑看月精神。
>
> 這般事業權衡別，振古英雄恐未聞。（卷9，頁319）

此首七言排律寫在安樂窩中喝酒，不只養氣又順其真氣，頻頻喝到口微成醉，胸中滿懷都是春，醺酣情味難以形容，飲無多少唯寄情於治

理，於是逍遙自在的邵雍，登閣望花、乘車出遊、讀書觀史、遨遊雲水、雨後觀山、風前看月。邵雍喝酒只會喝到半醺，所以能在微醺之際靜觀萬物，這樣的飲酒是修道之飲，意在「養氣順真」以得「真意」，即為「春意」，所以不會喝到酩酊大醉。又如〈安樂窩中吟　其七〉：

　　安樂窩中三月期，老來才會惜芳菲。

　　自知一賞有分付，誰讓萬金無子遺。

　　美酒飲教微醉後，好花看到半開時。

　　這般意思難名狀，只恐人間都未知。（卷10，頁340）

這首七律點出老了才懂得欣賞美景，尤其在「微醉後」欣賞「花半開」的景色，更是種人生智慧，這代表凡事留有餘地，具有易經「物極必反」的想法，花開到極盛，代表逐漸轉向凋零，所以不一定要達到極致才是最好，如同「第二名哲學」，第二名永遠有進步空間，所以不一定要追求最好之境，鑽研易經的邵雍以超然的眼界看人間萬象，只是多數人難以體會，因此邵雍最後才說「這般意思難名狀，只恐人間都未知」。

　　〈安樂窩中吟　其九〉提到他的思想轉變：「……儒風一變至於道，和氣四時長若春。……」（卷10，頁340）邵雍自陳從儒家變成道家思想，其實他是將兩者自然融合於生活中。一人獨處時，會飲酒、賞景甚至寫詩，此時以道家方式修鍊自己；與友相聚時，也會飲酒、賞景又談論詩，此時又有儒家人和的精神。舉例來說：「……一事承曉露看花，一事迎晚風觀柳。一事對皓月吟詩，一事留佳賓飲酒。……」（〈林下局事吟〉，卷9，頁303）、「酒喜小杯飲，詩忺大字書。不知人世上，此樂更誰如。」（〈大筆吟　其二〉，卷11，頁361）、「閑與賓客飲酒盃，盃中長似有花開。清談纔似口中出，和氣已從心上來。」（〈舉酒吟〉，卷17，頁467）閑來無事能與賓客好友共同飲酒，飲之盃中似有花開，清談之餘「和氣」已從心上來。邵雍一再闡發內心的快樂心情，能「自樂」又能「與萬物同樂」。

　　從上述所舉的例子來看，從嘉祐八年（1063）五十三歲自號「詩狂」，至熙寧七年（1074）作〈安樂窩中吟〉，寫在安樂窩中的居家生

活樂，到熙寧八、九年（1075～1076）作〈自樂吟〉、〈舉酒吟〉寫「自樂」和「與人共飲同樂」的情景。五十三歲的邵雍仍有狂放氣息，至六十幾歲時，喜愛飲酒作詩的邵雍，卻是一股「和氣」湧上胸臆，似可窺見其從壯年的豪情萬丈轉為老年一團和氣的心境改變。

（二）讀書作詩樂

邵雍的居家生活同陶淵明般，享有飲酒之樂外，也喜愛讀書吟詩作詩，如〈讀陶淵明歸去來〉一詩：「歸去來兮任我真，事雖成往意能新。何嘗不遇如斯世，其那難逢似此人。近暮特嗟時翳翳，向榮還喜木欣欣。可憐六百餘年外，復有閑人繼後塵。」（卷7，頁286）寫出其讀陶淵明〈歸去來兮辭〉一文的心得，並指出自己算是陶氏的繼承者，同樣追求自適自在的生活。

從邵雍詩歌中可看出其閑適心情，「……倦即下堦行，閑來弄書卷。……」（〈秋懷 其十六〉，卷3，頁220）或者「忽忽閑拈筆，時時樂性靈。何嘗無對景，未始便忘情。句會飄然得，詩因偶爾成。天機難狀處，一點自分明。」（〈閑吟〉，卷4，頁231）閑來無事時會整理書卷、吟詩作詩，拈筆以樂性靈，偶然間便寫成一首首詩，詩的題材是靜觀萬物景象，所以「……鍛鍊物情時得意，新詩還有百來篇。」（〈寄亳州秦伯鎮兵部〉，卷8，頁290）從「鍛鍊物情」的觀物之樂取得靈感寫詩，又回應：「……年近縱心唯策杖，詩逢得意便操觚。快心亦恐詩拘束，更把狂詩大字書。」（〈答客吟〉，卷11，頁352）此詩應寫於熙寧七年（1074），年近縱心的邵雍已六十四歲，此時的邵雍雖拄著策杖，卻更有快心快意，以愈加狂放的心來寫大字書，所以「詩成大字書，意快有誰如。……」（〈大筆吟〉，卷11，頁361）。內心快意的邵雍，於隔年又寫了〈無苦吟〉：

> 平生無苦吟，書翰不求深。行筆因調性，成詩為寫心。
>
> 詩揚心造化，筆發性園林。所樂樂吾樂，樂而安有淫。（卷17，頁459）

此首五律為邵雍自認平生不會苦吟，而是以「閑吟」的方式過生活，

讀書亦不求深入探析，頗類〈五柳先生傳〉中所言：「好讀書，不求甚解。」以隨性自在的方式面對浩瀚書海，讀書在重其意，寫文章自成調性，並以詩來書寫內心感受，樂於表達自己的快樂，這樣「樂而不淫」，不流於邪思放蕩，正是恰如其分。居處在安樂窩已十二、十三年左右，讀書、吟詩、作詩不受拘束，總能得到逍遙自如的快樂，所以在卷末寫〈吾廬吟〉：「吾亦愛吾廬，吾廬似野居。性隨天共淡，身與世俱疏。遍地長芳草，滿床堆亂書。自從無事後，更不著工夫。」（卷18，頁485）此首五律自陳其屋舍似野居，從「遍地長芳草，滿床堆亂書」可窺見自然率性的生活方式，性淡的邵雍，於讀書、吟詩、作詩均能隨性逍遙，故能享有居家生活樂。

（三）焚香靜坐樂

邵雍在〈安樂窩中四長吟〉自稱為快活人，喜愛與四物相親近，詩云：「安樂窩中快活人，閑來四物幸相親。一篇詩逸收花月，一部書嚴驚鬼神。一炷香清沖宇泰，一罇酒美湛天真。……」（卷9，頁317）詩中四物即是詩、書、香、酒，詩、書、酒三物在詩中大量出現且前面已有所分析，此處探討「焚香」的意義。在《擊壤集》中，少見以焚香為主題所作的詩歌，主要依〈安樂窩中一炷香〉此詩：

> 安樂窩中一炷香，凌晨焚意豈尋常。
>
> 禍如許免人須諂，福若待求天可量。
>
> 且異緇黃徵廟貌，又殊兒女裛衣裳。
>
> 中孚起信寧煩禱，無妄生災未易禳。
>
> 虛室清泠都是白，靈臺瑩靜別生光。
>
> 觀風禦寇心方醉，對景顏淵坐正忘。
>
> 赤水有珠涵造化，泥丸無物隔青蒼。
>
> 生為男子仍身健，時遇昌辰更歲穰。
>
> 日月照臨功自大，君臣庇廕效何長。
>
> 非徒聞道至於此，金玉誰家不滿堂。（卷9，頁319）

此首七言排律寫在安樂窩中焚香，如果要免除災禍，人必須詔媚，福份如果可待求，天就可以測量，不同於僧人和道士巡視寺廟的樣貌，也不同於兒女以香薰衣。「中孚」和「無妄」為易經六十四卦中的兩卦，意指心懷誠信寧煩禱告，無空妄想以生災，未改祭神祈求消除災變，虛室全白、靈台生光，觀此焚香靜坐的光景，如同「顏淵坐忘」。此處提到「坐忘」，《莊子》：「顏回曰：『墮肢體，黜聰明，離形去知，同於大通，此謂坐忘。』」〔註7〕顏回認為毀廢四肢形體、屈黜心智，達到與「道」合為一的得道境界，此控制意志、排除雜念的修鍊方法即為「坐忘」，可見邵雍焚香觀景，以收靜心之效。

接著「赤水有珠涵造化，泥丸無物隔青蒼」兩句，「『赤水明珠』此典故原出自《莊子·天地篇》所述黃帝遊乎赤水之北，遺其玄珠，後惟罔象乃能得之之事。邵雍在〈安樂窩中一炷香〉此詩中借用此一意象，……此詩描述的當是焚香靜坐的風光。邵雍在此大量用來自《莊子》一書的典故：『虛室』、『靈台』、『觀風禦寇』、『顏淵坐忘』、『赤水明珠』、『泥丸』無不如此，這些典故皆指向一種獨特的體驗境界，……『赤水有珠涵造化』一語指的是『水中金』此先天之氣的風光，『赤水珠』即『水中金』，『珠』或『金』是反俗入真的管道。……『丸』字在邵雍作品中大體作『本體』解，『本體』的同質性語言很多，『丸』字渾圓的意象很容易令我們想到『太極』。」〔註8〕焚香產生「水中金」的先天之氣風光，為反俗入真的捷徑，於是進入「太極」之境。於此之境，邵雍自言身為男子又身體強健，時遇昌盛更達歲豐，日月照臨、君臣庇蔭，不只聞道至於此，誰家能不金玉滿堂呢？「金玉滿堂」出自《老子》：「持而盈之，不如其已。揣而梲之，不可長保。金玉滿堂，莫之能守。富貴而驕，自遺其咎。功遂

〔註7〕清·郭慶藩編，王孝魚整理，《莊子集釋·大宗師》（臺北：萬卷樓，2007.8），頁313。

〔註8〕楊儒賓，〈一陽來復——《易經·復卦》與理學家對先天氣的追求〉，《儒學的氣論與工夫論》（臺北：國立臺灣大學出版中心，2005.9），頁123～125。

身退，天之道。」〔註9〕金玉滿堂四字，後面緊跟著是「莫之能守」，意同《老子》提到「禍兮福之所倚，福兮禍之所伏」〔註10〕，由焚香體悟到人生隱含「禍福相倚」的觀念。

　　焚香本是道教儀式，主要目的為祈求消災厄，而北宋文人士大夫階層與老百姓的焚香行為也相當普遍，或為薰香之美感，或寄寓無限情思。然而，邵雍在安樂窩中的焚香涵意，於〈安樂窩中一炷香〉中呈現「顏回坐忘」的觀賞境界。另外又說：「四海三江與五湖，只通舟楫不通車。往來無限平安者，豈是都由香一爐？」（〈感事吟〉，卷12，頁366）此詩以激問的方式質疑焚香是否真的可以求得平安？點出邵雍認為焚香的真意不在消災解厄，而在「……一炷香清沖宇泰……。」（〈安樂窩中四長吟〉，卷9，頁317）以一炷香獻陳摶畫像前，以沖己心安泰，可推測應該是藉由焚香求得澄靜的心，以得內外平和之意。

　　「焚香」和「靜坐」均有修心養身的意涵，「焚香」以利修心養靜，「靜坐」同樣是心性修煉之道，兩者都是邵雍心靈平和快樂的工夫修養。邵雍在詩歌中多次提及「靜坐」，如：「水邊靜坐天將暮，猶自盤桓未成去。……」（〈十二日同福昌令王贊善遊龍潭〉，卷5，頁249）、「靜坐養天和，其來所得多。……」（〈和君實端明花庵獨坐〉，卷9，頁305）、「……將養精神便靜坐，調停意思喜清吟。……」（〈旋風吟又二首　其二〉，卷11，頁351）、「……靜坐看歸雲。……」（〈答會計杜孝錫寺丞見贈〉，卷12，頁379）、「……靜坐多茶飲，……」（〈自詠〉，卷13，頁396）、「……靜坐澄思慮，閑吟樂性情。誰能事閑氣，浪與世人爭。」（〈獨坐吟　又〉，卷13，頁399）由上看來，靜坐可養天和、養精神，可以澄清思慮，還能靜坐看歸雲、靜坐飲茶，所以邵雍總能獨自於水邊靜坐至黃昏，不論身處何時何地都能以靜坐調節身心以修養心性。由此看來，靜坐能養足人的元氣，得到天地祥

〔註9〕魏‧王弼等著，《老子四種‧九章》（臺北：大安出版社，1999），頁7。
〔註10〕魏‧王弼等著，《老子四種‧五十八章》，頁50。

和之氣，可見對養心的功效甚大。

　　靜坐，為「靜心安坐」，自古以來，儒、道、佛家都講求靜坐的工夫，「靜坐」為英文字 meditation，是指「沉思之方法」，有的將此定義為「冥思」。「靜坐即為中國的冥想法，最早源起於佛教的禪坐與道家的坐忘，後來被宋明理學家所吸納，形成儒家自我修養的方式。廣義的靜坐，包含了佛教、道教與儒教的冥想法；狹義的靜坐，則專指儒家。」〔註11〕不論是儒、道、佛教的靜坐、坐忘或禪坐，皆有相似的意涵。靜坐在調身、調息、調心，主要目的以調心為主，重點在於「心」的專注力與安定力，外相的久坐只是種表相，如《金剛經》所以說：「凡所有相，皆是虛妄。」〔註12〕只有離相修靜坐，才是真正的修行。

　　邵雍受到白居易的影響頗深，白居易晚年心境轉向淡泊寧靜，對養身之道頗有研究，常以靜坐來修身修心，因而作了一首〈負冬日〉，說明瞭他對靜坐的想法：

　　　　杲杲冬日出，照我屋南隅。負暄閉目坐，和氣生肌膚。

　　　　初飲似醇醪，又為蟄者蘇。外融百骸暢，中適一念無。

　　　　曠然忘所在，心與虛俱空。〔註13〕

閉上眼睛靜坐，享受陽光曝曬，和緩之氣吹生肌膚，似初飲濃烈精純的美酒，又使得蟄伏者蘇醒，外在形骸舒暢，內心毫無雜念，豁達地忘記所處何地，心與虛全為空。白居易寫出靜坐的具體功效，能使內心平和暢達，甚至肌膚如同新生，渾然與外同為一體。相較於白居易以靜坐養身，邵雍也寫了一首〈靜坐吟〉：

　　　　人生固有命，物生固有定。豈謂人最靈，不如物正性。

　　　　或聞陰有鬼，善能致人死。致死設有由，死外何所求。

〔註11〕〈靜坐〉，《維基百科》網站，http://zh.wikipedia.org/zh-hant/%E9%
　　　　9D%9C%E5%9D%90（2012.10.16 上網）。

〔註12〕陳高昂，《金剛經今譯》（臺北：天華出版事業公司，1982），頁 18。

〔註13〕唐・白居易著；朱金城箋校，《白居易集箋校》（上海：上海古籍出
　　　　版，1988），卷 11，頁 614。

又況人之命，繫天不繫他。陰鬼設有靈，獨且奈天何。（卷
11，頁 357）

此首五古未談及靜坐的情形與功效，倒是寫出對生死的看法，人與物
皆固有命定，豈說人最有靈性，不如物有剛正不撓的正性，或聽聞陰
間有鬼，善能導致人死，假設致死有緣由，死外何所求？況且人之性
命繫乎天，陰鬼假設有靈魂，又能奈天何？此首詩應是邵雍觀想天地
人世間的變化而得來的領悟，人不見得是高高在上的萬物之神，人與
萬物都是生有命定、死有定數，所以有什麼好求的呢？可見對邵雍而
言，靜坐主要目的是使思慮澄明、觀念清晰，看透外在名利枷鎖，進
而體悟人生的真諦。

　　對邵雍來說，處於「靜」的狀態，是相當重要的功夫修養，其在
詩句中多次提及處「靜」的修煉，如：「著身靜處觀人事，放意閑中
鍊物情。……」（〈天津感事　其二十一〉，卷 4，頁 235）、「……靜把
詩評物，閒將理告人。……」（〈靜樂吟〉，卷 11，頁 358）、「……風
前閑意思，階下靜徘徊。……」（〈和李文思早秋　其二〉，卷 14，頁
397）「……仙家氣象閑中見，真宰功夫靜處之。……」（〈首尾吟　其
一二八〉，卷 20，頁 539）邵雍自陳其於台階下靜靜地徘徊，處靜處觀
人事、萬物的變化，用澄靜的思慮來以詩評物，在靜處修煉真實自然
的心，閑靜中因而得見仙家氣象。

　　因「處靜」的修持而帶來的種種益處，如：「……靜中真氣味，
所得不勝多。」（〈偶書〉，卷 3，頁 208）、「……閑餘知道泰，靜久
覺神開。……」（〈天宮幽居即事〉，卷 4，頁 238）、「……靜中照物
精難隱，老後看書味轉優。……」（〈歲暮自貽〉，卷 5，頁 288）、「……
靜處乾坤大，閑中日月長。……」（〈何處是仙鄉〉，卷 13，頁 392）、
「……閑中氣象乾坤大，靜處光陰宇宙清。……」（〈依韻和王安之
少卿謝富相公詩〉卷 13，頁 395）、「……長觀靜處光陰好，……」
（〈試硯〉，卷 14，頁 406）「……靜處光陰最好，閑中氣味偏長。……」
（〈小車六言吟〉，卷 14，頁 412）、「……氣靜形安樂，……」（〈感

事吟又五首　其一〉，卷 17，頁 454）處靜能得到人生的真氣味，當氣息調勻，身心處靜久了，身形遂得以安樂，精神自然開通，於靜中觀物，能以超脫世俗的眼界看待人間萬象，眼界、心胸便如天地浩瀚無涯，因而真正覺得「靜處乾坤大、靜處宇宙清、靜處光陰好」，內心的小宇宙頓時如天地般廣大遼闊。

（四）聽樂觀棋樂

處在安樂窩中的邵雍，除了上述飲酒、讀書、寫詩、焚香、靜坐之樂外，他還享有聽樂和觀棋之樂。

雖然邵雍提到音樂的詩歌不多，但受到儒家和道家思想影響甚大的邵雍，不會以墨家「非樂」的方式刻苦地過生活，反而懂得欣賞樂音的美妙、享受生命的美好。孔子於因厄時尚能彈琴自娛，對邵雍而言，聽樂聲也是使心靈快樂的作為，不過除了人為的琴音，邵雍還能享受自然的清音，如〈天津水聲〉：

> 洛水近吾廬，潺湲到枕虛。湍驚九秋後，波急五更初。
>
> 細為輕風背，豪因驟雨餘。幽人有茲樂，何必待笙竽。（卷
> 4，頁 232）

洛川水流過邵雍居住的安樂窩附近，水聲傳到正於枕上入眠的邵雍，時值「九秋」、「五更」之際，「九秋」有秋季九十日或深秋之意，「五更」指清晨三至五點天將亮時，在深秋後大約清晨三、四點時，此時邵雍聽到流水聲，若聽到細水聲則是輕風掠過，若為豪水聲則為驟雨之餘，幽居的邵雍於居家享受流水或輕或急之聲，其認為不見得一定要有笙竽樂器，才能擁有悅耳的聲音。此為清晨之際於榻上享受水聲之樂，當然也有聆聽樂器的樂聲之樂，如〈聽琴〉：

> 琴宜入夜聽，別起一般情。纔覺哀猿絕，還聞離鳳鳴。
>
> 青山無限好，白髮不須驚。會取坐忘意，方知太古心。（卷
> 4，頁 233）

邵雍提出別於一般的看法，他認為琴音應當入夜後聆聽，這樣別於一

般情景，才覺得哀猿淒絕，而《說文解字》：「離，離黃倉庚也。」〔註
14〕「離」是「鸝」的本字，即黃鸝，也稱倉庚，長離為傳說中的鳳
鳥，此際琴聲還猶似鳳鳥鳴。青山景色無限美好，縱使白髮也不須驚
嚇，邵雍於夜半聽得琴音，會取顏回坐忘的寧靜、清靜之心，因而感
受到上古、遠古的初心。可知聽琴於邵雍而言，有如「靜坐」般地使
其回到寧靜、原始的本心，不論是自然界的水聲或是人為樂聲，都是
怡情養性、豐富生活的妙方，此更可發覺邵雍用心體驗生活，尋求屬
於邵氏的獨特快樂。

　　喜愛靜觀萬物的邵雍，另一項觀物之樂為「觀棋」，《擊壤集》的
第一首詩為〈觀棋大吟〉，此首五言古詩共三百六十句，一千八百字，
起於「人有精遊藝」，終至「此著不可私」，以大詩形式吟出觀棋、觀
史的盛衰興亡之感。另一首〈觀棋長吟〉為七言排律，共二十句，一
百四十字，開頭寫道：「院靜春深晝掩扉，竹間閑看客爭棊。……」（卷
5，頁 240）〔註15〕此首從觀棊角度閑看客爭棊，中間談到「項羽」和
「苻堅」的歷史，句末兩句結尾則由古觀今：「請觀今日長安道，易地
何嘗不有之。」以宏觀的角度看歷史長河，具鑑古知今的態度。

　　上述是邵雍以「觀棊」為主題而作，此類題材不多，內容多屬於

〔註14〕漢・許慎；清・段玉裁注，《說文解字注》（臺北：天工書局，1998），
　　　　頁 142。

〔註15〕〈觀棊長吟〉全詩：「院靜春深晝掩扉，竹間閑看客爭棋。搜羅神鬼
　　　　聚胸臆，措置山河入範圍。局合龍蛇成陣鬥，劫殘鴻鴉破行飛。殺
　　　　多項羽坑秦卒，敗劇符堅畏晉師。座上戈鋋嘗擊搏，面前冰炭旋更
　　　　移。死生共抵兩家事，勝負都由一著時。當路斷無相假借，對人須
　　　　且強推辭。腹心受害誠堪懼，脣齒生憂尚可醫。善用中傷為得策，
　　　　陰行狡獪謂知機。請觀今日長安道，易地何嘗不有之。」（卷 5，頁
　　　　240）在卷 17 尚有三首觀棊之作，即〈觀棊絕句　二首〉：「未去交
　　　　爭意，難忘黑白心。一條無敵路，徹了沒人尋。」、「未去交爭意，
　　　　難忘黑白情。一條平穩路，痛惜沒人行。」（卷 17，頁 467）、〈觀棊
　　　　小吟〉：「誰言博奕尚優遊，利害相磨未始休。初得手時宜顧望，合
　　　　行權處莫遲留。二年乃正三監罪，七日能屍兩觀四。天下太平無一
　　　　事，南陽高臥更何求。」（卷 17，頁 470）

詠史、哲理詩的範疇，並未直陳生活快樂，只是從中可以感受到邵雍
對觀棋一事的喜好，所以說：「……悟易觀棋局，談詩撚酒盃。……」
（〈天宮幽居即事〉，卷4，頁238），又言：「……一局閑棋留野客，……」
（〈後園即事　其二〉，卷 5，頁 240）邵雍藉著觀棋享有觀史之樂，
並領悟《易經》隱含的種種人生哲理，除了飲酒作詩，觀棋也是與朋
友相聚時，極佳的休閑活動。

（五）閑居閑步樂

　　邵雍在安樂窩的生活，可以從〈安樂窩中吟〉窺見，該題一連寫
了十三首，每首的第一句幾乎都是「安樂窩中……」，整理如下：「安
樂窩中職分脩，分脩之外更何求」、「安樂窩中事事無、唯存一卷伏犧
書」、「安樂窩中弄舊編，舊編將絕又重聯」、「安樂窩中萬戶侯，良辰
美景忍虛休」、「安樂窩中春夢迴，略無塵事可縈懷」、「安樂窩中春不
虧，山翁出入小車兒」、「安樂窩中三月期，老來才會惜芳菲」、「安樂
窩中春暮時，閉門慵坐客來稀」、「安樂窩中甚不貧，中間有榻可容身」、
「安樂窩中設不安，略行湯劑自能痊」、「安樂窩中春欲歸，春歸忍賦
送春詩」、「生為男子偶昌辰，安樂窩中富貴身」、「安樂窩中雖不拘，
不拘終不失吾儒」（卷 10，頁 338〜341）。從十三首的前兩句，可看
出邵雍在安樂窩中自在愜意的生活：有書可讀，有良辰美景可欣賞，
有小車可出遊，有榻可以容身，倘若生病，吃些藥劑即可痊癒，享有
不受拘束的生活模式，道家「知足常樂」適合形容邵雍此時的心態，
不過他未喪失內在最初的儒家精神，可見其思想底蘊是儒道融合。

　　此系列詩歌應作於熙寧七年（1074），六十四歲的邵雍，已生活
於安樂窩多年，他能擁有這般快樂心境，有很多因素，「知足常樂」
的喜樂心情是身心安康的一大關鍵。不過安頓心靈的同時，身體亦需
留心照顧，身心的安康來自適當的休閑運動，邵雍多次提到至住家附
近散步的情形，可見邵雍的居家生活不止屋內靜態活動，亦包含屋外
的動態休閑。邵雍作了好幾首「閑行閑步」主題的詩歌，兩者都有悠

閑漫步的意思，如〈閑行〉：

　　園圃正蕭然，行吟遠澤邊。風驚初社後，葉墜未霜前。

　　衰草襯斜日，暮雲扶遠天。何當見真象，止可入無言。（卷

　　3，頁209）

此首以五律的形式，一開始表達花圃蕭然空寂的樣子，但是心境清閑
的邵雍仍是邊步行邊吟詩地遶著水澤邊，此時看到風吹葉落、衰草暮
雲襯托著遠方天空的夕陽，見到這般景象的邵雍「由景入情」體會到
「一切盡在不言中」。雖然無法用言語傳達內心真意，但依稀可感受
到陶淵明所言：「此中有真意，欲辯已忘言。」此詩約寫於嘉祐六年
（1061），五十一歲的邵雍，恐怕也是同陶淵明的心情吧！

　　接著於嘉祐七年（1062）定居於天津橋南邊的新居，在〈不出
吟〉補充道：「北行至天津，三百步。」（卷18，頁494）可知安樂
窩離天津橋只要往北步行三百步遂至，其說：「……壺中日月長多少，
閑步天津看往來。」（〈天津感事　其十七〉，卷4，頁235），此時生
活已經安頓，因而能悠閑於此閑步、閑行、閑觀古往今來，遂寫〈天
津閑步〉：

　　天子舊神州，蔥蔥氣象浮。園林閑近水，殿閣遠橫秋。

　　浪雪暑猶在，橋虹晴不收。人間無事日，此地好淹留。（卷

　　4，頁231）

這首五律提到「神州」，其為中國人自古以來對中國、中土的稱呼，
此時的中土是氣象旺盛的蔥蔥景象，於此時此地閑步，近觀自家園林
的水畔景致，遙觀皇殿樓閣的氣勢壯盛，在浪水如雪的夏季，橋上一
道虹顯出晴朗的意象，處在太平盛世又安閑無事之際，閑步賞景因而
留連忘返地說：「此地好淹留。」另一首同樣名為〈天津閑步〉：

　　洛陽城裡任西東，二十年來放盡慵。

　　故舊人多時款曲，京都國大體雍容。

　　池平有類江湖上，林靜或如山谷中。

　　不必奇功蓋天下，閑居之樂自無窮。（卷7，頁274）

此首七律寫邵雍居住在洛陽二十多年裡，放任慵懶性情隨意走走，時與老朋友互通音訊、談天說地，京都城處於大體雍容的太平盛世，有時在池邊、山林間閑步，眼觀此情此景，不須豐功偉業、蓋世奇功，也能擁有無窮無盡的閑居快樂。可見居住在洛陽天津橋南畔的邵雍，極懂喜樂的生活方式，或於洛陽城中天津橋附近走動，或於自家後園閑步，如這首〈春盡後園閑步〉：

> 綠樹成陰日，黃鶯對語時。小渠初潋灩，新竹正參差。
>
> 倚杖閑吟久，攜童引步遲，好風知我意，故故向人吹。（卷
>
> 7，頁 277）

這首以五律呈現「情景交融」景象，在初夏時節、綠樹成陰、黃鶯鳴叫、小渠蕩漾、新竹參差、倚杖閑吟、攜童閑步、好風徐吹，如此一片好情好景，令人欣喜不已！正是自在賞景又能「不溺於情」。此詩約寫於熙寧三年（1070），邵雍此時六十歲，在詩歌中可發現其閑居喜樂的心情，不過三、四年後的邵雍，心境有了一些轉變，自認老去的邵雍，說道：「攜筇晚步天津畔。」（〈老去吟　其一〉，卷 11，頁 352）這時已是拿著筇竹做的手杖的老者，晚上散步於天津畔，如〈晚步吟〉所言：

> 晚步上陽堤，手攜筇竹枝。靜隨芳草去，閑逐野雲歸。
>
> 月出松梢處，風來蘋末時。林間此光景，能有幾人知。（卷
>
> 12，頁 371）

此首五律約寫於熙寧七年（1074）六十四歲，邵雍於晚間手持筇杖閑步上陽堤，欣賞林間風光，閑靜徜徉其中，頗有「清時有味是無能，閑愛孤雲靜愛僧」〔註16〕之感，風與月出沒於蘋末和松梢間，此美好光景，能有多少人知道？邵雍抒發無人同賞美景心情。從〈閑步吟〉更是直接道出「知音難尋」的感受：

> 何者謂知音，知音難漫尋。既無師曠耳，安有伯牙琴。

〔註16〕杜牧〈將赴吳興登樂遊原〉：「清時有味是無能，閑愛孤雲靜愛僧；欲把一麾江海去，樂游原上望昭陵。」

雖逼桑榆景，寧忘松桂心。獨行月堤上，一步一高吟。（卷
14，頁411）

此首五律約寫於熙寧七年（1070）六十四歲時，詩中用了兩個典故：
師曠和伯牙。師曠是春秋時晉國著名音樂家，相傳《陽春》、《白雪》
是師曠所作，他是盲人但耳朵特別靈敏，能聽出衛國樂師師涓演奏的
樂曲屬「靡靡之音」，那是為商紂而作，實乃亡國之音，不可演奏〔註
17〕。而伯牙是春秋戰國時晉國人，其演奏《高山》、《流水》時，鍾
子期聽出泰山巍然屹立在眼前，聽出浩蕩大水流過眼前的曲調意涵，
只是鍾子期死後，伯牙破琴斷絃，終身不再彈琴。〔註18〕邵雍引用典
故，點出自己沒有師曠能辨出樂音的耳朵，如何能遇知音伯牙彈琴呢？
又以植物「桑榆」和「松桂」作為對比，已值桑榆晚景的暮年時光，
寧願忘了松桂之心，一人獨步至月堤上吟詩。此時自覺缺少知音的邵
雍，恐怕只想安閑自樂地度過晚年時光，已無「老驥伏櫪，志在千里」
的志向了。

（六）天倫富足樂

　　早年鑽研學術至四十五歲左右才結婚生子的邵雍，於其詩歌中，
提及家人的內容不多，在《擊壤集》中，除了卷6收錄幾首哀悼同父
異母弟弟過世的內容，尚有二首記錄生子的詩歌，即〈生男吟〉：「我
本行年四十五，生男方始為人父。鞠育教誨誠在我，壽夭賢愚繫於汝。
我若壽命七十歲，眼前見汝二十五。我欲願汝成大賢，未知天意肯從

〔註17〕原典為：「師曠曰：『此師延之所作，與紂為靡靡之樂也，及武王伐
　　　　紂，師延東走，至於濮水而自投，故聞此聲者必於濮水之上。先聞
　　　　此聲者其國必削，不可遂。』」見蕭德銑譯注，《韓非子譯注》（臺北：
　　　　建安，1998），頁51。
〔註18〕原典為：「伯牙鼓琴，鍾子期聽之。方鼓琴而志在太山，鍾子期曰：
　　　　『善哉乎鼓琴！巍巍乎若太山！』少選之間，而志在流水，鍾子期
　　　　又曰：『善哉乎鼓琴！湯湯乎若流水！』鍾子期死，伯牙破琴絕弦，
　　　　終身不復鼓琴，以為世無足復為鼓琴者。」見王利器，《呂氏春秋注
　　　　疏・孝行覽・本味》（成都，巴蜀書社，2002.1），卷14，頁1394～
　　　　1395。

否？」（卷 1，頁 188）〈閑吟・其二〉：「予年四十五，已甫知命路。豈意天不絕，生男始為父。且免散琴書，敢望大門戶。萬事盡如此，何用過憂懼。」（卷 1，頁 188）晚年得子的邵雍，作詩感謝上天不斷絕其子嗣，雖然不知上天能否賜給他優秀的子弟，但有子萬事足的邵雍，已不用過於擔憂害怕。因此又作詩抒發天倫之樂，〈閑居述事 其四〉：

> 堂上慈親八十餘，堦前兒女笑相呼。
>
> 旨甘取足隨豐儉，此樂人間更有無。（卷 4，頁 237）

此首七言律絕寫出人世間的快樂，已定居安樂窩的邵雍，上有高堂八十餘歲，下有子息笑呵呵，生活富足和樂，堪稱人間最樂之事。另一首〈君子飲酒吟〉：

> 父慈子孝，兄友弟恭。家給人足，時和歲豐。
>
> 筋骸康健，裏閑過從。君子飲酒，其樂無窮。（卷 16，頁 438）

此首四言古詩陳述天倫之樂、時和歲豐、身強體健、有酒可飲的快樂。這類主題的快樂不多，但從人和以至天和的「修身、齊家、治國、平天下」儒家思想來看，天倫和樂屬於儒家根本的修為之一，若連「人和」的快樂都達不到，居家生活如何能安樂，又如何能擁有「君子飲酒」這般儒道融合的無窮快樂呢？

從上看來，在安樂窩中，邵雍飲酒作詩、讀書吟詩、焚香靜坐、聽樂觀棋、閑居閑步和享受天倫之樂，顯然老年的居家生活具有高度的閑情逸致，頗能自適自樂，更能與人同樂，確如其所言：「非唯自樂，又能樂時與萬物之自得也。」

二、遊歷觀物樂

邵雍遷居洛陽近三十年，洛陽為多朝古都，此地歷史悠久、山明水秀、風景優雅，所以自古以來很多達官貴人於此建造私家園林，熱愛大自然的邵雍也在此擁有「安樂窩」，富弼又幫其買一座花園，附近有伊川流經，洛陽一帶的名山勝水，是好山好水、地靈人傑之地，邵雍懂

得從生活中尋找快樂，時常四處遊覽以得觀物之樂，並寫下不少歌詠美景的詩篇。但〈不出吟〉提到：「冬夏遠離出，行止南北園。如逢好風景，亦可至三天。」詩後補註「西行天街，二百步。北行至天津，三百步。東行至天宮，四百步。」（卷 18，頁 494）可見在大寒和大暑之時，邵雍選擇居家讀書，或近處步行，唯有春秋兩季才會乘車出遊，以下將「遊歷觀物樂」分成「四處遊歷樂」和「賞景觀物樂」來探討。

（一）四處遊歷樂

1. 遊山川

　　三十九歲後居住洛陽的邵雍，以詩記錄此地的生活，約在嘉祐六年（1061）五十一歲時遊山，道：「洛川多好山，伊川多美竹。遊既各有時，雖頻無倦目。……」（〈遊山　其一〉，卷 3，頁 210）洛陽周邊有好山水，伊川之地多美好的竹林，遊山玩水要在各有特色的時節遊玩，雖然頻頻出遊眼睛卻不疲倦。接著又說：「二室多好峰，三川多好雲。看人不知倦，和氣潛生神。……」（〈遊山　其二〉，卷 3，頁 210）邵雍提到二室與三川，二室指「太室山和少室山」，均為河南登封市嵩山山脈，嵩山是中國道教聖地，佛教的發祥地，也是中國新儒教的誕生地，三川指「洛河、伊河和黃河」。邵雍先在洛陽市遊山，又到旁邊的登封市遊山，看到嵩山中的太室山、少室山眾多山峰奇景，還有洛河、伊河和黃河三川流經，形成富有魅力的雲彩，觀看者不知疲倦，祥和之氣潛藏生出神奇。

　　對於如此壯闊的奇山佳景，使邵雍不止一次到登封寺遊山，應也是其在登封寺有好友的原因，從詩歌〈和登封裴寺丞翰見寄　治平三年〉可見：

> 陋巷簞瓢世所傳，予何人則恥蕭然。
>
> 既知富貴須由命，難把升沉更問天。
>
> 靜默有功成野性，騫驤無路學時賢。
>
> 紛華出入金門者，應笑溪翁治石田。（卷 5，頁 243）

此首七律寫於北宋英宗治平三年（1066），為回應登封縣寺丞的書信，寺丞為官署中的左吏，邵雍作詩回應裴姓左吏，自言在簡陋小巷、飯具水瓢為世代所傳，其是何人可以視空寂為羞恥。既然知道富貴須由天命決命，難以把那些升遷沉淪之事問蒼天，靜然默坐有功效而成就村野閑適之性，飛起奔馳無路便學時下的賢者埋首學問，那些生活在繁華之地，出入金碧輝煌門戶的官員，應該會笑溪邊居住的我，只會治理石田吧！邵雍作這首詩回覆登封裴寺丞，表明自己安貧認命的想法。之後又作〈依韻和謝登封劉李裴三君見約遊山〉，可知邵雍於治平年間時，在登封市有三位好友約邵雍一同遊山，邵雍依原韻部作詩和之，於是邵雍再次遊嵩山，寫下〈登嵩頂〉：

> 九州環遠若棋枰，萬歲嵩高看太平。
>
> 四海有人能統禦，中原何復有交爭。
>
> 長憂眼見姦雄輩，且願身為堯舜氓。
>
> 五十三年蕪沒事，如今方喜看春耕。（卷5，頁244）

此首七律形容九州環繞著嵩山遠看像棋枰，萬歲登臨嵩山俯瞰太平景象，此中土四海有人能統治駕禦，中原又何有交相爭鬥。中原長期的擔憂是眼見姦雄之輩引發戰亂，且願身處為堯舜時代的庶民。五十三年來在荒蕪之地過著閑散無事的太平生活，如今登臨嵩山的頂峰，方才欣喜地看到一片春耕的豐足景象。登上嵩山頂上的邵雍，看到春耕之喜，一掃之前心繫中原的憂思，顯見邵雍作詩如《擊壤集‧序》所論：「以天下大義而為」，因而未「溺於情好」。

　　邵雍在《擊壤集》卷5，共收22題28首〔註19〕，主要依日期記

〔註19〕此次出遊的詩題，依次標示如下：〈治平丁未仲秋遊伊洛二川六日晚出洛城西門宿奉親僧舍聽張道人彈琴〉、〈七日邐洛夜宿延秋莊上〉、〈八日渡洛登南山觀噴玉泉會壽安縣張趙尹三君同遊〉、〈九日登壽安縣錦幬山下宿邑中〉、〈十日西過永濟橋〉、〈過宜陽城二首〉、〈十一日福昌縣會雨〉、〈依韻和壽安尹尉有寄〉、〈十二日同福昌令王贊善龍潭〉、〈十三日遊上寺在縣北及黃澗在縣西〉、〈十四日留題福昌縣宇之東軒〉、〈十五日別福昌因有所感〉、〈是夕宿至錦幬山下〉、〈十

錄每天旅遊的情形。歷時多日的旅遊，從出洛城寫到回洛城，時間為治平四年（1067）仲秋時，此時五十七歲的邵雍只在春秋二季出遊，正值仲秋農曆八月，第一首詩〈治平丁未仲秋遊伊洛二川六日晚出洛城西門宿奉親僧舍聽張道人彈琴〉：

> 向晚驅車出上陽，初程便宿水雲鄉。
>
> 更聞數弄神仙曲，始信壺中日月長。（卷5，頁247）

詩題很長可斷句為：「治平丁未仲秋，遊伊洛二川，六日晚，出洛城西門，宿奉親僧舍，聽張道人彈琴。」治平四年八月六日遊玩於伊水和洛水，晚上離開洛城西門驅車出上陽開始旅程。上陽指上陽宮，唐宮的代稱，武則天遷都洛陽後，曾居住於此。當晚住如水雲鄉的僧舍，聽到張道人在彈琴，猶如聽聞仙曲，才相信壺中日月長逍遙的說法，此時如有佛、道自在無礙之感。這趟旅程至〈二十日到城中見交舊〉，二十日才回洛陽城中，可見歷時十多日。其中在十二日那天與福昌縣令同遊龍潭，龍潭在南山，離縣十五裏，有詩〈十二日同福昌令王贊遊龍潭　其二〉，詩云：

> 水邊靜坐天將暮，猶自盤桓未成去。
>
> 馬上迴頭更一觀，雲煙已隔無重數。（卷5，頁249）

邵雍與友人在水邊靜坐至天將暮，還獨自盤桓徘徊於此沒有成行離去的意思，馬上回頭再更深情地一望，不覺雲煙已無數重。此際內心與美景相得益彰，頗有「曾點氣象」之意。

2. 龍門

龍門即是今日的龍門石窟，位於中國河南省洛陽市南十三公里，在山西省河津縣西北，陝西省韓城縣東北，分跨黃河兩岸，形如門闕。龍門山和香山兩岸崖壁上，中有伊川流經，遠望如一座天然的門闕，

六日依韻酬福昌令有寄〉、〈十七日錦幬山下謝城中張孫二君惠茶〉、〈壽安縣晚望〉、〈十八日逾牽羊阪南達伊川墳上〉、〈思程氏父子兄弟因以寄之〉、〈十九日歸洛城路遊龍門〉、〈留題龍門〉、〈龍門石樓看伊川〉、〈二十日到城中見交舊〉。見宋‧邵雍著，郭彧整理，《邵雍集‧伊川擊壤集》，頁247～252。

所以古稱「伊闕」。龍門石窟開鑿使於北魏孝文帝遷都洛陽前後，歷經北魏至北宋四百餘年間的雕鑿，為著名的佛教石窟。

處在洛陽的邵雍常遊歷於此，並寫詩以記錄遊歷的情形與體會，嘉祐六年（1061）五十一歲時，寫了〈龍門道中作〉：

> 物理人情自可期，何嘗慼慼向平生。
>
> 卷舒在我有成算，用捨隨時無定名。
>
> 滿目雲山俱是樂，一毫榮辱不須驚。
>
> 侯門見說深如海，三十年來掉臂行。（卷3，頁210）

此首七律一開始講到「物理人情」，物理講的是道家的物理之學，推衍宇宙萬物的物理學體系，從而獲得「觀物之樂」；人情則為儒家的性命之學，宣揚人文價值理念的性命學體系，從而獲得「名教之樂」。邵雍又將「心」分成「天地之心」與「人之心」兩大類，其中「天地之心」是物理之學，「人之心」是性命之學。融合儒道思想的邵雍，對於天地與人世間的物理人情變化了然於心，所以不曾憂傷度日，舒展書卷對其有成功的計算方法，隨時用捨沒有固定的命名，於佛門之地，徜徉在滿目雲煙的「雲山之樂」中，對於外在榮辱不驚，更能大徹大悟地領略侯門深似海，居處在洛陽近三十年，擺動手臂行走，於仕途毫無眷顧。因而隔年邵雍又寫〈遊龍門〉：

> 江天無少異，幽鳥下晴沙。路去山形斷，川迴渡口斜。
>
> 龕巖千萬空，店舍兩三家。清景四時好，都城況不賒。（卷4，頁239）

此首五律寫邵雍遊龍門的情景，詩中「山形斷」是指伊闕，兩山相對，望之若闕。「龕巖千萬空」是指龍門山壁上密密的佛龕，那時龍門石窟附近的店舍只有兩三家，且因為是佛門的清靜之地，所以有四時皆好的「清景」，這樣的景致離都城不遠。由於龍門和伊闕是舉世聞名的古蹟，與邵雍處所相距不遠，所以他曾多次遊歷龍門，而且他去探望程顥、程頤兄弟時必經過龍門，因此寫了一些關於龍門的詩。在治平四年（1067）仲秋時，八月六日傍晚離開洛陽後，經過壽安縣、福

昌縣等地旅遊後，十九日回洛陽路上遊龍門，寫道：〈十九日歸洛城路遊龍門　其一〉：

> 伊川往復過龍山，每過龍山意且閑。

> 莫道移人不由境，可堪深著利名間。

〈十九日歸洛城路遊龍門　其二〉：

> 無煩物象弄精神，世態何嘗不喜新。

> 唯有前墀好風月，清光依舊屬閑人。（卷5，頁251）

此兩首七言律絕是十九日歸洛城時，經過龍門而寫，龍門為必經之地，在伊川水流經的龍門，總有悠閑的心境，也唯有閑人能欣賞這樣明媚的好風光。接著又以〈留題龍門〉為題寫了兩首，詩中呈現出龍門的磅礴大氣，如「融結成來不記秋，斷崖蒼壁鎖煙愁，中分洪造夏王力，橫截大山伊水流。……」、「誰將長劍斬長蛟，斬斷長蛟劍復韜。爪尾蜿蜒凝華嶽，角牙獰惡結嵩高。……」（卷5，頁252）從這樣獰惡兇猛的形容，可看出龍門寬廣壯闊的氣象。之後〈龍門石樓看伊川〉：

> 數朝從款走煙霞，縱意憑欄看物華。

> 百尺樓臺通鳥道，一川煙水屬僧家。

> 直須心逸方為樂，始信官榮未足誇。

> 此景得遊無事日，也宜知幸福無涯。（卷5，頁252）

此首七律提到的石樓位在龍門石窟中，石窟中有十寺，香山寺為其中一座，寺中有石樓，為觀景覽勝的好地點，在石樓上倚靠著欄杆看伊川，看朝代更替、物象變化，抒發內心安逸才是快樂，官場上的榮華一點也不值得誇耀，無事自在地遊賞觀景，合宜是無涯的幸福！顯然今日的龍門石窟是邵雍經常造訪的地點，於此佛教勝地，內心自得清淨。

3. 延秋莊

邵雍於嘉祐六年（1061），於洛陽初次出洛陽城的厚載門，寫了〈遊洛川初出厚載門〉：

> 初出都門外，西南指洛陬。山川開遠意，天地掛雙眸。

> 村落桑榆晚，田家禾黍秋。民間有此樂，何必待封侯。（卷3，頁212）

此首五律詩題厚載門為北門，古時城市的北門多稱「厚載門」，有《易·坤卦》：「地勢坤，君子以厚德載物」[註20]的涵意，寫其初次到洛陽城北的山上，望著西南方下洛陽的聚落，山川在眼前展開出深遠意境，天地掛上雙睟，映出村落桑田榆樹晚霞，田家稻禾秋黍組成美麗的農村景色。民間有此快樂，何必苦等封王稱侯呢？晚上住宿在延秋莊，有詩〈宿延秋莊〉：

> 驅車入洛川，下馬弄飛泉。乍有雲山樂，殊無朝市喧。
>
> 非唯快心志，自可忘形言。借問塵中友，誰為得手先。（卷
> 3，頁212）

此首五律寫驅車進入洛川，下馬可在飛泉中弄玩，臨此忽享有雲山的快樂，尚無朝廷商市的喧囂，唯在此情境中使人有快樂心志而忘卻形骸言辭。借問塵世中的朋友，誰能成為先得手的人呢？徜徉在自然美景中，詩末問誰能先得手，似在暗示自己是先享有雲山美景的人。之後治平四年（1067）五十七歲時，邵雍又再次夜宿延秋莊，有詩〈七日遡洛夜宿延秋莊上〉：「八月延秋禾熟天，農家富貴在豐年。一簞雞黍一瓢酒，誰羨王公食萬錢。」（卷5，頁247）此首七言律絕寫出這次在秋收的季節出遊，因而看到稻禾成熟豐收的情景，又有雞黍和酒可享用，誰會羨慕王公貴族享有千鐘祿呢！可見邵雍喜愛延秋莊這樣的農家風光。

4. 壽安西寺與壽安縣

邵雍另有投宿在壽安西寺的經驗，有詩〈宿壽安西寺〉：

> 好景信移情，直連毛骨誠。為憐多勝概，尤喜近都城。
>
> 竹色交山色，松聲亂水聲。豈辭終日愛，解榻傍虛楹。（卷
> 3，頁212）

此首五言律詩應寫於嘉祐六年（1061），其五十一歲在美好景致裡隨性漫遊移情，使人毛骨清爽而夜宿壽安西寺。望著美好景色興出許多

〔註20〕黃壽祺，張善文撰，《周易譯註》（臺北：頂淵文化事業有限公司，2004），頁27。

感慨，「槩」有感慨之意，因忘歸而自我憐惜，尤值欣喜的是這裡接近都城，竹色青翠和山色交融，松濤間的風聲攪亂了水聲，豈肯輕易告辭終日喜愛的景色，因僧人的招待得以在堂前楹柱處設榻休息。其中「解榻」一詞引用《後漢書・徐稚傳》、《陳蕃傳》典故：「時陳蕃為太守，以禮請署功曹，稚不免之，既謁而退。蕃在郡不接賓客，唯稚來特設一榻，去則縣之。」〔註21〕陳蕃特為徐稚設一榻，徐稚離去則懸掛一，他擔任樂安太守時，也曾為郡人周璆「特為置一榻，去則縣之。」〔註22〕。後用「解榻」為熱情禮賢下士或接待賓客之意。顯然邵雍夜宿壽安西寺時，欣賞美景之餘，有賓至如歸的感受。

　　壽安西寺是位於洛陽西方一座祈福壽、平安的寺廟，即是今日的靈山寺，宋代時稱壽安西寺，該寺位於今日宜陽城西方，宜陽緊鄰東都洛陽，山川秀美，風光綺麗，凡定都洛陽的帝王，均在宜陽有宮苑寺廟建築。壽安西寺坐南向北，面水背山，氣象蔚然，歷史久遠，為千年古寺，該地幽靜雅致、山明水秀、地傑人靈，又有聖蹟廣為世人所誦，所以遊人高僧、騷人墨客，絡繹不絕地往來其間，或焚香禮拜、或吟詩作賦、或享樂山水、或超然塵外，因而香火鼎盛，自古為中原名剎和遊覽避暑勝地，並和洛陽白馬寺東西呼應，被稱為姊妹寺。

　　幾年後再次來到壽安縣，壽安縣即今日的宜陽縣，於治平四年（1067）五十七歲時，有詩〈八日渡洛登南山觀噴玉泉會壽安縣張趙尹三君同遊〉：「渡洛南觀噴玉泉，千峰萬峰遙相連。中間一道長如雪，飛入寒潭不記年。」（卷5，頁247）可見在八月八日與壽安縣張趙尹三君同遊，渡過洛川來觀看噴玉泉，噴玉泉中間一道長如雪飛入，使人忘記年月流逝。隔天來到錦幃山下〈九日登壽安縣錦幃山下宿邑中其一〉：

〔註21〕南朝宋・范曄，韓復智、洪進業註，《後漢書紀傳今註・徐稚傳》（臺
　　　　北：國立編譯館，2003），卷53，頁3088。

〔註22〕南朝宋・范曄，韓復智、洪進業註，《後漢書紀傳今註・徐稚傳》，
　　　　卷66，頁3749。

煙嵐一簇特崔嵬，到此令人心自灰。

上有神仙不知姓，洞門閑倚白雲開。

〈九日登壽安縣錦幈山下宿邑中　其二〉：

並轡西遊疊石溪，斷崖環合與雲齊。

飛泉亦有留人意，肯負他年向此棲。疊石溪在縣南五六裏。（卷

5，頁247）

九日登上壽安縣錦幈山下宿邑中，壽安縣為今日的宜陽縣，邑有封地
之意，如食邑、采邑，下邑為下首都以外的城邑，包含封地的莊園和
周圍農舍，詩中寫到山間蒸潤的雲氣簇擁著崎嶇不平的高山，到此令
人對物欲心灰意冷，山上有著不知姓名的神仙，神仙洞門悠閑地倚靠
著白雲深處而開。此際與友人並駕齊驅到壽安縣五、六裏處的疊石溪，
斷崖環合與雲彩齊高，飛泉也有留人的美意，豈肯辜負而他年後悔，
便向此地棲息吧！可知壽安縣有多處好山好景亦有好友，令其流連忘
返！

5. 福昌縣

福昌縣是今日河南洛陽西南方的宜陽縣，這裡的景致與人情俱美，
有詩〈至福昌縣作〉寫及：

清景幾人愛，愛之當遠尋。及臨韓嶽近，始見洛川深。

縣在雲山腹，民居水竹心。無機類閑物，愈覺少知音。（卷

3，頁213）

此首五律應寫於嘉祐六年（1061）五十一歲時。清幽景致幾人喜愛，
真正喜愛應當自遠處追尋，臨洛川到韓愈去過的山嶽附近，才看見洛
川更深入的人文風景。福昌縣在雲山之中，當地居民住在水竹環繞景
致中，無機心地任其自然純樸，類似「無用之用」的閑物，處在這裡
感受到自然的和美，愈讓人發覺缺少知音。邵雍自覺缺少知音，可能
是他在閑情的境界中追求「道」的真意，內心自然無為境界，不是一
般人能達到的，同是理學家也有不同的派別，常和邵雍來往的程氏兄
弟，三人的交情很好，但二程自成「洛學」派別，未承接邵雍「象數

派」思想，所以邵雍不自覺感到缺少知音吧！

　　福昌縣在今日河南宜陽縣，宜陽歷史悠久，夏、商、西周、春秋為京畿之地，戰國時曾為韓國國都，後置宜陽縣，唐代改宜陽為福昌縣，唐朝初年的時候將河南郡改名為洛州，唐玄宗開元元年（713）改名回河南府；五代唐福昌改為福慶；宋代恢復舊名福昌，與壽安同屬洛州，唐玄宗開元元年改名為河南府。北宋熙寧五年（1072）福昌併入壽安縣，屬河南府；元代福昌、壽安合稱宜陽至今。邵雍於嘉祐六年（1061）遊福昌縣時，仍未併入壽安縣，由於離洛陽不遠，所以邵雍常於此地旅遊。

　　在治平四年（1067）五十七歲的邵雍，八月六日晚上離開洛陽城，八月十一日這天再次來到福昌縣，有詩〈十一日福昌縣會雨〉：

　　　　雲勢移峰緩，泉聲出竹遲。此時無限意，唯有翠禽知。（卷
　　　5，頁248）

這首五言律絕寫於其在福昌縣遇雨，於是當下觀雲、峰、竹，聽泉、鳥聲，「無機心卻少知音」的邵雍，在賞景之餘能無累於情、靜觀萬物，心中有無限的情意，此時唯有翠鳥知其心意。十一日這天到福昌縣遇雨而心有所感，作詩：「……錦幬正與南溪對，他日從遊子子傳。」（〈依韻和壽安尹尉有寄〉，卷5，頁248）回覆壽安尹尉，寫到錦幬山與南溪相對，這樣的美景可以代代相傳。八月十四日來到福昌縣宇的東軒，詩題為〈十四日留題福昌縣宇之東軒〉，宇為屋宇之意，東軒是指住房向陽的廊簷，意指邵雍題留在福昌縣屋宇向陽廊簷下的一首詩：

　　　　洛川秋入景尤佳，微雨初過徑路斜。

　　　　水竹洞中藏縣宇，煙嵐塢裏住人家。

　　　　霜餘紅間千重葉，天外晴排數縷霞。

　　　　溪淺溪深清澈艷，峰高峰下碧查牙。

　　　　鳥因擇木飛還遠，雲為無心去更賒。

　　　　蓋世功名多齟齬，出羣才業足咨嗟。

> 浮生日月仍須惜，半老筋骸莫強誇。
>
> 就此巖邊宜築室，樂吾真樂樂無涯。（卷 5，頁 249）

此首七言排律寫其來到福昌縣宇見洛川入秋景致。前面先敘述景色，微雨初過斜彎小徑，水竹洞中藏著福昌縣宇，在煙霧繚繞山塢裡住著人家，秋霜紅遍千重樹葉，天外晴天陽光排出數縷霞光，溪水深淺清澈映照，山峰高低碧綠錯落有致，鳥因擇木飛還深遠，雲為無心去更加遙遠。接著轉為議論蓋世功名多從意見不合中建立，出眾才業足令人感嘆，浮生日月時光仍需珍惜，半老的筋骨不要強誇逞能，句末再次強調其自適自樂，就在山巖邊適宜建築一個居室，內心徉徜美景感受到無邊無涯的快樂。

6. 天宮寺

在〈不出吟〉補充說明：「東行至天宮，四百步。」（卷 18，頁 494）天宮指洛陽的天宮寺，天宮寺位於唐東都廓城尚善坊北、天津橋側，在今安樂窩村北洛河岸邊，創建於唐代，太宗下詔改為寺宇，其後來住者漸多，遂成為東都名剎。由於邵雍剛到洛陽時，曾借住天宮寺，其為佛教寺廟，此時邵雍雖已搬離天宮寺，但天宮寺離安樂窩只要往東步行四百步便到，因此邵雍常至天宮寺的小閣休憩，偷得浮生半日閑，從〈天宮小閣〉可見：

> 夏日到天宮，憑欄望莫窮。古人用心遠，天子建都雄。
>
> 樓觀深雲裏，山川暮靄中。行人漫來往，此意有誰同。（卷 4，頁 232）

此首五律說夏日來到洛陽天宮寺，憑欄遠望不能窮盡所看到的景物變幻，唐代古人用心深遠，天子建起雄偉的都城。樓觀在深雲裡，山川在黃昏時分雲霧繚繞中有恍如天宮的感覺。行人全是漫步隨性地來來往往，自問此中的真意有誰與我相同？藉賞景抒懷寫登樓遠眺雲霧山川、行人來往，內心自在愜意！夏季不出門的邵雍步行至天宮寺，應是天宮寺離安樂窩不遠，且登佛寺可納涼遐想，因而又寫了〈天宮小閣納涼　其一〉：

　　小閣憑虛看洛城，滿川雲物拱神京。

　　風從萬歲山頭至，多少煙嵐併此清。（卷 4，頁 238）

此首七言律絕自陳在天宮寺的小閣上，憑欄如同在虛幻中看洛陽城，
滿眼伊洛河的雲霧、景物圍繞著神州京都，風從皇宮山頭吹至面前，
多少煙霧山嵐合併於此而更顯得清爽。此系列的詩共寫了三首，同是
書寫在天宮小閣納涼，感受到清風吹來的快樂情味，可見到天宮寺能
享有清閑之感，外在紛擾不影響內心平靜，所以作了幾首詩表達內心
的暢快，又如〈天宮幽居即事〉：

　　人苦天津遠，來須特特來，閑餘知道泰，靜久覺神開。

　　悟易觀棋局，談詩撚酒盃。世情千萬狀，都不與裝懷。（卷
　　4，頁 238）

此首五律說到人苦於洛陽天津橋遠，來時必須有獨特原因才會特地來，
閑暇之餘知道易經中泰卦含義，否極總會泰來為萬物基本規律，靜坐
久思感覺精神開通，參悟易經的道理觀看棋局，談論詩經手撚著酒杯，
想著世間人情有千百萬種狀態，都不裝入心懷。顯然研究易經的邵雍，
將卦中義理摻融入詩，而「世情千萬狀，都不與裝懷」，恰如《擊壤
集・序》談到「不溺於情好」的觀照方式，「以物觀物」的「反觀」
是摒除個人情感欲望，以達到寧靜觀物的快樂。

（二）賞景觀物樂

1. 小車行

　　早期的邵雍身體尚硬朗，可以自行到登封市找友人遊嵩山、可以
到洛陽龍門石窟、天宮寺，或到壽安縣、福安縣等地遊玩，但後期由
於身體逐漸衰老，經常需要家僕用小車推著出門，因其聲望良好，所
到之處大受歡迎，從〈小車行〉可見：

　　喜醉豈無千日酒，惜春還有四時花。

　　小車行處人歡喜，滿洛城中都似家。（卷 8，頁 295）

此首七言律絕應寫於熙寧四年（1071），此時邵雍已達耳順之年，是

個喜愛酒醉豈能千日無酒的人，其憐惜春天還有四時的花，搭著小車四處走走，所到之處均受到人們歡喜，使其有整個洛城都像家的感覺。可見此時邵雍自在得意又深受歡迎，而另一首〈小車吟〉也呈現生活的快樂，詩云：

> 自從三度絕韋編，不讀書來十二年。
>
> 大瓢子中消白日，小車兒上看青天。
>
> 閑為水竹雲山主，靜得風花雪月權。
>
> 俯仰之間俱是樂，任他人道似神仙。（卷 12，頁 371）

此首七律應寫於熙寧七年（1074），一開始引用孔子「韋編三絕」的典故，孔子勤學讀易經讀到多次斷掉竹簡的皮繩，邵雍以此形容自己像孔子一樣好學，但至今不讀書已有十二年，在大瓢子中度過白天時光，在僕人推動的小車上看青天，悠閑地成為水竹雲山的主人，寂靜中得到賞風花雪月的主權，生活之間全是快樂，任憑他人怎麼說其快樂似神仙。邵雍在「閑」與「靜」的生活中，處處都是快樂，又一首〈小車吟〉：

> 春暖秋涼兼景好，年豐身健更時和。
>
> 如茵草上輕輕輾，似錦花間慢慢挼。（卷 13，頁 396）

此首五言律絕寫春暖秋涼兼景色美好，身處豐年又身體強健更有天時和樂，坐在車上有如舖草墊的草上輕輕地輾過，花間似色彩鮮豔的絲織品慢托著。上述三首可看出邵雍喜愛搭著小車欣賞風景，欣賞洛陽城中的花、水、竹、雲、山等自然美景，並感受到城中似家的親切，「春暖秋涼」更是邵雍的最佳出遊時間，所以他一再強調此時節，如〈小車吟〉：「春暖未苦熱，秋涼未甚寒。小車隨意出，所到即成歡。」（卷 17，頁 461）此首應寫於熙寧八年（1075）六十五歲時，可看出年老的邵雍很享受這樣的生活模式，所以所到之處都成歡喜。

2. 觀物樂

邵雍在閑暇時會乘車出遊，或閑步閑行以靜觀萬物，其採用「以物觀物」的態度看待萬事萬物，如在〈川上觀魚〉一詩，引用莊子與

惠施濠上之辯的典故,詩云:

> 天氣冷涵秋,川長魚正遊。雖知能避網,猶恐悞吞鈎。
>
> 已絕登門望,曾無點額憂。因思濠上樂,曠達是莊周。(卷
> 4,頁 239)

此首五律寫在天氣寒冷的秋天,觀看魚正在游來遊去,雖然知道魚能避網,還怕會不小心吞了鈎子,已斷絕登門探望,竟毫無一點憂愁,因而想到濠上的快樂,內心如莊子般曠達。邵雍在川上觀魚,跳脫出自己的框架,尊崇道家思想的邵雍,因而想到濠上爭辯的莊子和惠施兩人,莊子主觀認為魚在水中游是快樂的,一千多年後的邵雍以旁觀角度認為莊子是真正曠達的高士,因而達到「以物觀物」的樂趣。

邵雍除了和莊子、惠施一樣在川上觀魚,還有獨屬「康節體」觀物特色的作品,如這首〈盆池〉:

> 三五小圓荷,盆容水不多。雖非大藪澤,亦有小風波。
>
> 粗起江湖趣,殊無鴛鷺過。幽人興難遏,時遶醉吟哦。(卷
> 3,頁 210)

此首五律寫三五株小圓荷,在盆子一樣水不多的小池裡,雖然不是大沼澤那樣多類物種薈萃,也有風吹蕩起小波浪。粗淺地興起江湖的意趣,不同的是此處無鴛鴦、鷺鷥飛過,幽雅閑暇的人也有難以遏止的雅興,時常繞著小池微醉吟哦。從觀看小盆池得出此也有小波浪如同人生。而另一首〈盆池吟〉:「……可以觀止,可以忘機。可以照物,可以看時。不樂乎我,更樂乎誰。吾於是日,再見伏犧。」(卷 14,頁 414)此首四古先寫景,後八句寫觀看可以有靜止之意,可以忘記機心,可以觀照物象,可以觀看時間,快樂不屬於自己,更屬於誰呢?於此日再見到上古善畫八卦的伏犧帝王。可見邵雍觀看盆池不單是賞景,於此獲得心境上的寧靜外,更具有哲理上的意涵。

邵雍善觀自然景物得「以物觀物」之樂,又如〈賞雪吟〉:

> 一片兩片雪紛紛,三盃五盃酒醺醺。
>
> 此時情狀不可論,直疑天地纏絪縕。(卷 12,頁 377)

此首七古寫此時看到一片兩片雪紛紛落下，三杯五杯酒飲下肚喝得微醺，此時情狀不可評論，直疑是天地二氣交互作用的狀態。冬日不出門的邵雍，猜測此時待在安樂窩中賞雪，邊賞雪邊飲酒，使其進入不可名狀的飄然境界，天地一片白茫茫，令人遙想其處於仙境中。晚年崇尚道家思想的邵雍，此時也許正有仙境如真似幻之感，喜愛靜觀萬物的邵雍遂有此賞雪之作。

邵雍於閑暇時觀看萬物，曾說：「閑來觀萬物，在處可逍遙。……」（〈閑來〉，卷9，頁308）、「以身觀萬物，萬物理非遙。……」（〈和閑來〉，卷9，頁309）時常靜坐的邵雍，喜愛靜觀萬物，悠閑時隨處可逍遙，以自身觀萬物，萬物之理不遙遠。又曾說：「見物即謳吟，何嘗曾用意。閑將篋筍詩，靜看人間事。」（〈見物吟〉，卷18，頁480）看見物象即歌唱吟詠，不曾用意存心，閑暇時將詩放入竹編的箱子，處靜以觀看人間萬事，由上可見邵雍擁有賞景觀物的快樂心情。

三、交友酬唱樂

邵雍居處人才薈萃的洛陽，除了與司馬光、富弼、呂公著、王拱辰等顯貴人物交往外，還和王尚恭、祖無擇、王慎言等中層官員及同為理學家的程氏父子等，甚至還有士人或門生等各階人物，詩集中有大量與人交遊唱和之歌，以下擇幾位人物加以敘述，以看出邵雍與友人互相酬唱的情境。

（一）司馬光

從邵雍詩中可看出司馬光（1019～1086）與邵雍交情匪淺，由於和王安石（1021～1086）新政不合而退居洛陽，在尊賢坊建了一座大園林，稱為「獨樂」，獨樂園與安樂窩相距不遠，兩人時有一來一往的唱和之作，舉例說明如下：

1. 司馬光唱〈花庵詩二章呈堯夫〉，邵雍和〈和君實端明花庵兩首〉

司馬光〈花庵詩二章呈堯夫〉：

　　自然天物勝人為,萬葉無風碧四垂。

　　猶恨簪紳未離俗,荷衣蕙帶始相宜。(其一)

　　洛陽四時常有花,雨晴顏色秋更好。

　　誰能相與共此樂,坐對年華不知老。(其二)〔註23〕

司馬光寫了兩首七言律絕呈堯夫,寫到花庵這般自然的天物勝過人造,
葉子因無風吹而碧綠地四處垂下,還恨做官使得自己未離世俗,所以
穿帶高潔的荷花蕙草在身上才算相宜。此外,洛陽城四季常開有花,
下過雨後天晴的顏色使得秋意更好,誰能與我共用此快樂,彼此坐對
年華流逝而不知老矣!邵雍讀了這兩首花庵詩,也寫了兩首詩唱和
〈和君實端明花庵兩首〉:

　　不用丹楹刻桷為,重重自有翠陰垂。

　　後人繼取天真意,種陰增華非所宜。(其一)

　　庵後庵前盡植花,花開番次四時好。

　　主人事簡常燕休,不信歲華能撰老。(其二)(卷8,頁302)

此兩首詩應寫於熙寧五年(1072)時,詩中丹楹刻桷形容建築物的精
美壯觀,意即花庵不用刻意裝飾得精美壯觀,自有重重翠綠如陰垂下。
後人應繼取這樣天真率性意涵,種花來增添華美不是適宜的。此外,
花庵前後全植滿花,花輪流開放使得四季皆美好。花庵裡的主人因為
事簡常於此閑居休息,不信年歲光陰能使人變老。邵雍同作了兩首七
絕唱和,此兩首的韻腳與司馬光〈花庵詩二章呈堯夫〉的韻腳相同,
一首為「支」韻押「為、垂、宜」,另一首為「皓」韻押「好、老」,
此稱「依韻」即和他人的詩同用其韻部(依韻部分第五章會再說明),
《珊瑚鉤詩話》:「前人作詩,未始和韻。自唐白樂天為杭州刺史,元
微之為浙東觀察,往來置郵筒倡和,始依韻,而多至千言,少或百數

〔註23〕清・紀昀編,《景印文淵閣四庫全書・伊川擊壤集》(臺北:臺灣商
　　　　務印書館,1986),卷8,頁1101～60。以下本章引用非邵雍所寫的
　　　　詩(即司馬光、富弼、程顥、王安之、王拱辰),均是參考此版本。
　　　　底下再度出現,僅於其後加註卷數和頁數,不再特別加註腳說明。

十言，篇章甚富。」〔註24〕可見邵雍依韻唱和是仿效元白而來。此詩題「端明」為「端明殿學士」的省稱，為一官名，唐代始置以翰林學士擔任，宋代沿用，詩中稱君實端明，端明即端明殿學士。

2. 司馬光唱〈花庵獨坐呈堯夫先生〉，邵雍和〈和君實端明花庵獨坐〉

司馬光又寫〈花庵獨坐呈堯夫先生〉：

> 荒園才一畝，意足以為多。雖不居丘壑，嘗如隱薜蘿。
>
> 忘機林鳥下，極目塞鴻過。為問市朝客，紅塵深幾何？（卷9，頁1101～61）

此首五律寫此荒園才一畝，但心滿意足地以為多，雖然不居住在自然丘壑中，曾如薜蘿隱居，「薜蘿」指薜荔和女蘿兩者皆野生植物，常攀緣於山野林木或屋壁之上，指隱者或高士的住所。其忘去機心棲息在林鳥之下，極盡目光看到塞鴻飛過，為此問朝野之客，世間紅塵深幾何？司馬光以疑問作結，邵雍又作詩〈和君實端明花庵獨坐〉和之：

> 靜坐養天和，其來所得多。耽耽同又作殊廈宇，密密引藤蘿。
>
> 忘去貴臣度，能容野客過。繫時休戚重，終不道如何。（卷9，頁305）

邵雍回詩言靜坐養神順應自然天地的和氣，其中所得的益處何其多，沉迷諧和之氣同廈宇，密密麻麻氣息引入藤蘿花香，此情境使得忘去尊貴大臣的氣度，才能容得野客過此，心繫此而喜與憂重重，終不說如何。此兩首的韻腳與司馬光〈花庵獨坐呈堯夫先生〉同押「歌」韻且首句入韻。

3. 邵雍唱〈安樂窩中好打乖吟〉，司馬光和〈和〉

邵雍寫〈安樂窩中好打乖吟〉：

> 安樂窩中好打乖，打乖年紀合捱排。
>
> 重寒盛暑多閉戶，輕暖初涼時出街。

〔註24〕清‧何文煥輯，《歷代詩話‧珊瑚鉤詩話》（臺北樹林：漢京文化事業有限公司，1983），卷1，頁458。

風月煎催親筆硯，鶯花引惹傍樽罍。

問君何故能如此，只被才能養不才。（卷9，頁320）

此首七律題目中「打乖」，據教育部電子辭典解釋有二種意思，一是「隨機應變。宋・羅大經・鶴林玉露・卷四：『得老氏不敢為天下先之術，不代大匠斲，故不傷手，善於打乖。』」二是「賣弄小聰明、不老實。永樂大典戲文三種・張協狀元・第二十出：「沒瞞過我，實是你災。隱僻處直是會打乖，誰頭髮剪落便有人買？」〔註25〕據上述的解釋打乖有兩種意思：「隨機應變或賣弄小聰明、不老實。」在此解讀邵雍的意思可能有自謙「隨機應變」之意，所以大寒大暑時不出門，唯有「輕暖、初涼」合宜天氣才外出，風雅情致催人寫詩文、喝酒，人問何以能如此，只因「才能養不才」。孟子曾說：「中也養不中，才也養不才。」〔註26〕「中」即無過、無不及的中庸之道，此指品德好的人，所以此句的意思是說品德修養好的人，教育品德修養不好的人；有才能的人，教育沒有才能的人。邵雍在此謙稱自己能在安樂窩中隨性自得，全靠有才能者的幫助。邵雍作這首詩，司馬光、富弼、王拱辰、王尚恭等人皆與之唱和，且看司馬光這首〈和〉：

安樂窩中自在身，猶嫌名字落紅塵。

醉吟終日不知老，經史滿堂誰道貧。

長掩柴荊避寒暑，只將花卉記冬春。

料非閑處打乖人，乃是清朝避世人。（卷9，頁1101～70）

司馬光寫此首七律回覆邵雍，其形容邵雍在安樂窩中身心自在，還嫌名字落入紅塵中，醉吟終日不知老去，經史滿堂誰說貧窮，長掩靠柴做的門戶躲避寒暑，只拿花卉來記取冬春時節，料想應該不是閑處打

〔註25〕教育部國語推行委員會編輯，〈打乖〉，《教育部重編國語辭典修訂本》網站，http://dict.revised.moe.edu.tw/cgi-bin/newDict/dict.sh?cond=%A5%B4%A8%C4&pieceLen=50&fld=1&cat=&ukey=1728431054&serial=1&recNo=0&op=&imgFont=1（2012.10.16 上網）。

〔註26〕謝冰瑩等編，《新譯四書讀本・孟子・離婁下》（臺北：三民書局，2000），頁490。

乖人，而是太平盛世下的避世人。對於邵雍自謙「打乖人」，司馬光反倒形容邵雍應為盛世下隱居的「避世人」。

4. 邵雍唱〈安樂窩中吟 十三首〉，司馬光和〈奉和安樂窩吟〉

邵雍在安樂窩中快意生活，以此為題吟唱〈安樂窩中吟〉，一連寫了十三首，第一首詩云：

安樂窩中職分脩，分脩之外更何求。

滿天下士情能接，遍洛陽園身可遊。

行己當行誠盡處，看人莫看力生頭。

因思平地春言語，使我嘗登百尺樓。

司馬君實有詩云：「始知平地上，看不盡青春。」（卷 10，頁 338）

此首七律寫邵雍在安樂窩中職務上應盡的本分修美，本分修美之外更有何求，心開闊能接全天下之士，身自在可以遊遍洛陽園林。自己立身處世應當達誠盡處，即是「至誠」，看人不要看力生頭，因為想起司馬光說：「始知平地上，看不盡青春。」所以嘗試登上百尺高的樓台。此詩隱含儒家「至誠」思維，《中庸》：「唯天下至誠，為能盡其性，能盡其性，則能盡人之性，能盡人之性，則能盡物之性，能盡物之性，則可以贊天地之化育，則可以與天地參矣。」〔註27〕、「至誠之道，可以前知」〔註28〕、「誠者，自成也；而道，自道也。」〔註29〕唯有天下最誠心的人，能盡知自己本性；能夠盡知自己本性，就能盡知眾人的本性；能盡知眾人的本性，就能知道萬物的本性；能知道萬物的本性，就可以頌揚天地間萬物的變化生育，便可與天地併立為三。因而極端真誠之道，可以推知未來，真就是誠，真誠是自我的完善，道是自我的引導，以至誠至真的心來觀看世界。對此司馬光作詩〈奉和安樂窩吟〉：

〔註27〕謝冰瑩等編，《新譯四書讀本·中庸·二十二章》（臺北：三民書局，2000），頁 50。

〔註28〕謝冰瑩等編，《新譯四書讀本·中庸·二十四章》，頁 51。

〔註29〕謝冰瑩等編，《新譯四書讀本·中庸·二十五章》，頁 52。

　　靈台無事日休休，安樂由來不外求。

　　細雨寒風宜獨坐，暖天佳景即閒遊。

　　松篁亦足開青眼，桃李何妨插白頭。

　　我以著書為職業，為君偷暇上高樓。（卷10，頁1101～81）

司馬光說靈台無事每日休，安樂不外求，細雨寒風適合獨坐，溫暖天候有佳景即閒適遊玩，松竹林亦足開青眼〔註30〕，桃李不妨插在在白頭上，以寫書為職業，為你偷暇登上高樓。讀完邵雍十三首的〈安樂窩中吟〉後，司馬光作此詩回覆邵雍，同樣認為安樂心情不須外求，快樂就存在閒適的生活中。除了上述四組酬唱詩之外，司馬光和邵雍還有好幾首互相唱和之作，以表格整理如下：

	唱	和
1	司馬光〈花庵詩二章拜呈堯夫〉（卷8）	邵雍〈和君實端明花庵二首〉（卷8）
2	司馬光〈花庵獨坐呈堯夫先生〉（卷9）	邵雍〈和君實端明花庵獨坐〉（卷9）
3	司馬光〈贈堯夫先生〉（卷9）	邵雍〈和君實端明見贈〉（卷9）
4	司馬光〈別一章改韻同五詩呈堯夫先生〉、〈秋夜〉、〈平日遊園常策筇杖秋來發篋復出貂褥二物皆景仁所貺睹物思人斐然成詩〉、〈雲〉、〈閑來〉、〈花庵多牽牛清晨始開日出已瘁花雖甚美而不能留賞〉（卷9）	邵雍〈和秋夜〉、〈和貂褥二物皆范景仁所惠〉、〈和雲〉、〈和閑來〉、〈和花庵上牽牛花〉（卷9）
5	邵雍〈秋日登石閣〉（卷9）	司馬光〈和堯夫先生秋霽登石閣〉（卷9）
6	邵雍〈招司馬君實遊夏圃〉（卷9）	司馬光〈和堯夫先生相招遊夏圃〉（卷9）
7	司馬光〈上元書懷〉（卷9）	邵雍〈和君實端明〉（卷9）

〔註30〕青眼一詞出《晉書・阮籍傳》：「籍大悅，乃見青眼。」後以青眼表示喜愛或看重。見清・紀昀編，《景印文淵閣四庫全書・晉書・阮籍傳》（臺北：臺灣商務印書館，1986），卷255，頁255～826。

8	邵雍〈安樂窩中好打乖吟〉（卷9）	司馬光〈和〉（卷9）
9	司馬光〈二月六日登石閣〉（卷9）	邵雍〈和君實端明登石閣〉（卷9）
10	司馬光〈二月六日送京釀二壺上堯夫〉（卷9）	邵雍〈和君實端明副酒之什〉（卷9）
11	邵雍〈年老逢春 十三首〉（卷10）	司馬光〈和堯夫先生年老逢春 三首〉（卷10）
12	司馬光〈崇德久待不至〉（卷10）	邵雍〈和司馬君實崇德久待不至〉（卷10）
13	司馬光〈正月二十六日獨步至洛濱偶成二詩呈堯夫〉（卷10）	邵雍〈依韻和君實端明洛濱獨步〉（卷10）
14	邵雍〈東軒前添色牡丹一株開二十四枝成二絕呈諸公〉（卷10）	司馬光〈酬堯夫招看牡丹〉（卷10）
15	邵雍〈安樂窩中吟〉（卷10）	司馬光〈奉和安樂窩吟〉（卷10）
16	司馬光〈遊神林穀寄堯夫〉（卷12）	邵雍〈答君實端明遊壽安神林〉（卷12）
17		邵雍〈依韻和君實端明惠酒〉（卷13）
18	司馬光〈看花四絕句呈堯夫〉（卷13）	邵雍〈和君實端明洛陽看花〉（卷13）
19	司馬光〈送酒堯夫生因戲之〉（卷13）	邵雍〈和君實端明送酒〉（卷13）
20	邵雍〈首尾吟〉（卷20）	司馬光〈和堯夫首尾吟〉（卷20）

在《擊壤集》中有 20 組酬唱詩，除了第 17 組不見司馬光詩作，多由司馬光先唱詩歌，邵雍再回覆之，可見兩人的交往是司馬光較為主動，可能是司馬光小邵雍八歲的關係。從這一系列唱和詩歌，也可看出兩人互動的情形，兩人會共同出遊賞花、遊賞夏圃、登上石閣，或是分享自己生活上的心情，司馬光還會送酒給邵雍，可見司馬光是真誠對待邵雍，並期望能效法其安閑快樂的生活之道。

（二）富弼

富弼（1004～1082）英宗時，封鄭國公，因與王安石新政不合而稱疾退官，於是回歸洛陽休養，其在洛陽修建一座離安樂窩不遠的府

第，與邵雍時相往來，因而彼此常作詩唱和。邵雍與富弼酬唱詩作，
舉例說明如下：

1. 邵雍〈何事吟寄三城富相公〉

邵雍寫詩寄給富弼，有詩〈何事吟寄三城富相公〉：

> 何事教人用意深，出塵些子索沉吟。
>
> 施為欲似千鈞弩，磨礪當如百鍊金。
>
> 釣水誤持生殺柄，著棋閑動戰爭心。
>
> 一盃酒美聊康濟，林下時時或自斟。（卷 5，頁 243）

題目的「三城」是指北宋時的鄭州、開封、洛陽，「富」是指富弼，「相
公」為對宰相的尊稱。治平三年（1066）時，富弼任宰相統管三城，
邵雍寫這首七律寄給富弼。一開始說何事叫人用盡心思，超出塵世思
索以深沉吟詠，施為像千鈞重的弓，磨鍊砥礪當如同千錘百鍊的黃金，
垂釣水邊時誤持生殺權柄，下棋閑玩時動了指揮戰爭的心思，一杯美
酒之餘聊安康濟眾之事，並時於竹林下自斟自飲。邵雍寄詩給富弼，
詩中似在說富弼仍有雄心壯志，欲有所施為，所以池邊釣魚、閑時下
棋、飲酒之餘全都是政治上的心思，富弼此時不在核心權位，但仍心
繫社稷安康，的確是為國為民的賢臣。

2. 邵雍唱〈秋日登石閣〉，富弼和〈堯夫先生示秋霽登石 閣之句，病中聊以短章戲答〉

邵雍寫〈秋日登石閣〉：

> 初晴僧閣一憑欄，風物淒涼八月間。
>
> 欲盡上層嘗腳力，更於高處看人寰。
>
> 秋深天氣隨宜好，老後心懷只愛閑。
>
> 為報遠山休斂黛，這般情意久闌珊。（卷 9，頁 310）

此首七律應寫於熙寧五年（1072）六十二歲時，由景入情先敘述秋天
雨後初晴天氣，登上佛寺石閣，憑靠欄杆觀八月呈現出風物淒涼之感，
想到上層要嘗試用腳力，才能在更高處俯瞰人間大地，深秋天氣隨處

宜人安好，年老後心懷只喜愛閑暇的生活態度，「斂黛」指緊皺眉頭，為回報遠山美景不要緊皺眉頭，這般繾綣情意直至燈火闌珊時。富弼也作詩〈堯夫先生示秋霽登石閣之句，病中聊以短章戲答〉和邵雍：

高閣岩嶤對遠山，雨餘愁望不成歡。

擬將斂黛強消遣，卻是幽思苦未闌。

來詩斷章云為報遠山休斂黛，這般情意久闌珊。（卷9，頁1101～64）

此首因為邵雍寫「為報遠山休斂黛，這般情意久闌珊」而富弼回覆，高閣在遠處高峻對著遠山之地，下雨過後憂愁對望不成歡意，打算將緊皺眉頭勉強當消遣，卻是深沉的思念之苦尚未衰落。邵雍的老後閑適之心，到富弼卻成了幽思未盡之苦，可能與此時病中所作有關，富弼因病歸洛陽與邵雍選擇遷居洛陽的心情畢竟不同，所以富弼以簡短的七絕回覆邵雍的七律。另外司馬光也針對此題寫詩酬唱〈和堯夫先生秋霽登石閣〉〔註31〕，司馬光做此首詩唱和邵雍偷暇登石閣的情形，足見三人交情不錯。

3. 富弼唱〈臺上再成亂道走書堯夫先生〉，邵雍和〈和相國元老〉

富弼寫〈臺上再成亂道走書堯夫先生〉：

密雪終宵下，晨登百尺端。瑞光翻怕日，和氣不成寒。

天末無纖翳，雲頭未少乾。四郊聞擊壤，農望已多歡。（卷9，頁1101～67）

此首五律為富弼臺上疾筆寫詩給邵雍，其敘述密密麻麻的雪下了整夜，早晨登上百尺端，吉祥光翻越羞怯的太陽，和暖氣息不成寒冷，天末端沒有一點細微的遮蔽，雲端尚未稍乾涸，四處郊外聽聞擊壤歌，農望已多歡樂。邵雍則作〈和相國元老〉回覆：

〔註31〕〈和堯夫先生秋霽登石閣〉全詩：「飛簷危檻出林端，王屋嵩丘咫尺間。獨愛高明遊佛閣，豈知憂喜滿塵寰。目窮蒼莽纖毫盡，身得逍遙萬象閑。暇日登臨無厭數，悲風殘葉已珊珊。　先生冬夏俱不出。」見清‧紀昀編，《景印文淵閣四庫全書‧伊川擊壤集》，卷9，頁1101～64。

> 崇台未經慶，瑞雪下雲端。雖地盡成白，而天不甚寒。
>
> 有年豐可待，盈尺潤難乾。畎畝無忘處，追蹤擊壤歡。（卷
> 9，頁 316）

邵雍此首五律言崇高莊嚴的台閣尚未經過慶功，已有祥瑞的雪下了雲端，雖然地上全是一片白色，而天卻不很寒冷，如此祥雪自有豐年可期待，滿一尺的積雪滋潤萬物一時難以融化乾，田間是無法忘情之處，因而追逐蹤跡玩起老人閒暇無事時，投擊木片的遊戲，從中獲得歡樂。此處「擊壤」應是「一種古代的遊戲，將一塊鞋狀的木片當靶子，在一段距離之外用另一塊木片對其投擲，打中則獲勝。……為老人閒暇無事時的遊戲。」〔註32〕邵雍寫詩酬唱富弼，同樣含有農家生活的歡樂氛圍，及對來年豐收的樂觀期盼，處在豐收的太平盛世下，自然會有「擊壤」的快意。

4. 邵雍唱〈謝富相公見示新詩一軸〉、富弼和〈弼承索近詩復貺佳句輒次元韻奉和詩以語志不必更及乎詩也伏惟一覽而已〉

邵雍寫〈謝富相公見示新詩一軸〉：

> 通衢選地半松筠，元老辭榮向盛辰。
>
> 多種好花觀物體，每斟醇酒發天真。
>
> 清朝將相當年事，碧洞神仙今日身。
>
> 更出新詩二十首，其間字字敵陽春。
>
> 文章天下稱公器，詩在文章更不疏。
>
> 到性始知真氣味，入神方見妙工夫。
>
> 閒將歲月觀消長，靜把乾坤照有無。
>
> 辭比離騷更溫潤，離騷其奈少寬舒。（卷9，頁 320）

〔註32〕教育部國語推行委員會編輯，〈擊壤〉，《教育部重編國語辭典修訂本》網站，http://dict.revised.moe.edu.tw/cgi-bin/newDict/dict.sh?cond=%C0
%BB%C4%5B&pieceLen=50&fld=1&cat=&ukey=-242073185&serial=
1&recNo=0&op=f&imgFont=1（2012.11.6 上網）。

第一首七律寫三朝元老富弼辭去官職，向盛世的良辰美景歸隱，其多種好花以觀看物體，每次斟飲香醇的美酒引發出天真之心。處於清明時代的富弼憶當年事，今日像住在碧洞的神仙，更有新的詩歌二十餘首，其中每一個字可以敵上溫暖的春天。第二首七律為邵雍稱讚富弼的文章被天下人稱為公用之器，此句引用《莊子‧天運》：「名，公器也，不可多取。仁義，先生之蘧廬也。」〔註33〕其詩在文章中更不疏遠，盡性才知真正的氣味，入神才見絕妙工夫，閑時觀察歲月的盛衰消長，靜坐觀照乾坤有無，文辭比屈原的《離騷》更溫潤寬舒。針對邵雍的讚美，富弼則和〈弼承索近詩，復貺佳句輒次元韻奉和，詩以語志不必更及乎詩也，伏惟一覽而已〉：

> 出入高車耀縉紳，從來天幸喜逢辰。
> 道孤常恐難逃悔，性拙徒能不失真。
> 風雨坐生無妄疾，林泉歸作自由身。
> 歲寒未必輸松柏，已見人間七十春。
>
> 賦分蕭條只自如，生平常向宦情踈。
> 亡功每歎孤明主，得謝何妨作老夫。
> 官品尚叨三事貴，世緣應信一毫無。
> 病來髀肉消幾盡，尤覺陰陽繫慘舒。（卷9，頁1101～69）

富弼作詩和邵雍，兩首均依相同韻和之，第一首形容自己出入搭高官的車顯耀仕宦之途，從來慶幸喜逢良辰，道孤常怕難逃而後悔，個性笨拙只能不失天真，風雨中生出無妄疾病，於林泉中歸向自由身，心懷壯志已活了七十歲。第二首表現出富弼蕭條的心情，平生做官的心志疏散，每每感嘆孤寂難遇明主，病來大腿的肉消瘦殆盡，更加覺得陰陽二氣連接慘舒氣息。從這組酬唱詩可看出邵雍「閑居閑暇心」，與富弼「生病蕭瑟心」形成強烈對比。

〔註33〕清‧郭慶藩編，王孝魚整理，《莊子集釋‧大宗師》，頁568。

5. 邵雍〈安樂窩中好打乖吟〉，富弼和〈和〉：

邵雍寫〈安樂窩中好打乖吟〉：「安樂窩中好打乖，打乖年紀合挨排。……問君何故能如此，只被才能養不才。」其在安樂窩中自謙「打乖」是因「以才能養不才」，在前面提到司馬光針對此詩唱和，富弼也是其中一人，其〈和〉道：

先生自衛各西畿，樂道安閑絕世機。

再命初筵終不起，獨甘窮巷寂無依。

貫穿百代常探古，吟詠千篇亦造微，

珍重相知忽相訪，醉和風雨夜深歸。（卷9，頁1101～69）

富弼寫詩形容邵雍樂道安閑地絕除世上機心，獨自甘於窮巷寂寞無依靠，貫穿百代常探索古史，並吟詠詩句千篇，彼此是珍重相知的好友，若忽然來拜訪，邵雍會醉中唱和並在風雨夜深時歸去。據此邵雍又寫了〈謝彥國相公和詩用醉和風雨夜深歸〉：「……初上小車人已歸，醉和風雨夜深歸。」（卷11，頁347）再以「醉和風雨夜深歸」回覆富弼。富弼曾請邵雍出仕，但邵雍堅決投身林泉中，從富弼這首唱和詩可見邵雍處在窮巷中，卻有儒家「安貧樂道」之心，也有陶淵明「造飲輒盡，期在必醉，既醉則退，曾不吝情去留」的率真性格，飲罷深夜回家更見灑脫！除了上述酬唱詩之外，邵雍和富弼還有好幾首互相唱和之作，以表格整理如下：

	唱	和
1	邵雍〈謝富丞相招出仕二首〉（卷2）	
2	邵雍〈何事吟寄三城富相公〉（卷3）	
3	邵雍〈戲謝富相公惠班筍三首〉（卷9）	
4	邵雍〈秋日登石閣〉（卷9）	富弼〈堯夫先生示秋霽登石閣之句病中聊以短章戲答〉（卷9）
5	邵雍〈贈富公〉（卷9）	
6	富弼〈十月二十四日早始見雪登白雲台閑望亂道走書呈堯夫先生〉（卷9）	邵雍〈奉和十月二十四日初見雪呈相國元老〉（卷9）

7	富弼〈臺上再成亂道走書呈堯夫〉（卷9）	邵雍〈和相國元老〉（卷9）
8	富弼〈歲在癸丑年始七十正旦日書事〉（卷9）	邵雍〈答富鄭公見示正旦四絕　熙寧六年〉（卷9）
9	邵雍〈謝富相公見示新詩一軸〉（卷9）	富弼〈弼承索近詩復既佳句輒次元韻奉和詩以語志不必更及乎詩也伏惟一覽而已〉（卷9）
10	邵雍〈安樂窩中好打乖吟〉（卷9）	富弼〈和〉（卷9）
11	邵雍〈謝彥國相公和詩用醉和風雨夜深歸〉（卷11）	
12	邵雍〈別謝彥國相公三首〉（卷11）	
13		富弼〈觀罷走筆書後卷〉（卷20）

從兩人的酬唱詩看來，邵雍多次主動唱和，可能是富弼大邵雍七歲，所以邵雍對待富弼的禮數更為周到，兩人多半以詩歌酬唱往來，酬唱詩中看出富弼曾招邵雍出仕，送邵雍筍子，彼此賞景酬唱等，而富弼寫〈觀罷走筆書後卷〉便是讀完邵雍《擊壤集》全書而寫下這首詩，可見富弼對於邵雍的相知相惜不亞於司馬光。

（三）王拱辰

王拱辰（1012～1085）〔註34〕，曾於仁、英、神、哲宗四朝任官，職位相當顯赫。

在嘉祐年間王拱辰曾以河南府尹身分薦舉邵雍，但邵雍已無心於仕途，之後寫〈天津新居成謝府尹王君貺尚書　嘉祐七年〉，此詩是感謝府尹尚書王拱辰，詩云：

　　嘉祐壬寅歲，新巢始僝功。正分道德里，更近帝王宮。

　　檻仰端門峻，軒迎兩觀雄。窗虛響瀍澗，臺回璨伊嵩。

〔註34〕王振辰，原名拱壽，字君貺，河南開封人，仁宗天聖八年（1030）舉進士第一名，仁宗慶曆元年（1041）為翰林學士，英宗治平二年（1065）知大名府，後兩任三司使，累拜御史中丞，熙寧四年（1071）判河陽，元豐八年（1085）哲宗即位，加檢校太師，累官武汝軍節度使等。

> 好景尤難得，昌辰豈易逢？無才濟天下，有分樂年豐。
>
> 水竹腹心裏，鶯花淵藪中。老萊歡不已，靖節嘆何窮。
>
> 嘯傲陪真侶，經營賀府公。丹誠徒自寫，匪報是恩隆。（卷4，頁226）

此首五言排律邵雍提及嘉祐七年（1062）天津橋南方的新居落成此事，詩中先介紹新居的周圍環境，再寫此良景昌辰尤難遇到，並謙虛道自己沒有才能可救濟天下，卻也得以分享豐年、美景的快樂，所以就好像老萊子歡喜，又如歸隱田園的陶淵明何必感嘆窮困！此時只能以一片真心寫詩致謝，無法酬謝此恩惠。

此外，邵雍又有詩給王宣徽：「林下居雖陋，花前飲卻頻。世間無事樂，都恐屬閑人。」、「路上塵方室，壺中花正開。何須頭盡白，然後賦歸來。」（〈寄三城王宣徽　兩首〉，卷8，頁298）和「自有吾儒樂，人多不肯循。以禪為樂事，又起一重塵。」（〈再答王宣徽〉，卷8，頁300）當中王宣徽應是王拱辰，宣徽是宣徽使，本是唐宦官之官，掌理皆為瑣細之事，使宦官系統得以良性運轉，到了宋代宣徽使的地位及影響已很模糊，而王拱辰應擔任宣徽使這類官職。上述三首五言律絕寫邵雍的快樂之道，一為林下居所雖然簡陋，卻頻頻在花前飲酒，世間無事的快樂，恐怕都屬閑人；二為能及時欣賞路上、壺中景致，何必頭全白，才願像陶淵明寫〈歸去來兮〉；三為有自我儒家士人修養的快樂，後又以禪宗之道為樂事。邵雍寫詩給王宣徽表明其儒、道、釋相融的生活樂事，並勸王宣徽勿等頭髮斑白才告老回歸自然，應當及時行樂。

除上述酬唱之作，邵雍寫〈安樂窩中好打乖吟〉，多人唱和也包含王拱辰，其〈和〉：

> 安樂窩中名隱君，腹藏經笥富多聞。
>
> 一廛水竹為生計，三徑琴觴混世紛。
>
> 婉畫舊嘗辭幕府，少微今已應星文。
>
> 了心便是棲真地，何必煙霞臥白雲。（卷9，頁1101～70）

王拱辰稱讚邵雍博學多聞，只是悠遊於水竹間，而婉拒從政當官，「少微意即『星座』，占此星座有隱士之意，『星文』意即『星象』，星占是古代天人感應傳統的一部分……，王拱辰將邵雍與天文現象相提並論，足見對邵雍的重視。……『棲真』是指道家以本性、本原為真，有存養真性，返其本原之意。」〔註35〕所以最後說「何必煙霞臥白雲」，顯然其認為邵雍不一定要隱逸於煙霞白雲之中，因為其心就是本原本性。是以邵雍再度寫詩致謝：「一字詩中義未分，少微今已應星文。閑人早是無憑據，更與閑人開後門。」（〈謝君貺宣徽用少微今已應星文〉，卷11，頁348）邵雍有其獨屬的快樂修為，故洛陽最高行政長官王拱辰對邵雍總是給予肯定與幫助。在熙寧年間，司馬光、富弼和王宣徽等二十餘家出錢買券契，正式贈給宅園給邵雍，而邵雍也寫詩記錄參加府尹所主持的洛社聚會，可見洛陽有文人的聚會，邵雍與這些達官顯貴有良好的往來，這些官員們可能因與邵雍心靈相通，但也可能因邵雍學識淵博與聲望良好，欲藉其提升自己的聲譽。

（四）祖無擇

祖無擇（1011～1085）〔註36〕，少從孫明復學經術，又從穆修為文章，邵雍也是穆修的再傳弟子，故兩人思想上有相通之處，其與邵雍在政治立場算是志同道合。

祖無擇與邵雍同年生，略長邵雍二十七日，〈代書戲祖龍圖〉詩可見：「祖兄同甲申，二十七日長。」（卷10，頁328）邵雍寫詩：〈寄陝守祖擇之舍人〉、〈歸洛寄鄭州祖擇之龍圖〉、〈和祖龍圖見寄〉、〈代書寄祖龍圖〉、〈代書戲祖龍圖〉，雖然與祖無擇酬唱之作不多，但詩中可看出兩人歷久不衰的情誼，且看〈寄陝守祖擇之舍人〉：

〔註35〕邵明華，《邵雍交遊研究——關於北宋士人交遊的個案研究》（山東：山東大學博士論文，2009.4），頁83。

〔註36〕祖無擇，字擇之，河南上蔡人，年八十歲。祖無擇為仁宗景祐年間進士，英宗時龍圖閣直學士，又稱「祖龍圖」，龍圖閣大學士是朝廷給予清官的褒獎稱呼，熙寧初知通進銀台使，後為王安石所惡，謫忠正軍節度副使，元豐六年（1083）分司西京御史台。

記得相逢否，當時在海東。別離千裏外，倏忽十年中。

跡異名尤異，心同齒更同。終期再清會，文酒樂無窮。（卷
5，頁 242）

此首五律寫於嘉祐八年（1063），為邵雍寫詩回覆給祖擇之，此時祖
擇之任職陝西，故稱陝守，邵雍問祖擇之還記得當時在海東相逢的情
景嗎？離別千里之外，忽然過了十年，外在足跡已改變，內心卻相同，
期望再相會，一起享有詩文飲酒的無窮快樂。雖然和祖擇之分別十年，
但從兩人靠著詩歌酬唱聯繫感情。另一首酬唱詩〈和祖龍圖見寄〉：

吾家職分是雲山，不見雲山不解顏。

遊興亦難拘日限，夢魂都不到人間。

煙風欲極無涯樂，軒冕何嘗有暫閑。

洛社交朋屢思約，幾時曾得略躋攀。（卷 5，頁 245）

此首七律寫於治平三年（1066），為邵雍回覆祖無擇龍圖大學士寄來的
詩，詩云職務分內就是在雲山，不見雲山不開顏，遊興難以拘限日子，
夢中魂不到人間世俗，山風煙嵐引起無限的快樂，當官何嘗有暫時悠閑
的日子，祖龍圖等洛陽社會朋友屢屢想相約遊玩，幾時能夠領略風采，
一起去雲山間攀登。洛陽朋友屢約邵雍一同出遊，此屬於邵雍的快樂，
帶有儒家「與民同樂」的人間和諧色彩。邵雍又寫〈代書寄祖龍圖〉：

三十年交舊，相逢各白頭。海壖曾共飲，洛社又同遊。

脫屣風波地，開懷松桂秋。兩眉從此後，應不著閑愁。（卷
9，頁 313）

此首五律寫於熙寧五年（1072），此時均六十二歲，兩人是三十年交情
的舊友，再相逢後卻各自白頭，共飲於海壖、同遊於洛社，拋下風波
之地，開懷享受松、桂樹的秋季，兩眉從此不著閑愁。可見他們不是
泛泛之交，而是經得起時間考驗的朋友，雖然祖無擇有當官，在熙寧
二年（1069）祖無擇亦曾推薦邵雍出仕，但邵雍選擇不出仕，邵雍此
時寫詩給祖無擇道「脫屣風波地，開懷松桂秋」，邵雍自陳遠離官場風
波之地，投入令其開懷的自然林泉，從此不著閑愁，兩人的交情絲毫
不受影響，多年相逢後仍可自在同遊，可說是交情匪淺、歷久彌新。

（五）王不疑、王安之、王中美

1. 王不疑

王不疑（1011～1087），即為王慎言，王慎言、王慎行與王慎術三兄弟分從邵雍遊，從詩中可看出邵雍與其亦師亦友的關係，如〈依韻和王不疑少卿見贈〉：

> 不把憂愁累物華，光陰過眼疾如車。
>
> 以平為樂忝知分，待足求安恐未涯。
>
> 食罷有時尋蕙圃，睡餘無事訪僧家。
>
> 天津風月勝他處，長是思君共煮茶。（卷6，頁261）

少卿為官名，是大卿的副職，隸屬於太常寺，為封建社會中掌管禮樂的最高行政機關，太常的主管官員稱太常卿，太常寺副卿即稱少卿。王不疑擔任少卿職位，此首七律為邵雍依韻和王不疑少卿，邵雍寫其平時悠閒生活的情形，不把憂愁累至景物觀賞，光陰如奔馳的車一下就消逝，以平為樂、待足求安，吃飽、飯餘有時尋找蕙草的園圃，或拜訪僧侶的家園，天津橋處的風月美景勝過其他地方，長年思量與你共同煮茶談論時。可推測邵雍與王不疑交情應是不錯，另一首〈依韻和王不疑少卿招飲〉：

> 經難憶浮丘，吾鄉足勝遊。風前驚白髮，雨後喜新秋。
>
> 仕宦情雖薄，登臨興未休。人間浪憂事，都不到心頭。（卷
> 7，頁282）

此首五律是依韻和王不疑招致飲酒，「浮丘」即浮丘公，古代傳說中的神仙，在劉向著《列仙傳・王子喬》：「王子喬周靈王太子晉也，好吹笙，作鳳凰鳴，游伊洛之間，道士浮丘公接以上嵩高山三十餘年。」〔註37〕邵雍於此憶起神話故事中的浮丘，稱家鄉足為遊覽勝地，雖驚嚇風前的白髮，但喜愛雨後清新的秋天，仕宦生涯情緣雖然淡薄，登山臨水的興致卻未曾停止，人世間風波憂愁之事，都不曾到心頭。〈再

〔註37〕漢・劉向著，《禪玄顯教編、列仙傳・王子喬》（北京：中華書局，1985），卷上，頁23。

和王不疑少卿見贈〉:

　　乍涼天氣好,何處不堪遊。鴻雁來賓日,鷹鸇得志秋。

　　忘形終夕樂,失腳一生休。多少江湖上,舟船未到頭。(卷

　7,頁282)

邵雍此首五律表達突然涼爽的天氣美好,四處均是遊玩勝地,此時是鴻雁來客居的日子,也是鷹鸇在高處俯瞰得志的秋天,忘記形骸而整日快樂,但若失足一生就休止了,人生在世就像江湖上,舟船競秀而未到盡頭。此首表面在寫景,其實有哲理意涵在其中。從上述三首和王不疑的詩句,可看出邵雍的閑情逸致,不談論佛教思想又喜愛飲酒的邵雍,這時卻會拜訪僧侶之家,還與王不疑飲茶,一般人間的煩憂之事都不曾擾亂心頭,但第三首句末含有世事未得盡善盡美,使人懷有《易經》「持盈保泰」的想法。

2. 王不疑、王安之、王中美

　　除了王不疑外,尚有與王安之、王中美三人與邵雍一同往來,邵雍寫詩〈依韻和三王少卿同過弊廬　安之、不疑、中美〉:

　　洛中詩有社,馬上句如神。白首交情重,黃花節物新。

　　見過心可荷,知愧道非淳。寂寞西風裏,身閑半古人。(卷

　7,頁283)

三王少卿指王安之、王不疑、王中美三位做少卿官的人,邵雍依韻和三位共同拜訪寒舍,其談到洛陽中有個喜愛寫詩的社團,寫詩馬上文思泉湧造句如神,邵雍與三王有白髮老人間的厚重交情,彼此交心可以用高潔的荷比喻,只是邵雍自謙自己的道不淳厚,處在寂寞的西風裡,只是身閑的半古人罷了!

3. 王安之

　　邵雍因不願出仕而身閑,故可以四處遊歷,當中有好幾首與王安之(1007~1084)〔註38〕的唱和之作。如:「生平有癖好尋幽,一歲龍山四五遊。或往或還都不計,蓋無榮利可稽留。」(〈和王安之少卿同遊

〔註38〕王安之,即為王尚恭。

龍門　其一〉，卷 8，頁 287）邵雍與王安之同遊山西龍門，邵雍除了自號「詩癖」外，這首七言律絕還自稱「癖好尋幽」，可見邵雍愛寫詩、愛出遊，出遊全因興致而來，非為外在榮利。又有〈依韻答王安之少卿〉：

疊巘如幀四面開，可堪虛使亂雲堆。

已曾同賞花無限，須約共遊山幾迴。

未老秋光詩擁筆，乍涼天氣酒盈盃。

輕風早是得人喜，更向芰荷深處來。（卷 10，頁 342）

此首七律是邵雍「依韻」和王安之，詩中形容層層相疊的山峰如四面開展的屏風，可以承受亂雲堆疊，曾和王安之賞花，尚須共同相約遊山幾回，在初秋天剛有涼意時，擁筆寫詩、好酒滿杯，輕風早是得人喜愛，更向芰荷深處吹來。此應是初秋涼爽天氣時，受到自然景物感召、有感而發之作，詩中呈現出怡然自得心境，並欲約王安之同遊。另又寫詩道：「……一片蓬蒿地，千年雲水身。收成時正好，寒暖氣初勻。自此過從樂，諸公莫厭頻。」（〈依韻和王安之少卿秋約吟〉，卷 16，437）此首五律「依韻」和王安之，邵雍道秋天一片野地，千年雲水之身，收成時節正好，寒暖氣息剛勻正，自此來往交遊感到快樂，諸公不要嫌頻繁。除有上述歌詠涼快收成的秋景，邵雍也曾作詩歌頌雨後心情，詩題〈和王安之少卿雨後〉：

焦勞九夏餘，一雨物皆蘇。蛙鼓不足聽，蚊雷未易驅。

非唯仰歲給，抑亦了官輸。林下閑遊客，何妨儘自愉。（卷 16，頁 434）

此首五律為邵雍形容雨後萬物蘇醒時，聽蛙鼓蚊雷之聲，正為林下悠閑的遊客，其與王安之分享儘自歡愉的心情，從上可窺見兩人情誼。

此外，邵雍寫〈安樂窩中好打乖吟〉，眾人和之，亦包含王安之〈和〉：

窩名安樂已詼諧，更賦新詩訟所乖。

豈以達為賢事業，自知安是道梯階。

權門富室先藏跡，好景良朋亦放懷。

應照先生純粹處，肯揮妙墨記西齋。（卷 9，頁 1101～70）

王安之提到邵雍將住處命名為「安樂」已是幽默，更寫新詩責備自己

「打乖」，其實邵雍不是以顯達為事業為要，而是以「安」為道德修養的階梯，只要有好景良朋也可放開心懷。針對王安之的讚賞，邵雍寫詩〈謝安之用始知安是道梯階〉：

> 窩名安樂直堪哈，臂痛頭風接續來。
>
> 恰見安之便安樂，始知安是道梯階。（卷11，頁348）

此首七言律絕為邵雍自謙住處名叫安樂直堪譏笑，臂痛頭風接連著來，恰好看見安之便得安樂，才知道安心安樂是道德修養的階梯。從上可見邵雍和王安之應是性情相投的好友，兩人交往情形的作品，以表格整理如下：

	唱	和
1		邵雍〈和王安之少卿韻〉（卷7）
2		邵雍〈和王安之少卿同遊龍門〉（卷8）
3		邵雍〈歸城中再用前韻〉（卷8）
4	邵雍〈安樂窩中好打乖吟〉（卷9）	王尚恭〈和〉（卷9）
5		邵雍〈依韻答安之少卿〉（卷10）
6		邵雍〈謝安之少卿用始知安是道梯階〉（卷11）
7		邵雍〈依韻和王安之判監少卿〉（卷11）
8		邵雍〈依韻和王安之少卿見戲安之非是棄堯夫吟〉（卷12）
9		邵雍〈依韻和王安之少卿六老詩仍見率成七〉（卷13）
10		邵雍〈依韻和王安之少卿謝富相公詩〉（卷13）
11		邵雍〈和王安之少卿雨後〉（卷16）
12		邵雍〈和王安之少卿秋遊〉（卷16）
13		邵雍〈和王安之同赴府尹王宣徽洛社秋會〉（卷16）
14		邵雍〈依韻和王安之少卿秋約吟〉（卷16）
15		邵雍〈和王安之小園五題〉、〈野軒〉、〈汗亭〉、〈藥軒〉、〈晚暉亭〉（卷19）

從上述表格來看，只見一首王尚恭和〈安樂窩中好打乖吟〉，其他詩作均已不見記錄，但兩人應同樣愛好寫詩，所以彼此會寫詩唱和，並於秋季出遊、同遊龍山，甚至同赴王宣徽洛社秋會等，當邵雍自嘲「打乖」，王安之卻看到邵雍寄情山水筆墨的雅致，且邵雍寫〈依韻和王安之少卿見戲安之非是棄堯夫吟〉一詩，亦可知王安之「不棄堯夫」，給予邵雍心靈上一大支持。

（六）程珦、程顥、程頤

邵雍與程氏父子交情匪淺，邵雍以兄長看待程珦、程顥和程頤三父子。二程兄弟是邵雍的晚輩，兩人與邵雍像師徒又像朋友，邵雍與程氏父子的交情，從其出外旅遊時，曾寫詩寄給程氏父子可見。〈思程氏父子兄弟因以寄之〉：

年年時節近中秋，佳水佳山爛熳遊。

此際歸期為君促，伊川不得久遲留。

氣候如當日，山川似舊時。獨來還獨往，此意有誰知。（卷5，頁251）

兩首律絕表達邵雍在秋天獨自遊覽於好山好水時，因程氏父子催促而往返家中，邵雍最後對問道：「此意有誰知。」可能暗指自己的心情只有程氏父子瞭解，足見其相知甚深！因而彼此之間有幾組唱和詩，說明如下：

1. 邵雍〈同程郎中父子月陂上閑步吟〉，程顥〈和堯夫先生〉

邵雍曾與程氏三父子在月下的山坡上閑步，而寫下〈同程郎中父子月陂上閑步吟〉此詩：

草軟沙平風細溜，雲輕日淡柳低摟。

狂言不記道何事，劇飲未嘗如此盃。

景好只知閑信步，朋歡那覺太開懷。

必期快作賞心事，卻恐賞心難便來。（卷12，頁373）

邵雍應寫於熙寧七年（1074）秋天六十四歲時，四人在月陂上閑步，感受到草軟沙平、雲輕日淡的好情好景，於是閑適地隨性散步，共同擁有賞心樂事。之後程顥作〈和堯夫先生〉：

> 先生相與賞西街，小子親持幾杖來。
>
> 行處每容參極論，坐隅還許侍餘杯。
>
> 檻前流水心同樂，林外青山眼重開。
>
> 時泰心閑難兩得，直須乘興數追陪。
>
> 月陂隄上四徘徊，已有中天百尺台。
>
> 萬物已隨秋色改，一樽聊為晚涼開。
>
> 水心雲影閑相照，林下泉聲靜自來。
>
> 世事無端何足計，但逢嘉日約重陪。（卷12，頁1101～94）

大程子程顥尤其禮敬邵雍，寫詩唱和回覆邵雍，他們一起共賞西街，於月陂隄上徘徊賞景，檻前流水、林外青山、水心雲影、林下泉聲皆入眼耳，在此賞心樂事之際談論學問，並相約下次再重陪出遊。邵雍與程氏父子同為理學家，所以邵雍的思想，程氏父子甚為瞭解，尤以程顥格外推崇邵雍。

2. 邵雍唱〈安樂窩好打乖吟〉、程顥和〈和〉，邵雍再和〈謝伯淳察院用先生不是打乖人〉

程顥在墓誌銘最後形容邵雍：「嗚呼先生！志豪力雄。闊步長趨，凌高厲空。探幽索隱，曲暢旁通。在古或難，先生從容。」〔註39〕形容邵雍形象如翩翩君子、高深莫測、自在從容。但邵雍寫〈安樂窩中好打乖吟〉：「安樂窩中好打乖，打乖年紀合挨排。……問君何故能如此，只被才能養不才。」邵雍卻自謙不才，所以只能被有才能者供養，司馬光、富弼針對此詩加以唱和，程顥也是其中一人，其〈和〉道：

> 打乖非是要安身，道大方能混世塵。

〔註39〕宋・邵雍著，郭彧整理，《邵雍集・附錄・邵堯夫先生墓誌銘》（北京：中華書局，2010.6），頁580。

　　　陋巷一生顏氏樂，清風千古伯夷貧。

　　　客求妙墨多攜卷，天為詩豪剩借春。

　　　儘把笑談親俗子，德容猶足畏鄉人。

　　　聖賢事業本經綸，肯為巢由繼後塵。

　　　三幣未回伊尹志，萬鍾難換子輿貧。

　　　且因經世藏千古，已占西軒度十春。

　　　時止時行皆有命，先生不是打乖人。（卷9，頁1101～70）

程顥此兩首七律說邵雍隨機應變不是要安身，道大方能混合世塵，在
陋巷生存有如顏回的快樂，清高風範又如千古長存的伯夷，因安貧樂
道而肯繼承巢父、許由隱逸心志，許多錢財不能回復伊尹輔佐治國的
志向，也難換回子輿貧困，邵雍因有書卷、經書世藏千古，時止時行
皆有命定，所以不是「打乖人」。

　　針對程顥作此詩，邵雍又回〈謝伯淳察院用先生不是打乖人〉，
伯淳指程顥，「察院」為監察御史的官署名，程顥擔任監察御史職位，
邵雍寫此詩謝程顥說自己不是打乖人，詩云：

　　　經綸事業須才者，燮理工夫有巨臣。

　　　安樂窩中閑偃仰，焉知不是打乖人？（卷11，頁348）

經綸事業必須有過人的才能，調和、治理功夫諧和需有大臣，自己在安
樂窩中閑居生活，隨世俗沉浮於天地間，怎知不是一個隨機應變的「打
乖人」呢？不出仕的邵雍再次自謙自己便是個隨機應變的打乖人。

3. 邵雍唱〈首尾吟〉、程顥〈和首尾吟〉

　　邵雍寫〈首尾吟〉有一百三十四首，程顥針對這組聯章詩唱和之，
詩云：

　　　先生非是愛吟詩，為要形容至樂時。

　　　醉裡乾坤都寓物，閑來風月更輸誰。

　　　死生有命人何預，消長隨時我不愁。

　　　直對希夷無事處，先生非是愛吟詩。（卷20，頁1101～169）

程顥此詩的首、末句均寫「先生非是愛吟詩」，此為學習邵雍的寫法，邵雍〈首尾吟〉一百三十四首的首、末句均寫「堯夫非是愛吟詩」，程顥唱和的內容在說邵雍不是故意愛吟唱詩歌，作詩只是要形容內心「至樂」感受。「至樂無樂」為道家的觀點，這樣的至樂情感寄託於醉中天地、閑中風月，死生皆有命定，面對人世間的消長而不憂愁，所以把情感託於詩中，不是故意愛吟唱詩歌。由上述四組邵雍和程顥酬唱之作，可見程顥對邵雍大表讚嘆、欣賞之意，在《二程集》也記載：「邵堯夫詩曰：『梧桐月向懷中照，楊柳風來面上吹。』明道曰：『真風流人豪也。』」〔註40〕程顥一再讚美邵雍其人其詩，難怪請程顥為邵雍寫墓誌銘。

4. 邵雍〈代書寄程正叔〉

上述多是程顥與邵雍的往來，在詩集中則有一首邵雍寄給程頤的詩歌，詩題為〈代書寄程正叔〉，詩云：

> 嚴親出守劍門西，色養歡深世表儀。
>
> 唐相規模今歷歷，蜀民遨樂舊熙熙。
>
> 海棠洲畔停橈處，金鴈橋邊立馬時。
>
> 料得預憂天下計，不忘君者更為誰。（卷8，頁288）

二程與邵雍是結拜兄弟，雖然大程較讚揚邵雍，但小程仍與邵雍交情不錯，因而邵雍寫這首七律說程珦為嚴屬的父親，其出任鎮守劍門西為官，弟弟程頤因臉色和悅奉養父母而深得人們喜愛，可為當世楷模。「唐相」一詞應出自程珦詩〈詠濯纓亭〉：「西園勝跡名天下，唐相經營用意工。島嶼回環壓湖面，樓臺重複倚雲空。濯纓泉潔存遺跡。促軫亭空想舊風。公暇未應無客會，春遊更喜與民同。」〔註41〕程珦政績規模歷歷在目，四川居民歡樂地遨遊其建設過的熱鬧繁榮之地。在四川海棠洲畔停船處，金雁橋邊駐足立馬時會想起他老人家，而今

〔註40〕宋・程顥、程頤，《二程集・河南程氏外書》，卷11，頁413。

〔註41〕北京大學古文獻研究所編，《全宋詩》（北京：北京大學出版社，1998），卷272，頁3467。

程頤為官在外，料想預得擔憂天下的大計，不忘君王為民造福。此首詩為邵雍對程珦、程頤父子的稱讚，程頤也曾形容邵雍為：「其心虛明，自能知之。」〔註42〕足見邵雍與程氏三父子的情誼。

四、安閑無事樂

邵雍生存在太平盛世的外在大環境，因眼界宏大又有儒家「兼善天下」的理念，總能放眼天下，著心於時和歲豐的情景，所以擁有「太平盛世樂」。又因儒家修養根深柢固，「獨善其身」的修身為根本要事，因而擁有「德性滿足樂」。此外，由於家傳與個人選擇，邵雍堅決不受官，如此身閑心閑境界下，遂擁有「隱逸不仕樂」，加以後來接受道家思想和易學思想的薰陶，更擁有「閑適逍遙樂」。此部分的「安閑無事樂」便依上述四點來探討之。

（一）太平盛世樂

邵雍身處於北宋太平盛世，所以詩中有很多以「太平」為歌詠的主題，如：「……生長太平無事日，又還身老太平時。」（〈清風短吟〉，卷 6，頁 269）、「……身經兩世太平日，眼見四朝全盛時。……」（〈插花吟〉，卷 10，頁 332）、「……此身生長老，盡在太平間。」（〈歡喜吟〉，卷 10，頁 335）、「……況吾生長老，俱在太平中。」（〈自慶吟〉，卷 11，頁 362）從上述幾首可看出邵雍生存在太平盛世，眼見真宗、仁宗、英宗和神宗四朝全盛時，此時的心情如〈太平吟〉：

> 天下太平日，人生安樂時。更逢花爛漫，爭忍不開眉。（卷
> 10，頁 337）

此首五言律絕表達其處於太平日，是人生安樂的時候，更逢花開得爛漫，豈忍不開眉欣賞！因此又說：「……看了太平無限好，此身老去又何妨」（〈老去吟 其二〉，卷 11，頁 352）、「身老太平間，身閑心更閑。……」（〈年老吟〉，卷 11，頁 355）一再歌詠「太平」的美好，

〔註42〕元·脫脫等同修，《宋史·道學傳·邵雍》，卷 427、列傳 186、道學 1，頁 5503。

使得身心皆安閑。另一首同以〈太平吟〉為題：

> 太平時世園亭內，豐稔歲年村落間。

> 情味一般難狀處，風煙草木盡閑閑。（卷18，頁493）

此首七言律絕歌詠太平豐稔盛世，在園亭內、村落間，存有難以形容的
情味，風煙草木呈現盡是悠閑姿態。由於時和歲豐、身心安樂，所以外
在景物也全是一片閑暇，此為「以景入情」，表面形容景物，內心全是
安和。

（二）德性滿足樂

　　邵雍德性滿足快樂來自於道德修養的光輝，西方有以快樂為善的
快樂主義，快樂在與人為善的內在滿足，此也含有儒家思維，儒家認
為「人倫和樂」與「內在富足」才是真正的快樂，即使「曲肱枕之」、
「簞食瓢飲」，也能擁有快樂，如孟子說：「反身而誠，樂莫大焉。」
反求諸己能心懷真誠，自能獲得快樂，因此邵雍說：「……樂見善人，
樂聞善事。樂道善言，樂行善意。聞人之惡，若負芒刺。聞人之善，
如佩蘭蕙。……」（〈安樂吟〉，卷14，頁413）、「揚善不揚惡，記恩
不記讎。人人自歡喜，何患少交遊。」（〈歡喜吟〉，卷18，頁472）
邵雍樂於看到善人、聽聞善事、陳述善言、施行善意，且若能隱惡揚
善，記恩忘仇，人人都能歡喜自如，何必擔心缺少值得交遊的朋友。
在人世間修得德性滿足，內心自然有儒家所謂內在富足的喜樂感。而
邵雍另一首富哲理意涵的〈天人吟〉：

> 天學修心，人學修身。身安心樂，乃見天人。

> 天之與人，相去不遠。不知者多，知之者鮮。

> 身主於人，心主於天。心既不樂，身何由安。（卷18，頁475）

此首四古提到身心安樂之門在「天學修心，人學修身」，而「身主於
人，心主於天」，必須內心與天地萬物達到和諧才會安樂。此類似宋
明理學家談的「孔顏樂處」和「曾點氣象」，快樂之道在於自我德性
圓滿、人群關係和諧後，再與自然萬物融為一體，達到「天人合一」
的和諧悅樂境界。因此邵雍：「君子之人，與己非比。聞善則樂，見

賢則喜。……」(〈不同吟〉，卷 19，頁 495) 再提出儒家「君子」的
概念，君子是具有「聞善則樂」、「見賢則喜」的道德意涵，可見德性
修養是達到內心安閑無事極為重要又根本的快樂方法。

（三）隱逸不仕樂

由於邵雍堅持不出仕，因而總能站在旁觀角度觀看，其道：「……
好景未嘗無興詠，壯心都已入消磨。鵷鴻自有江湖樂，安用區區設網
羅。」(〈謝富丞相招出仕　其二〉，卷 2，206) 此首七律形容自己為
鵷鴻，自有遨遊江湖的快樂，待在官場就如同被小小的羅網限制了自
由，此類似陶淵明在〈歸園田居〉所言：「誤落塵網中，一去三十年。
羈鳥戀舊林，池魚思故淵。……久在樊籠裡，復得返自然。」不願出
仕正是免於羈鳥被關在樊籠的命運，道家的自然之道，才是其本性。
或有〈賀人致政〉，詩云：

> 人情大率喜為官，達士何嘗有所牽。
>
> 解印本非嫌祿薄，掛冠殊不為高年。
>
> 因通物性與衰理，遂悟天心用捨權。
>
> 宜放襟懷在清景，吾鄉況有好林泉。(卷 3，頁 208)

此首七律自我表態一般人都是喜好作官，但通達之士何嘗被牽制，自
陳不當官不是嫌俸祿少，而是瞭解事物興衰道理，所以應當放襟懷在
清明景致中，何況家鄉有美好林泉。邵雍直接表明不想當官，而欲徜
徉林泉的心志，在其唱和司馬光的詩作也說：「……且無官責咎，倖
免世猜嫌。……」(〈和君實端明〉，卷 9，頁 317)，因為不用當官，
所以沒有責備歸咎，慶幸自己能免除世人猜忌嫌疑。因而之後又寫〈喜
老吟〉：

> 幾何能得鬢如絲，安用區區鑷白髭。
>
> 在世上官雖不做，出人間事卻能知。
>
> 待天春暖秋涼日，是我東遊西泛時，
>
> 多少寬平好田地，山翁方始會開眉。(卷 15，頁 421)

此首七律寫其喜愛年老的時候，曾幾何時已鬢髮白如細絲，處在人世間雖然不當官，卻能知道人間事，等待天春秋涼之日，便是到處遊玩之時，見到多少寬平好田地，此際才會開眉大笑！邵雍自陳雖不當官卻能知天下事，更有到處遊玩的閑情雅致，這便是隱逸不仕的快樂生活啊！

（四）閑適逍遙樂

　　邵雍作兩首〈逍遙吟〉：「……吾生雖未足，亦也卻無憂。天和將酒養，真樂用詩勾」、「夜入安樂窩，晨興飲太和。……」（卷7，頁279）此兩首五律寫出其飲酒、寫詩的生活樂趣，「閑適逍遙」的快樂心情由此可見。關於其思想轉變，提到：「安樂窩中甚不貧，中間有榻可容身。儒風一變至於道，和氣四時長若春。……」（〈安樂窩中吟其九〉，卷10，頁340）這首七言律詩應寫於熙寧七年（1074）六十四歲時，邵雍在安樂窩中一點也不貧窮，房屋中間有床榻足以容身，此時從安貧樂道的儒家思維轉為道家思想，因而有四時長若春的和暖氣息。心中存有道家逍遙自在境界，此心境在詩中可見，如〈謝開叔司封用無事無求得最多〉：

> 客問人間事若何，堯夫對曰不知他。
>
> 居林之下行林下，無事無求得最多。（卷11，頁348）

邵雍回覆友人道自己居處林間、行走在林下，「無事無求」使自己得到最多。因為「無欲無求」，能達到道家「知足常樂」的境界，又心中和氣，所以能常保快樂，如〈靜樂吟〉所言：

> 和氣四時均，何時不是春。都將無事樂，變作有形身。
>
> 靜把詩評物，閑將理告人。雖然無鼓吹，此樂世難倫。（卷11，頁358）

此首五律說和氣使四時均樂，所以不論何時都是春天的心境，將閑暇無事的快樂變為有形身軀，處靜而以詩評論萬物，並將閑暇之理告訴人們，雖然沒有特意鼓吹，但這樣的快樂實在是世上難以比擬。此首屬哲理詩的範疇，歌詠閑暇無事之樂趣，之後又作詩〈何處是仙鄉〉：

> 何處是仙鄉，仙鄉不離房。眼前無冗長，心下有清涼。
>
> 靜處乾坤大，閑中日月長。若能安得分，都勝別思量。（卷
> 13，頁 392）

此首五律一開始採自問自答，問道「何處是仙鄉」，仙鄉不離房內，
眼前沒有冗長，心下有清涼心境，處靜更感覺乾坤天地世界大，安閑
中日月悠長。處在安閑無事的「安樂窩」中，就像活在仙鄉裡，此仙
鄉就像道家所講的仙境，寧靜悠閑地把隱居、閑適、逍遙的快樂聯繫
在一起，因而又道：「閑中氣味長，長處是仙鄉。富有林泉樂，清無
市井忙。……」（〈閑中吟〉，卷 17，頁 464）悠閑中氣味深長，此與
靜坐調息養身相似，在氣息深長處是仙人故鄉，且富有山林泉水的快
樂，又清閑到無市井小民的繁忙，可見安樂窩中的邵雍，安閑無事又
徜徉林泉，確實享有閑適逍遙的快樂心境。

第二節　自陳形象的年齡詩

　　邵雍作詩記錄閑適安樂的生活態度，其中有好幾首把當時的年齡
寫入詩中，甚至直接以年齡為詩題，從這些詩中，約略可以瞭解邵雍
當時的心情與想法，試析如下：

一、五十二歲

　　邵雍於嘉祐七年（1062）五十二歲時，寫了〈新春吟〉：

> 多病筋骸五十二，新春猶得共銜盃。
>
> 踐形有說常希孟，樂內無功可比回。
>
> 燕去燕來徒自苦，花開花謝漫相催。
>
> 此心不為人休感，二十年來已若灰。（卷 4，頁 226）

此首七律為五十二歲的邵雍自陳身體多病，然於新春時期還可以銜酒
杯飲酒，又將自己與孟子、顏回相比，宋代理學家探討「孔顏樂處」
議題，邵雍在此將自己與儒家子弟孟子、顏回比擬，頗有「樂處」意
涵。此外，其在《擊壤集·序》談到「以物觀物」的方式，所以靜觀

燕去燕來、花開花謝，萬物自然流轉，內心絲毫無因外在人事而生憂喜之感，能夠「不溺於情」，所以心境始終如同灰般沉靜。另一首〈弄筆〉也是敘述五十二歲的心情：

> 行年五十二，老去復何憂。事貴照至底，話難言到頭。
>
> 上有明天子，下有賢諸侯。飽食高眠外，自餘無所求。（卷
> 4，頁 228）

此首五律為邵雍提筆自陳老去毫無憂愁，因為上有賢明君主，下有賢良諸侯，處在盛世之時，自然能夠飽食高眠而無所求。從上兩首可看出五十二歲時，雖有病痛但其心境已同顏回「安貧樂道」，亦有道家「無慾無求」的想法。

二、六十一至六十四歲

邵雍於熙寧四年（1071）六十一歲時，寫了〈歡喜吟　熙寧四年〉：

> 行年六十一，筋骸未甚老。已為兩世人，便化豈為夭。
>
> 況且粗康強，又復無憂撓。如何不喜歡，佳辰自不少。（卷
> 8，頁 289）

活到六十一歲，筋骸未很老，況且康強又無憂傷阻撓，如何不喜歡，佳辰自然不少。顯然此時的邵雍身體已沒有前述的病痛，置身於佳辰中，身心皆是安樂！接著邵雍在熙寧五年（1072）六十二歲時，寫了〈六十二吟〉：

> 行年六十二康強，死復身居永熟鄉。
>
> 美景良辰非易得，淺斟低唱又何妨。
>
> 無涯歲月難拘管，有限筋骸莫毀傷。
>
> 多少英豪弄才智，大曾經過惡思量。（卷 9，頁 303）

此首七律題為〈六十二吟〉，其六十二歲時身體安康強壯，活著居住在安樂窩，死了又居住在永熟鄉，良辰美景不是容易得到，何妨淺斟低唱，無涯歲月難以拘管，有限筋骸不可毀傷，多少英雄豪傑玩弄才智，大概曾經過惡思量。顯然年老的邵雍特別知道人壽為命定，擁有

身體安康之餘，也懂得關注身體以免毀傷，並暗藏道家「絕聖棄智」想法，無事無求、不賣弄才智的無用者，恐怕才是邵雍讚揚的生存之道。

到熙寧七年（1074）可能寫了〈老去吟　其二〉：

> 行年六十有三歲，二十五年居洛陽。
>
> 林靜城中得山景，池平坐上見江鄉。
>
> 賞花長被盃盤苦，愛月屢為風露傷。
>
> 看了太平無限好，此身老去又何妨。（卷11，頁352）

此首七律一開始說行年六十三歲，從三十九歲遷入洛陽至今，約有二十五年，於洛陽林靜城中領略山景，池平坐上見江湖鄉景，欣賞、喜愛花月卻屢屢被杯盤苦、風露傷，看到太平盛世有無限美好的景致，此身老去又有何妨害！欣賞自然美景應屬邵雍的「觀物之樂」。而另一首〈自詠〉：

> 天下更無雙，無知無所長。年顏李文爽，風度賀知章。
>
> 靜坐多茶飲，閑行或道裝。傍人休用笑，安樂是吾鄉。（卷
> 13，頁396）

此首五律為邵雍歌詠六十四歲時的自己是天下無雙，並將自己與李文爽、賀知章相比，在生活上多靜坐、飲茶、閑行並穿著道裝，如此身心安樂是其家鄉。從邵雍的生活模式與衣著看來，實足為道家思想的奉行者，此刻毋寧擁有閑適安樂的心境。由上可見，六十一歲至六十四歲的邵雍，身心相當安康且由內而外均是道家人士。

三、六十五至六十七歲

熙寧八年（1075）六十五歲新春時，寫了〈六十五歲新正自貽〉：

> 予家洛城裏，況在天津畔。行年六十五，當宋之盛旦。
>
> 南園臨通衢，北圃仰雙觀。雖然在京國，卻如處山澗。
>
> 清泉篆溝渠，茂木繡霄漢。涼風竹下來，皓月松間見。
>
> 面前有芝蘭，目下無冰炭。坐上有餘歡，胸中無交戰。

冬夏既不出，炎涼徒自變。榮辱既不入，富貴徒自衒。

惡聞人之惡，樂道人之善。不行何趑趄，勿藥何瞑眩。

誰謂金石堅，其心亦能斷。誰謂鬼神靈，其誠亦能貫。（卷
14，頁412）

此首五古一開始先概述家住洛城中、天津畔，行年六十五，正當北宋
盛世時，接著描述景色，從南園臨通衢，北圃仰望雙觀，寫至清泉、
茂木、涼風、皓月、芝蘭等景色，一句「目下無冰炭」由景轉折入情，
心境是「坐上有餘歡，胸中無交戰」，轉為哲理詩內涵，強調樂道人
之善，心中懷誠心，鬼神亦能貫通。另一首〈安樂吟〉：

安樂先生，不顯姓氏，垂三十年，居洛之涘。

風月情懷，江湖性氣，色斯其舉，翔而後至。

無賤無貧，無富無貴；無將無迎，無拘無忌。

窘未嘗憂，飲不至醉。收天下春，歸之肝肺。

盆池資吟，甕牖薦睡。小車賞心，大筆快志。

或戴接䍦，或著半臂；或坐林間，或行水際。

樂見善人，樂聞善事；樂道善言，樂行善意。

聞人之惡，若負芒刺；聞人之善，如佩蘭蕙。

不佞禪伯，不諛方士。不出戶庭，直際天地。

三軍莫淩，萬鍾莫致。為快活人，六十五歲。（卷14，頁413）

此首四古同樣寫於六十五歲時，題為「安樂吟」便是自陳生活的安樂，
居洛近三十年時間，懷有「風月情懷，江湖性氣」，生活過地無賤無
貴、無拘無忌，能有小車賞心、大筆快志，還能偶爾坐林間，或行走
水際。前半敘述自在生活，從「樂見善人，樂聞善事」，轉為哲理詩
的風格，之後說「不佞禪伯，不諛方士」，意指不沉迷僧侶、不阿諛
於法術之士，此有儒家追求德性圓滿的意涵，可見儒家思想早已深值
心中，如此快活人，快活的六十五歲。另一首〈自詠吟〉：

老去無成齒髮衰，年將七十待何為。

居常無病不服藥，間或有懷猶作詩。

引水更憐魚並至，折花仍喜蝶相隨。

平生積學無他效，只得胸中惡坦夷。（卷 17，頁 456）

此首七律為邵雍自我歌詠，六十五歲的邵雍雖然已齒髮衰弱，但無病不服藥，可見身體仍是硬朗，過著寫詩、讀書、賞景的生活，享有「人世之樂」，以此得到胸中心懷平坦。另一首〈自樂〉：

麟鳳何嘗不在郊，太平消得苦譊譊。

纔聞善事心先喜，每見奇書手自抄。

一瓦清泉來竹下，兩竿紅日上松梢。

窩中睡起窩前坐，安得閑辭解客嘲。（卷 17，頁 458）

此首七律寫其六十五歲自樂的心境，在太平盛世中，聞善事、抄奇書、遊清泉、賞紅日，安樂窩中自然睡醒，擁有自適自在的「自樂」，如此愜意的生活，如何得閑辭解客人嘲笑。接著熙寧九年（1076）六十六歲的邵雍寫了〈六十六歲吟〉：

六十有六歲，暢然持酒杯。少無他得志，老有此開懷。

往往英心動，時時秀句來。尚收三百首，自謂敵瓊瓌。（卷
18，頁 480）

此首五古題目直接講〈六十六歲吟〉，六十六歲的邵雍歡暢地把持酒杯，年少曾求取功名卻無得志，年老後有此開懷心志，時常靈感一動便生佳句，尚收三百首詩，自稱可敵上美玉。顯然此時邵雍從飲酒、寫詩以得心境的快樂，藉此擁有無限的喜樂心。到了熙寧十年（1077）六十七歲時，寫了〈自貽吟〉：

六十有七歲，生為世上人。四方中正地，萬物備全身。天
外更無樂，胸中別有春。（卷 19，頁 504）

此首五古短短六句，抒發其六十七歲時，生為世上人，處四方中正之地，萬物備全其身，天外更無所樂，胸中別有一番春意。從六十五歲至六十七歲，為邵雍一生的最後三年，從上述幾首詩窺探此三年的心境，因不親僧徒、不近方外道術之士，回到最單純的快樂狀態，樂抄奇書、樂寫詩句、樂飲好酒、樂見善人、樂聞善事、樂賞佳景。從「物

質滿足的人世之樂」、「德性滿足的名教之樂」，進展到「萬物和諧的觀物之樂」，如此「反樸歸真」的純真，所以在其人生的倒數時刻，能從容自信地說：「天外更無樂，胸中別有春。」一切快樂來自本心、皆由心造，「心源可樂」自能有如沐春風之感。

本章小結

　　從邵雍詩歌可印證其詩學理論，《擊壤集》全是記錄 39 歲定居洛陽，至 67 歲病逝的生活情形（集外詩除外），尤以神宗熙寧年間的作品占詩集一半以上，足見其生命後十年格外地喜樂！而邵雍確實有不少雅致的生活方式，這樣的生活可從詩歌直接得到印證，本章分「居家生活樂」、「遊歷觀物樂」、「交友酬唱樂」、「安閑無事樂」四類來看，一是居家生活樂，包含飲酒、讀書作詩、焚香靜坐、聽樂觀棋、閑居閑步、享受天倫之樂，顯然邵雍老年的居家生活具有高度的閑情逸致，頗能自適自樂，更能與人同樂；二是遊歷觀物樂，包含四處遊歷與賞景觀物樂，年輕時能四處遊玩，年老後則有乘車於近處賞景的觀物之樂；三是交友酬唱樂，舉出其與官員或理學家以詩唱和的交遊樂趣；四是安閑無事樂，抒發生於太平盛世、儒家德性滿足、道家隱逸不仕，和逍遙自在的快樂心境。

　　此外，從五十二歲正式定居於洛陽後，邵雍做了好幾首當時年齡的詩歌，將年齡入詩並抒發當時喜樂的心情，以此輔助觀察邵雍晚年生活於安樂窩中的心情，從中可看出其歡樂的生命境界，那是一種生命態度的選擇，表現出一種自足圓滿與從容自信的快樂境界，這種「樂天」的情懷，透過一首首詩歌具體呈現，正是「詩樂合一」的最佳境界。

第五章　邵雍快樂詩學實證：《擊壤集》藝術技巧表現

　　劉勰（約 465～？）《文心雕龍・情采》：「故立文之道，其理有三：一曰形文，五色是也；二曰聲文，五音是也；三曰情文，五性是也。」〔註1〕情文是情性志趣，形文、聲文是指辭采聲律，構成好的文章必須內在情意和外在辭采聲律兼備，詩也是如此，詩的內容與藝術技巧成就一首好詩。因而第四章探討詩的內在情文，第五章則分析詩的藝術技巧，從體裁、韻腳及語言特色，觀察其如何運用作詩技巧，成就內外均美的篇篇詩歌以至翩翩君子，「詩如其人」大概就是如此。以下第一節「體裁多樣獨具特色」，依不同體裁分析其詩體。第二節「韻腳寬鬆富有變化」，分析其用韻情形。第三節為「對仗與反覆的美感」，析出句式與詞語特徵。第四節為「用典與口語的融合」，觀察用典與口語文詞融合特色。

第一節　體裁多樣獨具特色

　　詩的發展從西漢樂府詩，東漢末年古體詩，唐代盛行近體詩至中唐白居易提倡新樂府詩，其體裁演變至此已完整，唐代之後的詩體不

〔註1〕南朝梁・劉勰著、王更生注譯，《文心雕龍讀本》（臺北：文史哲出版社，1983.11），卷31，頁77。

外上述幾類。至宋代邵雍表現快樂內涵的詩歌體裁上，仍不出上述幾種。以下將其詩歌體裁數量統計如下：

體裁	古體詩					絕句		律詩		排律	
字數	三言	四言	五言	六言	七言	五言	七言	五言	七言	五言	七言
數量	1	11	36	2	9	24	64	93	196	3	7
總數	59					88		289		10	

以上加總來看，律詩最多，共有 289 首；律體絕句其次，有 88 首；古詩有 59 首；排律只有 10 首（參見附表一）。再細分來看，七言律詩 196 首為所有體裁中最多的形式，其他依數量多寡為五言律詩 93 首、七言律絕 64 首、五言古詩 36 首、五言律絕 24 首、四言古詩 11 首、七言古詩 9 首、七言排律 7 首、五言排律 3 首、六言古詩 2 首、三言古詩 1 首。

此外，邵雍有 8 首仄韻律體詩歌，而「聯章詩」為其別具各人特色的創作形式，加以其詩歌題目大量採用「吟」，這也是值得提出來探討的議題。以下依詩體發展順序討論如下：

一、古體詩

古體詩也稱「古詩」、「古風」，古詩自樂府發展而來，形式較自由且用韻寬，王力說：「唐宋以後的『古風』畢竟大多數不能和六朝以前的古詩相比，因為詩人們受近體詩的影響既深，做起古風來，總不免潛意識地參雜著多少近體詩的平仄、對仗，或語法。……至多只能得一個『形似』。」[註2] 宋代的邵雍也許深知此理，在其含有快樂哲學的詩歌中，古體詩只有 59 首，446 首中約占 13.2%，數量不算多，但從詩集中發現邵雍勇於嘗試不同的體裁，除了五言和七言古詩外，尚有三言、四言、六言和雜言的創作形式，符合其在〈擊壤集・序〉提到的創作理念：「不限聲律、不沿愛惡、不必固立、不希名譽。」

〔註2〕王力，《漢語詩律學》（香港：中華出版，臺北，臺灣商務總代理，2003），頁 304。

在創作之始，即標明不因循舊例，不拘泥固執，因而創作形式多變。
以下依字數分析古體詩的體裁：

（一）三言詩

在《擊壤集》中，只有三首三言古詩，即為〈議論吟〉：「事苟非，
自有異。事苟是，安有二。」〔註3〕、〈陰陽吟〉：「陽行一，陰行二。
一主天，二主地。天行六，地行四。四主形，六主氣。」（卷 18，頁
490）、〈覽照〉：「其骨爽，其神清，其祿薄，其福輕。」（卷 19，頁 502）

三首三古，篇幅短小，以說理為主，其中〈覽照〉言，雖祿薄福
輕卻能骨爽神清，頗有「安貧樂道」的快樂意涵。上述這三首採用較
特別的形式，因為一般古體詩之句式，純粹三言者，自東漢以後較為
少見。大多在雜言詩之中，以「三七雜言」或「三五七雜言」表現〔註
4〕，邵雍的三言詩，可說是說理詩「歌訣化」的現象。

（二）四言詩

在唐人的古體詩中，少見四言古詩的創作，而在《擊壤集》近一
千五百首詩歌中，卷 12 之前也只有一首四言古詩，題為〈書亡弟殯
所〉：「後乎吾來，先乎吾往。當往之初。殊不相讓。」（卷 6，頁 259）
此詩抒發胞弟比自己早過世的悲傷心情。

卷 12 之後，開始大量出現四古的詩歌形式，內容多為道德教化
的哲理意涵，如〈思省吟〉：「仲尼再思，曾子三省。予何人哉，敢忘
修整。」（卷 13，頁 386）、〈四者吟〉：「財色名勢，為世所親。四者
不動，然後見人。」（卷 13，頁 401）、〈是非吟〉：「是短非長，好丹
非素。一生區區，未免愛惡。愛惡不去，何由是非。愛惡既去，是非
何為。」（卷 18，頁 479）、〈安分吟〉：「輕得易失，多謀少成。德無

〔註3〕宋·邵雍著，郭彧整理，《邵雍集·擊壤集》（北京：中華書局，2010.6），
　　　　卷 13，頁 400。本章引邵雍詩，皆採用此版本，底下再度出現，僅於
　　　　其後加註卷數和頁數，不再特別註腳說明。
〔註4〕「依每句的字數而論，則古風可分為七種：（一）四言；（二）五言；
　　　　（三）七言；（四）五七雜言；（五）三七雜言；（六）三五七雜言；（七）
　　　　錯綜雜言。」見王力，《漢語詩律學》，頁 304。

盡利，善無近名。」（卷 18，頁 482）從題目〈思省吟〉、〈四者吟〉、〈是非吟〉、〈安分吟〉可見儒家修身養性的哲理思維。到了熙寧七年至十年(1074～1077)間，創作了一百二十幾首哲理性質的四言古詩，可見晚年的邵雍頗好以四古形式來抒發哲理思想。不過 446 首含有快樂思想的詩歌中，四言古詩形式只占了 11 首。

一般「四言古風可認為模仿詩經而作。」〔註 5〕《詩經》中有「風雅頌」體裁，其語言特色較為樸實，所以明代學者胡應麟(1551～1602)說：「四言風雅。」〔註 6〕以此角度來看邵雍創作的四言古詩，如〈自適吟〉：

郟鄏城中，鳳凰樓下；風月庭除，鶯花臺榭。

時和歲豐，閑行靜坐；朋好身安，清吟雅話。（卷 18，頁 473）

郟鄏為古地名，在河南省洛陽縣西，周武王東遷，周成王定鼎於此。邵雍徜徉於「郟鄏城」、「鳳凰樓」，撫古追今，感受到風月美景、時和歲豐，或閑行或靜坐，因朋好身安，而清吟雅話，恰如題目所言表達自適自在的「風雅」內涵。此首四古押去聲「禡、箇、卦」韻，符合古詩轉韻，通押鄰韻，句中平仄和諧，對仗工整，在隨意之中自合矩度。又如〈歡喜吟〉：

日往月來，終則有始。半行天上，半行地底。

照臨之間，不憂則喜。予何人哉，歡喜不已。（卷 12，頁 375）

此首一開始寫日往月來、有始有終的自然循環現象，從天而地觀照得來不憂而喜、心平氣和的歡喜心。此為邵雍常見的哲理詩風格，藉由觀察自然變化而得歡喜不已體悟，像說理又像心情自剖，屬於理學家的快樂。此首四古為一韻到底，押上聲「紙」韻，仍屬古詩的形式。由上可見邵雍四言古風除了承襲《詩經》樸實的語言風貌，尚有理學家的言理特色，其個人特色鮮明。

〔註 5〕王力，《漢語詩律學》，頁 304。

〔註 6〕明．胡應麟，《詩藪》（北京：中華書局出版，新華經售，1958），頁 21。

（三）五言古詩

「五言的古風可認為正統的古體詩，因為〈古詩十九首〉是五言，六朝的詩大多數也是五言。」〔註7〕邵雍這 59 首快樂思維的古體詩中，五言古風之作有 36 首，可見在古體詩中，邵雍以創作五古居多，其中兩首五言古體，一是〈閑適吟〉：

> 春看洛城花，秋翫天津月；夏披嵩岑風，冬賞龍山雪。（卷
> 12，頁 373）

這首五古以四句簡單表達在四季欣賞不同景象的閑適心情。另一首為〈筆興吟〉：「窗晴氣和暖，酒美手柔軟。興逸情撩亂，筆落春花爛。」（卷 19，頁 496）這首五古採四句形式，也是押仄韻且有換韻的。像這類押仄韻且有換韻的五言古體之作，在邵雍快樂意涵詩歌中極為少見。此外，八句形式的五古最多首，如〈高竹 其五〉：

> 高竹如碧幢，翠柳若低蓋。幽人有軒榻，日夜與之對。
>
> 宇靜覺神開，景閑喜真會。與其喪吾真，孰若從吾愛。（卷
> 1，頁 190）

古詩不拘形式，多押仄韻又可換韻。以韻來看，此首二、六句的韻腳為「蓋」和「會」，押「泰」韻；四句和八句韻腳為「對」、「愛」，押「隊」韻，因古詩用韻較寬，鄰近之韻往往通押，故此首屬於仄韻「泰隊通押」形式。以對仗來看，頷聯、頸聯沒有對仗。以平仄來看，該詩二、三、四句的末三字平仄均為「仄平仄」，不見「黏對」的情形，所以這首詩屬於五言古風，五古多為這樣的情形，寬鬆韻腳、多押仄韻、不用對仗、不拘平仄，形式較為自由。另外，也有押平聲韻的五古，如〈書事吟〉：

> 天地有常理，日月無遁形。飽食高眠外，率是皆虛名。
>
> 雖乏伊呂才，不失堯舜氓。何須身作相，然後為太平。（卷
> 4，頁 229）

這首五古屬「安閑無事樂」的哲理內涵，天地日月蘊有常理，能夠飽食高眠，勝過一切外在虛名，何必當官才能享有太平之樂呢！此首第

〔註7〕王力，《漢語詩律學》，頁 305。

二句押「青」韻，四、六、八句押「庚」韻，雖然押平聲韻卻有換韻，而頸聯「伊呂才」與「堯舜眠」詞性相同，人名對人名，但平仄不符律詩，全詩為平仄自由的五言古風之作。以上述兩首看來，頸聯均為詞性相同、意義相關卻平仄不符，可見邵雍在自由形式中，用詞也有相對應的情形。此外，還有句數較多的五古之作，如〈喜飲吟〉：

堯夫喜飲酒，飲酒喜全真。不喜成酩酊，只喜成微醺。

微醺景何似，襟懷如初春。初春景何似，天地纏絪縕。

不知身是人，不知人是身。只知身與人，與天都未分。（卷
18，頁 492）

這首五古有換韻且十二句，雖然為標準的古體詩形式，但邵雍不常採用此形式創作，以五言古風而言，採用八句的形式還是邵雍較多的創作手法。

（四）六言古詩

在這些喜樂內涵的古體詩中，只有 2 首六言古詩的詩歌形式，其中一首六言古詩為〈樂物吟〉：「物有聲色氣味，人有耳目口鼻。萬物於人一身，反觀莫不全備。」（卷 19，頁 509）以古風表達人能「反觀萬物」的內涵。此首六古平仄自由，尤其第二句平仄為「平仄仄仄仄仄」，連五仄為律詩不可能出現的情形。另一首為〈小車六言吟〉：

昔人乘車是常，今見乘車倉皇。

既有前車戒慎，豈無覆轍兢莊。

將出必用茶飲，欲登先須道裝。

軫邊更掛詩帙，轅畔仍懸酒缸。

輪緩為移芳草，蓋低因礙垂楊。

水際尤宜穩審，花間更要安詳。

朝出頻經履道，晚歸屢過平康。

春重縱觀明媚，秋深飫看豐穰。

五鳳樓前月色，天津橋上風涼。

金谷園中流水，魏王堤外脩篁。

靜處光陰最好，閑中氣味偏長。

所經莫不意得，所見無非情忘。

或見農人擁耒，或見蠶女求桑。

或見靡蕪遍野，或見蒺藜滿牆。

或見剗棘茂密，或見芝蘭芬芳。

或見雞豚狗彘，或見鵷鶵鸞鳳。

惡者既不見害，善者固無相傷。

華嶽三峰岌業，黃陂萬頃汪洋。

不為虛作男子，無負閑居洛陽。

天地精英多得，堯夫老去何妨。（卷14，頁412）

一般認為六言詩起自西漢，魏晉南北朝間的文人曹丕、曹植、嵇康、陸機等人偶有創作，為近體詩打下基礎。至唐人「王維的輞川六言（又名田園樂），用以寫退居輞川之樂趣，邵雍本詩題曰〈小車六言吟〉，亦有敘述洛陽隱居之樂的用意。」〔註8〕〈小車六言吟〉詩末連用八句「或見……」，以類疊、口語的方式道出田園景色，表現隨意乘車出遊的閑情，頗有隱居之樂。這首採六古的形式，六言為古詩獨有的形式，此首為平起式首句入韻，全詩多押陽韻，唯缸字押江韻，古體詩用韻本較寬鬆。

上述兩首六言古詩平仄均自由展現，無論在形式或內容上，皆有隨性自在的古風特性，與其人格正是互為表裡、相互輝映。

（五）七言古詩

在邵雍具喜樂意涵的古體詩中，只有9首七言古詩，這些七古詩歌多為平仄不合格律，如〈四喜〉：

一喜長年為壽域，二喜豐年為樂國，

三喜清閑為福德，四喜安康為福力。（卷10，頁331）

〔註8〕鄭定國，《邵雍及其詩學研究》（臺北：文史哲出版社，2000），頁294。

另一首〈賞雪吟〉：

> 一片兩片雪紛紛，三盃五盃酒醺醺。
>
> 此時情狀不可論，直疑天地纏絪縕。（卷 12，頁 377）

〈四喜〉押仄聲韻，〈賞雪吟〉押平聲韻，像這樣四句的七古形式只有兩首，雖然數量不多，卻可發現其以數字入詩來呈現自在喜樂的古風。還有一首六句的七古形式〈李少卿見招代往吟〉：

> 洛城春去會仙才，春去還驚夏卻來。微雨過牡丹初謝，
>
> 輕風動芍藥纔開。綠楊陰裏擁罇罍，身健時康好放懷。（卷 15，頁 431）

這首七古為前五句寫景，第六句以理學家口吻表達身強時康的開懷心情。像這樣六句的七言古風只有這一首，為較少見的創作形式，而八句的七言古詩則較為多首，如〈秋日飲後晚歸〉：

> 水竹園林秋更好，忍把芳罇容易倒。
>
> 重陽已過菊方開，情多不學年光老。
>
> 陰雲不動楊柳低，風遞輕寒生暮早。
>
> 無涯逸興不可收，馬蹄慢踏天街草。（卷 5，頁 241）

這首寫其於秋日飲後晚歸的悠閑情景，押仄韻中的「皓」韻，沒有換韻但中間兩聯沒有對仗，為押仄韻的七言古風。另外也有押平聲韻的七古，如〈代書寄華山雲台觀武道士〉：

> 太華中峰五千仞，下有大道人往還。
>
> 當時馬上一迴首，十載夢魂猶過關。
>
> 生平愛山山未足，由此看盡天下山。
>
> 求如華山是難得，使人消得一生閑。（卷 7，頁 272）

此詩寄給朋友，抒發其喜好山，《論語》：「仁者樂山。」以此看來邵雍為仁者之徒。此首押平聲「刪」韻，全詩未換韻，平仄不合律，且中間兩聯未對仗，屬押平聲韻的七言古風。可知八句形式的七古，還是七古中較多的一類。

（六）雜言詩

在邵雍具喜樂意涵的古體詩中，沒有雜言詩的詩作，甚至在《擊壤集》中，也只收錄 2 首雜言古體詩，一是〈答傅欽之〉：

> 欽之謂我曰：詩欲多吟，不如少吟；詩欲少吟，不如不吟。
>
> 我謂欽之曰：亦不多吟，亦不少吟，亦不不吟，亦不必吟。
>
> 芝蘭在室，不能無臭，金石振地，不能無聲。
>
> 惡則哀之，哀而不傷；善則樂之，樂而不淫。

另一首為〈知人吟〉：

> 君子知人出於知，小人知人出於私。
>
> 出於知，則同乎理者謂之是，異乎理者謂之非。
>
> 出於私，則同乎己者謂之是，異乎己者謂之非。（卷 17，頁 466）

此兩首顯然屬哲理詩範疇，第一首以問答的形式寫出其對吟詩的想法，全詩只有二句五字，其他均為四字，屬「四五雜言」，為十分特別的形式。第二首的君子在儒家思想中，指有道德修養的人，小人與其相反，前兩句先定義君子和小人知人的差別，後六句則以排比和對比的方式，點出君子知人以「知」，小人知人以「私」。全詩屬「三七八雜言」，不是一般常見的古體詩句式，可知邵雍寫詩有屬於自己的慣用手法。

邵雍創作三言、四言、五言、六言、七言以至雜言的古體詩，展現多變且隨性的體裁，從詩作中可窺見其率真風格。然而除了這 59 首外，也有不少哲理內涵的古體詩，可發現邵氏晚年頗喜愛以短小的古體詩陳述哲理思維，此為邵雍理學詩的特色之一，再次印證邵雍「不沿愛惡、不必固立」的創作理論，故「邵雍對詩歌創作的基本的態度，應是一種不執著、不追求、不即不離、順乎自然的精神。」〔註 9〕

二、律體絕句

律體絕句為律詩系統中最短小的形式，必須講求平仄黏對，唯對

〔註 9〕魏崇周，〈20 世紀以來邵雍文學思想研究綜述〉，《河南教育學院學報》（2008.5）：頁 56。

仗並不嚴格要求。邵雍表達快樂思想的律絕：五言律絕 24 首，七言律絕 64 首，共有 88 首，在 446 首含有安樂思想的詩中，占了約 19.7%。

（一）五言律絕

明代王夫之（1619～1692）〈薑齋詩話〉：「五言絕句自五言古詩來，七言絕句自歌行來。此二體本在律詩之前。」〔註10〕歌行體乃指樂府，可知五絕來自五古，而七絕源於南北朝樂府小詩，詩體發展有其脈絡。黃永武說：「五言的絕句，以『調古』為上乘，以『情真』為得體。至於『雄奇俊亮』，並不是五言絕的本色，所以五言絕是以古樸真切為第一義。」〔註11〕以下探討邵雍的五言律絕，如〈寄三城王宣徽〉：

林下居雖陋，花前飲欲頻。世間無事樂，都恐屬閑人。

路上塵方室，壺中花正開。何須頭盡白，然後賦歸來。（卷 8，頁 298）

第一首為與人分享無事閑人、身閑心閑之生活樂，第二首表達不用髮斑白才像陶淵明寫〈歸去來兮〉，要懂得「及時行樂」的道理，簡單地表達自己的真性情與真思維，確有「古樸真切」之意！兩首五言律絕，一首押「真」韻，另一首押「灰」韻，均為仄起式平聲韻，平仄合律，採「上二下三」的句式。一般而言，律絕只有四句，所以多押平聲韻且不換韻，但在這 24 首五言律絕中，仍有一首換韻之作，即〈寄三城舊友衛比部二絕〉：

雖老未龍鍾，籬邊菊滿叢。乍涼天氣好，里閑正過從。

景好身還健，天晴路又乾。小車芳草軟又作穩，處處是清歡。（卷 9，頁 310）

〔註10〕明・王夫之著；船山全書編輯委員會編校，《船山全集・薑齋詩話・夕堂永日緒論內編》（長沙市：嶽麓書社，1996），頁 838。

〔註11〕黃永武，《中國詩學・鑑賞篇》，（臺北：巨流圖書公司，1977.4），頁 39。

邵雍做了兩首五言律絕給好友，抒發其天氣好、身還健，處處是清悠歡樂的心情。其中第一首即為首句入韻，採「東、冬」韻鄰韻通押情形，第一首借用鄰韻，而第二首則全押「寒」韻。這兩首同屬仄起平聲韻，平仄合律，採「上二下三」的句式，為五言常見也是邵雍常用的句式。上述〈寄三城王宣徽〉和〈寄三城舊友衛比部二絕〉這兩組屬於「聯章詩」的形式（聯章詩和鄰韻通押下面會另再討論之）。

（二）七言律絕

關於五言律絕和七言律絕的差別，胡應麟說：「五言絕調易古，七言絕調易卑。……五言絕尚真切，質多勝文；七言絕尚高華，文多勝質。」〔註12〕據胡氏的說法，五言律絕以真切為本色，七言律絕則尚高華，以下探討邵雍的七言律絕，如〈天津感事　其二十一〉：

著身靜處觀人事，放意閑中鍊物情。

去盡風波存止水，世間何事不能平。（卷4，頁235）

此首呈現靜觀萬物的平靜安樂心情，由邵氏的「以物觀物」詩學來看，看盡人生風波後心如止水，世間何事不能平息！此首為閑適中蘊含哲理。而明朝文人胡震亨（1569～1645）曾說：「五字句以上二下三為脈，七字句以上四下三為脈，其恆也。」〔註13〕胡氏將五言「上二下三」、七言「上四下三」列為常見的句式，此首七言律絕便是常見句型，「著身靜處」、「放意閑中」以「觀人事」、「鍊物情」，邵雍的詩大多採此常見的句式，而此首句不入韻，一韻到底，押平聲「庚」韻。又如〈東軒黃紅二梅正開坐上書呈友人〉：

一年一度見雙梅，能見雙梅幾度開。

人壽百年今六十，休論閑事且銜杯。（卷8，頁296）

此首七言律絕上書呈給友人，點出邵雍此時年齡為「耳順」之年，在看盡人生風雨後，更懂「靜觀外物」，表達欲與友人分享賞梅飲酒的

〔註12〕明・胡應麟，《詩藪》，頁107。

〔註13〕明・胡震亨，《唐音癸籤》（上海：上海古籍出版，新華發行，1981），卷4，頁31。

樂事。此為首句入韻，一韻到底，押平聲「灰」韻的七言律絕。上述
第一首前兩句「對仗」，而第二首首句鑲嵌上「一年一度」的數字「一」，
這兩首七言律絕不見「高華」，卻可發現邵雍喜好採用的形式。而在
64 首快樂意涵的七言律絕中，多採用押平聲且不換韻形式，但仍有
幾首換韻的七言律絕，如〈謝安之少卿用始知安是道梯階〉：

> 竊名安樂直堪咍，臂痛頭風接續來。

> 恰見安之便安樂，始知安是道梯階。（卷 11，頁 348）

〈同諸友城南張園賞梅十首　其五〉：

> 梅臺賞罷意何如，歸插梅花登小車。

> 陌上行人應見笑，風情不薄是堯夫。（卷 13，頁 381）

第一首與王安之分享安樂心情，為平起式「佳灰」韻鄰韻通押，第二
首表達賞梅的快樂心情，為平起式「魚虞」韻鄰韻通押的七言律絕，
兩首均首句入韻，為「鄰韻通押」的特例。

三、律詩

　　邵雍含有安樂、快樂思想的律詩，在 446 首中占了一大半以上，
其中分五言律詩 93 首，七言律詩 196 首，共有 289 首。在 446 首中，
約占了 64.7%，可見律詩是其特別喜好使用的創作體裁。

（一）五言律詩

　　五律相較於七律而言，是比較標準且多人創作的體裁，胡應麟說：
「五言律宮商甫協，節奏未舒；至七言律，暢達悠揚，紆徐委折，而
近體之妙始窮。」〔註14〕黃永武也說：「五律以『清空真澹』為上乘，⋯⋯
至於七律則藻贍精工，氣象閎麗，以『高亮』為創作的準則。」〔註
15〕由此可得知五律較之於七律，節奏較無法呈現委折變化之貌，語
調易給人輕快簡捷之感，所以句型長短確實會影響作品風格，舉例來
看，如〈盆吟〉：

〔註14〕明・胡應麟，《詩藪》，卷 5，頁 78。
〔註15〕黃永武，《中國詩學・鑑賞篇》，頁 41。

三五小圓荷，盆容水不多。雖非大藪澤，亦有小風波。

粗起江湖趣，殊無鴛鷺過。幽人興難過，時遶醉吟哦。（卷
3，頁210）

此首表達因觀物而抒發哲理的作品，觀看盆中的小圓荷，聯想至頷聯
「大藪澤」對「小風波」，人生難免會有些小風波，然而邵雍如同置
身江湖世外的清幽之人，時而遶著此地飲酒唱詩歌，從小景物至寓含
人生哲理，屬理學家風格的詩作，節奏較為輕快。此為仄起式首句入
韻，全押「歌韻」未換韻，平仄合律，採「上二下三」句式。一般而
言，五律多為應制之作，易流於文字堆砌，所以黃永武認為五律以「清
空真澹」為佳，邵氏的五律即有此類作品，如〈晚步吟〉：

晚步上陽堤，手攜筇竹枝。靜隨芳草去，閑逐野雲歸。

月出松梢處，風來蘋末時。林間此光景，能有幾人知。（卷
12，頁371）

整首五律以自然景物呈現閑靜境界，的確有「清空真澹」意味，
而中間兩聯對仗工整，「靜」對「閑」、「芳草」對「野雲」、「月」對
「風」、「松梢」對「蘋末」，頷聯更採用轉化修辭，使整首詩生動不
少，句末以設問作結，引人深思！此詩首句入韻，以「支」韻為主，
但第四句韻字「歸」押「微」韻，此首屬「出韻」的五律形式。

律詩應是一韻到底，但邵雍93首五律詩歌中，卻有像〈晚步吟〉
一樣換韻的形式，共有幾種情形：「魚虞」、「支微」、「支齊」、「佳灰」、
「真文」、「元先」、「庚青」、「庚侵」、「覃鹽」，從這些換韻的五言律
詩，便可印證邵雍所言「不限聲律」的創作原則，如〈感事吟又五首
其一〉：

萬物有精英，人為萬物靈。必先詳事體，然後論人情。

氣靜形安樂，心閑身太平。伊耆治天下，不出此名生。（卷
17，頁454）

此首五律以理學家說理的方式表達詳事體、論人情後，得來氣靜心閑
的心情，也是首句入韻，「庚青」通押的律詩，中間兩聯對仗工整。

從上述五律看來，大抵有理學家說理特色，但也有雅致風格詩作，雖有不少換韻詩歌，但用詞、形式多為工整，亦有應制之作的樣貌。

（二）七言律詩

邵氏的五律有不少酬唱、抒發閑適、表達哲理的詩歌，但相較之下，七律不論在內容或形式上，顯然質量均豐。胡應麟說：「五言律規模簡重，即家數小者，結構易工。七言律字句繁靡，縱才具宏者。推敲難合。⋯⋯近體詩難，莫於七律。」〔註16〕可見創作七律特別需要推敲構思。

七律是邵雍快樂詩歌中，數量最多的形式，共有196首，因其特別需要推敲構想，適合宴集聚會時考驗才情，邵雍大量使用此體裁寫詩，正因其交友眾多，又喜好與友人以詩歌互相酬唱，七律正好適合表現其與人交遊，自適自在的心情寫照，如〈依韻和王不疑少卿見贈〉：

> 不把憂愁累物華，光陰過眼疾如車。
>
> 以平為樂乔知分，待足求安恐未涯。
>
> 食罷有時尋蕙圃，睡餘無事訪僧家。
>
> 天津風月勝他處，長是思君共煮茶。（卷6，頁261）

道出其生活的心情與情形，因能有「以平為樂」、「待足求安」的知足，自然憂愁不纏身，所以食罷有時會尋幽訪勝，睡餘沒事也會拜訪僧家，與好友共同煮茶的情景更勝他處。此首七律為仄起式首句入韻，採「上四下三」的句式，中間兩聯對仗工整，為邵雍「依韻」作詩的唱和詩歌。像這類與好友酬唱，抒發閑適自在生活的七律相當多首。

此外，在卷20收錄〈首尾吟〉135首（《擊壤集》中實際只收錄134首），將之命名為〈首尾吟〉是因為首句和末句同樣為「堯夫非是愛吟詩」，而每首的首句和末句平仄相同又符合全詩的格律，首尾吟體為邵雍所創，以下從這一系列七律形式的大型聯章詩來看。

〔註16〕明・胡應麟，《詩藪》，卷5，頁78～79。

如〈首尾吟　其三十九〉：

堯夫非是愛吟詩，詩是堯夫自在時。

何處不行芳草地，誰家不望小車兒。

花枝好處安詳折，酒盞滿時攔就持。

閑氣虛名都忘了，堯夫非是愛吟詩。（卷 20，頁 522）

一開始道寫詩是其自在的時候，因賞景飲酒作詩而忘卻外在名利，最後一句再重覆道「堯夫非是愛吟詩」，下一首又從「堯夫非是愛吟詩」寫起，形成循環反復的歌詠效果。此外，134 首中有 127 首的第二句為「詩是……」，「詩」字採用頂針修辭，且頷聯和頸聯多為對仗工整、平仄合律的七律，「不論從謀篇的觀點，或從用韻的觀點而言，表面上是作繭自縛，而在用韻及文字表達的難度上而言卻是逐首遞增。程兆熊說：『此使康節之詩，康節之〈首尾吟〉，全是和氣，全是活句，全是工夫，全是道。』」〔註17〕堪稱其詩歌代表作。

　　邵雍大量創作律詩，由於律詩需特別講求平仄和對仗，在創作上比較耗費心思，代表其仍重視格律，只是晚年崇尚道家思想的邵雍，在格律上似也較為率性寬鬆，以這首〈春遊　其一〉為例：

五嶺梅花迎臘開，三川正月賞寒梅。

相去萬裏先一月，始知春色從南來。

何人妙曲傳羌笛，盡日清香落酒杯。

料得天涯未歸客，也應臨此重徘徊。（卷 2，頁 196）

此首平仄標為：

「仄仄平平平仄平，平平仄仄仄平平。

　平仄仄仄平仄仄，仄平平平平平平。

　平平仄仄平平仄，仄仄平平仄仄平。

　仄仄平平仄平仄，仄平平仄平平平。」

第三句「去、裏、一」失律，第二聯失黏叫做前折腰，除了失黏外，

〔註17〕鄭定國，《邵雍及其詩學研究》，頁 304。

第四句和第八句有連三平問題，此首屬於「折腰體七律」。宋人魏慶之《詩人玉屑·詩體》曰：「折腰體，謂中失粘而意不斷。」〔註18〕所謂「中失粘」，指第二句與第三句平仄失粘；「意不斷」者，指兩句之間聯繫緊密，意思不中斷。此類第二聯失黏，而後二句平仄又相對立的格式，即稱「折腰體」，古人創作格律時，多會依平仄譜來創作，不過也會有一些平仄變化的創作，折腰體即是其中之一，因為有變化，才能創造出新的音調，如此一來，在千篇一律的形式中，更能突顯與眾不同的獨特魅力，毋寧邵雍詩歌被稱為「康節體」，確實有其個人特色！

四、排律

排律起自唐朝，自元朝楊士宏編《唐音》，始列「排律」，排律又名「長律」、「臺閣體」，排律以律詩對句的形式加以延伸，每首至少十句，也有多至百韻者。除首、尾兩聯外，中間都需對仗。王國維《人間詞話》：「近體詩體制，以五七言絕句為最尊，律詩次之，排律最下。」〔註19〕王國維認定的體制排名以絕句最好，律詩其次，排律最後，雖然王國維認定如此，但排律是律詩的擴大，其實創作難度更深，在 446 首快樂思想的詩中，五言排律 3 首，七言排律 7 首，只占了 2.2%。

（一）五言排律

以下五言排律和七言排律各舉一首說明，先看五言排律，如〈清風長吟〉：

宇宙中和氣，清泠無比方。與時躅疾病，為歲造豐穰。

起自青蘋末，來從翠樹傍。得逢明月夜，便入故人鄉。

密葉搖重幄，殷花舞靚粧。兩三聲迴笛，千萬縷垂楊。

細度絲桐韻，深傳蘭蕙香。樓臺臨遠水，軒檻近脩篁。

〔註18〕南宋·魏慶之，《詩人玉屑》，（臺北：臺灣商務印書館，1972），頁27。

〔註19〕清·王國維著，滕咸惠校注，《人間詞話新注》（山東：齊魯書社，1994），頁53。

盛夏驅煩暑，初晴送晚涼。輕披綠荷芰，緩透薄衣裳。

浪走翩翩袂，波生瀲灩觴。閑愁難著莫，幽思易飛揚。

快若乘天馬，醒如沃蔗漿。面前遊閬苑，坐上泛瀟湘。

不可將錢買，焉能用鬥量。依憑全藉德，收貯豈須倉。

無患兼併取，寧憂寇盜攘。以茲為樂事，未始有憂傷。（卷
6，頁 262）

全詩首句「宇宙中和氣」寫出清風中和的特質，接著寫到清風柔和流
動的走向，從青蘋末、翠樹、密葉、殷花、荷芰、衣裳至波面等地輕
拂而過，如此涼爽的清風，自是「不可將錢買」。由首句至「坐上泛
瀟湘」，為寫景內容，從「不可將錢買」至「未始有憂傷」作結，則
採說理的口吻，論述若以賞景為樂便不會有憂傷，令人感受到「觀物
之樂」。此首五言排律共有 36 句，句數符合題目「長吟」，全押「陽」
韻，平仄符合格律，採「上二下三」的句式，且除了首尾兩聯外，其
他聯皆有對仗，如「閑愁難著莫」對「幽思易飛揚」，「難」對「易」，
整首排律的形式算是工整，是標準的五言排律。

（二）七言排律

接著看邵雍創作的七言排律，如〈十四日留題福昌縣宇之東軒〉：

洛川秋入景尤佳，微雨初過徑路斜。

水竹洞中藏縣宇，煙嵐塢裏住人家。

霜餘紅間千重葉，天外晴排數縷霞。

溪淺溪深清瀲艷，峰高峰下碧查牙。

烏因擇木飛還遠，雲為無心去更賒。

蓋世功名多齟齬，出羣才業足咨嗟。

浮生日月仍須惜，半老筋骸莫強誇。

就此巖邊宜築室，樂吾真樂樂無涯。（卷5，頁249）

此首前八句全是寫洛川入秋的美景，微雨初下而煙雨濛濛，在水竹洞
中、煙嵐塢裡住有人家，有秋霜紅葉、數縷煙霞的秋景，更有瀲艷的

清水和碧綠的山峰，接下來兩句「鳥因擇木飛還遠，雲為無心去更賒」
為由景入情的關鍵，暗指自己有飛鳥、浮雲自在遨遊的性情，後六句
直陳不想追逐名利，宜珍惜半老歲月，自在徜徉山林中，尤其末句「樂
吾真樂樂吾涯」，將其「真樂」思想表露無遺。此首七言排律共 16 句，
全押「麻」韻，平仄符合格律，採「上四下三」的句式，除了首尾兩
聯外，其他聯皆有對仗，整首排律的形式算是工整。由上述兩首排律
看來，邵雍有其創作功力，只是更加強調隨性生活的態度罷了！

五、仄韻律體

　　律詩多押平聲韻，少有押仄韻的律詩之作，在其 446 首詩歌中，
只有 8 首仄韻律體詩歌，包含 2 首仄韻五言絕句、5 首仄韻七言絕句
和 1 首仄韻七言律詩，以下分析之。在 24 首快樂意涵的五言絕句中，
只有 2 首仄韻的五言絕句，〈里閈吟　其一〉：

　　　　里閈閑過從，太平之盛事。吾鄉多吉人，況與他鄉異。（卷
　　　12，頁 367）

內容道出悠閑生活於太平盛事中，自己的家鄉多是吉士，頗有《論語·
里仁》：「里仁為美」之意。〈里閈吟〉為兩首中的其中一首，此首押
去聲「寘韻」。第二首仄韻的五言絕句為〈見物吟〉：

　　　　見物即謳吟，何常曾用意。閑將篋笥詩，靜看人間事。（卷
　　　18，頁 480）

短短二十字，表達邵雍閑讀詩、靜觀人間事的心境，有理學家靜觀萬
物的「閑靜」之心。此首平仄較〈里閈吟　其一〉更為標準，也是押
去聲「寘韻」。

　　在 64 首七言絕句中，只有 5 首押仄韻的七言絕句，一是〈十二
日同福昌令王贊善遊龍潭　其二〉：

　　　　水邊靜坐天將暮，猶自盤桓未成去。

　　　　馬上迴頭更一觀，雲煙已隔無重數。（卷 5，頁 249）

此首寫其在水邊靜坐所得來的感受，在其這些少數仄韻律絕中，此為
去聲「御遇」通押的形式。二為〈和君實端明花庵　其二〉：

庵後庵前盡植花，花開番次四時好。

　　主人事簡常燕休，不信歲華能撽老。（卷 8，頁 302）

這首與司馬光的唱和詩歌，讚揚司馬光於花庵悠閑心境。為押上聲「皓」韻之作，由於是仄聲的七言絕句，末句採用的語氣顯得更加篤定而激昂。三為〈偶得吟〉：

　　人間事有難區處，人間事有難安堵。

　　有一丈夫不知名，靜中只見閑揮塵。（卷 12，頁 364）

此首押上聲「麌」韻，以仄韻方式強調雖然人間事難於泰然自處，但暗自讚揚其為閑中揮塵尾的丈夫。雖前兩句不合平仄，但後兩句又合律了。四為〈安樂窩前蒲柳吟〉：

　　安樂窩前小江曲，新蒲細柳年年綠。

　　眼前隨分好光陰，誰道人生多不足。（卷 13，頁 395）

在安樂窩蒲柳前，見到細柳年年翠綠姿態，眼前隨順自然而有好光陰，誰說人生多有不足呢？句末雖以問句作結，聲調急促，押入聲「沃」韻，但正是暗指自己有道家「知足常樂」的心境。全詩首句入韻，平仄大致符合黏對。五為〈自述〉：

　　春暖秋涼人半醉，安車塵尾閑從事。

　　雖無大德及生靈，且與太平裝景致。（卷 16，頁 440）

此首自述其於春秋兩季乘車出遊的閑情，雖押去聲「寘」，卻從事悠閑的景致。

　　在 196 首七言律詩中，只有〈三月吟〉為仄韻之作，詩云：

　　滿城盡日行春去，言會行春還有數。

　　真宰何嘗不發生，遊人其那無憑據。

　　梨花著雨漫成啼，柳絮因風爭肯住。

　　一片清明好意多，奈何意好難分付。（卷 19，頁 502）

此首言其在春天三月時，賞春遊歷的心情。全詩平仄合律但有換韻，為去聲「御遇」通押的七言律詩，在八首仄韻律體中，為第二首去聲「御遇」韻通押情形。一般認為律詩無仄韻，但此首中間兩聯有對仗，

平仄也合律，屬仄韻鄰韻通押古風律詩，仍以律詩視之。由上述看來，邵雍的仄韻律詩之作，有「古樸真切」詩風，也有「理學詩」的風格。

六、聯章詩

邵雍採用不少聯章詩的形式來表達，「所謂的聯章詩，就是在一個總的詩題之下，由兩首或兩首以上相對獨立成章而又有整體的構思佈局、彼此間氣脈聯絡照應的一組詩。這類詩篇，合而觀之，聯章若一；分而觀之，各章又相對獨立。聯章詩的名稱，是近代才確定下來的。宋、元、明、清的學者往往將這類組詩名之曰『一題數首』、『一題數章』或曰『一事疊為重章』等。不過明、清學者偶爾也有「聯章詩」之稱，但多數情況下只是將其泛稱為『組詩』。」〔註20〕

在邵雍 446 首快樂思想的詩作中，依卷次如下：〈閑吟〉4 首、〈高竹〉8 首、〈春遊〉5 首、〈秋遊〉6 首、〈遊山〉3 首、〈謝富丞相招出仕〉2 首、〈遊山〉2 首、〈秋懷〉36 之 3 首、〈天津感事〉26 之 9 首、〈閑居述事〉6 首之 5 首、〈天宮小閣納涼〉3 首、〈後園即事〉3 首、〈閑適吟〉5 之 4 首、〈東軒消梅初開勸客酒〉2 首、〈思山吟〉2 首、〈逍遙吟〉4 之 2 首、〈寄亳州秦伯鎮兵部〉6 之 3 首、〈南園賞花〉2 首、〈寄三城王宣徽〉2 首、〈林下五吟〉5 首、〈和君實端明花庵〉2 首、〈寄三城舊友衛比部二絕〉2 首、〈謝富相公見示新詩一軸〉2 首、〈年老逢春〉13 之 4 首、〈和王中美大卿致政〉2 首、〈安樂窩中吟〉13 之 12 首、〈旋風吟、旋風吟又二首〉4 首、〈老去吟〉2 首、〈半醉吟〉2 首、〈大筆吟〉2 首、〈里閈吟〉2 首、〈自述〉2 首、〈和君實端明洛陽看花〉4 首、〈依韻和王安之少卿六老詩仍見率成七〉7 首、〈和李文思早秋〉5 首、〈觀盛化吟〉2 首、〈府尹王宣徽席上作〉2 首、〈和內鄉李師甫長官見寄〉2 首、〈閑中吟〉3 首、〈答和吳傳正贊善二首　並寄高陽王十三機宜〉2 首、〈洛陽春吟〉8 之 1 首、〈首尾吟〉134 之 49 首。上述聯章詩共有 42 題 190

〔註20〕聶巧平，〈論杜甫聯章詩的組織藝術〉，《暨南學報》（哲學社會科學，2000.3）：頁 34～40。

首,在 446 首詩中,聯章詩約占了 42.6%,可見邵雍非常喜愛聯章詩的形式,形成邵氏獨特的風格。

前面七言律絕舉例:〈天津感事　其二十一〉:「著身靜處觀人事,放意閑中鍊物情。去盡風波存止水,世間何事不能平。」此首表現出靜觀萬物而得來的閑適心情,該系列共有 26 首詩,但表達詩人閑靜、閑適、快樂意涵的詩歌卻只有 9 首,類似的情形還有〈秋懷〉36 之 3 首、〈年老逢春〉13 之 4 首、〈洛陽春吟〉8 之 1 首、〈首尾吟〉134 之 49 首。上述 5 題聯章詩有一半以上非安樂、快樂的情感,然而聯章詩應當以一個總題,其他必須相對獨立卻又能整體一致,情感應當一脈相承。此外,〈秋懷〉36 之 3 首,3 首中有 1 首五律,2 首五古,可見在詩體方面也未能全體一致。由上可知邵雍並非通盤表現出快樂的境界,更多詩歌的風格是「以物觀物」得來靜觀萬物、不累於情的哲理寓景,或單純義理思考的理學詩,處處窺見獨屬邵氏的自由詩風。

七、新樂府詩

在《擊壤集》中,邵雍大量使用「吟」的詩題,在 446 首快樂題材的詩中,有近一半採用「吟」的詩體,「吟」為古代一種詩體的名稱。宋代嚴羽著有《滄浪詩話‧詩體》:「吟,古詞有隴頭吟,孔明有梁父吟,相如有白頭吟。」〔註 21〕其實「吟」的詩體來自樂府詩。樂府一詞,起於漢武帝設的音樂官府,漢代樂府或採集各地民間歌謠,或為貴族文人創作,之後凡合樂的詩都稱為樂府,樂府主要依《詩經》言志精神,發展成「感於哀樂,緣事而發」的樂府民歌,其內容具有批判精神。不過宋代郭茂倩(1041~1099)指出:「新樂府者,皆唐世之新歌也。以其辭實樂府,而未嘗被於聲,故曰新樂府也。」〔註 22〕明代胡震亨說:「樂府內又有往題新題之別。往題

〔註 21〕宋‧嚴羽著,郭紹虞校釋,《滄浪詩話校釋》,(臺北:里仁書局,1987),頁 72。

〔註 22〕宋‧郭茂倩編,《樂府詩集‧新樂府辭》,(臺北:里仁書局,1999.1),卷 90,頁 1262。

者，漢魏以下，陳隋以上樂府古題，唐人所擬作也。新題者，古樂
府所無，唐人新制為樂府題者也。」〔註23〕文人仿製的樂府詩，在
盛唐以前，標題多沿用漢魏或六朝樂府舊題，中唐以後，則多為「即
事名篇」的新題樂府，此時已不能入樂，故稱「新樂府」。

　　新樂府為古樂府所沒有的體裁，唐人自立新題，採不入樂的形式，
繼承了「詩言志」，漢樂府與陳子昂（661～702）提倡「建安風骨」
精神，陳寅恪（1890～1969）《元白詩箋證稿》更說：「元白二公俱推
崇少陵之詩，則《新樂府》之體，實為摩擬杜公樂府之作品，自可無
疑也。」〔註24〕「杜甫創作〈悲陳陶〉、〈哀江頭〉、〈兵車行〉、〈麗人
行〉等歌行，率皆即事名篇，無復倚旁。」〔註25〕除了這類具社會意
義的作品，尚有元稹（779～831）作新樂府 12 首，白居易作《秦中
吟》10 首和《新樂府》50 首，他們均是承杜甫（712～770）社會寫
實風格而來，經由元稹、白居易等人相繼唱和形成「新樂府運動」，
立出「文章合為時而著，歌詩合為事而作」的創作宗旨，因此主要以
寫時事為主，帶有批判諷諭意味。

　　元稹在〈樂府古題序〉中：「後代之人沿襲古題，唱和重複，於
文或有短長，於義鹹為贅賸，尚不如寓意古題，刺美見事，猶有詩人
引古以諷之義焉。」〔註26〕延用古題卻不用題意，其題目則有多種方
式，或名「歌」，或名「行」，或兼名「歌行」；又有「引」含意，有
「曲」、「謠」、「辭」、「篇」；又有「詠」含意，有「吟」、「嘆」、「唱」、
「弄」；再有「思」含意，又有「怨」、「悲若哀」、「樂」，凡此皆屬樂
府，卻已不再入樂。

　　「吟」為新樂府的體裁，顯然邵雍除了受到白居易的閑適酬唱詩
風影響外，還有以「吟」為題的樂府新題，邵雍大量使用吟的新樂府

〔註23〕明・胡震亨，《唐音癸籤》，卷 1，頁 2。

〔註24〕陳寅恪，《元白詩箋證稿》（臺北：世界書局，1963），頁 118。

〔註25〕宋・郭茂倩編，《樂府詩集・新樂府辭》，頁 1262。

〔註26〕唐・元稹在《元氏長慶集・樂府古題序》（京都：中文出版社，1972.9），
　　　　頁 281。

體裁，可能如同白居易欲藉此表達「歌詩合為事而作」的現實諷諭精
神，或是以理學家的「言理言志」的角度來看，「吟」的形式可以自
由表現說理內涵或記錄自在生活情形，因此大量採用「吟」的體裁，
形成邵氏「康節體」、「擊壤派」的顯著詩體特色之一。故嚴羽在《滄
浪詩話・詩體》，論宋代詩體，列出七人為「東坡體、山谷體、後山
體、王荊公體、邵康節體、楊誠齋體。」〔註27〕在宋詩中邵雍因詩歌
被列為邵康節體，顯然嚴羽有其獨到見解。

第二節　韻腳寬鬆富有變化

　　由於古典詩歌注重平仄聲調，又採用韻腳使詩歌琅琅上口，所以
詩歌富有節奏性、韻律性。劉勰（465～522）在《文心雕龍》說：「同
聲相應謂之韻。韻氣一定，故餘聲易遣。」〔註28〕同聲的聲韻以固定
的規律一再出現，形成反覆吟詠、聲調和諧的美感，故詩歌是具音樂
性的篇章，音樂性便來自韻腳。關於用韻的必要性，《拜經樓詩話》
中有一段記載：

> 欲作好詩，必尋佳韻，未有佳詩而無佳韻者也。韻有宜於
> 甲而不宜於乙，宜於乙而不宜於甲，題韻適宜，若合涵蓋。
> 惟在構思之初，善巧揀擇而已。若七言歌行，抑揚轉韻，
> 用韻頓挫處，尤宜喫緊理會。此處最能見人平日學力淺深，
> 工夫疏密。乃至排律長選，亦宜酌斟，韻腳穩妥，庶幾牽
> 強搭湊之失。〔註29〕

選擇好的韻腳相當重要，其抑揚頓挫處能使詩歌產生美妙的音響，尤
其七言歌行以至排律，更應謹慎選用韻腳，以免有牽強湊韻之嫌。前
一章已指出邵雍偏好創作七律的詩歌，七律是近體詩中須鑽研琢磨的

〔註27〕宋・嚴羽著，郭紹虞校釋，《滄浪詩話校釋》（臺北：里仁書局，1987），
　　　　頁59。
〔註28〕南朝梁・劉勰著，王更生注譯，《文心雕龍讀本》，卷33，頁106。
〔註29〕清・吳騫，《拜經樓詩話》（與《山靜居詩話》合刊）（北京：中華書
　　　　局，1985），頁23。

體裁，邵雍也有創作幾首排律詩歌，可見邵雍的創作能力。其實邵雍的父親邵古喜好研究聲韻，邵雍自幼耳濡目染下，於聲韻學也有所涉獵，其將聲韻學上的能力運用至詩歌上，形成其獨具個人特色的詩歌。不過在《擊壤集・序》，談到他的創作理念為：「不限聲律、不沿愛惡、不必固立、不希名譽」，可知他採用韻腳的形式是不設限於聲律，也不全然採用一般慣用的押韻方法，以下即來探討其詩歌用韻情形與特色，以發掘其詩中深具韻律性、生動性的藝術價值。

一、用韻情形，種類眾多

竺家寧在《語言風格與文學音律》提到：

> 聲調的本質是一種音高的變化，也就是頻率的變化，因此，它是最富音樂性色彩的語言成分。也是最能傳達聲音之美的成分。所以歷來的詩人都十分重視聲調的運用。〔註30〕

歷來詩人相當重視聲調的運用，因而有一些關於聲調變化的研究，如《康熙字典》記載〈分四聲法〉：

> 平聲平道莫低昂，上聲高呼猛烈強，
>
> 去聲分明哀道遠，入聲短促急收藏。〔註31〕

唐《元和韻譜》也形容四聲的差異：

> 平聲哀而安，上聲屬而舉，去聲清而遠，入聲直而促。〔註32〕

這兩種說法均簡單地道出四聲的不同，明代謝榛（1495～1575）寫《四溟詩話》則有更加詳細的說明：

> 談詩法，妙在平仄四聲而有清濁抑揚之分。試以東董棟篤四聲調之，東字平平直起，氣舒而長，其聲揚也。董字上轉，氣咽促然易盡，其聲抑也。棟字去而悠遠，氣振愈高，其聲揚也。篤字下入而疾，氣收斬然，其聲抑也。夫四聲抑揚，

〔註30〕竺家寧，《語言風格與文學音律》（臺北：五南圖書公司，2004），頁91。

〔註31〕清・王雲五著，張玉書等編纂，《康熙字典》（北京：中華書局，1958，2007年重印），頁16。

〔註32〕楊家駱，《音韻學通論》（臺北：鼎文書局，1972），頁290。

　　　　不失疾徐之節，唯歌詩者能之，而未知所以妙也。〔註33〕

平聲舒長聲揚、上聲厲舉聲抑、去聲清遠聲揚、入聲急切聲抑，聲調
高低變化形成詩學一道關鍵法門，可見聲調的使用在詩歌中有其奧妙
處與重要性，故以下依平、上、去、入四聲聲調整理邵雍用韻情況。

　　　　今日通行的韻目是依水準韻〔註34〕系統而來，平聲韻分上平、
下平共有30個韻目，上聲29個韻目，去聲30個韻目，入聲17個韻
目，共有106個韻目〔註35〕。而在邵雍含有快樂思想的446首詩歌中，
共使用71種情形，依平、上、去、入四聲整理如下：

聲調	韻目	數量
平聲韻目	東、支、微、魚、虞、灰、真、文、寒、刪、先、蕭、肴、豪、歌、麻、陽、庚、尤、侵、覃、鹽、東冬、江陽、支微、支齊、魚虞、佳灰、真文、真元、元先、寒刪、庚青、庚侵、覃鹽、支齊微、魚佳灰、陽佳灰、真文元、庚青蒸。	40種，共408首。
上聲韻目	紙、麌、皓、有、阮旱銑、篠巧皓。	6種，紙有2首、皓有2首，共8首。
去聲韻目	寘、禡、漾、御遇、泰隊、翰諫霰、卦箇禡。	7種，寘有5首，御遇有2首，其他各1首，共12首。
入聲韻目	屋、沃、質、職、月屑、陌職、陌錫職、合葉洽。	8種，各1首，共8首。
平仄換韻	真寒先阮銑。	各1首，共10首。
上去通押	紙寘、紙遇、麌遇、銑翰、有宥、紙寘未、紙薺寘味、紙寘未霽、紙寘未霽隊。	

〔註33〕謝榛，《四溟詩話》（北京市：中華，1985），卷3，頁47。

〔註34〕《水準韻》的106韻是合併隋陸法言《切韻》、唐孫愐《唐韻》、北宋《廣韻》以來的206韻而產生的。參見朱光潛，《詩論》（臺北樹林：漢京文化事業有限公司，1982），頁197～198。

〔註35〕本文依水準韻106個韻目為主要參考範圍。余照編，《增廣詩韻集成》（台中：曾文書局，1980）。

從上述 446 首詩中，有 408 首押平聲韻，押仄聲韻的詩歌不多，可見邵雍作詩大量使用平聲韻，大抵呈現舒長聲揚的聲調，心境上多為平和。從上述整理（參見附表一）發現在 71 種韻目中有 38 種換韻情形，可知其作詩除了使用多種韻目外也頗好換韻，邵雍談其創作理念為：「不限聲律。」從韻目分類及使用情形來看，的確不嚴格要求聲律。以此看來，邵雍用韻豐富，其特色相當值得探討，以下試析其用韻的藝術技巧。

二、鄰韻通押，用韻解放

邵雍用韻種類眾多，表現在鄰韻通押情形非常普遍，以下依「古體詩」和「近體詩」分述其較有特色的通押情形。

（一）鄰韻通押的古體詩

在 446 首快樂思想的作品中，有 59 首古體詩，只占了 13.2%，數量不是很多，以下將古體詩用韻情形列表整理出來，如下：

聲調	古體詩韻目與數量
平聲韻獨用	庚（4 首）、東、真、文、寒、刪、先、陽各 1 首。共 8 種韻目 11 首。
平聲韻通押	真文（4 首）、佳灰（3 首）、魚虞（2 首）、庚青（2 首）、寒刪（2 首）、東冬、江陽、支微、陽佳灰、真文元各 1 首。共 10 種韻目 18 首。
上聲韻	紙（2 首）、皓、有、旱阮銑、篠巧皓各 1 首。共 5 種韻目 6 首。
去聲韻	寘（2 首）、禡、漾、泰隊、翰諫霰、卦箇禡各 1 首。共 6 種韻目 7 首。
入聲韻	屋、質、職、月屑、陌職、陌錫職、合葉洽各 1 首。共 7 種韻目 7 首。
平仄換韻	真寒先阮銑（1 首）。只有 1 種韻目 1 首。
上去通押	紙寘、紙遇、麌遇、銑翰、有宥、紙寘未、紙薺寘味、紙寘未霽、紙寘未霽隊各 1 首。共 9 種韻目 9 首。

全部 59 首古體詩中，共 46 種韻目，從上述整理情形可見押韻方式富變化，不拘泥固有模式，古體詩本來就可以換韻，也有不換韻的情形，由此看來，邵雍用韻寬鬆，造成形式解放。以下僅稍加說明：

1. 平聲韻

古體詩在邵雍的詩歌中，雖然數量不多，但用韻富有變化，一般平聲借用鄰韻常見有八組〔註36〕或十組〔註37〕，而邵雍含有快樂思想的古體詩中，鄰韻通押的平聲韻詩歌有：真文4首、佳灰3首、魚虞2首、庚青2首、寒刪2首，東冬、江陽、支微、陽佳灰、真文元各1首，共10種韻目18首。以下舉例說明：

在18首鄰韻通押的平聲韻中，有4首押「真文」韻的古體詩，如〈遊山　其二〉：

二室多好峰，三川多好雲（文韻）。

看之不知倦，和氣潛生神（真韻）。

一慮若動蕩，萬事從紛紜（文韻）。

人言無事貴，身為無事人（真韻）。（卷3，頁210）

此首五古因古詩用韻較寬，鄰近之韻往往通押，故有此「真文」韻通押的方式。這些古體詩中，尚有1首採「真文元」通押的形式，即〈履道會飲〉：「眾人之所樂，所樂唯囂塵。吾友之所樂，所樂唯清芬。……商於六百里，黃金四萬斤。不能買茲樂，自餘惡足論。接䍦倒戴時，蟾蜍生海垠。小車倒戴時，山訪歸天津。」（卷8，頁293～294）此首五古共40句200字，均為偶數句押韻，除了「自餘惡足論」此句押「元韻」，其他均押「文韻」和「真韻」。若廣泛地探討鄰韻通押的形式，「真文」和「真文元」可算是同一範疇的鄰韻通押方式。其他情形不再加以贅述，但已可看出鬆綁韻腳，為「康節體」特色之一。

2. 仄聲韻

相較於平聲韻，仄聲韻鄰韻通押可分為上、去、入聲〔註38〕，

〔註36〕「東冬、支微齊、魚虞、佳灰、真文元寒刪先元、蕭肴豪、庚青蒸、覃鹽咸」參見王力，《漢語詩律學》，頁71。

〔註37〕「東冬、江陽、支微齊、魚虞、佳灰、真文元（一部分）、寒刪先元（一部分）、蕭肴豪、庚青、覃鹽咸。」參見許清雲，《近體詩創作理論》（臺北：洪葉文化事業有限公司，1997），頁70。

〔註38〕一般認為上聲韻有十組常見的鄰韻通押情形：「董腫、講養、紙尾薺、

邵雍含有快樂思想的古體詩中，押仄聲韻有上聲：旱阮銑（〈秋懷　其十六〉）、篠巧皓（〈歡喜吟　熙寧四年〉）。去聲：泰隊（〈高竹　其五〉）、翰諫霰（〈六十五歲新正自貽　熙寧八年〉）、卦箇禡（〈自適吟〉）。入聲：月屑（〈閑適吟〉）、陌職（〈登封縣宇觀少室〉）、陌錫職（〈謝城南張氏四兄弟冒雪載餳酒見過〉）、合葉洽（〈高竹　其八〉）。上述 9 種仄聲韻，各只有 1 首，且均為常見的仄聲韻鄰韻通押情形，其中有 6 首「三韻」通押，如〈歡喜吟　熙寧四年〉：

行年六十一，筋骸未甚老（皓韻）。

己為兩世人，便化豈為天（篠韻）。

況且粗康強，又復無憂撓（巧韻）。

如何不喜歡，佳辰自不少（篠韻）。（卷 8，頁 289）

此首五古為上聲通押，「篠巧皓」為鄰近三韻通押。由此看來，雖然邵雍仄韻通押的古體詩不多，但都是採用常見的情形。

3. 其他形式

除了上述平聲韻和仄聲韻各自通押的情形外，還有其他形式。如〈天人吟〉：

天學修心，人學修身（真韻）。身安心樂，乃見天人（真韻）。

天之與人，相去不遠（阮韻）。不知者多，知之者鮮（銑韻）。

身主於人，心主於天（先韻）。心既不樂，身何由安（寒韻）。

（卷 18，頁 475）

此首四古押「真寒先阮銑」韻，雖然只有十二句，卻使用了五種韻目，屬於「換韻體」，句句押韻，兩句一換韻，謂之「促句換韻體」。由於聲情急促，又稱「躁韻」，可看出古體詩用韻自由的情形。

語麌、蟹賄、軫吻阮（一部分）、旱潸銑阮（一部分）、篠巧皓、梗迥、感琰豏。」去聲韻也有十組鄰韻：「送宋、絳漾、寘未霽、御遇、泰卦隊、震問願（一部分）、翰諫霰願（一部分）、嘯效號敬徑、勘艷陷。」入聲韻則有六組：「屋沃、覺藥、物質月（一部分）、曷點屑月（一部分）、陌錫、合葉洽。」參考自許清雲，《近體詩創作理論》，頁 70。

另有「上去通押」：紙寘、紙遇、霽遇、銑翰、有宥、紙寘未、紙薺寘味、紙寘未霽、紙寘未霽隊各 1 首，共 9 種韻目 9 首，如〈讀古詩〉：

> 閑讀古人詩，因看古人意（寘韻）。
>
> 古今時雖殊，其意固無異（寘韻）。
>
> 喜怒與哀樂，貧賤與富貴（未韻）。
>
> 惜哉情何物，使人能如是（紙韻）。（卷 14，頁 406）

此首五古押「紙寘未」韻，為「上去通押」的情形。古體詩用韻原較自由，鄰韻通押是常態，不過邵雍 446 首詩中，只有 10 首採此平仄換韻和上去通押的模式，似乎他還是有自己慣用的用韻方式，所以不常見上述情形。

（二）鄰韻通押的近體詩

近體詩包含律絕、律詩和排律，在 446 首含有快樂思想的詩歌中，有 387 首近體詩，占了 86.7%，可見近體詩為其創作大宗。以下將近體詩用韻情形列表整理出來，如下：

聲調	近體詩韻目與數量
平聲韻獨用	支（51 首）、真（29 首）、陽（26 首）、尤（22 首）、庚（21 首）、先（21 首）、灰（18 首）、麻（17 首）、歌（14 首）、東（13 首）、侵（13 首）、刪（9 首）、寒（8 首）、魚（7 首）、虞（6 首）、蕭（3 首）、文（2 首）、微、肴、豪、覃、鹽各 1 首。共 22 種韻目 285 首。
平聲韻通押	支微（29 首）、魚虞（14 首）、佳灰（12 首）、支齊（8 首）、元先（6 首）、支微齊（5 首）、庚青（5 首）、東冬（4 首）、真文（3 首）、寒刪（3 首）、真元、覃鹽、庚侵、魚佳灰、庚青蒸各 1 首。共 15 種韻目 94 首。
上聲韻	麌、皓各 1 首。共 2 種韻目 2 首。
去聲韻	寘（3 首）、御遇（2 首）。共 2 種韻目 5 首。
入聲韻	沃（1 首）。只有 1 種韻目 1 首。

全部 387 首近體詩中，共 42 種韻目，從上述表格可看出近體詩為主

要的創作體裁，近體詩的創作原則主要是不換韻、押平聲韻，且偶有押仄聲韻之作，上述表格中可知只有 8 首仄聲韻的近體詩，可見邵雍創作近體詩大致符合「平聲韻」的規則，所以押平聲韻的近體詩，是邵雍主要的詩歌類型。

「不限聲律」的邵雍，近體詩中有 94 首 15 種韻目的平聲換韻詩歌，平聲鄰韻通押情形：支微 29 首、魚虞 14 首、佳灰 12 首、支齊 8 首、元先 6 首、支微齊 5 首、庚青 5 首、東冬 4 首、真文 3 首、寒刪 3 首，真元、覃鹽、庚侵、魚佳灰、庚青蒸各 1 首，以上共 94 首。近體詩是不換韻的詩歌，但邵雍有不少換韻的近體詩作，此現象值得探討，以下舉例說明。

1. 支微、支齊、支齊微

「支微」韻是這些近體詩中，最多借用鄰韻的方式，共有 29 首，而其中 17 首出自 134 首大型聯章詩〈首尾吟〉，此為邵雍極具特色的一組詩歌，如〈首尾吟　其四〉：

> 堯夫非是愛吟詩（支韻），安樂窩中半醉時（支韻）。
>
> 因月因花因興詠，代書代簡代行移（支韻）。
>
> 池中既有雙魚躍，天際寧無一鴈飛（微韻）。
>
> 無限交親在南北，堯夫非是愛吟詩（支韻）。（卷 20，頁 515～516）

此為首句入韻，採「支微」鄰韻通押的七律，七律以首句入韻為「正例」，首句不入韻為「變例」，此首屬於「正例」的方式，不過「原來詩的首句本可不用韻，其首句入韻是多餘的。……宋人的首句用鄰韻似乎是有意的，幾乎可說是一種時髦。」〔註39〕雖然這是有意為之的形式，但以律詩押韻方式來看，第六句押「微韻」，屬於「出韻」的律詩。再看另一首〈首尾吟　其十〉：

> 堯夫非是愛吟詩（支韻），詩是天津竚立時（支韻）。
>
> 有意水聲千古在，無情山色四邊圍（微韻）。

〔註39〕王力，《漢語詩律學》，頁 53。

孤鴻遠入晴煙去，雙鷺斜穿禁柳飛（微韻）。

　　景物不妨閑自適，堯夫非是愛吟詩（支韻）。（卷20，頁517）

同是首句入韻，採「支微」鄰韻通押的七律，此首也屬於七律中的正例，其他 15 首押「支微」的〈首尾吟〉不出上述兩種情形。此外，尚有 7 首〈首尾吟〉為「支齊」韻通押的七律，可知〈首尾吟〉有「支微」和「支齊」鄰韻通押的形式，尚有 3 首「支微齊」通押的〈首尾吟〉，如〈首尾吟　其四十四〉：

　　堯夫非是愛吟詩（支韻），詩是堯夫春出時（支韻）。

　　一點兩點小雨過，三聲五聲流鶯啼（齊韻）。

　　盃深似錦花間醉，車穩如茵草上歸（微韻）。

　　更在太平無事日，堯夫非是愛吟詩（支韻）。（卷20，頁523）

若以寬鬆的角度來看，「支微」、「支齊」和「支微齊」屬同一組鄰韻通押的律詩，顯然 134 首〈首尾吟〉的押韻均出自同一範疇。其他詩題還有 2 首「支微齊」的通押方式，一是〈春遊　其三〉：

　　二月方當爛漫時（支韻），翠華未幸春無依（微韻）。

　　綠楊陰裏尋芳遍，紅杏香中帶醉歸（微韻）。

　　數片落花蝴蝶趁，一竿斜日流鶯啼（齊韻）。

　　清罇有酒慈親樂，猶得堦前戲綵衣（微韻）。（卷2，頁196）

另一首為〈自述　其二〉：

　　陸海臥龍收爪甲，遼天老鶴戢毛衣。（微韻）

　　難攀騏驥日千里，易足鷦鷯巢一枝。（支韻）

　　最好朋儕同放適，儘高臺榭與登躋。（齊韻）

　　雲山勝處追尋遍，似我清閑更有誰。（支韻）

此兩首七律平仄合律也有對仗，同是「支微齊」鄰韻通押的律詩。從上述「支微、支齊、支微齊」鄰韻通押，可看出鬆綁韻腳，為「康節體」特色之一。

2. 魚虞

　　平聲換韻的近體詩中，「魚虞」韻通押為次多的押韻方式，如

〈高竹　其六〉：

> 高竹雜高梧（虞韻），還驚秋節初（魚韻）。
>
> 晚涼尤可喜，舊恆亦宜舒（魚韻）。
>
> 池閣輕風裡，園林晚景餘（魚韻）。
>
> 人生有此樂，何必較錙銖（虞韻）。（卷1，頁190）

此首五律為首句入韻並採用鄰韻，謂之「孤雁入群」。五言律詩以首句不入韻為「正例」，首句入韻為「變例」，這首首句入韻，為五律中的變例作品。同時，還有「孤雁出群」的例子，如〈天津水聲〉：

> 洛水近吾廬（魚韻），潺湲到枕虛（魚韻）。
>
> 湍驚九秋後，波急五更初（魚韻）。
>
> 細為輕風背，豪因驟雨餘（魚韻）。
>
> 幽人有茲樂，何必待笙竽（虞韻）。（卷4，頁232）

此首五律也是首句入韻，為五律中的變例作品，而末句押虞韻，屬「孤雁出群」的「魚虞」韻通押。另外，尚有聯章詩之例，如〈安樂窩中吟　其二〉：

> 安樂窩中事事無（虞韻），唯存一卷伏犧書（魚韻）。
>
> 倦時就枕不必睡，忺後攜筇任所趨（虞韻）。
>
> 準備點茶收露水，隄防合藥種魚蘇（虞韻）。
>
> 苟非先聖開蒙吝，幾作人間淺丈夫（虞韻）。（卷10，頁339）

此首七律是「魚虞」通押，屬首句入韻的正例，不過第二句押「魚韻」，為「出韻」的律詩，這組〈安樂窩中吟〉共寫了13首，其中2首「魚虞」通押外，尚有3首「支微」通押和1首「佳灰」通押的七律之作，如〈安樂窩中吟　其七〉：

> 安樂窩中三月期（支韻），老來纔會惜芳菲（微韻）。
>
> 自知一賞有分付，誰讓萬金無子遺（支韻）。
>
> 美酒飲教微醉後，好花看到半開時（支韻）。
>
> 這般意思難名狀，只恐人間都未知（支韻）。（卷10，頁340）

此首七律是「支微」通押，也是首句入韻的正例，不過第二句押「微韻」，屬於「出韻」的律詩。同一組〈安樂窩中吟〉聯章詩，有押「魚韻」、「支微」和「佳灰」等不同範疇的韻部，可見邵雍作詩未嚴格要求必定如此，或必定不如此。

　　從上述「孤雁入群」、「孤雁出群」和「出韻」的律詩來看，這些都是邵雍不限聲律、用韻寬鬆的證據，也是「康節體」重要特色之一，邵雍對聲韻有研究，卻不局限於固有的押韻方式，反而形成一種彈性富有變化的聲調美。

三、韻部獨用，以聲表情

　　在 446 首含有快樂思維的詩歌中，古體詩加近體詩中，韻部獨用的平聲韻共 22 種韻目 296 首，以支（51 首）、真（30 首）、陽（27首）、庚（25 首）、尤（22 首）、先（22 首）使用最多。古體詩加近體詩來看，韻部獨用的仄聲韻共 11 韻目，只有 17 首，列表如下：

聲調	上聲韻				去聲韻			入聲韻			
韻目	紙	皓	麌	有	寘	禡	漾	屋	沃	質	職
數量	2	2	1	1	5	1	1	1	1	1	1

　　由表格可知獨用上聲韻有四種：紙 2 首、皓 2 首，麌、有各 1首；去聲韻有三種：寘 5 首，禡、漾各 1 首；入聲韻有四種：屋、沃、質、職各 1 首。

　　由上述看來，邵雍快樂意涵的詩歌以平聲韻占大多數，故以下可從平聲韻來探討其詩歌中蘊含的情感。由於韻腳置於偶數句尾，再三吟詠可唱出聲調的特色，進而猜測詩人當時創作的心情，所以聲韻和情感密不可分，有不少人提出相似理論，如王易《詞曲史》：

　　　　韻與文情關係至切，平韻和暢，上去韻纏綿，入韻迫切，
　　　　此四聲之別也。東董寬洪，江講爽朗，支紙縝密，魚語幽
　　　　咽，佳蟹開展，真軫凝重，元阮清新，蕭篠飄灑，歌哿端
　　　　莊，麻馬放縱，庚梗振屬，尤有盤旋，侵寢沉靜，覃感蕭

瑟，屋沃突兀，覺樂活潑，質術急驟，勿月跳脫，合盍頓
落，此韻部之別也。此雖未必切定，然韻近者情亦相近，
其大較可中辯得之。〔註40〕

清代周濟在《宋四家詞選·目錄序論》也說：
> 東真韻寬平，支先韻細膩，魚歌韻纏綿，蕭尤韻感慨，各
> 有聲響，莫草草亂用！〔註41〕

由上可知四聲聲調和不同韻目均帶有不同的情感，王易:「平韻和暢。」
因邵雍創作多採用平聲韻，所以可窺見其快樂內涵詩歌多表平順和暢
之情，其中平聲韻使用多寡依次為：支、真、陽、庚、尤、先，邵雍
常使用的韻目均屬於「寬韻」〔註42〕，顯見其喜好選用較為自由的韻
目，不會偏好採用較窄的韻目來突顯才能，也可看見其隨性自在的寫
作形式，以下討論幾個常用的平聲韻目。

（一）支韻

支韻共有 51 首，明顯是邵雍使用最多的韻目，邵雍在〈首尾吟〉
採用「支」韻有 22 首之多，〈首尾吟〉放在全書之末，似有補充敘述
其寫詩的目的，所以每一首的首尾兩句均寫「堯夫非是愛吟詩」，詩
押「支韻」，在這組聯章詩中，全部押韻只有四種變化：支、支微、
支齊、支微齊，即使有採用鄰韻，也都是出自相近或可以通押的韻目，
其中每一首均用到支韻，如王易形容支韻縝密，周濟形容支韻細膩，
用此韻創作的情感是比較細膩清新，如〈首尾吟　其二〉：
> 堯夫非是愛吟詩，安樂窩中坐看時。
>
> 一氣旋回無少息，兩儀覆燾未嘗私。
>
> 四時更革互為主，百物新陳爭效奇。

〔註40〕王易，《詞曲史》（臺北：洪氏出版社，1981），頁 283。

〔註41〕清·周濟《宋四家詞選·目錄序論》（臺北：廣文書局，1962），頁 3。

〔註42〕「詩韻大約可分為四類，如下（舉平韻以包括仄韻）：1. 寬韻：支、
先、陽、庚、尤、東、真、虞。2. 中韻：元、寒、魚、蕭、侵、冬、
灰、齊、歌、麻、豪。3. 窄韻：微、文、刪、青、蒸、覃、鹽。4. 險
韻：江、佳、肴、咸。」見於王力，《漢語詩律學》，頁 44。

　　享了許多家樂事，堯夫非是愛吟詩。（卷20，頁515）
全詩用「支韻」，內容屬「居家生活樂」，表達其生活於安樂窩中的心
情，此詩頗有自我解釋的意味，一再自陳堯夫先生不是愛吟詩，其實
邵雍只是藉詩記錄生活上的感受罷了！喜好靜觀萬物，使心情沉澱下
來，天地不藏私地覆育，心便能單純投入四時百物中，所以屢屢享有
居家生活樂事，採用此韻似可突顯氣息深長、思慮積密、內心喜樂的
堯夫先生風貌。

（二）真韻

　　其次有30首「真韻」，王易形容真韻凝重，周濟形容真韻寬平，
如〈問人丐酒〉：

　　百病筋骸一老身，白頭今日愧因循。

　　雖無紫詔還朝速，卻有青山入夢頻。

　　風月滿天誰是主，林泉遍地豈無人。

　　市沽酒味難醇美，長負襟懷一片春。（卷4，頁228）

此詩全押「真韻」，屬「居家生活樂」的內容，詩中情感兼具凝重與
寬平，一開始百病筋骸、白頭老身的身形給人凝重之感，卻有青山頻
入夢，心境立即產生轉折，頸聯用疑問句暗指自己是享有風月、林泉
情懷的人，所以想向人丐酒，以得匹配襟懷一片春意。此詩應寫於嘉
祐七年（1062）其52歲時，此時尚值壯年，所以表面情感看似凝重
悲壯，但其實心境上隱藏著有如春天和暖的寬平情感。

（三）陽韻

　　第三個使用較多的平聲韻為「陽韻」，共有27首，陽韻較適於表
達歡樂、開朗的情緒。如〈試筆〉：

　　心在人軀號太陽，能於事上發輝光。

　　如何皎日照八表，得似靈台高一方。

　　家用平康貧不害，身無疾病瘦何妨。

　　高吟大笑洛城裡，看盡人間手腳忙。（卷14，頁405）

全詩採用陽韻，該韻同太陽般給人陽光、溫暖之感，內容屬於「安閑無事樂」，一開始形容心在人的身軀號稱太陽，使其如太陽般發光，因為「安貧樂道」兼「身無疾病」，所以貧窮、瘦弱也無妨，在洛城裡高聲吟唱大笑，這裡明顯表現出其開懷大笑、心胸開闊的樣貌，然後靜觀他人於紅塵俗世中紛擾忙碌姿態。此首應寫於熙寧七年（1074）64 歲時，他人庸庸碌碌襯托其開懷大笑地看盡世間擾攘，使用「陽韻」似可窺見邵雍開朗平靜的心情。

（四）庚韻

平聲韻中使用第四多的韻腳為庚韻，共有 25 首，王易形容庚韻為「振厲」，如〈年老吟〉：

> 歲華頭上不能驚，唯有交親眼更明。
>
> 皓皓月常因坐看，深深酒不為愁傾。
>
> 苟於心上無先覺，卻似人間小後生。
>
> 欲約何人為伴侶，江湖泛去一舟輕。（卷 19，頁 507）

全詩採用「庚」韻，此首題為老年吟，應寫於熙寧十年（1077）67 歲時，內容屬於「安閑無事樂」，自陳到了人生盡頭的心情，不因斑白頭髮驚擾，唯有至交親友眼更明，常常坐觀皓月，不因憂愁而深深飲酒，如果於心上無先覺，便像人間後生之輩，想約何人為伴侶，江湖乘船泛去一舟輕快。全詩前半面的情感給人平淡意味，但在末句乘船泛去，小小一舟變得輕快，突然有振奮人心的輕快之感。

（五）尤韻

平聲韻中使用第五多的韻腳為尤韻，共有 22 首，王易形容尤韻盤旋，周濟形容尤韻感慨，一般說來，尤韻較適於凝重悲壯表達。如〈高竹　其二〉：

> 高竹臨清溝，軒小亦且幽。光陰雖屬夏，風露已驚秋。
>
> 月色林間出，泉聲砌下流。誰知此夜情，邈矣不能收。（卷 1，頁 189）

尤韻有盤旋、感慨之感，此首全用尤韻，內容屬「居家生活樂」，形容高竹臨近清澈水溝，小房間也有幽靜之美，光陰雖尚屬夏天，已見風露驚醒了秋天，月色自林間出，泉聲從台階流瀉而下，誰知道此夜的心情，久遠至不能收。全詩形容家屋旁高竹的清幽景致，搭以月色、泉聲帶給人視覺、聽覺上的饗宴，心中情意綿綿不絕，那樣的心思則有尤韻盤旋之感，倒不見感慨的情緒。

（六）先韻

平聲韻中同樣使用第五多的韻腳為先韻，共有 22 首，周濟形容先韻情感為細膩，如〈閑行〉：

> 圜圃正蕭然，行吟遠澤邊。風驚初社後，葉墜未霜前。
>
> 衰草襯斜日，暮雲扶遠天。何當見真象，止可入無言。（卷3，頁209）

此首全押先韻，內容屬「居家生活樂」，寫其居家附近的圜圃正有蕭然景象，邊行邊遶水邊，見風吹葉落、衰草暮雲襯托遠方天空夕陽，見此真象「由景入情」地體會到「一切盡在不言中」，無法用言語傳達諸多細膩情感，但彷彿體會陶淵明言：「此中有真意，欲辯已忘言。」

由上所舉的這些例子，約略可藉常用韻腳，感受到邵雍這些快樂思想詩歌，當中的情感，詩中大致有著細膩、寬平、開朗、振厲、盤旋等思緒，整體而言，其氣韻為平和淡雅。

四、和詩之體，酬唱之作

邵雍詩歌中有大量唱和之作，關於和詩之體，吳喬《答萬季埜詩問》：「和詩之體不一，意如答問而不同韻者，謂之和詩；同其韻而不同其字者，謂之和韻；用其韻而次第不同者，謂之用韻；依其次第者，謂之步韻（亦稱次韻）。步韻最困人，如相毆而自縶手足也。」〔註43〕

〔註43〕清·吳喬著、丁福保編訂，《清詩話·答萬季埜詩問》（台北：藝文印書館，1965），頁 1。

可知「和詩最初是一唱一和，並不一定要用對方的原韻或原韻腳，……
唐人偶然也喜歡用原韻，例如劉禹錫同樂天和微之《探春》二十首，
就註明同用『家』、『花』、『車』、『斜』四韻。宋代以後，和詩就差不
多總要依照原韻，叫做『次韻』或『步韻』。」〔註44〕次韻是「根據別
人詩篇所用的韻，並且依原韻先後次序寫出的詩。……『步韻』的意
思同『次韻』。」〔註45〕唱和的風氣經元稹、白居易兩人倡導而風行一
時，主要都是採「次韻」或「步韻」方式，即依他人原韻字依次寫來。
另有「依韻」的作法，「依韻也是根據他人詩所用的韻目寫詩，但具體
韻字只要求和原詩屬同一個韻部而不必與原詩相同。」〔註46〕

　　由邵雍詩歌的題目來看，詩題中有用「依韻和」或是單獨用「和」
等寫法，以下舉邵雍與司馬光的唱和詩說明：

	唱	和
1	司馬光〈花庵詩二章拜呈堯夫〉（卷8）	邵雍〈和君實端明花庵二首〉（卷8）
2	司馬光〈花庵獨坐呈堯夫先生〉（卷9）	邵雍〈和君實端明花庵獨坐〉（卷9）
3	司馬光〈贈堯夫先生〉（卷9）	邵雍〈和君實端明見贈〉（卷9）
4	司馬光〈別一章改韻同五詩呈堯夫先生〉、〈秋夜〉、〈平日遊園常策筇杖秋來發篋復出貂褥二物皆景仁所既睹物思人斐然成詩〉、〈雲〉、〈閑來〉、〈花庵多牽牛清晨始開日出已痿花雖甚美而不能留賞〉（卷9）	邵雍〈和秋夜〉、〈和貂褥二物皆范景仁所惠〉、〈和雲〉、〈和閑來〉、〈和花庵上牽牛花〉（卷9）
5	邵雍〈秋日登石閣〉（卷9）	司馬光〈和堯夫先生秋霽登石閣〉（卷9）
6	邵雍〈招司馬君實遊夏圃〉（卷9）	司馬光〈和堯夫先生相招遊夏圃〉（卷9）
7	司馬光〈上元書懷〉（卷9）	邵雍〈和君實端明〉（卷9）

〔註44〕王力，《漢語詩律學》，頁52。
〔註45〕吳丈蜀，《讀詩常識》（臺北市：國文天地，1990），頁55。
〔註46〕吳丈蜀，《讀詩常識》，頁55。

8	邵雍〈安樂窩中好打乖吟〉(卷9)	司馬光〈和〉(卷9)
9	司馬光〈二月六日登石閣〉(卷9)	邵雍〈和君實端明登石閣〉(卷9)
10	司馬光〈二月六日送京醞二壺上堯夫〉(卷9)	邵雍〈和君實端明副酒之什〉(卷9)
11	邵雍〈年老逢春　十三首〉(卷10)	司馬光〈和堯夫先生年老逢春　三首〉(卷10)
12	司馬光〈崇德久待不至〉(卷10)	邵雍〈和司馬君實崇德久待不至〉(卷10)
13	司馬光〈正月二十六日獨步至洛濱偶成二詩呈堯夫〉(卷10)	邵雍〈依韻和君實端明洛濱獨步〉(卷10)
14	邵雍〈東軒前添色牡丹一株開二十四枝成二絕呈諸公〉(卷10)	司馬光〈酬堯夫招看牡丹〉(卷10)
15	邵雍〈安樂窩中吟〉(卷10)	司馬光〈奉和安樂窩吟〉(卷10)
16	司馬光〈遊神林谷寄堯夫〉(卷12)	邵雍〈答君實端明遊壽安神林〉(卷12)
17		邵雍〈依韻和君實端明惠酒〉(卷13)
18	司馬光〈看花四絕句呈堯夫〉(卷13)	邵雍〈和君實端明洛陽看花〉(卷13)
19	司馬光〈送酒堯夫生因戲之〉(卷13)	邵雍〈和君實端明送酒〉(卷13)
20	邵雍〈首尾吟〉(卷20)	司馬光〈和堯夫首尾吟〉(卷20)

由上看來，司馬光較主動寫詩給邵雍，而從邵雍回覆的詩歌，可見其酬唱之作的用韻特色，試析如下：

（一）和詩

司馬光寫〈遊神林谷寄堯夫〉：

山人有山未嘗遊（尤韻），俗客遠來仍久留（尤韻）。

白雲滿眼望不見，可惜宜陽一片秋（尤韻）。〔註47〕

此首押「尤韻」，邵雍作詩〈答君實端明遊壽安神林〉：

占得幽棲一片山（刪韻），都離塵土名利間（刪韻）。

四時分定所遊處，不為移文便往還（刪韻）。(卷12，頁374)

〔註47〕清·紀昀編，《景印文淵閣四庫全書·擊壤集》，卷12，頁1101～94。
　　　以下引用司馬光的詩，均是參考此版本，僅於其後加註卷數和頁數，
　　　不再特別加註腳說明。

此首押「刪韻」，邵雍寫詩回覆，但不用原韻部，此為「和詩」，非屬「和韻」。

（二）和韻（依韻）

司馬光寫〈花庵獨坐呈堯夫先生〉：

荒園才一畝，意足以為多（歌韻）。

雖不居丘壑，嘗如隱薜蘿（歌韻）。

忘機林鳥下，極目塞鴻過（歌韻）。

為問市朝客，紅塵深幾何（歌韻）？（卷9，頁 1101～61）

邵雍作詩〈和君實端明花庵獨坐〉回覆：

靜坐養天和（歌韻），其來所得多（歌韻）。

耽耽同又作殊廈宇，密密引藤蘿（歌韻）。

忘去貴臣度，能容野客過（歌韻）。

繫時休戚重，終不道如何（歌韻）。（卷9，頁 305）

邵雍這首詩歌題為「和」，首句入韻，且另再押不同韻字，其他二、四、六、八句，同樣採用司馬光的韻腳，韻字為「多、蘿、過、何」，押「歌韻」，此屬於「和韻」的方式。另一組司馬光寫〈正月二十六日獨步至洛濱偶成二詩呈堯夫　其一〉：

拜表歸來抵寺居（虞韻），解鞍縱馬罷傳呼（虞韻）。

紫花金帶盡脫去，便是林間一野夫（虞韻）。（卷 10，頁 1101～78）

邵雍作詩〈依韻和君實端明洛濱獨步　其一〉，內容如下：

冠蓋紛紛塞九衢（虞韻），聲名相軋在前呼（虞韻）。

獨君都不將為事，始信人間有丈夫（虞韻）。（卷 10，頁 336）

邵雍這首為聯章詩的第一首，題目點出「依韻」的形式，依韻是韻字只要同一韻部即可，不必與原詩相同，司馬光採「居、呼、夫」的韻字，而邵雍以「衢、呼、夫」回覆之，此首「依韻」的唱和之作，即是「和韻」。

（三）步韻（次韻）

司馬光寫〈贈堯夫先生〉：

家雖在城闕，蕭瑟似荒郊（肴韻）。

遠去名利窟，自稱安樂巢（肴韻）。

雲歸白石洞，鶴立碧松梢（肴韻）。

得喪非吾事，何須更解嘲（肴韻）。（卷9，頁1101～62）

邵雍寫〈和君實端明見贈〉回覆：

曾不見饒譊，城中類遠郊（肴韻）。

雖無千里馬，卻有一枝巢（肴韻）。

月出雲山背，風來松竹梢（肴韻）。

頑然何所得，豈復避人嘲（肴韻）。（卷9，頁307）

從邵雍押韻方式來看，這首和司馬光的詩歌，同押「肴韻」，韻字都是「郊、巢、梢、嘲」，且依其次第押韻，雖題目只寫「和」，但此首和詩之體，應屬於「步韻」或是「次韻」之體。又另一組司馬光寫〈正月二十六日獨步至洛濱偶成二詩呈堯夫　其二〉：

草軟波晴沙路微（微韻），手攜筇竹著深衣（微韻）。

白鷗不信忘機久，見我猶穿岸柳飛（微韻）。（卷 10，頁 1101～78）

邵雍作詩〈依韻和君實端明洛濱獨步　其二〉回覆，內容如下：

風背河聲近亦微（微韻），斜陽淡泊隔雲衣（微韻）。

一雙白鷺來煙外，將下沙頭又卻飛（微韻）。（卷10，頁336）

此為聯章詩的第二首，第一首為上一組「和韻」之類。這首詩題稱「依韻」，依韻是只要押同樣的韻部即可，韻字不用一模一樣，但此首完全依司馬光所用的韻字依序回覆，同是押「微、依、飛」的微韻。由此看來，邵雍「依韻」唱和的詩歌，不只是選用同韻部而已，甚至會依同樣次序的韻字回覆，這樣的押韻方式其實稱「步韻」或「次韻」。此類是唱和詩體中限制最多的體裁，也是邵雍酬唱之作，較常出現的創作方式，由此似可看見邵雍在酬唱詩中展現的才能。

　　從上述三種情形看來，邵雍必定對聲韻有所鑽研，才能以較高難

度或不同的方式作詩回覆，同時從詩歌中仍可感受到自在自適的內涵，不見為押韻而強押韻的彆扭，可見其隨性而至的高超才情。

第三節　對仗與反覆的美感

在 446 首快樂意涵的詩歌中，律詩占一半以上，因此主要以律詩為探討範疇。以下分析律詩對仗的特殊情形，及邵雍慣用的對仗形式，並從文詞反覆出現的特徵，探其語詞文句上的藝術美感。

一、律詩對仗的特殊情形

一般而言，律詩的頷聯和頸聯要對仗，邵雍的律詩大多符合這樣的標準，不過仍有幾首例外的情形：一是前三聯均對仗，二是只有一聯對仗。此外，邵雍對仗的律詩中，中間兩聯有其特別常用的對仗方式，試析如下：

（一）前三聯對仗的律詩

欲有一瓢樂，曾無二頃田。丹誠未貫日，白髮已華顛。雲意寒尤淡，松心老益堅。（〈閑吟　其四〉，卷 1，頁 189）
驅車入洛川，下馬弄飛泉。乍有雲山樂，殊無朝市喧。非唯快心志，自可忘形言。（〈宿延秋莊〉，卷 3，頁 212）
川上數峰青，林間一水明。閑雲無定體，幽鳥不知名。遊侶既非約，歸期莫計程。（〈燕堂即事〉，卷 3，頁 213）
既得希夷樂，曾無寵辱驚。泥空終是著，齊物到頭爭。忽忽閑拈筆，時時自寫名。（〈放言〉，卷 3，頁 225）
忽忽閑拈筆，時時樂性靈。何嘗無對景，未始便忘情。句會飄然得，詩因偶爾成。（〈閑吟〉，卷 4，頁 231）
晚步上陽堤，手攜筇竹枝。靜隨芳草去，閑逐野雲歸。月出松梢處，風來蘋末時。（〈晚步吟〉，卷 12，頁 371）
日腳雲微淡，林梢葉漸黃。可堪須變色，微了為侵霜。酒到難成醉，風來易得涼。（〈和李文思早秋五首　其五〉，卷 13，頁 398）
人間佳節唯寒食，天下名園重洛陽。金穀暖橫宮殿碧，銅駝晴合綺羅光。橋邊楊柳細垂地，花外鞦韆半出牆。（〈春遊五首　其四〉，卷 2，頁 196）
城邑又作閤閭久居心自倦，閭閻繞出眼先明。龍門看盡伊川景，女幾聽殘洛水聲。太室觀餘紅日旭，天壇望罷白雲生。（〈遊山三首　其一〉，卷 2，頁 205）

前三聯對仗，即首聯也使用對仗，將上述整理來看，有以下幾種情形：

1. 仄起式首句不押韻的五律

欲有一瓢樂，曾無二頃田。丹誠未貫日，白髮已華顛。

雲意寒尤淡，松心老益堅。……（〈閑吟　其四〉，卷 1，頁 189）

2. 平起式首句押韻的五律

驅車入洛川，下馬弄飛泉。乍有雲山樂，殊無朝市喧。

非唯快心志，自可忘形言。……（〈宿延秋莊〉，卷 3，頁 212）

3. 仄起式首句押韻的五律

晚步上陽堤，手攜笻竹枝。靜隨芳草去，閑逐野雲歸。

月出松梢處，風來蘋末時。……（〈晚步吟〉，卷 12，頁 371）

4. 平起式首句不押韻的七律

人間佳節唯寒食，天下名園重洛陽。

金谷暖橫宮殿碧，銅駝晴合綺羅光。

橋邊楊柳細垂地，花外鞦韆半出牆。……（〈春遊五首　其四〉，

卷 2，頁 196）

5. 仄起式首句不押韻的七律

城邑久居心自倦，闤闠纔出眼先明。

龍門看盡伊川景，女幾聽殘洛水聲。

太室觀餘紅日旭，天壇望罷白雲生。……（〈遊山三首　其一〉，

卷 2，頁 205）

6. 平起式首句押韻的七律

數朝從款走煙霞，縱意憑欄看物華。

百尺樓臺通鳥道，一川煙水屬僧家。

直須心逸方為樂，始信官榮未足誇。……（〈龍門石樓看伊川〉，

卷 5，頁 252）

一般而言，五律首聯對仗比七律多，因五律首句以不入韻較為常見，

此種情形較容易創作。從上述來看，第一種「仄起式首句不押韻的五律」有五首之多，第二種至第六種的例子各只有一首，似可見「仄起式首句不押韻的五律」，為邵雍前三聯對仗中採用較多的形式。

（二）頷聯不對仗的律詩

吾生雖未足，亦也卻無憂。天和將酒養，真樂用詩勾。（〈逍遙吟〉，卷 7，頁 279）
大抵眾所愛，奈何兼獨難。天晴仍客好，酒美更身安。（〈中秋吟〉，卷 12，頁 373）
池亭正好愛不徹，草木向榮情奈何。便把罇罍通意思，須防風雨害清和（〈年老逢春十三首　其六〉，卷 10，頁 324）

初唐律詩尚未定型，故頷聯對仗頗為自由，也有不使用對仗的情形，至宋代邵雍偶有頷聯不對仗的律詩之例。從上述兩種類型來看，前三聯均對仗的律詩，多於只有一聯對仗的情形，可見邵雍作詩大致合律外，使用對仗的比例偏高。

（三）有無對比的對仗律詩

邵雍作詩善用對仗，在其快樂意涵的律詩中，使用「有無」入詩，以對比的形式造成「對仗」的特殊效果，此為邵雍律詩中常見的藝術技巧，如下：

1. 有無對比的律詩頷聯

有時風向池心過，無限香從水面來。（〈秋遊六首　其一〉，卷 2，頁 197）
非無仁智斯為樂，少有登臨不憚勞。（〈登山臨水吟〉，卷 2，頁 206）
卷舒在我有成算，用捨隨時無定名。（〈龍門道中作〉，卷 3，頁 210）
乍有雲山樂，殊無朝市喧。（〈宿延秋莊〉，卷 3，頁 212）
踐形有說常希孟，樂內無功可比回。（〈新春吟〉，卷 4，頁 226）
雖無紫詔還朝速，卻有青山入夢頻。（〈問人乞酒〉，卷 4，頁 228）
都將無事樂，變作有形身。（〈靜樂吟〉，卷 11，頁 358）

有意空求志，無功漫愛君。（〈答會計杜孝錫寺丞見贈〉，卷 12，頁 379）
有暖溫存物，無寒著莫人。（〈樂春吟〉，卷 15，頁 422）
富有林泉樂，清無市井忙。（〈閑中吟　其一〉，卷 17，頁 464）
富有林泉樂，清無市井塵。（〈閑中吟　其二〉，卷 17，頁 464）
富有林泉樂，清無市井喧。（〈閑中吟　其三〉，卷 17，頁 464）
心閒無事飽食後，園裏有時閑步回。（〈晝睡〉，卷 19，頁 510）
池中既有雙魚躍，天際寧無一鴈飛。（〈首尾吟　其四〉，卷 20，頁 516）
有意水聲千古在，無情山色四邊圍。（〈首尾吟　其十〉，卷 20，頁 517）

2. 有無對比的律詩頸聯

有水園亭活，無風草木閑。（〈小園睡起〉，卷 2，頁 205）
已全孟樂君無限，未識蘧非我有餘。（〈答人放言〉，卷 3，頁 211）
無才濟天下，有分樂年豐。（〈天津新居成謝府尹王君貺尚書〉，卷 4，頁 226）
靜默有功成野性，騫騰無路學時賢。（〈和登封裴寺丞翰見寄〉，卷 5，頁 243）
煙嵐欲極無涯樂，軒冕何常有暫閒。（〈和祖龍圖見寄〉，卷 5，頁 245）
古有孟軻難語覺，時無顏子易為賢。（〈和魏教授見贈〉，卷 6，頁 255）
食罷有時尋蕙圃，睡餘無事訪僧家。（〈依韻和王不疑少卿見贈〉，卷 6，頁 261）
我有千般樂，人無一點猜。（〈每度過東街〉，卷 7，頁 280）
有賓須置酒，無日不開顏。（〈年老吟〉，卷 11，頁 355）
客去有時閑拱手，日高無事靜梳頭。（〈對酒吟〉，卷 16，頁 436）
仗量千般有，憂愁一點無。（〈大象吟〉，卷 17，頁 460）
衰朽百端有，憂愁一點無。（〈代書吟〉，卷 17，頁 465）

上述分頷聯和頸聯整理出「有無」對比的對仗情形，顯然平均出現於
這兩聯中。對仗中使用有無入詩，帶有強調的特殊效果，如「乍有雲
山樂，殊無朝市喧」，邵雍自陳擁有雲山的快樂，沒有市朝的喧囂，

句中的「有」和「無」是動詞，以「沒有」來突顯「有」，上述文意不少這類強調自己的快樂，令人感受到其喜樂心情。

二、迴環重複的美感形式

近體詩一般避免重複的字句，律詩更是如此，但若對仗之處出現重字，兩句的連接處用重字，或是同一句字詞重複往返，此均能使詩句形成反覆吟詠的藝術美感，這時使用重複的詩句便不算「犯複」。以下分析邵雍快樂思想的詩中，詩句重複出現的情形，以瞭解邵雍作詩的習慣。

（一）一再出現的類疊

以現代修辭學來看，類疊可再細分成疊字、類字、疊句和類句，其中疊字是「字詞連接的類疊」〔註48〕，類字是「字詞隔離的類疊」〔註49〕，試析如下：

1. 律詩頷頸聯的疊字

不因赤水時時往，焉有黃芽日日娛。（〈二十五日依韻和左藏吳傳正寺丞見贈〉，卷5，頁253）
近暮特嗟時翳翳，向榮還喜木欣欣。（〈讀陶淵明歸去來〉，卷7，頁286）
唐相規模今歷歷，蜀民遨樂舊熙熙。（〈代書寄程正淑〉，卷8，頁288）
耽耽同又作殊廈宇，密密引藤蘿。（〈和君實端明花庵獨坐〉，卷9，頁305）
入格柳按風細細，壓春花笑日遲遲。（〈和王中美大卿致政二首 其二〉，卷10，頁334）
蕭蕭微雨竹間霽，嘖嘖翠禽花上飛。（〈安樂窩中吟 其八〉，卷10，頁340）
忽忽蓮生的，看看菊吐英。（〈和李文思早秋五首 其一〉，卷13，頁397）
池岸微微粧嫩草，林梢薄薄單輕煙。（〈策杖吟〉，卷16，頁441）
竹間日日同真侶，水畔時時泛羽觴。（〈春日園中吟〉，卷16，頁446）

〔註48〕黃慶萱，《修辭學》（臺北：三民書局，2002），頁532。
〔註49〕黃慶萱，《修辭學》，頁533。

所居皆綽綽，何往不申申。（〈月窟吟〉，卷 17，頁 460）
皓皓月常因坐看，深深酒不為愁傾。（〈年老吟〉，卷 19，頁 507）
暖地春初纔鬱鬱，宿根秋末卻披披。（〈首尾吟　其六十五〉，卷 20，頁 527）
恢恢志意方閑暇，綽綽情懷正坦夷。（〈首尾吟　其九十六〉，卷 20，頁 533）

在必須對仗的頷聯和頸聯來看，除了使用上合律，更使文詞呈現優美
重複的美感，且用在不同之處有不同的功用，如：「竹間日日同真侶，
水畔時時泛羽觴」，日日和時時當頻率副詞修飾後面的動詞，給人日
日時時都有閑適的感覺。又如「蕭蕭微雨竹間霽，嘖嘖翠禽花上飛」，
蕭蕭和嘖嘖當形容詞修飾後面的名詞，給人雨蕭蕭不停落下、翠禽不
停鳴叫的聽覺感受。上述的疊字大多作「形容詞」使用，使修飾的名
詞變得生動且更有意象，而疊字在古體詩中為常見修辭，但在律詩則
較少使用，尤以邵雍在律詩的頷頸聯處，採用疊字且運用得十分巧妙，
實為不易！

2. 律詩頷頸聯的類字

所損無紀極，所得能幾何。（〈閑吟　其一〉，卷 1，頁 188）
燕去燕來徒自苦，花開花謝漫相催。（〈新春吟〉，卷 4，頁 226）
一編詩逸收花月，一部書嚴驚鬼神。一炷香清沖宇泰，一罇酒美湛天真。（〈安樂窩中四長吟〉，卷 9，頁 317）
非貴亦非賤，不飢兼不寒。（〈年老吟〉，卷 11，頁 355）
因月因花因興詠，代書代簡代行移。（〈首尾吟　其四〉，卷 20，頁 515）
合放手時須放手，得開眉處且開眉。（〈首尾吟　其五十八〉，卷 20，頁 526）

此類和上一類都是以律詩中的頷頸聯為考察範圍，因為律詩中間兩聯
必須對仗，屬於比較工整、嚴謹的創作方式，所以一般忌諱重字，不
過如同前述的「疊字」，若有藝術技巧的考量便不避諱。據以上情形
來看，運用類字的修辭技巧明顯少於疊字，而「燕去燕來」、「花開花
謝」為常見的類字手法，但也有「合放手時須放手，得開眉處且開眉」，

一句中隔離使用類字技巧，且兩句還對仗，詩中例子不多，仍可窺見邵雍的藝術手法。

（二）上下連鎖的頂真

　　「古風非但不避重字，而且喜歡用連環句。所謂連環句，就是下句的前一字或兩三字和上句的末一字或兩三字相重，形成一種連鎖」〔註50〕，即為現代修辭中的頂真，這樣上遞下接趣味的修辭法，帶來藝術趣味效果。不過古風採用重字為常見情形，律詩則忌用重字，但若為藝術表現還是能使用此技巧，以下找出邵雍律詩中使用頂真的藝術技巧。

1. 律詩首聯

清景幾人愛，愛之當遠尋。（〈至福昌縣作〉，卷 3，頁 213）
人言物外有煙霞，物外煙霞豈足誇。（〈對花飲〉，卷 7，頁 277）
人生憂不足，足外更何求（〈逍遙吟 其二〉，卷 7，頁 279）
每度過東鄰，東鄰愈覺熟。（〈每度過東鄰〉，卷 7，頁 280）
每度過東街，東街怨暮來。（〈每度過東街〉，卷 7，頁 280）
安樂窩中職分脩，分脩之外更何求。（〈安樂窩中吟 其一〉，卷 10，頁 338）
安樂窩中弄舊編，舊編將紀又重聯。（〈安樂窩中吟 其三〉，卷 10，頁 339）
何處是仙鄉，仙鄉不離房。（〈何處是仙鄉〉，卷 13，頁 392）
林下狂歌不帖腔，帖腔安得謂之狂。（〈依韻和王安之少卿六老詩仍見率成七 其七〉，卷 13，頁 394）
何者謂知音，知音難漫尋。（〈閑步吟〉，卷 14，頁 411）
四時唯愛春，春更愛春分（〈樂春吟〉，卷 15，頁 422）
大象自中虛，中虛真不渝。（〈大象吟〉，卷 17，頁 460）
吾亦愛吾廬，吾廬似野居。（〈吾廬吟〉，卷 18，頁 485）

〔註50〕王力，《漢語詩律學》，頁 505。

2. 律詩尾聯

> 所樂樂吾樂，樂而安有淫。（〈無苦吟〉，卷 17，頁 459）

以上可知邵雍喜好在律詩首聯使用頂真，此情形多於尾聯處採用，在首聯以環環相扣的頂真，獲得語句和情感連繫的特殊效果。

（三）往返回復的回文

「上下兩句或句組，詞彙部分相同，而詞序大致相反的辭格，叫作『回文』，也稱『迴文』或『迴環』。」〔註 51〕在邵雍詩歌中，「回文」的例子分兩種：一是單首詩的回文句式，二是聯章詩形成的回文效果。說明如下：

1. 單首詩的回文句式

> 對酒有花非負酒，對花無酒是虧花。（〈對花飲〉，卷 7，頁 277）

> 花前把酒花前醉，醉把花枝仍自歌。花見白頭人莫笑，白頭見人好花多。（〈南園賞花〉，卷 8，頁 291）

> 酒既對花飲，花宜把酒看。（〈對花吟〉，卷 9，頁 321）

> 頭上花枝照酒卮，酒卮中有好花枝。（〈插花吟〉，卷 10，頁 332）

> 春至已將詩探伺，春歸更用酒追尋。酒因春至春歸飲，詩為花開花謝吟。花謝花開詩屢作，春歸春至酒頻斟。……（〈喜春吟〉，卷 10，頁 334）

> 不知身是人，不知人是身。（〈喜飲吟〉，卷 18，頁 493）

單首詩的回文句式不多，如「酒」與「花」上下對調；「花」與「醉」上下對調；「花」與「白頭人」上下對調，其中「白頭人」到下一句變「白頭見人」，句式稍有改變。

2. 首尾往返的聯章詩

> 安有太平人不平……松桂隆冬始見青。（〈旋風吟　其一〉，卷 11，頁 351）

> 松桂隆冬始見青……安有太平人不平。（〈旋風吟　其二〉，卷 11，頁 351）

〔註 51〕黃慶萱，《修辭學》，頁 629。

此組七律聯章詩，兩首的首末句對調，第一首首句置第二首末句，第一首末句置第二首首句，這兩首詩的句式為邵雍獨特的聯章詩手法。

> 近日衰軀有病侵，如何醫藥不求尋。……
> 非關天下知音少，自是堯夫不善琴。（〈旋風吟 又二首 其一〉，卷 11，頁 351）
> 自是堯夫不善琴，非關天下知音少。……
> 如何醫藥不求尋，近日衰軀有病侵。（〈旋風吟 又二首 其二〉，卷 11，頁 351）

第二組〈旋風吟〉再寫兩首，此組七律聯章詩變化性更大，範圍擴大至首末各兩句，第一首首句置第二首末句，第一首末句置第二首首句，此與上一組為同樣的方式，但多將第一首第二句置於第二首第七句，第一首第七句置於第二首第二句。此組範圍再加以擴大，產生首尾循環的妙趣，上述兩組聯章詩必須合併欣賞，才能體會其中回返的回文奧妙，此為邵氏獨特新美的聯章詩風。

> 堯夫非是愛吟詩，……堯夫非是愛吟詩。」（〈首尾吟〉，卷 20，頁 515～540）
> 堯夫非是愛吟詩，安樂窩中〇〇時，……堯夫非是愛吟詩。有 3 首。
> 堯夫非是愛吟詩，詩是天津〇〇時，……堯夫非是愛吟詩。有 2 首。
> 堯夫非是愛吟詩，詩是堯夫〇〇時，……堯夫非是愛吟詩。有 41 首。
> 堯夫非是愛吟詩，雖老精神未耗時，……堯夫非是愛吟詩。有 1 首。
> 堯夫非是愛吟詩，詩是閑觀蔬圃時，……堯夫非是愛吟詩。有 1 首。
> 堯夫非是愛吟詩，客問堯夫何所為，……堯夫非是愛吟詩。有 1 首。

第三組大型聯章詩〈首尾吟〉共 134 首，每一首的首尾均間隔道「堯夫非是愛吟詩」，此屬類句，即「語句隔離的類疊」〔註 52〕，同時具一連串循環反覆的回文效果與特殊情感。此為邵氏獨創的詩歌，此組題為「首尾」，內容也是首尾一再重複，產生紛至遝來的效果，尤其文意強調自己「非是愛吟詩」，卻又一再吟詠「堯夫非是愛吟詩」，反而具有衝突的和諧美。其中每首的第二句也有一些相似性的變化，從 49 首快樂思維的〈首尾吟〉中，整理出上述 6 種相似句型，整體看

〔註 52〕黃慶萱，《修辭學》，頁 533。

來，形成說理式的內容外，一、二句間的「詩」字具「頂真」效果，語氣情感連環而下，「詩」字成為整組詩關鍵的「詩眼」，〈首尾吟〉堪稱邵雍最具特色的代表詩作。

第四節　用典與口語的融合

　　從邵雍的用典與口語的特徵，可看出其運用經史子集典故的能力，及理學家善用通俗口語入詩的風格，形成詩句上雅俗兼備，以下依「用典」和「口語」兩方向探討之。

一、巧妙用典的多元風格

　　關於典故的定義，《文心雕龍·事類》說：「事類者，蓋文章之外，據事以類義，援古以證今者也。」〔註53〕這段話王更生解釋為：「事類又叫事義，就是典故，也就是今人所謂之『材料』，所謂『據事以類義，援古以證今』，這是充實作品，修飾文辭的一法。」〔註54〕在文章中引用前人的相關典故，能使作品內涵更加充實並使文辭優美。詩為最精鍊的語言，在詩中引用典故，更能相得益彰以獲高妙之用，因而黃永武也說：「凡據事類義，來增加風趣的氣氛；或援古證今，來影射難言之事；或摭拾鴻采，來造成文章典雅的風格、華美的字面，都是『用典』的好處。」〔註55〕可見使用典故於詩文上確實有諸多益處。

　　關於典故的分類，在《典詮叢書》編者〈序〉提到：「一般分為事典和語典。事典裡面包含一個故事。……至於語典比較簡單，……『融化詩句』也是語典的一種。」〔註56〕此提到用典的方式有事典和語典，也有將用典粗的種類粗略地分有「明典、暗典、活典、翻

〔註53〕南朝梁·劉勰著、王更生注譯，《文心雕龍讀本》，卷38，頁168。
〔註54〕南朝梁·劉勰著、王更生注譯，《文心雕龍讀本》，卷38，頁167。
〔註55〕黃永武，《字句鍛鍊法》（臺北：臺灣商務印書館，1969），頁82～83。
〔註56〕范之麟、吳庚舜主編，《全唐詩典故辭典》、《全宋詞典故辭典》、《全元散曲典故辭典》三套《典詮叢書》（湖北：湖北辭書出版發行，新華經銷，1989），頁1。

典四種」〔註57〕，以下依語典和事典的分法，來分析邵雍快樂意涵詩歌的用典情形。

（一）語典

引用語典是引用經、史、子等經典書籍，或引集部中前人詩文作品的語句，將前人語句融合入詩，以增加文辭華美，使作品內涵更具深度，其中引用語典的方式，有截取部分詞語入詩，還有將原詩文的詩序進行前後對調，類似換句話說的方式，以下分「截取詞語」和「更動語詞」兩種情形討論。

1. 截取詞語

否泰悟來知進退，乾坤見了識親疏。（〈閑行吟〉，卷7，頁276）	乾坤。（《易經·第一、二卦》）
中孚既若須為信一云能成信，無妄因何卻有災。（〈金玉吟〉，卷9，頁304）	地天泰。（《易經·第十一卦》） 天地否。（《易經·第十二卦》）
中孚起信寧煩禱，無妄生災未易禳。（〈安樂窩中一炷香〉，卷9，頁319）	風澤中孚。（《易經·第六十一卦》） 天雷無妄。（《易經·第二十五卦》）
追蹤擊壤歡（〈和相國元老〉，卷9，頁316）	玄齠巷歌，黃髮擊壤。（《南朝梁·昭明文選·張協·七命》） 天下大和，百姓無事，有五十老人擊壤於道。（《藝文類聚·帝王部·帝堯陶唐氏引帝王世紀》）
靈臺瑩靜別生光（〈安樂窩中一炷香〉，卷9，頁319）	若是而萬惡至者，皆天也，而非人也，不足以滑成，不可內於靈臺。（《莊子·庚桑楚》）
文章天下稱公器，詩在文章更不疏。（〈謝富相公見示新詩一軸〉，卷9，頁319）	名，公器也，不可多取。仁義，先生之蘧廬也。（《莊子·天運》）

〔註57〕「明典是令人一望即知用典，……暗典是不覺其用典，而實有出處，……只用前人的意思，不用舊有的字面，……活典是典故的原意與文意不同，只是借用典故中某一部分相關聯的意思，……翻典是舊典新用，而出人意表。」見黃永武，《字句鍛鍊法》，頁83～84。

誰謂一身小，其安若泰山。（〈心安吟〉，卷11，頁356）	自謂安若泰山，算無遺策。（《南史・梁紀下論》）
樂天知命又何疑（〈首尾吟　其九十六〉，卷20，頁533）	樂天知命，故不憂。（《易經・繫辭傳上》）

2. 更動語詞

始信淵明深意在，此窗當日比羲皇。（〈後園即事　其三〉，卷5，頁240） 清平臥其下，自可比羲皇。（〈甕牖吟〉，卷13，頁395）	常言五六月中，北窗下臥，遇涼風暫至，自謂是羲皇上人。（晉・陶淵明〈與子儼等疏〉）
陋巷簞瓢世所傳，予何人則恥蕭然。（〈和登封裴寺丞翰見寄〉，卷5，頁243）	一簞食，一瓢飲，居陋巷。（《論語・雍也》） 環堵蕭然，不蔽風日，短褐穿結，簞瓢屢空。（陶淵明〈五柳先生傳〉）
歸去來兮任我真，近暮特嗟時翳翳，向榮還喜未欣欣。（〈讀陶淵明歸去來〉，頁286）	歸去來兮！……景翳翳以將入，……木欣欣以向榮。（陶淵明〈歸去來兮辭〉）
唐相規模今歷歷，蜀民遨樂舊熙熙。（〈代書寄程正叔〉，卷8，頁288）	西園勝跡名天下，唐相經營用意工。 島嶼回環壓湖面，樓台重複倚雲空。 濯纓泉潔存遺跡。促軫亭空想舊風。 公暇未應無客會，春遊更喜與民同。 （程珦〈詠濯纓亭〉）
畫虎不成心尚在，悲麟無應淚橫。（〈謝寧寺丞惠希夷纘〉，卷9，頁304）	畫虎不成反類狗。（馬援・後漢書〈戒兄子嚴敦書〉） 十四年春，西狩於大野，叔孫氏之車子鉏商獲麟，以為不祥，以賜虞人。 仲尼觀之，曰：「麟也。」然後取之。（《左傳・哀公十四年》） 斯文虛夢鳥，吾道欲悲麟。（唐・李商隱〈失題〉）
魚為貪鈎得，蛾因赴火焦。（〈閒來〉，卷9，頁308）	魚為誘餌而吞鈎，人為貪婪而落網。（大陸俗諺） 如飛蛾之赴火，豈焚身之可吝。（《梁書・到溉傳》）

未覺顏淵已坐忘（〈後園即事　其二〉，卷5，頁240） 對景顏淵坐正忘（〈安樂窩中一炷香〉，卷9，頁319）	顏回曰：「墮肢體，黜聰明，離形去知，同於大通，此謂坐忘。」（《莊子·大宗師》）
觀風禦寇心方醉（〈安樂窩中一炷香〉，卷9，頁319）	列子御風而行。（《莊子·逍遙遊》）
赤水有珠涵造化（〈安樂窩中一炷香〉，卷9，頁319）	黃帝遊乎赤水之北，登乎崑崙之丘，而南望還歸，遺其玄珠。（《莊子·天地篇》）
金玉誰家不滿堂（〈安樂窩中一炷香〉，卷9，頁319）	持而盈之，不如其已。揣而梲之，不可長保。金玉滿堂，莫之能守。（《道德經·第九章》）
天道虧盈如槖籥（〈首尾吟〉，卷20，頁535）	天地之間，其猶槖籥乎！（《道德經·第五章》）
自從三度絕韋編（〈小車吟〉，卷12，頁371）	讀《易》，韋編三絕。（《史記·孔子世家》）
消得堯夫筆似椽（〈天津弊居蒙諸公共為成買作詩以謝〉，卷13，頁380）	珣夢人以大筆如椽與之，既覺，語人曰：「此當有大手筆事。俄而帝崩，哀冊謚議，皆珣所草。」（《晉書·王珣傳》）

　　從上述引用語典的例子來看，例子不算多但使用情形與其思想相符，最顯著的特色是引用道家典籍——《莊子》，此書的詞語被引用最多，其次為陶淵明的詩歌，再其次是引用《易經》和《道德經》。

　　邵雍詩歌明顯表露莊子和陶淵明的形象，難怪褚柏思說：「邵子，自號安樂先生，是逍遙遊的；『遇人無貴賤賢不肖，一接以誠』，且『不甚取異於人』，與莊子的『不譴是非，以與世俗處』是一致的。晡時飲酒三四杯，雖拙以用，但能『康濟自家身』，上繼陶淵明的風光，而更彰顯了隱逸情趣！」〔註58〕以此來看，這些典籍是帶給邵雍快樂思想的源泉活水，使邵雍的詩歌呈現逍遙自在、隨性自適的情懷，讀其詩彷彿看到老莊、陶淵明與易傳等人物故事，這些人物交融成邵雍複雜的形象。

〔註58〕褚柏思，《中國思想史話》（臺北：黎明文化事業公司，1980），頁153。

　　邵雍引用語典，幾乎沒有整句引用入詩，不是只引單詞，就是將引用的句子進行更動，如引用陶淵明〈歸去來兮辭〉：「歸去來兮！……景翳翳以將入，……木欣欣以向榮。」將這段文句改寫成〈讀陶淵明歸去來〉：「歸去來兮任我真，……近暮特嗟時翳翳，向榮還喜木欣欣。可憐六百餘年外，復有閑人繼後塵。」這首七律一開始引用「歸去來兮」後，更動文句並加入新意，暗指自己是陶淵明思想的繼承者，除了有理學家說理的特色外，更見文辭優美的深意，使之幻化成屬於邵氏的文辭風貌。

（二）事典

踐形有說常希孟， 樂內無功可比回。（〈新春吟〉，卷4，頁226） 顏淵方內樂， 天下事難任。（〈坐右吟〉，卷14，頁411）	孟子曰：「形色，天性也。惟聖人然後可以踐形。」（《孟子·盡心上》） 一簞食，一瓢飲，居陋巷人不堪其憂，回也不改其樂，賢哉回也。（《論語·雍也》）
古有孟軻難語覺， 時無顏子易為賢。（〈和魏教授見贈〉，卷6，頁255）	「我知言，我善養吾浩然之氣。」「敢問何為浩然之氣？」曰：「難言也。」（《孟子·公孫丑》） 顏子當亂世，居於陋巷。一簞食，一瓢飲。人不堪其憂，顏子不改其樂，孔子賢之。孟子曰：「禹、稷、顏回同道。禹思天下有溺者，由己溺之也；稷思天下有飢者，由己飢之也，是以如是其急也。禹、稷、顏子易地則皆然。」（《孟子·離婁》）
直養能希孟， 閑居肯讓潘。（〈和李文思早秋五首　其三〉，卷1，頁397）	「我知言，我善養吾浩然之氣。」「敢問何為浩然之氣？」曰：「難言也。其為氣也，至大至剛，以直養而無害，則塞於天地之間。」（《孟子·公孫丑》） 《閑居賦》為潘安表現其厭倦官場和隱逸情懷之作。
屢空濫得同顏子， 歷物固難如惠施。（〈和王安之少卿秋遊〉，卷16，頁436）	子曰：「回也，其庶乎屢空，賜不受命。而貨殖焉，億則屢中。」（《論語·先進》） 惠施歷物十事。（《莊子·天下》）

不動已求如孟子， 無言又欲學宣尼。（〈首尾吟 其五十〉，卷20，頁524）	孟子曰：「我四十不動心！」（《孟子·公孫丑》） 「子曰：『予欲無言！』子貢曰：『子如不言，則小子何述焉？』子曰：『天何言哉？四時行焉，百物生焉，天何言哉？』」（《論語·陽貨》）
盜蹠兔兵非積善。（〈金玉吟〉，卷9，頁304）	善者少，不善者多，桀紂盜蹠之類也；積善而全盡，然後可稱學者也。（《荀子·勸學》）
受疑始見周公旦， 經阨方明孔仲尼。（〈首尾吟 其一〇二〉，卷20，頁534）	公乃攝行政當國。管叔、蔡叔群弟疑周公，與武庚作亂，畔周。……周公行政七年，成王長，周公反政成王，北面就群臣之位。（《史記·魯周公世家》，周公曾因受讒流亡到楚地。魯周公世家） 周公恐懼流言日，王莽謙恭下士時。向使當初身便死，一生真偽有誰知？（白居易〈放言〉五首之三） 仲尼厄而作《春秋》。（司馬遷〈報任安書〉）
雖乏伊呂才， 不失堯舜氓。（〈書事吟〉，卷4，頁229）	故伊呂之將，子孫有國，與商周並。（《漢書·刑法志》） 商伊尹輔商湯，西周呂尚（姜子牙）佐周武王，皆有大功，後因並稱伊呂泛指輔弼重臣。 堯舜傳說均是上古的賢明君主，後泛指聖人。
天氣冷涵秋，川長魚正遊。雖知能避網，猶恐悞吞鈎。已絕登門望，曾無點額憂。因思濠上樂，曠達是莊周。（〈川上觀魚〉，卷4，頁239）	莊子與惠子游於濠梁之上。莊子曰：「儵魚出遊從容，是魚之樂也。」惠子曰：「子非魚，安知魚之樂？」莊子曰：「子非我，安知我不知魚之樂？」惠子曰：「我非子，固不知子矣；子固非魚也，子之不知魚之樂，全矣！」莊子曰：「請循其本。子曰『汝安知魚樂』雲者，既已知吾知之而問我。我知之濠上也。」（《莊子·秋水》）
泥空終是著， 齊物到頭爭。（〈放言〉，卷3，頁225）	（《莊子·齊物》）
因思偶女忘今古， 遂悟輪人致疾徐。（〈依韻和吳傳正寺丞見寄〉，卷9，頁303）	南伯子葵問乎女偊，女偊稱卜梁倚守其道三日，而後能外天下，又守之七日，而後能外物。（《莊子·大宗師》）所謂偶女高古代指製作車輪的工匠或職掌製作車輪及有關部件的官員。 輪人為輪，斬三材必以其時。（《周禮·考工記·輪人》） 叔孫武叔朝，見輪人以其杖關轂而輠輪者，於是有爵而後杖也。（《禮記·雜記下》）

南溟萬里鵬初舉， 遼海千年鶴乍歸。（〈首尾吟　其十七〉，卷20，頁518）	鵬之徙於南冥也，水擊三千里，摶扶搖而上者九萬裏。（《莊子‧逍遙遊》） 冥鴻何所慕，遼鶴乍飛迴。（唐‧劉禹錫〈酬和白賓客分司初到洛中戲呈馮尹〉） 丁令威，本遼東人，學道於靈虛山。後化鶴歸遼，集城門華表柱。時有少年，舉弓欲射之。鶴乃飛，徘徊空中而言曰：「有鳥有鳥丁令威，去家千年今始歸。」（晉‧陶潛〈搜神後記〉）。後以「遼鶴」指代千年。
經難憶浮丘（〈依韻和王不疑少卿招飲〉，卷7，頁282）	王子喬者，周靈王太子晉也。好吹笙作鳳凰鳴，遊伊洛之間，道士浮丘公接以上嵩高山。（劉向《列仙傳‧王子喬》） 浮丘公接王子喬以上嵩高山。（李善注引《列仙傳》） 「浮丘」即浮丘公，古代傳說中的神仙。
既得希夷樂， 曾無寵辱驚。（〈放言〉，卷3，頁225） 無何緣淡薄， 遂得造希夷。（〈閒坐吟〉，卷4，頁231） 仙掌峰巒峭不收， 希夷陳圖南也去後遂無傳。（〈謝寧寺丞惠希夷罇〉，卷9，頁304）	摶，字圖南，譙郡人。少有奇才經綸，易象玄機，尤所精究。高論駭俗，少食寡思。舉進士不第，時，戈革滿地，遂隱名，辟穀練氣，撰《指玄篇》，同道風偃。僖宗召之，封清虛處士。居華山雲台觀，每閉門獨臥，或旬月不起。……一片野心，已被白雲留住。詠嘲風月之清，笑傲煙霞之表，遂性所樂，意得何言？……。（《宋史‧唐才子傳》）
鷗鴻自有江湖樂， 安用區區設網羅。（〈謝富丞相招出仕二首　其二〉，卷2，頁206）	誤落塵網中，一去三十年。羈鳥戀舊林，池魚思故淵。……久在樊籠裡，復得返自然。（陶淵明〈歸園田居〉）
靖節與何窮（〈天津新居成謝府尹王君貺尚書〉，卷4，頁226） 何須頭盡白， 然後賦歸來。（〈寄三成王宣徽二首〉，卷8，頁298） 陶真義向辭中見。（〈首尾吟其五十九〉，卷20，頁526）	陶淵明寫〈歸去來兮辭〉。

始信淵明深意在， 此窗當日比羲皇。（〈後園即事三首 其三〉，卷5，頁240） 浩浩羲軒開闢後（〈安樂窩中一部書〉，卷9，頁318） 半醺仍約伏羲遊（〈太和湯吟〉，卷10，頁328） 清平臥其下， 自可比羲皇。（〈甕牖吟〉，卷13，頁395） 羲軒之書，未嘗去手。 （〈甕牖吟〉，卷14，頁413） 吾於是日，再見伏羲。 （〈盆池吟〉，卷14，頁414） 晝睡工夫未易偕， 羲皇以上合安排。（〈晝睡〉，卷19，頁510） 天纔春處謁庖羲。（〈首尾吟 其十五〉，卷20，頁517）	常言五六月中，北窗下臥，遇涼風暫至，自謂是羲皇上人。（晉·陶潛《與子儼等疏》） 伏羲，又稱宓羲、庖犧、包犧、犧皇、皇羲、太昊等，《史記》中稱伏犧，傳說中的中國古代君主。華夏太古三皇之一，與女媧同被尊為人類始祖。相傳伏羲教民結網，漁獵畜牧，製造八卦等，亦傳說伏羲創文字、古琴。另有一說，伏羲即盤古。 陶詩中的羲皇上人是渾樸自然、率意和樂的太古之人。
自有臯夔分聖念， 好將詩酒樂升平。（〈秋遊六首 其二〉，卷2，頁197）	帝曰：「夔，命女典樂。」（《尚書·虞書·舜典》） 帝曰：「臯陶，惟茲臣庶，罔或於予正，汝作士，明於五刑，以刑五教，期於予治。」（《尚書·虞書·大禹謨》） 傳說臯陶是虞舜時刑官，夔是堯舜時樂官，後常借指賢臣。
願同巢許稱臣日， 甘老唐虞比屋時。（〈謝富丞相招出仕兩首 其一〉，卷2，頁206）	許由字武仲。堯聞致天下而讓焉，乃退而遁於中嶽潁水之陽，箕山之下隱。堯又召為九州長，由不欲聞之，洗耳於潁水濱。時有巢父牽犢欲飲之，見由洗耳，問其故。對曰：「堯欲召我為九州長，惡聞其聲，是故洗耳。」巢父曰：「子若處高岸深谷，人道不通，誰能見子？子故浮游，欲聞求其名譽。汙吾犢口。」牽犢上流飲之。許由歿，葬此山，亦名許由山。（唐·張守節《史記正義》引皇甫謐《高士傳》） 未聞巢、許稱臣堯、舜。（《宋書·列傳第五十三·隱逸》）
便如平子賦歸田。（〈和王中美大卿致政二首 其一〉，卷10，頁334）	遊都邑以永久，無明略以佐時。徒臨川以羨魚，俟河清乎未期。……苟縱心於物外，安知榮辱之所如。（東漢·張衡〈歸田賦〉）

卻笑孟郊窮不慣， 一日看盡長安花。（〈和君實端明洛陽看花〉，卷 13，頁 383）	昔日齷齪不足誇，今朝曠蕩恩無涯，春風得意馬蹄急，一日看盡長安花。（孟郊〈登科後〉）
風度賀知章。（〈自詠〉，卷 1，頁 396）	陸像先嘗語人曰：「季真清談風流，吾一日不見，則鄙吝生矣！」 知章辭官後，更是誕放不羈，有名士風度。
既無師曠耳， 安有伯牙琴。（〈閑步吟〉，卷 14，頁 411）	師曠曰：「此師延之所作，與紂為靡靡之樂也，及武王伐紂，師延東走，至於濮水而自投，故聞此聲者必於濮水之上。先聞此聲者其國必削，不可遂。」（《韓非子》） 伯牙鼓琴，鍾子期聽之。方鼓琴而志在太山，鍾子期曰：「善哉乎鼓琴！巍巍乎若太山！」少選之間，而志在流水，鍾子期又曰：「善哉乎鼓琴！湯湯乎若流水！」鍾子期死，伯牙破琴絕弦，終身不復鼓琴，以為世無足復為鼓琴者。（《呂氏春秋注疏·孝行覽·本味》）
老萊歡不已（〈天津新居成謝府尹王君貺尚書〉，卷 14，頁 226）	老萊子者，楚人，行年七十，父母俱存，至孝蒸蒸，常著班蘭之衣，為親取飲上堂，腳胅，恐傷父母之心，因僵僕為嬰兒啼。孔子曰：「父母老常言不稱老，為其傷老也，若老萊子可謂不失孺子之心矣。」（《太平御覽·孝子傳》）
林宗何在，范蠡何歸。（〈盆池吟〉，卷 14，頁 414）	郭太字林宗，太原界休人也。家世貧賤。早孤，母欲使給事縣廷。林宗曰：「大丈夫焉能處鬥筲之役乎？」遂辭。就成皋屈伯彥學，三年業畢，博通墳籍。善談論，美音制。乃遊於洛陽。始見河南尹李膺，膺大奇之，遂相友善，於是名震京師。後歸鄉裏，衣冠諸儒送至河上，車數千兩。林宗唯與李膺同舟而濟，觸賓望之，以為神仙焉。（《後漢書·郭符許列傳》） 范蠡事越王句踐，既苦身戮力，與句踐深謀二十餘年，竟滅吳，報會稽之恥，……還反國，范蠡以為大名之下，難以久居，且句踐為人可與同患，難與處安。……乃裝其輕寶珠玉，自與其私徒屬乘舟浮海以行，終不反。（《史記·越王句踐世家》）
解榻傍虛楹。（〈宿壽安西寺〉，卷 3，頁 212）	時陳蕃為太守，以禮請署功曹，稚不免之，既謁而退。蕃在郡不接賓客，唯稚來特設一榻，去則縣之。（《後漢書·徐稚傳》） 陳蕃也曾為郡人周璆「特為置一榻，去則縣之」。（《後漢書·陳蕃傳》）

韶濩不知何似樂（〈首尾吟 其十五〉，卷20，頁518）	見舞《韶濩》者。（《左傳・襄公二十九年》） 《韶》，舜樂；《濩》，湯樂也。（李善注引鄭玄） 後亦以指廟堂、宮廷之樂，或泛指雅正的古樂。
魏王堤畔柳如絲（〈首尾吟 其八十七〉，卷20，頁531） 魏王堤外脩篁（〈小車六言吟〉，卷14，頁412）	何處未春先有思，柳條無力魏王堤。（唐・白居易，〈魏王堤〉）唐代洛陽洛水南岸有池，貞觀年間賜予魏王泰故名魏王池，堤稱魏王堤。
金谷園中流水（〈小車六言吟〉，卷14，頁412） 花深柳暗銅駝陌，風暖鶯嬌金谷堤。（〈首尾吟 其九十八〉，卷20，頁533）	金谷園中鶯亂飛，銅駝陌上好風吹。（唐・劉禹錫〈楊柳枝〉） 繁華事散逐香塵，流水無情草自春。日暮東風怨啼鳥，落花猶似墜樓人。（唐・杜牧〈金谷園〉） 金谷園是西晉大官僚石崇的別墅，地處洛陽市。
堪嗟五伯爭周爐， 可笑三分拾漢餘。（〈十三日遊上寺及黃澗〉，卷5，頁249）	春秋五霸之事。 東漢末年三分天下之事。
賜酒於君，飲不知味。 執法在前，恐懼無既。 當此之時，一斗而醉。 宗族滿堂，既孝且悌。 尊卑以親，少長以齒。 當此之時，二斗而醉。 賓之初筵，蹌蹌濟濟， 獻酬百拜，升降有禮。 當此之時，三斗而醉。 裏閈過從，如兄如弟， 時和歲豐，情懷歡喜。 當此之時，五斗而醉。 朋友往還，講道求義， 樂事賞心，登山臨水。 當此之時，八斗而醉。 男女雜坐，盃觴不記。 燈燭明滅，衣冠傾圯。 當此之時，一石而醉。（〈淳於髡酒諫〉，卷13，頁387）	威王大悅，置酒後宮，召髡賜之酒。問曰：『先生能飲幾何而醉？』對曰：『臣飲一斗亦醉，一石亦醉。』威王曰：『先生飲一斗而醉，惡能飲一石哉！其說可得聞乎？』髡曰：『賜酒大王之前，執法在傍，御史在後，髡恐懼俯伏而飲，不過一斗徑醉矣。若親有嚴客，髡帣韝鞠跽，待酒於前，時賜餘瀝，奉觴上壽，數起，飲不過二斗徑醉矣。若朋友交遊，久不相見，卒然相睹，歡然道故，私情相語，飲可五六斗徑醉矣。若乃州閭之會，男女雜坐，行酒稽留，六博投壺，相引為曹，握手無罰，目眙不禁，前有墮珥，後有遺簪，髡竊樂此，飲可八斗而醉二參。日暮酒闌，合尊促坐，男女同席，履舄交錯，杯盤狼藉，堂上燭滅，主人留髡而送客，羅襦襟解，微聞薌澤，當此之時，髡心最歡，能飲一石。故曰酒極則亂，樂極則悲；萬事盡然，言不可極，極之而衰。』以諷諫焉。齊王曰：『善。』乃罷長夜之飲，以髡為諸侯主客。宗室置酒，髡嘗在側。（《史記・滑稽列傳》）

洛社交朋每相見， 為吾因掉白頭吟。(〈代書 寄濠倅張都官〉，卷 7，頁 270)	皚如山上雪，皎若雲間月。聞君有兩意，故來相 決絕。今日鬥酒會，明旦溝水頭。躞蹀禦溝上， 溝水東西流。淒淒復淒淒，嫁娶不須啼。願得一 心人，白頭不相離。竹竿何嫋嫋，魚尾何簁簁。 男兒重意氣，何用錢刀為。(卓文君〈白頭吟〉)
上陽風月助新奇(〈首尾吟 其十七〉，卷 20，頁 517) 雲輕日淡上陽西(〈首尾吟 其九十八〉，卷 20，頁 533)	上陽人，紅顏暗老白髮新。 綠衣監使守宮門，一閉上陽多少春。 玄宗末歲初選入，入時十六今六十。 同時采擇百餘人，零落年深殘此身。 憶昔吞悲別親族，扶入車中不教哭。 皆云入內便承恩，臉似芙蓉胸似玉。 未容君王得見面，已被楊妃遙側目。 妒令潛配上陽宮，一生遂向空房宿。…… 上陽人，苦最多。少亦苦，老亦苦。少苦老苦兩 如何？ 君不見昔時呂向美人賦，又不見今日上陽白髮 歌！(唐‧白居易〈上陽白髮人〉) 上陽為宮名，在唐東都洛陽西南，唐玄宗時，被 請宮人常關閉在這裡。

　　從上述引用事典的情形來看，可發現邵雍喜好將前人名字入詩，並偶爾引用地名，整理出以下幾種情形：

　　1. 先秦儒家思想家：孔子（前 551～前 479）、孟子（前 372～前 289）、顏回（前 521～前 481）。

　　2. 隱逸閑適生活者：犧皇又稱伏犧（遠古時代）、巢父（堯時代）、許由（堯時代）、莊子（約前 369～前 286）、范蠡（前 517～）和陶淵明（約 365～427）。

　　3. 著閑適作品者：張衡（78～139）〈歸田賦〉、潘安（247～300）〈閑居賦〉。

　　4. 仙跡仙風之流：浮丘（仙傳人物）、陳搏（872～989）、林宗（東漢時）。

　　5. 賢明君臣之屬：堯（前 2356～前 2255）、舜（上古時代）、皋陶（堯舜時）、夔（堯舜時）、伊尹（前 1649～前 1549）、呂尚（西周）、周公（西周）。

6. 其他：惠子（前390年～前317年）、老萊子（春秋戰國時）、師曠（春秋時）、伯牙（春秋時）、賀知章（659～744）、孟郊（751～814）。

7. 地名：銅駝陌、金谷堤、魏王堤、上陽。

上述人名與地點均被邵雍引用入詩，此為邵雍快樂思想使用事典的特色，其中「伏羲」出現最多次，其次為「孟子」、「顏回」、「希夷」、和「陶淵明」。

伏羲在邵雍詩中又有稱羲皇，傳說為中國古代君主，與女媧同被尊為人類始祖，有一說伏羲即盤古，故邵雍寫「浩浩羲軒開闢後」，便是引盤古開天的故事，伏羲教民結網、漁獵畜牧、製造八卦等，而陶淵明〈與子儼等疏〉中：「常言五六月中，北窗下臥，遇涼風暫至，自謂是羲皇上人。」羲皇上人是伏羲氏以前遠古的聖人，為無憂無慮、自然和樂、生活閒適的太古之人。自認為陶淵明繼承者的邵雍，應是受到其影響，故詩中多次仿陶淵明提及「伏羲」，以表隱逸生活的快樂心志，因此邵雍心有戚戚焉地說：「始信淵明深意在，此窗當日比羲皇。」

其次引用儒家代表「孟子」和「顏回」入詩，此看出邵雍著有儒家色彩，其說：「踐形有說常希孟，樂內無功可比回」、「古有孟軻難語覺，時無顏子易為賢」、「直養能希孟。」，邵雍希求自己如孟子：「聖人然後可以踐形。」雖然孟子的浩然之氣難以陳述，今日難有顏回這樣「不改其樂」的賢人，但邵雍十足自信地說自己快樂的內在境界，可與顏回相比，此正是理學家談論的「孔顏樂處」議題，邵雍能「樂處」，是因為效法孟子以「直養」得天地浩然正氣，所以即使像顏回簞瓢屢空也總能安貧樂道。詩中義典尚有「賢明君臣之屬」：堯、舜、皋、夔、伊尹、呂尚、周公，這些人名雖然偶爾出現，但不難看出邵雍儒者的形象。

邵雍還多次引用「希夷」的事典，希夷即是陳摶，為五代宋初著名道教學者，其繼承漢代以來的象數學傳統，並把黃老無為、道教方術、儒家修為和佛教禪觀合歸一流。而相傳陳摶傳《無極圖》，門派中

的弟子將此傳給周敦頤，敦頤作《太極圖》再傳邵雍，此對易學發展有很大的作用。又陳摶傳弟子《先天圖》，邵雍用心研究促發其先天易學思想，可見陳摶對邵雍易學思想的影響，因此邵雍才會在詩中多次提及「希夷」。如：「既得希夷樂，曾無寵辱驚。」、「無何緣淡薄，遂得造希夷。」、「仙掌峰巒峭不收，希夷陳圖南也去後遂無儔。」，可見邵雍有道家思想，詩中輔以「仙跡仙風之流」：浮丘、陳摶、林宗，含藏邵雍逍遙自在、仙風飄然姿態，又有引用「隱逸閑適生活者」，還藉張衡〈歸田賦〉和潘安〈閑居賦〉，以此印證自身閑適的生活情形。

以此看來，邵雍思想雜融一體，詩歌中除了隱逸生活描述，還植入儒道形象的各式人物，無論引用人名或地名，大多依其原典來化典為詩，不過邵雍寫：「洛社交朋每相見，為吾因掉白頭吟。」，引用卓文君〈白頭吟〉一詩，與原典似無顯著關連；此外，邵雍說：「上陽風月助新奇」、「雲輕日淡上陽西」，邵雍眼中的「上陽」為清新之地，與「上陽」悲苦的歷史典故截然不同，兩者算是「翻典」的使用，可看出邵雍運用史籍典故的能力。

二、通俗口語的說理特色

宋詩喜好議論、散文句法，理學家邵雍寫詩是如此，甚至更有引用口語入詩的情形，以下從較為嚴謹的律詩來觀察其口語化的說理特色。

（一）詢問語氣的設問

設問是「刻意用詢問的語氣，藉以突顯觀點，引起注意，甚或啟發思考，而使話語，文章激起波瀾的修辭法。」﹝註59﹞舉例說明：

1. 律詩首聯

何事教人用意深，出塵些子索沉吟。（〈何事吟寄三城富相公〉，卷5，頁243）
堯夫自處道如何，滿洛陽城都似家。（〈自處吟〉，卷19，頁506）

﹝註59﹞黃慶萱，《修辭學》，頁47。

2. 律詩尾聯

男子雄圖存用捨，不開眉笑待何時。(〈和人放懷〉，卷2，頁200)
壯心都已矣，何事更裝懷。(〈初秋〉，卷3，頁208)
借問主人何似樂，答云殊不異封侯。(〈後園即事 其一〉，卷5，頁240)
問君何故能如此，秖被才能養不才。(〈安樂窩中好打乖吟〉，卷9，頁320)
如何更斟滿，廼盡此時歡。(〈對花吟〉，卷9，頁321)
人間盡愛醉時好，未到醉時誰肯休。(〈太和湯吟〉，卷10，頁328)
自問此身何所用，此身唯稱老林泉。(〈安樂窩中吟 其五〉，卷10，頁339)
人能知得此般事，焉有閑愁到兩眉。(〈安樂窩中吟 其十一〉，卷10，頁341)
林間此光景，能有幾人知。(〈晚步吟〉，卷12，頁371)
問君何故須如此，不奈心頭一點涼。(〈依韻和王安之少卿六老詩仍見率成七〉，卷13，頁394)
老年何所欲，唯願且平康。(〈和李文思早秋 其五〉，卷13，頁398)
人問堯夫曾出否，答云方自洞天來。(〈對花吟〉，卷16，頁440)

設問句「用於篇首以提起全篇主旨」、「用於篇末以製造文章餘韻」〔註60〕。上述來看，邵雍在尾聯尤有喜好採用詢問句的傾向，在全詩收尾時提出疑問，甚至自問自答以引人注意，如：「問君何故能如此，秖被才能養不才」、「自問此身何所用，此身唯稱老林泉」、「老年何所欲，唯願且平康」、「人問堯夫曾出否，答云方自洞天來」，在結尾處採用問答形式且使用較為口語的語詞，使人意識到其內心的想法，可能是藉詩表明閑適安康的生活情形。

（二）古風語法的口語

從上述設問的文句中，可發現邵雍在律詩的首尾聯用詞有口語通俗情形，甚至還有古風的味道，主要在於古體詩常見虛字，近體詩卻是罕見，而邵雍近體詩句中，不少採用古風語法的虛字。王力整理出

〔註60〕 黃慶萱，《修辭學》，頁58。

近體詩罕見的虛字〔註61〕，可供參考，以下邵雍律詩中有古風特色的虛字，甚至有些較為白話俚語的地方，將其標示出來。

1. 律詩首聯

安樂窩中快活人，閑來四物幸相親。（〈安樂窩中四長吟〉，卷9，頁317）
安樂窩中好打乖，打乖年紀合挨排。（〈安樂窩中好打乖吟〉，卷9，頁320）

2. 律詩頷聯

所記莫非前甲子，凡經多是老官家。（〈林下五吟　其四〉，卷8，頁301）
歡喜焉能便休得，語言須且略形之。（〈首尾吟　其八十〉，卷20，頁530）

3. 律詩頸聯

事到悟來全偶爾，天教閑去豈徒然。（〈小園逢春〉，卷4，頁227）
共誇今日重孫過，更說當時舊事呀。（〈林下五吟　其四〉，卷8，頁301）
行己當行誠盡處，看人莫看力生頭。（〈安樂窩中吟〉，卷10，頁338）
胸中所有事既說，天下固無人致疑。（〈首尾吟　其八十〉，卷20，頁530）

4. 律詩尾聯

罇中有酒時，且飲復且歌。（〈閑吟　其一〉，卷1，頁188）
誰知此夜情，邈矣不能收。（〈高竹　其二〉，卷1，頁189）
借問主人何似樂，答云殊不異封侯。（〈後園即事　其一〉，卷2，頁240）
五十三年無沒事，如今方喜看春耕。（〈登嵩頂〉，卷5，頁244）
此景得遊無事日，也宜知幸福無涯。（〈龍門石樓看伊川〉，卷5，頁252）

〔註61〕「1.連介詞：與、而、以、且、之、於。2.代詞：其、之、彼、所、者、然、爾。3.副詞詞：一何、何其、勿復、忽復、忽已、日已、雖雲、勿如、無乃。4.語氣詞：也、矣、乎、耳。5.詩經中的虛字：言、云、載、聿、匪、惟。6.古被動式：為。」參見王力，《漢語詩律學》，頁495。

莫道天津便無事，也須閒處著工夫。(〈二十五日依韻和左藏吳傳正寺丞見贈〉，卷5，頁253)
似此光陰豈虛過，也知快活作人來。(〈先幾吟〉，卷7，頁274)
賓朋莫怪無拘檢，真樂攻心不奈何。(〈林下五吟 其三〉，卷8，頁301)
時和受賜已多矣，安有胸中不晏如。(〈依韻和吾傳正寺丞見寄〉，卷9，頁303)
兩眉從此後，應不著閑愁。(〈代書寄祖龍圖〉，卷9，頁313)
世間優我輩，幸有這些兒。(〈林下吟〉，卷10，頁329)
閑吟閑詠人休問，此箇工夫世不傳。(〈安樂窩中吟 其三〉，卷10，頁339)
聖人喫緊些兒事，又省工夫又省憂。(〈安樂窩中吟 其四〉，卷10，頁339)
自餘身外無窮事，皆可掉頭稱不知。(〈安樂窩中吟 其八〉，卷10，頁340)
看了太平無限好，此身老去又何妨。(〈老去吟 其二〉，卷11，頁352)
人間堯夫曾出否，答云方自洞天來。(〈對花吟〉，卷16，頁440)
爭者從來是閑氣，堯夫非是愛吟詩。(〈首尾吟 其二十七〉，卷20，頁520)

　　上述整體看來，邵雍快樂主題的律詩中，律詩尾聯採用較多古風語法的虛字，除了有律詩中少見的虛字，如：「且、爾、然、所、也、矣、云」等，「此」字在邵雍詩中也常常出現。此外還有可能為當時俚語的詞語，如：「好打乖」、「力生頭」等；以及較為口語的詞語，如「快活人」、「這些兒」、「此箇」、「喫緊些兒事」等。由上可知，邵雍口語用詞雖然較常出現在尾聯，但其實律詩四聯皆有口語化字詞，輔以上一節用典的部分來看，邵雍詩歌用詞技巧是「用典」與「口語」交融。

本章小結

　　嚴羽在《滄浪詩話》說：「學詩先除五俗，一曰俗體，二曰俗意，

三曰俗句，四曰俗字，五曰俗韻。」〔註62〕第四章探討主題內容，邵雍免去俗意，將「詩」與「樂」的生命本質結合，表現理學家「詩樂合一」的安樂境界。

　　本章則探討其免除俗體、俗句、俗字和俗韻的技巧，以免俗體來看，邵雍創作體裁多樣，有三言、四言、五言、六言、七言和雜體古詩，還有少數幾首仄韻律詩和排律，更有大量律詩、聯章詩和「吟」的新樂府詩體裁，這些可視為邵雍體裁上的特色。以免俗韻來看，心境平和的邵雍多用寬韻的平聲韻創作，而不換韻的近體詩，竟有 94 首 15 種韻目為平聲鄰韻通押情形，可見邵雍用韻解放，加以和詩、和韻和步韻的酬唱詩體，在用韻上確實獨具一格。以免俗句、俗字來看，邵雍喜好創作律詩，在律詩頷、頸聯對仗上，運用「有」和「無」二字造成對比效果，而律詩首聯使用「頂真」技巧，尾聯喜好採用「設問」或古風虛字。詩中文詞多有反覆吟詠的美感，甚至採用儒道等隱逸仙傳人物典故，輔以口語對話、當時俚語等，可見其語言文句具有理學家的特色。

　　由上看來，邵雍的快樂內涵詩歌，確實如其所言：「不限聲律、不沿愛惡、不必固立、不希名譽」，具有「康節體」獨有的藝術風格。

〔註62〕宋·嚴羽著，郭紹虞校釋，《滄浪詩話校釋》，（臺北：里仁書局，1987），頁 108。

第六章 結 論

　　一般研究邵雍多從哲學思想著手，包含先天易學和理學思想，然而在理學家中邵雍算是少數兼有詩學理論與詩歌創作者，加以其詩歌質量均豐，頗具探討價值。只是理學家之詩容易被忽略，理學詩有其特色與地位，以邵雍來看，其詩歌風格異於唐詩，獨創一套詩學理論，並採用「以理入詩」的風格。詩中有超然物外的理趣，也有不少直抒胸臆的內涵，生活哲理透過詩歌呈現，融合哲學、詩學和詩歌於一爐，使其理學詩具獨特魅力，讀來平淡自然卻又不失真味！因此本論文著重於邵雍的詩歌研究，從思想探討至其詩歌內涵，

　　關於邵雍的思想，本文析出「快樂」的成分，由於其生命底蘊為「詩歌」與「快樂」哲學結合，形成「詩樂合一」的境界。這樣的境界有其內外因素，外緣因素為北宋初年採「重文輕武」政策促使文風昌盛，加上邵雍恭逢太平盛世，故以詩歌頌揚生於「太平」盛世的心情；內緣因素則來自理學家的思想背景，邵雍為宋明理學前導者，早期懷抱儒家功名道德的心志，直到接觸陳摶這一脈先天象數易學，轉為儒道佛合流的理學家思維，理學家思維呈現於詩歌中。從《擊壤集》可瞭解其內緣的安樂思想，及發展出的一套詩學理論。因此本論文主要從三方向探討邵雍的快樂詩學及其詩歌。

　　首先探討快樂詩學的根基，引進西方「快樂主義」，以提煉出東

方理學思想中內含的快樂哲學，這部分是相當重要的理論依據，包含儒家德性滿足、自然和諧，進而達到天人合一的快樂境界；道家精神逍遙、知足常樂，使心靈與自然一體和諧的快樂境界；佛家強調自身心性開悟，取得心性和諧的快樂境界。邵雍思想複雜，除了具理學家思維外，還有受到前人陶淵明與白居易的影響，輔以當代理學家喜好談論「孔顏樂處」的「快樂之道」，此快樂超乎外在功利，著重於道德精神層次。而邵雍在這些哲學理論基礎下，建立自身的詩學理論，從「自樂」發展至「樂時、與萬物之自得」的「觀物之樂」境界，使快樂詩學有充分的學理依據，邵雍遂成為有理論又有詩歌創作的理學代表詩人。

　　其次分析快樂詩歌的內容，邵雍透過「詩」與「樂」的生命本質結合，寫成《擊壤集》近一千五百首詩歌。其中符合快樂內涵詩歌有446 首，具有不輕的份量，尤以神宗熙寧元年至十年（58 歲至 67 歲病逝），這十年創作了 328 首快樂內涵詩歌，占了大半以上，全書只有附錄的集外詩為共城時期所作，其他均是遷洛之後近三十年的作品，可推測邵雍有意識地保留洛陽時期、晚年思想的詩作。筆者將具有快樂意涵的詩歌加以分類，分成「居家生活樂」、「遊歷觀物樂」、「交友酬唱樂」、「安閑無事樂」四類，從中觀察出其在洛陽隨性自在的生活模式，及藉由寫詩表現出的快樂生活境界，這樣的境界應類似曾點形容的「舞雩之樂」，不受外在名利俗事所羈絆，無拘無束地生活於天地間。此外，詩歌中發現邵雍頗好引用年齡入詩，從這些年齡詩中，也可窺探出當時的生活情形，及其快樂閑適的心情。

　　其三巧妙地運用藝術技巧，從快樂詩歌中分析「康節體」的詩歌特色，分四向方面探討：
一是從體裁來看：快樂意涵的古體詩只有 59 首，約占 13.2%，數量不多但形式多樣，有三言、四言、五言、六言、七言和雜言。相較於古體詩，近體詩包含律絕、律詩和排律，在 446 首含有快樂思想的詩歌中占了 86.7%，其中律詩最多占 64.7%，律絕其次占 19.7%，排律

只占了 2.2%，當中尤以七律為所有體裁之冠，如 134 首〈首尾吟〉幾乎採七律形式創作，堪稱邵雍詩歌代表作。像〈首尾吟〉這類「聯章詩」，共有 42 題 190 首，占了近一半的數量，可見聯章詩為其喜好的創作形式。而在 446 首詩歌中，有 8 首仄韻律體詩歌，極少見但卻特別，加以其詩歌題目大量採用「吟」，「吟」為新樂府的體裁，可以表現說理內涵或記錄生活情形，由此可窺見其率真詩風。

二是從韻腳來看：從 446 首詩歌中，有 408 首押平聲韻，可見邵雍作詩大量使用平聲韻，故詩歌大抵呈現舒長的聲調，心境上多為平和喜樂。其中平聲韻獨用最常見的前六名為：支、真、陽、庚、尤、先韻，邵雍常使用的韻目均屬於「寬韻」，可見其隨性自在的寫作形式。此外，近體詩中有 15 種 94 首鄰韻通押的平聲韻目，其中「支微」為最多借用鄰韻的方式，一半來自〈首尾吟〉，〈首尾吟〉中有「支微」、「支齊」和「支微齊」的鄰韻通押情形，可見「韻腳解放」為其詩歌一大特色。而邵雍與友人的酬唱之作，有「和詩、和韻、步韻」等形式，此則有白居易唱和詩風痕跡。

三是從對仗和重複美感來看：邵雍作詩大致合律外，使用對仗的比例偏高，前三聯均對仗的律詩，多於只有一聯對仗的情形，且邵雍使用「有無」字入詩，以對比的詞語造成對仗的特殊效果，此為邵雍律詩中常見的藝術技巧之一。此外，詩中使用類疊、頂真和回文修辭，使文詞或句式呈現優美重複的美感，如大型聯章詩〈首尾吟〉，每一首的首尾均是「堯夫非是愛吟詩」，形成一連串循環反覆情感，產生紛至遝來的藝術效果，開闢新的詩歌風貌。

四是從用典和口語融合來看：邵雍喜好將前人名字入詩，如引用先秦儒家思想家：孔子、孟子和顏回；隱逸閑適生活者：犧皇、莊子、陶淵明；仙跡仙風之流：浮丘、陳摶；賢明君臣之屬：堯、舜、皋陶、夔等人。由此可見邵雍思想雜融一體，詩歌中除了隱逸生活描述，還植入儒道形象的各式人物，且詩歌中有通俗口語、當時俚語及白話對話等，甚至在律詩中還有古風語法及將用典和口語融入詩句中，為具

有邵氏獨特說理魅力的理學詩歌，是以南宋嚴羽在《滄浪詩話》中，列出「康節體」為宋詩代表之一，可謂眼界之高！

　　總上所論，邵雍詩歌如其詩集序文所言：「自樂，又能樂時，與萬物之自得」。其詩學、詩歌乃至其人的快樂境界早已融為一爐，故在「不限聲律、不沿愛惡、不必固立、不希名譽」的理論下，其詩歌的體裁多元、用韻解放、雅俗交融，哲理入詩之餘，還能富有情感且不溺於情好，自成一格地自由「吟」出快樂哲理，使其理學詩富含生活情趣又不過份濫情。本論文參考張海鷗〈邵雍的快樂詩學〉一文而來，進一步擴大研究邵雍的快樂詩學與詩歌，包含詩歌中的快樂理論與內涵，及自由運用各種創作形式，以回應其寫詩是為了「自樂」與「不限聲律」的詩學理論，帶出「詩樂合一」的自在生活典範，除了重新認識邵雍詩歌價值外，並可供我們作為「安身立命」之參考。

　　此外，在本論文研究中，發現邵雍喜好出遊，其遊覽足跡遍歷多地，詩中涉及許多地名和景點，受限於研究主題、篇幅與資料收集等因素，無法完整介紹其出遊情形，若輔以現今盛行的旅遊文學來看，或許可以再深入探究，包含其一人出遊或與眾人出遊的情景，甚至出遊的形式與目地等議題，應該可以更瞭解邵雍的生活情況。其次，邵雍堅持不出仕，過著隱逸的生活，但又居住於文化古都洛陽，時常與達官顯貴往來，擁有眾多門生士徒，交友廣泛且名聲顯赫的邵雍，在「隱」與「顯」之間，取得一個巧妙的平衡，這部分亦相當值得探討。最後，受限於聲韻能力不足，目前僅能分析出其快樂意涵詩歌用韻解放及常用韻目的情形，若要再深入探究邵雍詩歌的聲韻知識或聲韻學內涵，已超出本文研究範疇及筆者目前能力。上述均可供來者日後深究，相信必能再發掘邵雍詩歌的絕妙之處與大千世界。

附錄一：邵雍快樂詩歌數量、年代、格律、韻腳一覽表

卷次	數量	年代	詩題	格律	韻腳
卷1	仁宗皇祐年間1首	皇祐年間39~46歲間	寄謝三城太守韓子華舍人	五古	寒
卷1	仁宗嘉祐年間94首	嘉祐元年46歲	謝鄭守王密學惠酒	七絕	麻
卷1		嘉祐二年47歲	閑吟　其一	五律	歌
卷1			閑吟　其二	五古	霽、遇
卷1			閑吟　其三	五律	覃
卷1			閑吟　其四	五律	先
卷1			高竹　其一	五古	庚
卷1			高竹　其二	五律	尤
卷1			高竹　其三	五古	禡
卷1			高竹　其四	五古	庚
卷1			高竹　其五	五古	泰、隊
卷1			高竹　其六	五律	魚、虞
卷1			高竹　其七	五古	漾
卷1			高竹　其八	五古	合、葉、洽
卷2		嘉祐五年50歲	春遊　其一	七律	灰

卷2		春遊　其二	七律	麻
卷2		春遊　其三	七律	支、微、齊
卷2		春遊　其四	七律	陽
卷2		春遊　其五	七律	灰
卷2		竹庭睡起	七律	陽
卷2		秋遊　其一	七律	灰
卷2		秋遊　其二	七律	庚
卷2		秋遊　其三	七律	支
卷2		秋遊　其四	七律	支
卷2		秋遊　其五	七律	支
卷2		秋遊　其六	七律	東
卷2		和人放懷	七律	支
卷2	嘉祐六年 51歲	小園睡起	五律	刪
卷2		遊山　其一	七律	庚
卷2		遊山　其二	七律	支
卷2		遊山　其三	七律	支
卷2		登山臨水吟	七律	豪
卷2		謝富丞相招出仕　其一	七律	支
卷2		謝富丞相招出仕　其二	七律	歌
卷3		賀人致政	七律	先
卷3		初秋	五律	佳、灰
卷3		偶書	五律	歌
卷3		閑行	五律	先
卷3		晨起	五律	侵
卷3		盆池	五律	歌
卷3		遊山　其一	五古	屋
卷3		遊山　其二	五古	真、文

卷3		龍門道中作	七律	庚
卷3		答人放言	七律	魚
卷3		遊洛川初出厚載門	五律	尤
卷3		宿延秋莊	五律	元、先
卷3		宿壽安西寺	五律	庚
卷3		至福昌縣作	五律	侵
卷3		燕堂即事	五律	庚
卷3		燕堂閑坐	五古	東
卷3		立秋日川上作	五律	尤
卷3		秋懷　其十六	五古	旱、阮、銑
卷3		秋懷　其十九	五律	支
卷3		秋懷　其二十八	五古	佳、灰
卷3		放言	五律	庚
卷4	嘉祐七年 52歲	天津新居成謝府尹王君貺尚書　嘉祐七年	五律（排）	東、冬
卷4		新春吟	七律	灰
卷4		有客吟	七律	先
卷4		小圃逢春	七律	先
卷4		弄筆	五律	尤
卷4		問人丐酒	七律	真
卷4		書事吟	五古	庚、青
卷4		閑吟	五律	庚、青
卷4		閑坐吟	五律	支
卷4		天津閑步	五律	尤
卷4		天津幽居	五律	真
卷4		天津水聲	五律	魚、虞
卷4		天宮小閣	五律	東
卷4		聽琴	五律	庚、侵
卷4		天津感事　其一	七絕	尤
卷4		天津感事　其六	七絕	魚、虞

卷4		天津感事　其七	七絕	侵
卷4		天津感事　其十二	七絕	先
卷4		天津感事　其十五	七絕	刪
卷4		天津感事　其十六	七絕	灰
卷4		天津感事　其十七	七絕	灰
卷4		天津感事　其二十	七絕	東
卷4		天津感事　其二十一	七絕	庚
卷4		閑居述事　其一	七絕	灰
卷4		閑居述事　其三	七絕	灰
卷4		閑居述事　其四	七絕	虞
卷4		閑居述事　其五	七絕	文
卷4		閑居述事　其六	七絕	麻
卷4		天宮小閣納涼　其一	七絕	庚
卷4		天宮小閣納涼　其二	七絕	東
卷4		天宮小閣納涼　其三	七絕	陽
卷4		天宮幽居即事	五律	佳、灰
卷4		遊龍門	五律	麻
卷4		重遊洛川	五古	紙
卷4		川上觀魚	五律	尤
卷5	嘉祐八年53歲	後園即事　其一　嘉祐八年	七律	尤
卷5		後園即事　其二	七律	陽
卷5		後園即事　其三	七律	陽
卷5		秋日飲後晚歸	七古	皓
卷5		寄陝守祖擇之舍人	五律	東
卷5	英宗治平年間19首	治平三年56歲	和登封裴寺丞翰見寄治平三年	七律	先
卷5		何事吟寄三城富相公	七律	侵
卷5		訪姚輔周郎中月陂西園	五律	支、齊

卷5			登嵩頂	七律	庚
卷5			登封縣宇觀少室	五古	陌、職
卷5			和祖龍圖見寄	七律	真
卷5		治平四年 57歲	治平丁未仲秋伊洛二川六日晚出洛城西門宿奉親僧舍聽張道人彈琴	七絕	陽
卷5			七日遡洛夜宿秋莊上	七絕	先
卷5			九日登壽安縣錦幠山下宿邑中 其一	七絕	灰
			九日登壽安縣錦幠山下宿邑中 其二	七絕	齊
卷5			十一日福昌縣會雨	五絕	支
卷5			十二日同福昌令王贊善遊龍潭 其二	七絕	御、遇
卷5			十三日遊上寺及其黃澗 其二	七絕	魚
卷5			十四日留題福昌縣宇之東軒	七律（排）	麻
卷5			十九日歸洛城路遊龍門 其一	七絕	刪
卷5			十九日歸洛城路遊龍門 其二	七絕	真
卷5			龍門石樓看伊川	七律	麻
卷5			二十五日依韻和左藏吳傳正寺丞見贈	七律	虞
卷6			和魏教授見贈	七律	先
卷6	神宗熙寧年間 328首	熙寧元年 58歲	閑適吟 其一 熙寧元年	七律	虞
卷6			閑適吟 其二	七律	真
卷6			閑適吟 其四	七律	刪
卷6			閑適吟 其五	七律	東
卷6			依韻和王不疑少卿見贈	七律	麻

卷 6			東軒消梅初開勸客酒 其一	七律	灰
卷 6			東軒消梅初開勸客酒 其二	七律	庚
卷 6			清風長吟	五律（排）	陽
卷 6			芳草長吟	五律（排）	庚、青、蒸
卷 6			花月長吟	七古	魚、虞
卷 6			思山吟　其一	七律	真、文
卷 6			思山吟　其二	七律	刪
卷 6			清風短吟	七律	支
卷 6			初夏閑吟	七律	庚
卷 7			代書寄濠倅張都官	七律	侵
卷 7			和王安之少卿韻	七律	支
卷 7			依韻和劉職方見贈	七律	侵
卷 7			代書寄華山雲臺觀武道士	七古	刪
卷 7			先幾吟	七律	佳、灰
卷 7			秋暮西軒	七律	陽
卷 7			天津閑步	七律	東、冬
卷 7	熙寧三年 60 歲		風吹木葉吟　熙寧三年	七律	真、元
卷 7			閑行吟　其一	七律	魚、虞
卷 7			對花飲	七律	麻
卷 7			春盡後園閑步	五律	支
卷 7			逍遙吟　其二	五律	尤
卷 7			逍遙吟　其三	五律	歌
卷 7			每度過東鄰	五律	真
卷 7			每度過東街	五律	佳、灰
卷 7			無客廻天意　其二	五律	庚、青

卷7			依韻和王不疑少卿招飲	五律	尤
卷7			再和王不疑少卿見贈	五律	尤
卷7			依韻和三王少卿同過弊廬	五律	真
卷7			代書寄南陽太守呂獻可諫議	七律	東、冬
卷7			重九日登石閣　其三	五律	支
卷7			讀陶淵明歸去來	七律	真
卷8			和王安之少卿同遊龍門　其一	七絕	尤
卷8			代書寄程正叔	七律	支
卷8			歲暮自貽	七律（排）	尤
卷8	熙寧四年 61歲		歡喜吟　熙寧四年	五古	篠、巧、皓
卷8			寄李景真太博	七絕	支
卷8			感事吟	七絕	東
卷8			寄亳州秦伯鎮兵部　其一	七絕	陽
卷8			寄亳州秦伯鎮兵部　其四	七絕	先
卷8			寄亳州秦伯鎮兵部　其六	七絕	東
卷8			南園賞花　其一	七絕	灰
卷8			南園賞花　其二	七絕	歌
卷8			獨賞牡丹	七律	寒、刪
卷8			安樂窩中自貽	七律	東
卷8			履道會飲	五古	真、文、元
卷8			謝城南張氏四兄弟冒雪載餚酒見過	五古	陌、錫、職
卷8			小車行	七絕	麻

卷 8	熙寧五年62歲	東軒黃紅二梅正開坐上書呈友人	七絕	灰
卷 8		初春吟	七絕	麻
卷 8		寄三城王宣徽二首其一	五絕	真
卷 8		寄三城王宣徽二首其二	五絕	灰
卷 8		擊壤吟	七律	先
卷 8		再答王宣徽	五絕	真
卷 8		林下五吟 其一	七律	支、微
卷 8		林下五吟 其二	七律	真
卷 8		林下五吟 其三	七律	歌
卷 8		林下五吟 其四	七律	麻
卷 8		林下五吟 其五	七律	尤
卷 8		和君實端明花庵 其一	七絕	支
卷 8		和君實端明花庵 其二	七絕	皓
卷 9		林下局事吟	七古	有
卷 9		依韻和吳傳正寺丞見寄	七律	魚
卷 9		延福坊李太博乞園池詩	七律	麻
卷 9		金玉吟	七律	佳、灰
卷 9		謝寧寺丞惠希夷罇	七律	尤
卷 9		和君實端明花庵獨坐	五律	歌
卷 9		閑來	五律	蕭
卷 9		和秋夜	五古	先
卷 9		和閑來	五律	蕭
卷 9		寄三城舊友衛比部二絕	五絕	東、冬
卷 9		寄三城舊友衛比部二絕	五絕	寒

卷9		秋日登石閣	七律	寒、刪
卷9		和李審言龍圖行次龍門見寄	七絕	庚
卷9		風月吟	五古	庚
卷9		四小吟簡陳季常	五絕	刪
卷9		樂樂吟	五古	眞
卷9		代書寄龍圖	五律	尤
卷9		和相國元老	五律	寒
卷9		安樂窩中看雪　其一	七律	支、微
卷9		和君實端明	五律	鹽
卷9	熙寧六年63歲	安樂窩中四長吟	七律	眞
卷9		安樂窩中詩一編	七律（排）	元、先
卷9		安樂窩中一部書	七律（排）	魚、虞
卷9		安樂窩中一炷香	七律（排）	陽
卷9		安樂窩中酒一罇	七律（排）	眞、文
卷9		謝富相公見示新詩一軸　其一	七律	眞
卷9		謝富相公見示新詩一軸　其二	七律	魚、虞
卷9		安樂窩中好打乖吟	七律	佳、灰
卷9		對花吟	五律	寒
卷9		自和打乖吟	七律	灰
卷10		年老逢春　其二	七律	先
卷10		年老逢春　其三	七律	庚
卷10		年老逢春　其五	七律	眞
卷10		年老逢春　其六	七律	歌
卷10		太和湯吟	七律	尤

卷 10		把酒	五律	覃、鹽
卷 10	熙寧七年 64 歲	林下吟	五律	支
卷 10		四喜	七古	職
卷 10		插花吟	七律	支、微
卷 10		閑居吟	七律	魚、虞
卷 10		樂物吟	七古	庚、青
卷 10		喜春吟	七律	侵
卷 10		和王中美大卿致政 其一	七律	先
卷 10		和王中美大卿致政 其二	七律	支
卷 10		喜樂吟	五古	紙、真
卷 10		歡喜吟	五古	寒、刪
卷 10		一室吟	五律	真
卷 10		太平吟	五絕	支
卷 10		安樂窩中吟　其一	七律	尤
卷 10		安樂窩中吟　其二	七律	魚、虞
卷 10		安樂窩中吟　其三	七律	先
卷 10		安樂窩中吟　其四	七律	尤
卷 10		安樂窩中吟　其五	七律	佳、灰
卷 10		安樂窩中吟　其六	七律	支、微
卷 10		安樂窩中吟　其七	七律	支、微
卷 10		安樂窩中吟　其八	七律	支、微
卷 10		安樂窩中吟　其九	七律	真
卷 10		安樂窩中吟　其十一	七律	支
卷 10		安樂窩中吟　其十二	七律	真
卷 10		安樂窩中吟　其十三	七律	魚、虞
卷 10		依韻答王安之少卿	七律	灰
卷 11		箋年老逢春詩	七律	支、微

卷 11			謝彥國相公和詩用醉和風雨夜深歸	七絕	微
卷 11			謝安之少卿用始知安是道梯階	七絕	佳、灰
卷 11			謝開叔司封用無事無求得最多	七絕	歌
卷 11			謝伯淳察院用先生不是打乖人	七絕	真
卷 11			自謝用此樂直從天外來	七絕	灰
卷 11			世上吟	七律	刪
卷 11			旋風吟	七律	庚、青
卷 11			旋風吟	七律	庚
卷 11			旋風吟　又二首	七律	侵
卷 11			旋風吟　又二首	七律	侵
卷 11			答客吟	七律	魚、虞
卷 11			老去吟　其一	七律	支、微
卷 11			老去吟　其二	七律	陽
卷 11			病起吟	七律	元、先
卷 11			半醉吟　其一	五律	支、微
卷 11			半醉吟　其二	五律	庚
卷 11			覽照吟	七律	元、先
卷 11			年老吟	五律	寒、刪
卷 11			自在吟	五古	魚、虞
卷 11			心安吟	五古	寒、刪
卷 11			靜樂吟	五律	真
卷 11			閣上招友人	五絕	虞
卷 11			大筆吟　其一	五絕	魚
卷 11			大筆吟　其二	五絕	魚
卷 11			自慶吟	五絕	東
卷 12			步月吟	五絕	庚
卷 12			偶得吟	七絕	霽

卷12		答人吟	五絕	支
卷12		清夜吟	五絕	支
卷12		里閈吟　其一	五絕	真
卷12		里閈吟　其二	五絕	灰
卷12		小車吟	七律	先
卷12		晚步吟	五律	支、微
卷12		答任開叔郎中昆仲相訪	五律	歌
卷12		小春天	五律	先
卷12		深秋吟	五絕	麻
卷12		中秋吟	五律	寒
卷12		同程郎中父子月陂上閑步吟	七律	佳、灰
卷12		閑適吟	五古	月、屑
卷12		歡喜吟	四古	紙
卷12		自作真贊	四古	佳、灰
卷12		賞雪吟	七古	文
卷12		自述二首	七律	真
卷12		自述二首	七律	支、微、齊
卷12		答會計杜孝錫寺丞見贈	七律	文
卷13		天津弊居蒙諸公共為成買作詩以謝	七律（排）	元、先
卷13		同諸友城南張園賞梅十首　其五	七絕	魚、虞
卷13		同諸友城南張園賞梅十首　其六	七絕	庚
卷13		和君實端明洛陽看花其一	七絕	寒
卷13		和君實端明洛陽看花其二	七絕	尤
卷13		和君實端明洛陽看花其三	七絕	麻

卷13			和君實端明洛陽看花 其四	七絕	灰
卷13			淳於髡酒諫	四古	紙、薺、寘、味
卷13			何處是仙鄉	五律	陽
卷13			依韻和王安之少卿六老詩仍見率成七 其一	七律	陽
卷13			依韻和王安之少卿六老詩仍見率成七 其二	七律	陽
卷13			依韻和王安之少卿六老詩仍見率成七 其三	七律	陽
卷13			依韻和王安之少卿六老詩仍見率成七 其四	七律	陽
卷13			依韻和王安之少卿六老詩仍見率成七 其五	七律	陽
卷13			依韻和王安之少卿六老詩仍見率成七 其六	七律	陽
卷13			依韻和王安之少卿六老詩仍見率成七 其七	七律	陽
卷13			依韻和王安之少卿謝富相公詩	七律	庚
卷13			安樂窩前蒲柳吟	七絕	沃
卷13			翁牖吟	五律	陽
卷13			自詠	五律	陽
卷13			小車吟	五絕	歌
卷13			和李文思早秋 其一	五律	庚
卷13			和李文思早秋 其二	五律	灰
卷13			和李文思早秋 其三	五律	寒
卷13			和李文思早秋 其四	五律	麻
卷13			和李文思早秋 其五	五律	陽
卷13			堯夫何所有	五律	歌
卷13			獨坐吟	五律	庚、青

卷 13			又	五律	庚
卷 13			自適吟	四古	卦、箇、禡
卷 13			四事吟	五古	質
卷 14			試筆	七律	陽
卷 14			試硯	七律	歌
卷 14			讀古詩	五古	紙、真、未
卷 14			閑步吟	五律	侵
卷 14			坐右吟	五律	侵
卷 14	熙寧八年 65 歲		六十五歲新正自貽 熙寧八年	五古	翰、諫、霰
卷 14			小車六言吟	六古	江、陽
卷 14			安樂吟	四古	紙、真、 未、霽、隊
卷 14			甕牖吟	四古	有、宥
卷 14			盆池吟	四古	支、微
卷 15			觀盛化吟　其一	七律	先
卷 15			觀盛化吟　其二	七律	支
卷 15			喜老吟	七律	支
卷 15			還圓益上人詩卷	七律	真
卷 15			錦幏春吟	七律	先
卷 15			樂春吟	五律	真、文
卷 15			小車初出吟	七絕	東
卷 15			府尹王宣徽席上作 其一	七絕	東
卷 15			府尹王宣徽席上作 其二	七絕	真
卷 15			天津閑樂吟	七絕	真
卷 15			和內鄉李師甫長官見 其一	五律	寒
卷 15			和內鄉李師甫長官見 其二	五律	陽

卷 15		內鄉天春亭	七古	真、文
卷 15		李少卿見招代往吟	七古	佳、灰
卷 16		答人吟	七絕	虞
卷 16		依韻謝任司封寄逍遙枕吟	七絕	蕭
卷 16		和王安之少卿雨後	五律	虞
卷 16		對酒吟	七律	尤
卷 16		秋懷吟	七律	支、微
卷 16		和王安之少卿秋遊	七律	支
卷 16		依韻和王安之少卿秋約吟	五律	真
卷 16		君子飲酒吟	四古	東、冬
卷 16		對花吟	七律	魚、佳、灰
卷 16		自述	七絕	真
卷 16		策杖吟	七律	先
卷 16		春日園中吟	七律	陽
卷 17		偶得吟	七絕	佳、灰
卷 17		感事吟又五首　其一	五律	庚、青
卷 17		自詠吟	七律	支
卷 17		自樂吟	七律	肴
卷 17		民情吟	四古	陽
卷 17		無苦吟	五律	侵
卷 17		月窟吟	五律	真
卷 17		大象吟	五律	魚、虞
卷 17		小車吟	五絕	寒
卷 17		擊壤吟	五律	麻
卷 17		閑中吟　其一	五律	陽
卷 17		閑中吟　其二	五律	真
卷 17		閑中吟　其三	五律	元、先
卷 17		蒼蒼吟	五律	先

卷 17		代書吟	五律	魚、虞
卷 17		舉酒吟	七律	佳、灰
卷 17		老去吟	七律	刪
卷 18		歡喜吟	五絕	尤
卷 18		天人吟	四古	真、寒、先、阮、銑
卷 18		春天吟	七律	先
卷 18		答和吳傳正贊善二首並寄高陽王十三機宜	七絕	魚
卷 18		答和吳傳正贊善二首並寄高陽王十三機宜	五絕	侵
卷 18		見物吟	五絕	真
卷 18	熙寧九年 66 歲	六十六歲吟	五古	陽、佳、灰
卷 18		吾廬吟	五律	魚、虞
卷 18		喜飲吟	五古	真、文
卷 18		太平吟	七絕	刪
卷 18		探春吟	五絕	東
卷 19		不同吟	四古	紙、遇
卷 19	熙寧十年 67 歲	筆興吟　熙寧十年	五古	銑、翰
卷 19		喜飲吟	五古	真、文
卷 20		覽照	三古	庚
卷 19		二月吟	五律	支
卷 19		三月吟	七律	御、遇
卷 19		洛陽春吟　其一	七絕	真
卷 19		自貽吟	五古	真
卷 19		自處吟	七律	麻
卷 19		年老吟	七律	庚
卷 19		樂物吟	六古	真
卷 19		晝睡	七律	佳、灰

卷20		首尾吟　其二	七律	支
卷20		首尾吟　其三	七律	支
卷20		首尾吟　其四	七律	支、微
卷20		首尾吟　其九	七律	支
卷20		首尾吟　其十	七律	支、微
卷20		首尾吟　其十一	七律	支
卷20		首尾吟　其十二	七律	支、微
卷20		首尾吟　其十五	七律	支
卷20		首尾吟　其十七	七律	支、微
卷20		首尾吟　其二十	七律	支、微、齊
卷20		首尾吟　其二十七	七律	支、微
卷20		首尾吟　其二十八	七律	支
卷20		首尾吟　其三十一	七律	支、齊
卷20		首尾吟　其三十二	七律	支、微
卷20		首尾吟　其三十七	七律	支、微
卷20		首尾吟　其三十九	七律	支
卷20		首尾吟　其四十	七律	支、微
卷20		首尾吟　其四十一	七律	支
卷20		首尾吟　其四十四	七律	支、微、齊
卷20		首尾吟　其四十五	七律	支、微
卷20		首尾吟　其四十六	七律	支、微
卷20		首尾吟　其四十七	七律	支
卷20		首尾吟　其五十	七律	支、微
卷20		首尾吟　其五十五	七律	支、微
卷20		首尾吟　其五十八	七律	支
卷20		首尾吟　其五十九	七律	支
卷20		首尾吟　其六十五	七律	支、齊
卷20		首尾吟　其六十八	七律	支、齊
卷20		首尾吟　其六十九	七律	支、齊
卷20		首尾吟　其七十一	七律	支、微

卷20			首尾吟　其七十三	七律	支、微
卷20			首尾吟　其八十	七律	支
卷20			首尾吟　其八十一	七律	支
卷20			首尾吟　其八十七	七律	支
卷20			首尾吟　其八十九	七律	支、微
卷20			首尾吟　其九十	七律	支
卷20			首尾吟　其九十一	七律	支、微
卷20			首尾吟　其九十六	七律	支
卷20			首尾吟　其九十八	七律	支、齊
卷20			首尾吟　其一○二	七律	支
卷20			首尾吟　其一○八	七律	支
卷20			首尾吟　其一一八	七律	支
卷20			首尾吟　其一一九	七律	支、微、齊
卷20			首尾吟　其一二○	七律	支、微
卷20			首尾吟　其一二一	七律	支
卷20			首尾吟　其一二四	七律	支、齊
卷20			首尾吟　其一二八	七律	支
卷20			首尾吟　其一二九	七律	支
卷20			首尾吟　其一三○	七律	支、齊
集外詩	仁宗慶曆年間4首	慶曆七年37歲	共城十吟　其一曰春郊閑居　慶曆丁亥歲	五古	紙、實、未、霽
集外詩			共城十吟　其二曰春郊閑步	五律	真
集外詩			共城十吟　其四曰春郊花開	五律	魚
集外詩			共城十吟　其八曰春郊雨後	五律	真

附錄二：邵雍快樂詩歌主題內容分析

編碼	卷次	詩題	內容
1	卷1	寄謝三城太守韓子華舍人	交友酬唱樂
2	卷1	謝鄭守王密學惠酒	居家生活樂、交友酬唱樂
3	卷1	閑吟　其一	居家生活樂
4	卷1	閑吟　其二	安閑無事樂
5	卷1	閑吟　其三	居家生活樂
6	卷1	閑吟　其四	居家生活樂
7	卷1	高竹　其一	居家生活樂
8	卷1	高竹　其二	居家生活樂
9	卷1	高竹　其三	居家生活樂
10	卷1	高竹　其四	居家生活樂
11	卷1	高竹　其五	居家生活樂
12	卷1	高竹　其六	居家生活樂
13	卷1	高竹　其七	居家生活樂
14	卷1	高竹　其八	居家生活樂
15	卷2	春遊　其一	遊歷觀物樂
16	卷2	春遊　其二	遊歷觀物樂
17	卷2	春遊　其三	遊歷觀物樂

18	卷 2	春遊　其四	遊歷觀物樂
19	卷 2	春遊　其五	遊歷觀物樂
20	卷 2	竹庭睡起	居家生活樂
21	卷 2	秋遊　其一	遊歷觀物樂
22	卷 2	秋遊　其二	遊歷觀物樂
23	卷 2	秋遊　其三	遊歷觀物樂
24	卷 2	秋遊　其四	遊歷觀物樂
25	卷 2	秋遊　其五	遊歷觀物樂
26	卷 2	秋遊　其六	遊歷觀物樂
27	卷 2	和人放懷	交友酬唱樂
28	卷 2	小園睡起	居家生活樂
29	卷 2	遊山　其一	遊歷觀物樂
30	卷 2	遊山　其二	遊歷觀物樂
31	卷 2	遊山　其三	遊歷觀物樂
32	卷 2	登山臨水吟	遊歷觀物樂
33	卷 2	謝富丞相招出仕　其一	交友酬唱樂
34	卷 2	謝富丞相招出仕　其二	交友酬唱樂
35	卷 3	賀人致政	安閑無事樂
36	卷 3	初秋	居家生活樂
37	卷 3	偶書	安閑無事樂
38	卷 3	閑行	居家生活樂
39	卷 3	晨起	居家生活樂
40	卷 3	盆池	遊歷觀物樂
41	卷 3	遊山　其一	遊歷觀物樂
42	卷 3	遊山　其二	遊歷觀物樂
43	卷 3	龍門道中作	遊歷觀物樂
44	卷 3	答人放言	安閑無事樂
45	卷 3	遊洛川初出厚載門	遊歷觀物樂
46	卷 3	宿延秋莊	遊歷觀物樂
47	卷 3	宿壽安西寺	遊歷觀物樂

48	卷 3	至福昌縣作	遊歷觀物樂
49	卷 3	燕堂即事	遊歷觀物樂
50	卷 3	燕堂閑坐	遊歷觀物樂
51	卷 3	立秋日川上作	安閑無事樂
52	卷 3	秋懷　其十六	居家生活樂
53	卷 3	秋懷　其十九	居家生活樂
54	卷 3	秋懷　其二十八	居家生活樂
55	卷 3	放言	安閑無事樂
56	卷 4	天津新居成謝府尹王君貺尚書　嘉祐七年	交友酬唱樂
57	卷 4	新春吟	安閑無事樂
58	卷 4	有客吟	安閑無事樂
59	卷 4	小圃逢春	居家生活樂
60	卷 4	弄筆	安閑無事樂
61	卷 4	問人乞酒	居家生活樂
62	卷 4	書事吟	安閑無事樂
63	卷 4	閑吟	居家生活樂
64	卷 4	閑坐吟	居家生活樂
65	卷 4	天津閑步	遊歷觀物樂
66	卷 4	天津幽居	居家生活樂
67	卷 4	天津水聲	居家生活樂
68	卷 4	天宮小閣	遊歷觀物樂
69	卷 4	聽琴	居家生活樂
70	卷 4	天津感事　其一	居家生活樂
71	卷 4	天津感事　其六	居家生活樂
72	卷 4	天津感事　其七	居家生活樂
73	卷 4	天津感事　其十二	居家生活樂
74	卷 4	天津感事　其十五	居家生活樂
75	卷 4	天津感事　其十六	居家生活樂
76	卷 4	天津感事　其十七	居家生活樂
77	卷 4	天津感事　其二十	居家生活樂

78	卷 4	天津感事　其二十一	居家生活樂
79	卷 4	閑居述事　其一	居家生活樂、安閑無事樂
80	卷 4	閑居述事　其三	居家生活樂
81	卷 4	閑居述事　其四	居家生活樂
82	卷 4	閑居述事　其五	居家生活樂、安閑無事樂
83	卷 4	閑居述事　其六	居家生活樂
84	卷 4	天宮小閣納涼　其一	遊歷觀物樂
85	卷 4	天宮小閣納涼　其二	遊歷觀物樂
86	卷 4	天宮小閣納涼　其三	遊歷觀物樂
87	卷 4	天宮幽居即事	居家生活樂
88	卷 4	遊龍門	遊歷觀物樂
89	卷 4	重遊洛川	遊歷觀物樂
90	卷 4	川上觀魚	遊歷觀物樂
91	卷 5	後園即事　其一　嘉祐八年	居家生活樂
92	卷 5	後園即事　其二	居家生活樂
93	卷 5	後園即事　其三	居家生活樂
94	卷 5	秋日飲後晚歸	居家生活樂
95	卷 5	寄陝守祖擇之舍人	交友酬唱樂
96	卷 5	和登封裴寺丞翰見寄　治平三年	交友酬唱樂
97	卷 5	何事吟寄三城富相公	交友酬唱樂
98	卷 5	訪姚輔周郎中月陂西園	遊歷觀物樂
99	卷 5	登嵩頂	遊歷觀物樂
100	卷 5	登封縣宇觀少室	遊歷觀物樂
101	卷 5	和祖龍圖見寄	交友酬唱樂
102	卷 5	治平丁未仲秋伊洛二川六日晚出洛城西門宿奉親僧舍聽張道人彈琴	遊歷觀物樂
103	卷 5	七日遡洛夜宿秋莊上	遊歷觀物樂
104	卷 5	九日登壽安縣錦幙山下宿邑中　其一	遊歷觀物樂

105	卷5	九日登壽安縣錦幈山下宿邑中　其二	遊歷觀物樂
106	卷5	十一日福昌縣會雨	遊歷觀物樂
107	卷5	十二日同福昌令王贊善遊龍潭　其二	遊歷觀物樂
108	卷5	十三日遊上寺及其黃澗　其二	遊歷觀物樂
109	卷5	十四日留題福昌縣宇之東軒	遊歷觀物樂
110	卷5	十九日歸洛城路遊龍門　其一	遊歷觀物樂
111	卷5	十九日歸洛城路遊龍門　其二	遊歷觀物樂
112	卷5	龍門石樓看伊川	遊歷觀物樂
113	卷5	二十五日依韻和左藏吳傳正寺丞見贈	交友酬唱樂
114	卷6	和魏教授見贈	交友酬唱樂
115	卷6	閑適吟　其一　熙寧元年	居家生活樂、安閑無事樂
116	卷6	閑適吟　其二	居家生活樂
117	卷6	閑適吟　其四	居家生活樂
118	卷6	閑適吟　其五	居家生活樂
119	卷6	依韻和王不疑少卿見贈	交友酬唱樂、居家生活樂
120	卷6	東軒消梅初開勸客酒　其一	居家生活樂
121	卷6	東軒消梅初開勸客酒　其二	居家生活樂
122	卷6	清風長吟	遊歷觀物樂
123	卷6	芳草長吟	遊歷觀物樂
124	卷6	花月長吟	遊歷觀物樂
125	卷6	思山吟　其一	遊歷觀物樂
126	卷6	思山吟　其二	遊歷觀物樂
127	卷6	清風短吟	安閑無事樂
128	卷6	初夏閑吟	遊歷觀物樂
129	卷7	代書寄濠倅張都官	交友酬唱樂
130	卷7	和王安之少卿韻	交友酬唱樂
131	卷7	依韻和劉職方見贈	交友酬唱樂
132	卷7	代書寄華山雲臺觀武道士	交友酬唱樂

133	卷 7	先幾吟	安閑無事樂
134	卷 7	秋暮西軒	居家生活樂
135	卷 7	天津閑步	居家生活樂
136	卷 7	風吹木葉吟　熙寧三年	居家生活樂
137	卷 7	閑行吟　其一	安閑無事樂
138	卷 7	對花飲	安閑無事樂
139	卷 7	春盡後園閑步	居家生活樂
140	卷 7	逍遙吟　其二	安閑無事樂
141	卷 7	逍遙吟　其三	居家生活樂、安閑無事樂
142	卷 7	每度過東鄰	居家生活樂
143	卷 7	每度過東街	居家生活樂
144	卷 7	無客廻天意　其二	安閑無事樂
145	卷 7	依韻和王不疑少卿招飲	交友酬唱樂
146	卷 7	再和王不疑少卿見贈	交友酬唱樂、遊歷觀物樂
147	卷 7	依韻和三王少卿同過弊廬	交友酬唱樂
148	卷 7	代書寄南陽太守呂獻可諫議	交友酬唱樂
149	卷 7	重九日登石閣　其三	遊歷觀物樂
150	卷 7	讀陶淵明歸去來	居家生活樂
151	卷 8	和王安之少卿同遊龍門　其一	交友酬唱樂、遊歷觀物樂
152	卷 8	代書寄程正叔	交友酬唱樂
153	卷 8	歲暮自貽	安閑無事樂
154	卷 8	歡喜吟　熙寧四年	安閑無事樂
155	卷 8	寄李景真太博	交友酬唱樂
156	卷 8	感事吟	安閑無事樂
157	卷 8	寄亳州秦伯鎮兵部　其一	交友酬唱樂
158	卷 8	寄亳州秦伯鎮兵部　其四	交友酬唱樂
159	卷 8	寄亳州秦伯鎮兵部　其六	交友酬唱樂

160	卷 8	南園賞花　其一	遊歷觀物樂
161	卷 8	南園賞花　其二	遊歷觀物樂
162	卷 8	獨賞牡丹	遊歷觀物樂
163	卷 8	安樂窩中自貽	安閑無事樂
164	卷 8	履道會飲	居家生活樂
165	卷 8	謝城南張氏四兄弟冒雪載餚酒見過	交友酬唱樂
166	卷 8	小車行	遊歷觀物樂
167	卷 8	東軒黃紅二梅正開坐上書呈友人	交友酬唱樂、遊歷觀物樂
168	卷 8	初春吟	遊歷觀物樂
169	卷 8	寄三城王宣徽二首　其一	交友酬唱樂
170	卷 8	寄三城王宣徽二首　其二	交友酬唱樂
171	卷 8	擊壤吟	居家生活樂
172	卷 8	再答王宣徽	交友酬唱樂
173	卷 8	林下五吟　其一	居家生活樂
174	卷 8	林下五吟　其二	居家生活樂
175	卷 8	林下五吟　其三	居家生活樂
176	卷 8	林下五吟　其四	居家生活樂
177	卷 8	林下五吟　其五	居家生活樂
178	卷 8	和君實端明花庵　其一	交友酬唱樂、居家生活樂
179	卷 8	和君實端明花庵　其二	交友酬唱樂、居家生活樂
180	卷 9	林下局事吟	居家生活樂
181	卷 9	依韻和吳傳正寺丞見寄	交友酬唱樂
182	卷 9	延福坊李太博乞園池詩	交友酬唱樂
183	卷 9	金玉吟	安閑無事樂
184	卷 9	謝寧寺丞惠希夷鐏	交友酬唱樂
185	卷 9	和君實端明花庵獨坐	交友酬唱樂、居家生活樂
186	卷 9	閑來	遊歷觀物樂

187	卷 9	和秋夜	居家生活樂
188	卷 9	和閑來	遊歷觀物樂
189	卷 9	寄三城舊友衛比部二絕	交友酬唱樂
190	卷 9	寄三城舊友衛比部二絕	交友酬唱樂
191	卷 9	秋日登石閣	遊歷觀物樂
192	卷 9	和李審言龍圖行次龍門見寄	交友酬唱樂
193	卷 9	風月吟	安閑無事樂
194	卷 9	四小吟簡陳季常	遊歷觀物樂
195	卷 9	樂樂吟	安閑無事樂
196	卷 9	代書寄龍圖	交友酬唱樂
197	卷 9	和相國元老	交友酬唱樂、 安閑無事樂
198	卷 9	安樂窩中看雪　其一	居家生活樂
199	卷 9	和君實端明	交友酬唱樂、 安閑無事樂
200	卷 9	安樂窩中四長吟	安閑無事樂
201	卷 9	安樂窩中詩一編	居家生活樂
202	卷 9	安樂窩中一部書	居家生活樂
203	卷 9	安樂窩中一炷香	居家生活樂
204	卷 9	安樂窩中酒一罇	居家生活樂
205	卷 9	謝富相公見示新詩一軸　其一	交友酬唱樂
206	卷 9	謝富相公見示新詩一軸　其二	交友酬唱樂
207	卷 9	安樂窩中好打乖吟	居家生活樂
208	卷 9	對花吟	安閑無事樂
209	卷 9	自和打乖吟	居家生活樂
210	卷 10	年老逢春　其二	遊歷觀物樂
211	卷 10	年老逢春　其三	遊歷觀物樂
212	卷 10	年老逢春　其五	遊歷觀物樂
213	卷 10	年老逢春　其六	遊歷觀物樂
214	卷 10	太和湯吟	居家生活樂

215	卷 10	把酒	居家生活樂
216	卷 10	林下吟	遊歷觀物樂
217	卷 10	四喜	安閑無事樂
218	卷 10	插花吟	安閑無事樂
219	卷 10	閑居吟	居家生活樂
220	卷 10	樂物吟	安閑無事樂
221	卷 10	喜春吟	居家生活樂
222	卷 10	和王中美大卿致政　其一	交友酬唱樂
223	卷 10	和王中美大卿致政　其二	交友酬唱樂
224	卷 10	喜樂吟	安閑無事樂
225	卷 10	歡喜吟	安閑無事樂
226	卷 10	一室吟	居家生活樂
227	卷 10	太平吟	安閑無事樂
228	卷 10	安樂窩中吟　其一	居家生活樂
229	卷 10	安樂窩中吟　其二	居家生活樂
230	卷 10	安樂窩中吟　其三	居家生活樂
231	卷 10	安樂窩中吟　其四	居家生活樂
232	卷 10	安樂窩中吟　其五	居家生活樂
233	卷 10	安樂窩中吟　其六	居家生活樂
234	卷 10	安樂窩中吟　其七	居家生活樂
235	卷 10	安樂窩中吟　其八	居家生活樂
236	卷 10	安樂窩中吟　其九	居家生活樂
237	卷 10	安樂窩中吟　其十一	居家生活樂
238	卷 10	安樂窩中吟　其十二	居家生活樂
239	卷 10	安樂窩中吟　其十三	居家生活樂
240	卷 10	依韻答王安之少卿	交友酬唱樂、遊歷觀物樂
241	卷 11	箋年老逢春詩	遊歷觀物樂
242	卷 11	謝彥國相公和詩用醉和風雨夜深歸	交友酬唱樂、遊歷觀物樂

243	卷 11	謝安之少卿用始知安是道梯階	交友酬唱樂、安閑無事樂
244	卷 11	謝開叔司封用無事無求得最多	交友酬唱樂、安閑無事樂
245	卷 11	謝伯淳察院用先生不是打乖人	交友酬唱樂
246	卷 11	自謝用此樂直從天外來	安閑無事樂
247	卷 11	世上吟	安閑無事樂
248	卷 11	旋風吟	安閑無事樂
249	卷 11	旋風吟	安閑無事樂
250	卷 11	旋風吟　又二首	安閑無事樂
251	卷 11	旋風吟　又二首	安閑無事樂
252	卷 11	答客吟	安閑無事樂
253	卷 11	老去吟　其一	居家生活樂
254	卷 11	老去吟　其二	安閑無事樂
255	卷 11	病起吟	居家生活樂
256	卷 11	半醉吟　其一	遊歷觀物樂
257	卷 11	半醉吟　其二	遊歷觀物樂
258	卷 11	覽照吟	安閑無事樂
259	卷 11	年老吟	安閑無事樂
260	卷 11	自在吟	安閑無事樂
261	卷 11	心安吟	安閑無事樂
262	卷 11	靜樂吟	安閑無事樂
263	卷 11	閣上招友人	交友酬唱樂
264	卷 11	大筆吟　其一	居家生活樂
265	卷 11	大筆吟　其二	居家生活樂
266	卷 11	自慶吟	安閑無事樂
267	卷 12	步月吟	遊歷觀物樂
268	卷 12	偶得吟	安閑無事樂
269	卷 12	答人吟	安閑無事樂
270	卷 12	清夜吟	居家生活樂

271	卷 12	里閈吟　其一	安閑無事樂
272	卷 12	里閈吟　其二	安閑無事樂
273	卷 12	小車吟	遊歷觀物樂
274	卷 12	晚步吟	居家生活樂
275	卷 12	答任開叔郎中昆仲相訪	交友酬唱樂
276	卷 12	小春天	安閑無事樂
277	卷 12	深秋吟	遊歷觀物樂
278	卷 12	中秋吟	遊歷觀物樂
279	卷 12	同程郎中父子月陂上閑步吟	遊歷觀物樂
280	卷 12	閑適吟	遊歷觀物樂
281	卷 12	歡喜吟	安閑無事樂
282	卷 12	自作真贊	安閑無事樂
283	卷 12	賞雪吟	遊歷觀物樂
284	卷 12	自述二首	安閑無事樂
285	卷 12	自述二首	安閑無事樂
286	卷 12	答會計杜孝錫寺丞見贈	交友酬唱樂、安閑無事樂
287	卷 13	天津弊居蒙諸公共為成買作詩以謝	交友酬唱樂
288	卷 13	同諸友城南張園賞梅十首　其五	遊歷觀物樂
289	卷 13	同諸友城南張園賞梅十首　其五	遊歷觀物樂
290	卷 13	和君實端明洛陽看花　其一	交友酬唱樂
291	卷 13	和君實端明洛陽看花　其二	交友酬唱樂
292	卷 13	和君實端明洛陽看花　其三	交友酬唱樂
293	卷 13	和君實端明洛陽看花　其四	交友酬唱樂
294	卷 13	淳於髡酒諫	安閑無事樂
295	卷 13	何處是仙鄉	安閑無事樂
296	卷 13	依韻和王安之少卿六老詩仍見率成七　其一	交友酬唱樂
297	卷 13	依韻和王安之少卿六老詩仍見率成七　其二	交友酬唱樂
298	卷 13	依韻和王安之少卿六老詩仍見率成七　其三	交友酬唱樂
299	卷 13	依韻和王安之少卿六老詩仍見率成七　其四	交友酬唱樂

300	卷 13	依韻和王安之少卿六老詩仍見率成七　其五	交友酬唱樂
301	卷 13	依韻和王安之少卿六老詩仍見率成七　其六	交友酬唱樂
302	卷 13	依韻和王安之少卿六老詩仍見率成七　其七	交友酬唱樂
303	卷 13	依韻和王安之少卿謝富相公詩	交友酬唱樂
304	卷 13	安樂窩前蒲柳吟	居家生活樂
305	卷 13	翁牖吟	居家生活樂
306	卷 13	自詠	安閑無事樂
307	卷 13	小車吟	遊歷觀物樂
308	卷 13	和李文思早秋　其一	交友酬唱樂
309	卷 13	和李文思早秋　其二	交友酬唱樂
310	卷 13	和李文思早秋　其三	交友酬唱樂
311	卷 13	和李文思早秋　其四	交友酬唱樂
312	卷 13	和李文思早秋　其五	交友酬唱樂
313	卷 13	堯夫何所有	居家生活樂
314	卷 13	獨坐吟	安閑無事樂
315	卷 13	又	安閑無事樂
316	卷 13	自適吟	安閑無事樂
317	卷 13	四事吟	安閑無事樂
318	卷 14	試筆	安閑無事樂
319	卷 14	試硯	安閑無事樂
320	卷 14	讀古詩	居家生活樂
321	卷 14	閑步吟	居家生活樂
322	卷 14	坐右吟	安閑無事樂
323	卷 14	六十五歲新正自貽　熙寧八年	居家生活樂
324	卷 14	小車六言吟	遊歷觀物樂
325	卷 14	安樂吟	安閑無事樂
326	卷 14	甕牖吟	居家生活樂
327	卷 14	盆池吟	遊歷觀物樂
328	卷 15	觀盛化吟　其一	遊歷觀物樂
329	卷 15	觀盛化吟　其二	遊歷觀物樂

330	卷 15	喜老吟	安閑無事樂
331	卷 15	還圓益上人詩卷	交友酬唱樂
332	卷 15	錦幬春吟	遊歷觀物樂
333	卷 15	樂春吟	居家生活樂
334	卷 15	小車初出吟	遊歷觀物樂
335	卷 15	府尹王宣徽席上作　其一	交友酬唱樂
336	卷 15	府尹王宣徽席上作　其二	交友酬唱樂
337	卷 15	天津閑樂吟	居家生活樂
338	卷 15	和內鄉李師甫長官見寄　其一	交友酬唱樂
339	卷 15	和內鄉李師甫長官見寄　其二	交友酬唱樂
340	卷 15	內鄉天春亭	遊歷觀物樂
341	卷 15	李少卿見招代往吟	交友酬唱樂
342	卷 16	答人吟	交友酬唱樂
343	卷 16	依韻謝任司封寄逍遙枕吟	交友酬唱樂
344	卷 16	和王安之少卿雨後	交友酬唱樂
345	卷 16	對酒吟	居家生活樂
346	卷 16	秋懷吟	安閑無事樂
347	卷 16	和王安之少卿秋遊	交友酬唱樂
348	卷 16	依韻和王安之少卿秋約吟	交友酬唱樂
349	卷 16	君子飲酒吟	居家生活樂
350	卷 16	對花吟	安閑無事樂
351	卷 16	自述	安閑無事樂
352	卷 16	策杖吟	居家生活樂
353	卷 16	春日園中吟	遊歷觀物樂
354	卷 17	偶得吟	居家生活樂
355	卷 17	感事吟又五首　其一	安閑無事樂
356	卷 17	自詠吟	安閑無事樂
357	卷 17	自樂吟	居家生活樂
358	卷 17	民情吟	安閑無事樂
359	卷 17	無苦吟	居家生活樂

360	卷 17	月窟吟	安閑無事樂
361	卷 17	大象吟	安閑無事樂
362	卷 17	小車吟	遊歷觀物樂
363	卷 17	擊壤吟	居家生活樂、遊歷觀物樂
364	卷 17	閑中吟　其一	安閑無事樂
365	卷 17	閑中吟　其二	安閑無事樂
366	卷 17	閑中吟　其三	安閑無事樂
367	卷 17	蒼蒼吟	安閑無事樂
368	卷 17	代書吟	安閑無事樂
369	卷 17	舉酒吟	居家生活樂
370	卷 17	老去吟	居家生活樂
371	卷 18	歡喜吟	安閑無事樂
372	卷 18	天人吟	安閑無事樂
373	卷 18	春天吟	安閑無事樂
374	卷 18	答和吳傳正贊善二首　並寄高陽王十三機宜	交友酬唱樂
375	卷 18	答和吳傳正贊善二首　並寄高陽王十三機宜	交友酬唱樂
376	卷 18	見物吟	遊歷觀物樂
377	卷 18	六十六歲吟	安閑無事樂
378	卷 18	吾廬吟	居家生活樂、安閑無事樂
379	卷 18	喜飲吟	居家生活樂
380	卷 18	太平吟	安閑無事樂
381	卷 18	探春吟	遊歷觀物樂
382	卷 19	不同吟	安閑無事樂
383	卷 19	筆興吟　熙寧十年	居家生活樂
384	卷 19	喜飲吟	居家生活樂
385	卷 20	覽照	安閑無事樂
386	卷 19	二月吟	遊歷觀物樂
387	卷 19	三月吟	遊歷觀物樂

388	卷 19	洛陽春吟　其一	遊歷觀物樂
389	卷 19	自貽吟	安閑無事樂
390	卷 19	自處吟	安閑無事樂
391	卷 19	年老吟	安閑無事樂
392	卷 19	樂物吟	遊歷觀物樂
393	卷 19	晝睡	居家生活樂
394	卷 20	首尾吟　其二	居家生活樂
395	卷 20	首尾吟　其三	居家生活樂
396	卷 20	首尾吟　其四	居家生活樂
397	卷 20	首尾吟　其九	遊歷觀物樂
398	卷 20	首尾吟　其十	居家生活樂、 遊歷觀物樂
399	卷 20	首尾吟　其十一	居家生活樂、 遊歷觀物樂
400	卷 20	首尾吟　其十二	安閑無事樂
401	卷 20	首尾吟　其十五	居家生活樂
402	卷 20	首尾吟　其十七	安閑無事樂
403	卷 20	首尾吟　其二十	遊歷觀物樂
404	卷 20	首尾吟　其二十七	遊歷觀物樂
405	卷 20	首尾吟　其二十八	居家生活樂
406	卷 20	首尾吟　其三十一	安閑無事樂
407	卷 20	首尾吟　其三十二	安閑無事樂
408	卷 20	首尾吟　其三十七	安閑無事樂
409	卷 20	首尾吟　其三十九	安閑無事樂
410	卷 20	首尾吟　其四十	安閑無事樂
411	卷 20	首尾吟　其四十一	遊歷觀物樂
412	卷 20	首尾吟　其四十四	遊歷觀物樂、 安閑無事樂
413	卷 20	首尾吟　其四十五	安閑無事樂
414	卷 20	首尾吟　其四十六	遊歷觀物樂、 安閑無事樂

415	卷20	首尾吟　其四十七	安閑無事樂
416	卷20	首尾吟　其五十	安閑無事樂
417	卷20	首尾吟　其五十五	安閑無事樂
418	卷20	首尾吟　其五十八	安閑無事樂
419	卷20	首尾吟　其五十九	安閑無事樂
420	卷20	首尾吟　其六十五	遊歷觀物樂
421	卷20	首尾吟　其六十八	安閑無事樂
422	卷20	首尾吟　其六十九	居家生活樂
423	卷20	首尾吟　其七十一	居家生活樂、安閑無事樂
424	卷20	首尾吟　其七十三	安閑無事樂
425	卷20	首尾吟　其八十	安閑無事樂
426	卷20	首尾吟　其八十一	安閑無事樂
427	卷20	首尾吟　其八十七	遊歷觀物樂
428	卷20	首尾吟　其八十九	居家生活樂
429	卷21	首尾吟　其九十	遊歷觀物樂
430	卷20	首尾吟　其九十一	安閑無事樂
431	卷20	首尾吟　其九十六	安閑無事樂
432	卷20	首尾吟　其九十八	遊歷觀物樂
433	卷20	首尾吟　其一〇二	安閑無事樂
434	卷20	首尾吟　其一〇八	安閑無事樂
435	卷20	首尾吟　其一一八	居家生活樂
436	卷20	首尾吟　其一一九	居家生活樂、安閑無事樂
437	卷20	首尾吟　其一二〇	居家生活樂
438	卷20	首尾吟　其一二一	居家生活樂
439	卷20	首尾吟　其一二四	居家生活樂
440	卷20	首尾吟　其一二八	安閑無事樂
441	卷20	首尾吟　其一二九	安閑無事樂
442	卷20	首尾吟　其一三〇	安閑無事樂

443	集外詩	共城十吟　其一曰春郊閑居　慶曆丁亥歲	居家生活樂
444	集外詩	共城十吟　其二曰春郊閑步	居家生活樂
445	集外詩	共城十吟　其四曰春郊花開	居家生活樂
446	集外詩	共城十吟　其八曰春郊雨後	居家生活樂

參考資料

一、傳統文獻

1. 先秦・莊子;郭慶藩編,王孝魚整理,《莊子集釋》,臺北:萬卷樓圖書有限公司,2007 年。

2. 先秦・韓非子;蕭德銑譯注,《韓非子譯注》,臺北:建安出版社,1998 年初版。

3. 秦・呂不韋編;王利器注,《呂氏春秋注疏》,成都:巴蜀書社,2002 年。

4. 漢・許慎;清・段玉裁注,《說文解字注》,臺北:天工書局,1998 年。

5. 漢・劉向著,《禪玄顯教編、列仙傳》,北京:中華書局,1985 年。

6. 魏・王弼等著,《老子四種》,臺北:大安出版社,1999 年。

7. 西晉・皇甫謐,《帝王世紀》,北京,中華書局,1985 年。

8. 東晉・陶淵明;楊勇校箋,《陶淵明集校箋》,上海:上海古籍出版社,2007 年。

9. 南朝宋・范曄;韓復智、洪進業註,《後漢書紀傳今註》,臺北:國立編譯館,2003 年。

10. 南朝梁・劉勰著、王更生注譯,《文心雕龍讀本》,臺北:文史哲出版社,1983 年。

11. 唐・元稹,《元氏長慶集》,京都:中文出版社,1972 年。

12. 唐・白居易著;朱金城箋校,《白居易集箋校》,上海:上海古籍出版,新華發行,1988 年。

13. 宋・邵雍著；閏修篆輯說，《皇極經世書今說》，臺北：老古文化公司出版，2008 年。

14. 宋・邵雍著；郭彧整理，《邵雍集》，北京：中華書局，2010 年。

15. 宋・邵雍著；鄭同增訂；李一忻點校，《增廣校正梅花易數》，北京：九州出版社，2007 年。

16. 宋・邵伯溫，《河南邵氏聞見前錄》，北京：中華書局，1985 年。

17. 宋・范沖淹著；李勇先、王蓉貴校點，《范沖淹全集》，成都：四川大學出版社，2002 年。

18. 宋・郭茂倩編，《樂府詩集》，臺北：里仁書局，1999 年。

19. 宋・程顥、程頤，《二程集》，臺北：漢京文化事業有限公司，1983 年。

20. 南宋・嚴羽著，郭紹虞校釋，《滄浪詩話校釋》，臺北：里仁書局，1987 年。

21. 南宋・魏慶之，《詩人玉屑》，臺北：臺灣商務印書館，1972 年。

22. 南宋・朱熹編；謝冰瑩等新編，《新譯四書讀本》，臺北：三民書局，2000 年。

23. 元・方回，《桐江續集》，臺北：臺灣商務印書館，1970 年。

24. 元・脫脫等同修，《宋史》，臺北：藝文印書館，1972 年。

25. 明・王夫之著；船山全書編輯委員會編校，《船山全集》，長沙：嶽麓書社，1996 年。

26. 明・胡應麟，《詩藪》，北京：中華書局出版，新華經售，1958 年。

27. 明・胡震亨，《唐音癸籤》，上海：上海古籍出版，新華發行，1981 年。

28. 明・瞿汝稷；清・聶先編集，《指月錄》，臺北：真善美，1968 年。

29. 明・謝榛，《四溟詩話》，北京：中華書局，1985 年。

30. 清・全祖望，《鮚埼亭集》，臺北：華世書局，1977 年。

31. 清・王國維著；滕咸惠校注，《人間詞話新注》，山東：齊魯書社，1994 年。

32. 清・王雲五著；張玉書等編纂，《康熙字典》，北京：中華書局，1958，2007 年重印。

33. 清・何文煥輯，《歷代詩話》，臺北：漢京文化事業有限公司，1983 年初版。

34. 清・宋犖撰；黃秀文，吳平主編，《宋氏全集》，北京：北京圖書館，2006 年。

35. 清・吳喬著、丁福保編訂，《清詩話》，臺北：藝文印書館，1965 年。

36. 清・吳喬，《圍爐詩話》，臺北：廣文書局，1973 年。

37. 清・吳騫，《拜經樓詩話》（與《山靜居詩話》合刊），北京：中華書局，1985 年。

38. 清・周濟，《宋四家詞選》，臺北：廣文書局，1962 年。

39. 清・紀昀編，《景印文淵閣四庫全書》，臺北：臺灣商務印書館，1986 年

40. 清・黃宗羲；全祖望補修，《宋元學案》，臺北：世界書局，1966 年。

41. 清・清聖祖御製，《全唐詩》，臺北：平平出版社，1974 年。

二、近代書籍

1. （法）馬修・李卡德（Matthieu Ricard）著；賴聲川、丁乃竺譯，《快樂學：修練幸福的二十四堂課》，臺北：天下雜誌，2007 年。

2. 王力，《漢語詩律學》，香港：中華出版；臺北：臺灣商務總代理，2003 年。

3. 王易，《詞曲史》，臺北：洪氏出版社，1981 年。

4. 王建光，《如是我樂：佛教幸福觀》，北京：宗教文化，2006 年。

5. 王壽南總編輯，中華文化復興運動推行委員會主編，《中國歷代思想家》，臺北：臺灣商務印書館，1999 年。

6. 木鐸出版社編，《中國歷代哲學文選：宋元明編》，臺北：木鐸出版社，1980 年。

7. 朱光潛，《詩論》，臺北：漢京文化事業有限公司，1982 年。

8. 吳怡，《中國哲學發展史》，臺北：三民書局，1984 年。

9. 吳經熊著；朱秉義譯，《中國哲學之悅樂精神》，臺北：華欣文化事業中心，1979 年。

10. 吳可道，《空靈的腳步》，新竹：楓城出版社，1982 年。

11. 吳丈蜀，《讀詩常識》，臺北：國文天地，1990 年。

12. 余照編，《增廣詩韻集成》，臺中：曾文書局，1980 年。

13. 竺家寧，《語言風格與文學音律》，臺北：五南圖書公司，2004 年。

14. 周掌宇，《快樂學導論》，臺北：唐山出版社，2005 年。

15. 姜義華注譯，《新譯禮記讀本》，臺北：三民書局，2007 年。

16. 唐明邦，《邵雍評傳》，南京：南京大學出版社，1998 年。

17. 夏雨人，《人生哲學》，臺北：三民書局，1986 年。

18. 範之麟、吳庚舜主編，《全唐詩典故辭典》、《全宋詞典故辭典》、《全元散曲典故辭典》三套《典詮叢書》，湖北：湖北辭書出版發行，新華經銷，1989 年。

19. 許清雲，《近體詩創作理論》，臺北：洪葉文化事業有限公司，1997 年。

20. 黃永武，《字句鍛鍊法》，臺北：臺灣商務印書館，1969 年。

21. 黃永武，《中國詩學·鑑賞篇》，臺北：巨流圖書公司，1977 年。

22. 黃壽祺、張善文撰，《周易譯註》，臺北：頂淵文化事業有限公司，2000 年初版。

23. 黃慶萱，《修辭學》，臺北：三民書局，2002 年。

24. 馮友蘭，《中國哲學史新編》，北京：人民出版社，2004 年。

25. 傅佩榮，《我看哲學》，臺北：名田文化，2004 年。

26. 楊家駱，《音韻學通論》，臺北：鼎文書局，1972 年。

27. 楊儒賓，祝平次編，《儒學的氣論與工夫論》，臺北：國立臺灣大學出版中心，2005 年 9 月。

28. 褚柏思，《中國思想史話》，臺北：黎明文化事業公司，1980 年。

29. 趙有聲、劉明華、張立偉，《生死·享樂·自由：道家和道教的關係及人生理想》，臺北：雲龍出版社，1991 年。

30. 劉明宗，《宋初詩風體派發展之研究》，臺北：花木蘭文化，2010 年。

31. 劉大白，《中國文學史》，湖南：嶽麓書社，2011 年。

32. 陳來，《宋明理學》，臺北：洪葉文化，1994 年。

33. 陳福濱、葉海煙、鄭基良編，《現代生活哲學》，臺北：國立空中大學，1993 年初版。

34. 陳高昂，《金剛經今譯》，臺北：天華出版事業公司，1982 年。

35. 陳寅恪，《元白詩箋證稿》，臺北：世界書局，1963 年。

36. 陳郁夫，《周敦頤》，臺北，東大圖書公司，1990 年。

37. 錢鍾書，《談藝錄》，臺北：書林公司，1988 年。

38. 錢穆選輯，《理學六家詩鈔》，臺北：中華書局，1974 年。

39. 羅光，《中國哲學思想史》，臺北：臺灣學生書局，1982～1984 年。

40. 鄭定國，《邵雍及其詩學研究》，臺北：文史哲出版社，2000 年。

三、學位論文

【台灣地區】

1. 胡文欽，《邵雍觀物思想研究》，高雄：國立中山大學中國文學碩士論文，2002 年。

2. 施乃綺，《觀物與詩：邵雍觀物思想研究》，臺南：國立成功大學中國文學碩士論文，2003 年。

3. 徐紀芳，《邵雍研究》，臺北：文化大學中國文學研究所博士論文，1993 年。

4. 許美敬，《邵雍詩研究》，臺北：國立師範大學國文學系碩士論文，1997 年。

【大陸地區】

1. 邵明華，《邵雍交遊研究——關於北宋士人交遊的個案研究》，山東：山東大學博士論文，2009 年。

2. 屈傳華，《邵雍的理學思想與詩歌創作》，陝西：陝西師範大學碩士論文，2007 年。

3. 唐江眉，《邵雍詩歌研究》，四川：四川大學碩士論文，2003 年。

4. 程剛，《詩學與理學：邵雍《擊壤集》研究》，安徽：安徽師範大學碩士論文，2007 年。

5. 謝曼，《邵雍詩歌創作及其理學美學思想》，廣州：暨南大學碩士論文，2008 年。

6. 魏崇周，《邵雍文學思想研究》，北京：首都師範大學博士論文，2007 年。

7. 鄭友徵，《邵雍詩歌研究》，甘肅：蘭州大學碩士論文，2007 年。

四、期刊論文

【台灣地區】

1. 宋邦珍，〈邵雍「以物觀物」詩學觀之析論〉，《人文及社會學科教學通訊》，第 12 卷第 6 期，2002 年 4 月。

2. 林青蓓，〈邵雍觀物詩之樂趣〉，《國文天地》，第 24 卷第 6 期，2008 年 11 月。

3. 林素芬，〈再論邵雍的師承及其相關問題〉，《漢學研究集刊》，2008 年 12 月。

4. 林素芬，〈從「觀物」到「安樂」：論邵雍生命哲學的實際開展〉，《師大學報》，第 57 卷第 2 期，2012 年 9 月。

5. 施乃綺，〈從《擊壤集》論邵雍觀物思想與「意」概念之關係〉，《古今藝文》，第 31 卷第 1 期，2004 年 11 月。

6. 高安澤，〈邵雍師友及學說簡述〉，《中原文獻》，第 41 卷第 2 期，2009 年 4 月。

7. 許志信，〈邵雍的觀物思想〉，《東吳中文學報》，17 期，2009 年 5 月。

8. 郭玉雯，〈邵雍的詩歌理念探析〉，《台大中文學報》，第 4 期，1991 年 6 月。

9. 樸月，〈讀歷史看自己：樂天知命的邵雍〉，《小作家月刊》，2004 年 2 月。

10. 韓佩思，〈王國維「境界說」對邵雍「觀物說」的繼承與創新〉，《東方人文學誌》，第 9 卷第 2 期，2010 年 6 月。

11. 鄭定國，〈邵雍《擊壤集》命名之探討〉，《鵝湖月刊》，第 25 卷第 1 期，總 289 期，1999 年第 7 期。

【大陸地區】

1. 少木森，〈邵雍：一個冷眼觀物的人〉，《散文百家》，2008 年第 6 期。

2. 王宏，〈快樂是一種善：論伊比鳩魯快樂主義倫理觀〉，《赤峰學院學報》，第 30 卷第 7 期，2009 年 7 月。

3. 王利民，〈《伊川擊壤集》與先天象數學〉，《周易研究》，總 59 期，2003 年第 3 期。

4. 王利民、徐艷，〈從《伊川擊壤集》看邵雍的人生志趣〉，《南通師範學院學報》（哲學社會科學版），第 19 卷第 1 期，2003 年 3 月。

5. 王利民，〈從《伊川擊壤集》看邵雍的風月情懷〉，《浙江大學學

報》，第 34 卷第 5 期，2004 年 9 月。

6. 王利民、杜文曦，〈從《伊川擊壤集》看邵雍的歷史意識〉，《求索》，2011 年 2 期。

7. 王琳琳，〈范仲淹與孔顏樂處〉，《沈陽教育學院學報》，第 9 卷第 4 期，2007 年 8 月。

8. 王誠，〈為邵雍正名：關於幾個邵雍生平與學術問題的澄清〉，《商丘師範學院學報》，2009 年 2 期。

9. 王竟芬，〈逍遙安樂的審美人生──略論邵雍儒道兼綜的境界美學〉，《安徽師範大學學報》，第 32 卷第 6 期，2004 年 11 月。

10. 付洪偉，〈論北宋理學家邵雍的詩學觀〉，《洛陽師範學院學報》，第 31 卷第 10 期，2012 年 10 月。

11. 田憲成，〈析邵雍的「一分為二」思想〉，《學習論壇》，1996 年第 4 期。

12. 李煌明、趙四學，〈略論周敦頤孔顏樂處的本質與及其現實意義〉，《理論月刊》，2011 年第 4 期。

13. 李天道，〈論儒家人生美學之審美自由域〉，《青海民族大學學報》（社會科學版），2010 年第 1 期。

14. 李文祥，〈中國古代養生詩詞《閒適吟》賞析〉，《資養通鑑》，2011 年第 4 期。

15. 施霞，〈從梅、蘇、黃、邵四家看宋詩平淡美〉，《成都電子機械高等專科學校學報》，第 3 期，2006 年 9 月。

16. 祝尚書，〈論「擊壤派」〉，《文學遺產》，2001 年第 2 期。

17. 胡驕鍵，〈反觀之美──論邵雍「以物觀物」思想及其與詩歌創作的關聯〉，《重慶文理學院學報》（社會科學版），2010 年 1 月。

18. 胡驕鍵，〈邵雍思想的存在論視域〉，《合肥學院學報》（社會科學版），第 27 卷第 2 期，2010 年 3 月。

19. 徐志嘯，〈從《次康節首尾吟韻》看宋子〉，《當代韓國》，1997 年第 3 期。

20. 徐瑩、葉麗媛，〈邵雍詩歌中的酒文化〉，《當代小說》，2009 年第 6 期。

21. 孫慧玲，〈理學詩與理學詩派辨析〉，《作家》，2008 年第 4 期。

22. 孫慧玲、孫紅梅，〈理學詩研究發微〉，《渭南師範學院學報》，第 24 卷第 6 期，2009 年 11 月。

23. 孫慧玲，〈真情至樂而中和──邵雍詩歌三層次論〉，《文藝評論》，2011 年第 10 期。

24. 高雲萍，〈濂洛風雅與理學詩觀〉，《江西社會科學》，2008 年第 6 期。

25. 張志勇，〈安時處順，知命樂道──談《伊川擊壤集》有感〉，《河北大學成人教育學院學報》，第 8 卷第 3 期，2006 年 9 月。

26. 張志勇、張軼芳，〈談邵雍的隱逸詩的內容〉，《時代文學》，2008 年第 15 期。

27. 張志勇、曲曉明，〈談邵雍詩歌的道德追求〉，《河北旅遊職業學院學報》，2009 年第 3 期。

28. 張海鷗，〈邵雍的快樂詩學〉，《中山大學學報》（社會科學版），44 卷，2004 年第 1 期。

29. 張弦生，〈北宋理學家邵雍及其著作〉，《河南圖書館學刊》，第 26 卷第 6 期，2006 年 12 月。

30. 張立文，〈安身立命的開顯──論邵雍的先天之學〉，《探索與爭鳴》，2010 年第 3 期

31. 張尚仁，〈莊子哲學的快樂論〉，《江漢論壇》，2012 年第 1 期。

32. 商春芳、趙振華，〈洛陽邵雍遺跡研究〉，《湖南科技學院學報》，2007 年第 10 期。

33. 麥耀勁，〈對快樂主義的認識：對伊比鳩魯和邊沁的快樂主義思想的審視〉，《湖北第二師範學院學報》，第 25 卷第 9 期，2008 年 9 月。

34. 程剛，〈文道合一與詩樂合一──朱熹與邵雍文學本體論之比較〉，《孔子研究》，2008 年第 5 期。

35. 程剛，〈以易釋史──邵雍詠史詩的一大特徵〉，《周易研究》，2007 年第 1 期。

36. 程剛，〈邵雍詩歌研究方法概述〉，《洛陽理工學院學報》（社會科學版），第 25 卷第 2 期，2010 年 4 月。

37. 程剛，〈落花意象與生命精神──從邵雍落花詩看他生命境界的三層次〉，《河南教育學院學報》（哲學社會科學版），第 26 卷，2007 年第 1 期。

38. 程剛，〈「觀物之樂」與「天地境界」──邵雍三「樂」與馮友蘭四「境界」之比較〉，《中國文化研究》，2008 年第 2 期。

39. 萬榮晉，〈中國古代的人生快樂哲學智慧及其當代啟迪〉，《理論

學刊》，2011 年第 6 期。

40. 趙國權，〈洛學的發源地——伊川書院考略〉，《江西教育學院學報》，2010 年第 4 期。

41. 潘立勇、趙春艷，〈邵雍「樂」的三重境界〉，《美育學刊》，第 3 卷，2012 年第 5 期。

42. 郭鵬，〈邵雍遷洛之前求學與漫遊的再研究〉，《中國文化研究》，2009 年第 4 期。

43. 郭鵬，〈關於邵雍文藝觀的幾個問題〉，《文學前沿》，2006 年。

44. 郭鵬，〈論「邵康節體」〉，《文化與詩學》，2011 年第 1 期。

45. 蒲宏凌，〈論邵雍的文學觀〉，《現代語文》，2007 年第 11 期。

46. 劉方，〈都市日常生活的詩化與宋代城市詩歌的轉型——邵雍城市詩歌書寫的文學史意義〉，《浙江社會科學》，2010 年第 7 期。

47. 劉天利，〈論邵雍詩歌的「樂」主題〉，《中國韻文學刊》，2004 年第 3 期。

48. 劉俊哲、周雲逸，〈幸福快樂人生的追求——藏傳佛教人生論〉，《西南民族大學學報》（人文社會科學版），2011 年第 6 期。

49. 陳忻，〈宋代理學家的小詩之樂〉，《西南大學學報》，第 36 卷第 6 期，2010 年 11 月。

50. 陳東霞，〈孔顏樂處的內聖意境〉，《信陽師範學院學報》，第 29 卷第 4 期，2009 年 7 月。

51. 韓大強，〈生活的留戀與心靈的放達——以白居易為中心的洛陽閒適詩人群〉，《中州學刊》，第 5 期，2008 年 9 月。

52. 韓轟巧平，〈論杜甫聯章詩的組織藝術〉，《暨南學報》（哲學社會科學版），2000 年第 2 期。

53. 魏崇周，〈20 世紀以來邵雍文學思想研究綜述〉，《河南教育學院學報》（哲學社會科學版），2008 年第 5 期。

54. 魏崇周，〈邵雍真樂的背景及定性〉，《河南教育學院學報》，第 28 卷，2009 年第 2 期。

55. 蕭志才，〈邵康節「天根月窟」詩釋秘〉，《中國氣功》，2000 年第 11 期。

56. 鄭傳，〈論伊比鳩魯的快樂主義倫理學〉，《淮北煤炭師範學院學報》，第 26 卷第 3 期，2005 年 6 月。

五、網路資料

1. 教育部國語推行委員會編輯，《教育部重編國語辭典修訂本》網站，http://dict.revised.moe.edu.tw。

2. 《維基百科》網站，http://zh.wikipedia.org/zh-tw。

3. 《國際道家學術總會》網站，http://www.etaoist.org/taoist。